魅丽文化　花火工作室

那片蔚蓝色

蒋牧童 著

江苏凤凰文艺出版社
JIANGSU PHOENIX LITERATURE AND ART PUBLISHING, LTD

图书在版编目（CIP）数据

那片蔚蓝色 / 蒋牧童著 . -- 南京 : 江苏凤凰文
艺出版社 , 2019.5
ISBN 978-7-5594-3564-4

Ⅰ . ①那… Ⅱ . ①蒋… Ⅲ . ①长篇小说 - 中国 - 当代
Ⅳ . ① I247.5

中国版本图书馆 CIP 数据核字 (2019) 第 064470 号

那片蔚蓝色

蒋牧童 著

责任编辑 张 倩 王 青
特约编辑 丐小亥 八 柚
装帧设计 殷舍 InChia
出版发行 江苏凤凰文艺出版社
南京市中央路 165 号，邮编 : 210009
网 址 http://www.jswenyi.com
印 刷 湖南新华精品印务有限公司
开 本 880mm × 1230mm 1/32
印 张 10
字 数 269 千字
版 次 2019 年 5 月第 1 版，2019 年 5 月第 1 次印刷
书 号 ISBN 978-7-5594-3564-4
定 价 38.00 元

目录

CONTENTS

目 录

CONTENTS

第一章

你怎么这么能惹事儿

冬日的北京，外面冷得萧瑟。工作室外墙被改成一整片玻璃窗，窗边摆着最符合人体工学的沙发，躺上去，阳光照射进来，似乎什么烦恼都能消失殆尽。

此时工作室内很安静，没有客户。穿着浅蓝色工作服的女孩正埋头坐在前台，她低头看着今天的日程表，特别是对十点的这位客户，感觉头疼。

“叮——”电梯到了。

前台姑娘一抬头，就看见染着一头渐变色长发的少女嚼着口香糖进来了。

“陈小姐。”前台姑娘立即起身，鞠躬。

陈锦路朝她瞥了一眼，眼神轻蔑又高傲。前台姑娘没敢多话，直接把她带到最里面的办公室。米色的房门安静地关着，前台姑娘在房门上轻敲了两下，推门，请陈锦路进去。

一脸桀骜的女孩进入房间后，看到站在窗口的人，眼神还是不由得一滞。即便她已经连续来了一个月，每周都见到这个房间的主人，此刻仍忍不住生出惊艳的感觉。

窗口的人穿着浅米色高领毛衣，黑色阔腿裤，就是最简单最经典的那种打扮。只是她身材太好，特别是那细腰，被高腰阔腿裤这么一勒，顿时有种盈盈一握的感觉。

“我今天有事要提前走，你不许跟我哥告状。”陈锦路敛起眼中的羡慕，不客气地说。

蔚蓝桌子上的陈设很简单，没有相框，倒是有块透明姓名牌，牌子上写着“蔚蓝”。

真不公平。这女人长得好看不说，连名字都这么好听——蔚蓝，多有画面感。不像她这名字，锦路，俗气。

蔚蓝问她：“想喝点儿什么？”

陈锦路不耐烦地问：“我说你能换句话问吗？我来了一个月，四次，你每次第一句都是问我喝什么。”

蔚蓝安静地看着面前的人。意料之中，从陈锦路到她的咨询室开始，她就没停止过找碴。蔚蓝手指已经按在电话上，前台迅速接通，她看着陈锦路，眼神淡然：“倒一杯热可可进来。”

蔚蓝没继续看着陈锦路，她打开面前的录音笔，按照惯例，从陈锦路踏入这个房间开始，她们所说的每一句话都应该被记录下来。这是一个职业心理医生的职责。

待准备好之后，她重新抬头看着自己的这位咨询者。

陈锦路，北京某校高三学生，家境富裕，准确地说，应该是特别有钱。她父亲是某上市公司的董事长，坐拥几十亿身家。陈锦路拥有不少富家子弟该有的毛病，厌学、傲慢、缺乏自律、出言不逊、花钱如流水。

陈锦路一边敷衍着蔚蓝，一边环顾这个陈设简单又让人感觉舒服的办公室。她的目光落在角落的衣架上，上面挂着驼色毛呢大衣，还有一个黑色链条包，是香奈儿的，但不是新款。

陈锦路喜欢奢侈品，每季出新品，她都能如数家珍。于是她不屑中又有点儿同情地说：“蔚老师，你这个包太旧了，款式也老气。”

蔚蓝随着她的目光看了过去，神色淡然。

陈锦路见她眉眼不动，似乎觉得自己被轻视了。对于十八岁的叛逆少女来说，最在意的大概就是自己的话没被当回事，于是瞬间心态爆炸。她说：“我爸成天说读书、读书，可看看你，从哈佛毕业的，背的还不是个旧款包，还不如我以后直接接手我爸的生意。”

终于，在陈锦路自我吹嘘的长篇大论中，蔚蓝微微勾起嘴角，反问：“是吗？”

陈锦路回头看她，满脸不屑。蔚蓝缓缓开口：“可不管你爸爸是谁，坐在这里一个小时，就得支付我一千元酬劳。”

原本得意扬扬的陈锦路张了张嘴，随后，一张脸迅速烧成绯红色——气的。

晚上六点准时下班。蔚蓝家就在附近，她按了电梯下楼，车子开了二十分钟就到家了。

蔚蓝住的地方是个四合院，是她外公外婆留下来的，独门独院。她小时候就在这里长大，那时候周围还没这么多高楼大厦。这一处庭院就是她的天地，房前的那两棵树，一棵是她姐姐蔚然出生时外公种下的，另一棵则是蔚蓝出生时种下的。外公亲手搭的葡萄架子还在，只是葡萄藤早没了——红墙赭瓦犹在，却不见旧人。

她没什么交际，平常放假也喜欢窝在家里，偶尔回东城家里，跟父母和姐姐吃饭。所以一个晚上，她的手机都没响。直到近十二点，她快睡觉的时候，微信突然有消息进来。

她打开微信，看到陈锦路给她发了好几张照片过来，背景要么昏暗，要么充满各种炫目灯光，显然是在酒吧。这么昏暗的灯光下，镜头里两个人虽面容有些模糊，却还是认得出。

男人叫周西泽，是她的未婚夫。

手机再次振动，陈锦路又发了消息，这次是微信小视频。明知道陈锦路是刻意的，发来的也必定跟周西泽有关，蔚蓝还是伸手点开，嘈杂的背景音乐在安静的房间里无限放大，五光十色的灯光不断变幻，镜头里两个人的浓情蜜意怎么都挡不住。

穿着白色毛衣裙的女孩伸手揽住周西泽的脖子，在他脸颊上亲了下，周西泽轻笑了下，伸手扣住她的头对着她的唇吻了下去。

几秒的视频，证据确凿。这位刚送了她求婚钻戒的男人，出轨了。

蔚蓝盯着手机看了一会儿，对这件事，她并不意外。她把手机扔在床上，起身去给自己倒了一杯水。五分钟后，手机再次响起。

“你是不是很想知道我现在在哪个酒吧？”陈锦路大大咧咧的声音中透着一股恶作剧的得意。她给蔚蓝发这种照片，绝不是出于善意的提醒，更多的是想看到蔚蓝的失态和窘迫，以至于蔚蓝没有回复消息，她就迫不及待地打来电话。

蔚蓝了解她的性格，知道如果不按照她的意思来，今晚必定会被骚扰得不堪忍受，于是配合地“嗯”了一声。陈锦路果然笑得更开心，她说：“你是不是很好奇我怎么会认识你未婚夫的，我告诉你……”

“你们在哪儿？”蔚蓝打断她接下来的长篇大论。

蔚蓝的打断不仅没让陈锦路生气，反而惹得她笑得更开心，陈锦路说：“我们在皇后酒吧。”她还很贴心地告诉蔚蓝酒吧在哪个区哪条路上，就差说出那句：赶紧来捉奸吧。

蔚蓝听完准备挂断，电话那头却传来一声“咦”，陈锦路轻如飘烟般的声音响起：“我好像看到宋沉了。”

这句话让蔚蓝眉头微蹙，待要再问时，对面已经挂断电话。

初冬的北京冷得让人瑟缩，蔚蓝穿着米白色大衣，拿着包从家里出来，很快走到车上。这会儿是深夜，路上车流不多。蔚蓝的车开得很快，半个小时就到了酒吧。待电梯门打开，明明还有很长的走廊，可嘈杂的音乐声已经铺天盖地。

蔚蓝拿出手机给陈锦路打电话，打了三次，都是无人接听。她在酒吧里找了一圈，陈锦路没看见，倒是先见到了周西泽。他正端着酒杯，身边坐着朋友，两人正在说话。

没一会儿，穿着短裙的女孩走了过来，挤到周西泽怀中坐下。周西泽一只手抱着她，一只手端着酒杯，洒脱、肆意，和跟她在一起时内敛、温柔的模样完全不同。

蔚蓝站在原地看了一会儿后想起正事，刚转身，就看见站在她身边咬牙切齿的陈锦路，她渐变色的长发在酒吧的灯光下越发显得张牙舞爪。

“你还不上去打他们，这对狗东西！”陈锦路咬牙，比她还生气。

蔚蓝皱眉，想起之前她在电话里最后说的那句话，低声问：“你没事吧？”

陈锦路眨眼：“我能有什么事情？”

蔚蓝表情缓和了些，点头：“既然你没事的话，那我就先回去了。”

回去？陈锦路撇头看她，以为自己听错了。可是蔚蓝已经转身走了。陈锦路拉住她，指着身后说：“你男朋友出轨，你都不管的？你还是不是女人啊？”

蔚蓝停住脚步看着陈锦路，淡然道：“很显然，我是啊。”

陈锦路蒙了，面前的蔚蓝太淡然了。从遇到她开始，她就平静得像一片湖，不管投进什么，似乎都激不起涟漪。就连现在，面对未婚夫出轨，她居然也能这么泰然自若。

“碰到这种情况，你就该拿酒瓶子砸烂这对贱人的脑袋。”正巧有服务员端着托盘从他们身边路过，陈锦路直接拿过酒瓶塞到她手里。

蔚蓝微诧，有些哭笑不得。倒是一直喝酒的周西泽抬头看到了蔚蓝，原本坐在他腿上、捏着草莓准备喂给他的女孩儿一下子就被他推到了沙发上。

周西泽过来的时候，蔚蓝正准备把酒瓶还给服务员。一抬头，她就见周西泽已经站在她面前，满脸窘迫。他憋了半天，开口问：“蔚蓝，你怎么在这里？”

蔚蓝有些头疼地看着周围，半夜里警局也并不消停。大概是因为这个警局管理的辖区内酒吧多，闹事的不止一个两个，这会儿还有人在骂骂咧咧，很不服气的模样。

刚刚酒吧里有人打架，警察接到电话后到场。至于她为什么也会被带到这里——她抬头望着不远处的周西泽，他的头发都被红酒浸得湿透了。

“你们两个是情侣？”警察过来问蔚蓝。

陈锦路为了让警察抓走周西泽，夸大其词，愣是把周西泽描述成在酒吧里揩油的流氓。

周西泽看向蔚蓝，忍不住起身走了过来，说道：“有什么事情我们回家再说，何必让外人看了笑话。”说完，他恶狠狠地瞪了一眼正靠着墙壁的陈锦路。

蔚蓝伸出手拂开他伸过来的手掌，眉眼间透着冷漠。

周西泽自知理亏，可再多的话也不好当着这么多的人面说。恰好此时，警察问道：“哪位叫蔚蓝？”

蔚蓝抬头，只见对面模样清秀的警察看着她笑得开心："嫂子，您放心，焯哥正在过来接你的路上，有什么委屈，您先跟我说。"

嫂子？焯哥？

不管是周西泽还是刚才问话的警察都是一脸蒙，最后还是站在角落里的陈锦路笑了出来，说道："可以啊，蔚老师。"

蔚蓝看着周西泽变幻的脸色，便知他大概是相信了，只是她确实不认识什么焯哥。

跟着周西泽一起过来的女孩儿听到这句话乐开了花，嘴角不自觉地上扬。女孩儿叫任颜，是周西泽合作公司的实习生，年轻、漂亮，野心勃勃，而周西泽这样的钻石股，即便不是单身，依旧挡不住前赴后继追求的人。

至于任颜凭借什么成功拿下周西泽——一个是惹人怜爱又穷途末路的女大学生，一个是成功男人，这两人演绎的不就是王子和灰姑娘的故事？蔚蓝并不奇怪周西泽会喜欢这样的姑娘。男人都有种奇怪的保护欲，似乎身边的女人都该柔软、纤弱、不堪一击，只要外面稍微风吹草动，就要躲进他们宽阔的胸怀里。

在蔚蓝这里，周西泽的保护欲无处释放。

蔚蓝是个冷淡的人，相比于建立亲密的关系，她更擅长的是独处。这也是为什么她在北京拥有家人和男朋友，却生活得像个孤家寡人。

更何况，她的职业是心理医生，别人总觉得心理医生拥有能看透人心的能力。蔚蓝确实能迅速地看穿一个人，但这种感觉有时候会让人心生疲倦，她并没有想要了解每个人的欲望。

周西泽终于忍不住上前拉蔚蓝的手，问道："小蓝，他是不是认错了？什么嫂子，什么焯哥，我相信你不是这样的人。"

"在今天之前，我也确实不知道你是这样的人。"蔚蓝看着他，淡淡地说。

他们两人虽然是家里安排相亲认识的，但是周西泽当初确实是喜欢蔚蓝的。他第一次见到她时正下着雨，眉眼如画的姑娘安静地坐在窗口，明明是在北京，那一刻他却像看见了水墨画般美好的江南。周西泽如家里期待的那样，开始认真地追求蔚蓝，半年后，蔚蓝终于同意跟他在一起。

周西泽放低姿态，轻声说：“蔚蓝，对不起，我真是一时糊涂，你再给我一次机会，我保证这是最后一次，我以后一定不会让你受委屈。你知道我的身份，像这种女人每天不知道要扑上来多少，我心里真的就只有你一个。”

别说任颜了，一旁的陈锦路早就看不惯他的臭德行，骂道：“放屁，男人的话要能相信，母猪都能上树了。蔚老师，你要是就这么原谅他的话，我就要去消费者协会告你乱收费了。”

时薪一千元的心理医生要是连这种鬼话也信……可不就是乱收费。

蔚蓝抬起头看向他，认真地问：“如果我也这样逢场作戏，你会原谅我吗？”

别说正跳脚骂人的陈锦路，连旁边一直没插上话的警察都笑了。

周西泽张张嘴，没说出话来。

蔚蓝看着他，不禁冷笑。她极少动怒，可周西泽的虚伪让她厌恶。

倒是先前叫“嫂子”的小警察听了半天，一头雾水。听着对话，这两人倒像是有关系的，可焯哥那边又是什么情况？难不成焯哥当第三者插足？呸呸呸，小警察在心底唾弃自己，就算焯哥和这个大美女有什么关系，那也肯定是大美女弃暗投明，毕竟对面这男的太渣了。

在警察局工作的人，遇到的奇葩事可多了，什么街头原配殴打小三，酒店捉奸，甚至差点儿闹到跳楼，对他们而言，都不是新鲜事儿。眼前这位美人是斯文人，就算抓着了，也比看别人家的事情还要淡定。小警察也算看出来了，她更多的是不在意。

他正分析着，就听蔚蓝淡然开口：“戒指我没戴，明天会派人送给你，结束吧。”蔚蓝甚至连分手两个字，都吝啬给他。

周西泽知道蔚蓝性格冷淡，却没想到她如此冷漠。他不禁气急败坏地道：“蔚蓝，就为了这点儿事情，你要跟我分手？你知不知道咱们两家的关系，你爸妈怎么可能允许？”

蔚蓝不想再和他在这种事情上纠缠，转身准备出去。周西泽见她想走，立即按住她的肩膀，低声怒道：“你也太绝情点儿了吧，你以为你身边的男人都深情不渝？你看看咱们这个圈子，有谁只有一个女人的。”

一声惨叫后，周西泽不敢相信地看着蔚蓝。蔚蓝正抓着他的手往后掰，顿时钻心的痛感袭来，一瞬间他的冷汗都出来了。好在蔚蓝没打算在这儿和他动手，给了警告后便松开了手。

这次，周西泽没敢跟上来。

蔚蓝来到警局外面的走廊，头顶亮堂的白炽灯照亮周围方寸之地。凌晨的北京特别冷，呼出的气体在空气中凝结成白雾，犹如烟圈，瞬间又飘散在夜色中。

夜色中，男人的身影出现得有点儿突兀，走近时，蔚蓝才抬头看到他。他穿着一身黑色，仿佛要融在这夜幕中，因为微低着头，只看得见他短而漆黑的头发，有些凌乱，却很有型。

“知道，为这点儿事情，你已经打了两个电话了。”他正在打电话，声音低沉，即便口吻有些不耐烦，却很好听。待走到台阶处，男人终于挂断电话，抬起头。

蔚蓝和他四目相对，这次，她看清楚了来人的长相。

来人模样俊朗英气，漆黑短发下是一张窄脸，棱角分明。一双眼睛在夜色中亮得犀利，鼻梁高挺，不知是不是因为刚打完电话，那双薄唇噙着一抹玩世不恭的笑，痞气张扬。

男人一步步踏上台阶，剩下最后一层的时候，脚步顿住，他的眼睛盯着蔚蓝。

蔚蓝也没说话，安静地看着他，明明是并不相识的两个人，却注视着对方。

很快，一片脚步声打破了这安静的场面。先前的小警察看见男人后惊喜地说：“焯老大，你来了啊，我打了你好几个电话，都是正在通话中。”

见男人的眼睛盯着蔚蓝，小警察不由得嘿嘿一笑，像是要讨赏一样说道：“嫂子在我这里连根头发丝都没被别人碰到，你就放心吧。”

嫂子……

秦陆焯看向廊下的人，想起刚才电话中好友的交代，进了警局都不需要问，最漂亮那个肯定就是。此时，她就站在警局走廊上，白炽灯照在她身上，倒是真的……如斯美人，清冷如霜。

秦陆焯伸手拍在姜晨的脑袋上，说：“别乱叫，你嫂子还不知道在哪儿呢。”

姜晨一愣，合着是他搞错了？可秦陆焯是谁啊，能叫他大半夜过来接人，就算不是女朋友，也是关系非同一般吧。他在心底嘀咕的时候，秦陆焯已经向蔚蓝走了过去。

秦陆焯说：“是林纪明让我来接你的，他现在在国外。”

蔚蓝算是明白了，刚才警察问话的时候说需要家人来接。因为涉及周西泽，她没给姐姐蔚然打电话，反而是通知了表哥林纪明，不过没想到他人不在北京。

秦陆焯说完，转头问道：“这边没事了吧？”

姜晨立即说：“本来也没什么事，打架的不是他们，录个笔录就能走了。”

秦陆焯点头：“既然没事了，走吧，我送你回家。”他不是多管闲事的人，不过既然接了朋友的嘱托，自然送佛送到西，干脆把人送回家，省得再出别的幺蛾子。

蔚蓝回头看了一眼，姜晨见状立即说：“你是不是担心你的朋友，要不我把她叫出来？”

结果陈锦路出来的时候，周西泽也跟着出来了。他见到蔚蓝身边的男人，先是一愣，随后是一脸惊讶。作为男人，看别的男人的眼神总是带着轻视，可在看见秦陆焯的一瞬间，周西泽明白，这不是他能轻视的人。这人松松垮垮地站在那里，看着带些痞气，实则格外凌厉。

他心底疑惑再生，大半夜的愿意过来接人，怎么看都不像简单的关系。

于是他看向蔚蓝，咬牙道："你够可以啊，蔚蓝，我真是看错你了。平时跟我装贞洁烈女，我碰你一下都要退避三尺。现在看来，你也没干净到哪儿去。"

蔚蓝见他这模样，面无表情地往后退了一步，似乎连他靠近都是一种玷污。

周西泽被她的举动激怒了，伸手刚想拉他，却被旁边的男人跨步挡在了面前。秦陆焯垂眸看着他的手掌，一只手插在兜里，神色轻蔑地道："想干吗？打女人？"

周西泽在气势上生生被压了一头，他怒道："狗男女。"

这句话倒是骂得秦陆焯笑了，身上那股子痞气更掩不住，他往前迈了一步，周西泽后退了一步。秦陆焯抬起手臂，周西泽有些底气不足地问道："这里是警局，你想干吗？"

谁知男人只是指了指旁边灯火通明的大厅，说道："你是觉得我没进过这地方？"

蔚蓝看着夜色中周西泽匆匆离开的背影，有种第一次认识他的感觉，印象中的温文尔雅全然不见——是真没用。

陈锦路笑得前仰后合，指着周西泽，大声嘲笑道："我还以为他多牛呢，人家亮亮拳头就把他吓成这样。"说完，她冲秦陆焯眨眨眼睛，格外认真地问，"大哥，你混哪儿的啊，要不留个电话吧，下次一起出来喝酒。"

秦陆焯对这种黄毛丫头没什么兴趣，听到这话眉梢微挑："不用。"

陈锦路对于他的拒绝倒是觉得很意外，她还想再纠缠的时候，就看见自家大哥居然来了。她脸色一变，看向蔚蓝："蔚老师，不是吧，你居然跟我哥告状。"

陈宇看着蔚蓝，满脸歉意地说："抱歉，蔚小姐，这么晚还让你为小路的事情跑出来。"

蔚蓝微微摇头，说道："没什么事，你把她带回去就好了。"

得知秦陆焯会送蔚蓝回去之后，陈宇也没多客气，拎着自家妹妹的耳朵就离开了。

临走的时候，姜晨依依不舍地对秦陆焯说："焯老大，现在看见你可真不容易，什么时候出来聚聚吧。"

秦陆焯原本已经转身准备离开，又回头看了他一眼。姜晨站在警局的门口，这么晚了警局值班的人都没消停，里面不时传来吵嚷的声音，这种熟悉的闹腾，秦陆焯也许久未听到了。

他转身后，伸手朝后摆了摆："回头有空聚吧。"

出了警局，空荡荡的马路在深夜里显得格外萧条。寒风一吹，刮在人脸上，犹如刀割般。

蔚蓝刚才是坐警车过来的，她的车还停在酒吧那边。这么晚了，她也懒得再过去开，于是跟着男人一路往前走，两人来到一辆箱式货柜车前停下。蔚蓝裹着大衣，微微低着头跟在他身后，因为没注意到他的脚步停下，差点儿撞上去，就这样，她的鼻尖还是触到他的外套，凉凉的。

"上车吧。"秦陆焯打开货柜车的驾驶座，等他坐上去之后，蔚蓝还站在路边发愣。秦陆焯把车窗降下来，手臂搁在车窗上，居高临下地看着蔚蓝，声音淡淡地说，"这车我白天还有用，所以不能打车送你。"虽然说的话是在解释，口吻里却隐含强压着的不耐烦。

显然，此刻没上车的蔚蓝在他眼里，已经成了娇滴滴的大小姐。这种人在秦陆焯这儿都有一个统一的代名词——累赘。

蔚蓝没再犹豫，走到副驾驶座旁伸手拉开车门，还没上车就闻到里面扑鼻的烟味。车内开着昏暗的灯，副驾驶座坐垫上黑漆漆的一团油渍清晰可见。

秦陆焯低头看着副驾驶座上的脏污，在心底骂了一句。下一刻，他脱掉身上的外套，铺在副驾驶座位上，嘲讽地弯了下嘴角："抱歉，我该提前去洗个车迎驾的。"

蔚蓝听出他话里嘲讽的味道，没在意，弯着嘴角踩着踏板坐了上来。车开在路上，因为驾驶座那边的车窗没关严实，呼呼的风刮进来。蔚蓝坐在他的外套内衬上，居然还有股余温。

按照她谨慎的性格，在跟着他离开之前，本应该跟林纪明打电话确认这件事，可是不知为何，她甚至连这个男人的名字都不知道，就任由他带着自己离开了。

快到蔚蓝家时，车子在一条小吃街上停下了。虽然已经是凌晨，可小吃街两旁的店铺依旧灯火通明，有种世俗的温暖。秦陆焯转头，看到蔚蓝正看着他，他说："晚饭还没吃，我吃点儿东西，十分钟就好。"想了下，他又问，"你饿吗？"

这句话是客气的询问，光冲着蔚蓝这一身打扮和刚才给他留下的印象，他就不觉得这个看起来不食人间烟火的大小姐会跟着他一起吃街头小店。

果然，蔚蓝摇头。倒不是她看不上这种店，而是她不习惯深夜吃东西。

秦陆焯没多纠结，他点点头，声音极淡地说："你在车上等我，我马上回来。"

蔚蓝当真乖乖地坐在车上，看着男人绕过车头，进了前面不远处的重庆小面店。没一会儿，店铺门口再次出现了男人的身影。他没往这边看，可蔚蓝知道，他肯定是放心不下自己。

蔚蓝伸手将车窗降下，隔着窗户看向他，男人伸手从兜里掏出一盒烟，从烟盒里抽出一支，紧接着摸了摸兜。

此时，有人慢慢地走了过来，一步一步，脚步蹒跚。这是个头发花白的老奶奶，因为驼着背，整个人看起来格外矮小，似乎只要这街上的风再大点儿，就能将她吹倒。街边有个垃圾桶，垃圾没及时回收，早已经溢出来了。老人家拎着蛇皮口袋，手里拿着专门翻垃圾用的铁钳翻找着。

秦陆焯站在旁边看了一会儿，在身上摸了半天，可除了一盒烟，连个硬币都找不出来。他才想起来，之前加油的时候，身上的钱全给了加油站，刚才买吃的是手机支付。最后，他往车这边走，拉开车门上去，想从车里找找看有没有零钱，突然一沓纸币出现在他眼前。

他没抬头，听到身边轻柔的声音："你是不是在找这个？"

秦陆焯抬头看蔚蓝，车内的灯关了，窗外暖黄色的路灯正好打在她脸上，乌黑的长发柔顺地披在肩上，白皙的脸颊被路灯这么一照，犹如上了一层薄釉。

刚才林纪明在电话里几次强调蔚蓝的好看，这一瞬间，秦陆焯是真体会到了。

他没客气，伸手接了过来，拿钱的时候碰到她手背。他一怔，第一反应是：怎么这么软。好在秦陆焯迅速接过纸币抽回手，说："借用一下。"

他不是占人便宜的人，既然说了是借用，就肯定要还。

蔚蓝看着他走到老人家身边，两人也不知说了什么，就见老人拼命摆手。男人微微弯着腰，倾身将耳朵凑近老人。

冷冽的冬夜里，北风一吹，刮得周围的树枝哗哗作响。这么冷的天气，蔚蓝看着前面的两个人影，一个高大笔直，一个佝偻矮小，可两人倒映在地上的影子那样和谐。

随后，秦陆焯扶着老人进了旁边的店铺，没一会儿，蔚蓝看见秦陆焯端着碗出来。他站着的方向是朝着卡车的，显然他也不放心让蔚蓝一个人在车上。

蔚蓝趴在车窗上，头一次觉得一个男人端着碗在马路边上吃饭一点儿都不狼狈，反而有种说不出的味道。

男人只顾着埋头苦吃，几分钟后就吃完了，等他再出来的时候，手里拿着一支点燃的烟。他站在马路边，指间夹着烟，吸一口后，缓缓吐出暖白色烟气。

蔚蓝安静地看着他把一支烟抽完，而后往卡车这边走，他没直接去驾驶座，反而先走到副驾驶座这边。秦陆焯从兜里掏出一沓钱，是蔚蓝刚才给的。蔚蓝有些诧异，问道：“没要？”

秦陆焯皱着眉，说：“她说她不是乞讨的，所以不要钱。”

蔚蓝表情微滞，难得没话说。因为她坐在车里，这次反而可以居高临下地看着他。秦陆焯只穿了一件针织衫，没领子，说话时喉结上下滑动，连带着稍露出来的锁骨都有种莫名的魅力。

“不过我用你的钱请她吃了一碗小面，十七块，回头我还给你。”说话间，秦陆焯抬起头看着面前的蔚蓝，显然她没仔细听他说话，眼睛直直地看着他，似乎在出神。

秦陆焯正准备把余下的钱塞给她的时候，蔚蓝终于开口，她问：“你叫什么名字？”

男人微愣，有些好笑地看着她，片刻后说：“现在才问我的名字，是不是有点儿晚？”或许是因为手里的这沓钱，秦陆焯难得好脾气地自报家门，“秦陆焯。”

蔚蓝拿出手机递给他，见他没伸手，她说：“留个你的微信吧。”

秦陆焯的脸上浮起嘲讽的笑意，刚扯了扯嘴角，就听蔚蓝淡淡地说：“可以手机转账。”似乎像是提醒他一样，她看了一眼小面店，低声说，“那十七块钱。”

秦陆焯舔了下嘴角，终于忍不住笑了——他难道会因为十七块钱跑路？

即便昨晚折腾到凌晨三点多才睡觉，蔚蓝依旧在早上七点的时候醒来。她换了衣服洗漱，在厨房里弄了个烤面包榨了杯果汁，简单又健康。

出门的时候，外面一片白雾。蔚蓝习惯性地走到自己停车的地方，看到空荡荡的车位才想起来，她的车子留在了酒吧街那边。雾天出租车很难等，要不是她家离工作室近，她今天就得迟到了。虽然工作室是她自己的，不过她一向都是去得最早的。

蔚蓝工作时习惯把手机调静音，一小时的咨询时间过去，送走客人，她才有时间去看微信。

最上面的联系人连头像都是初始的头像，点进去是一条转账待确认的消息——十七块钱。她用这个借口要到了那个男人的微信，这时候蔚蓝才发现，她也会做这么幼稚的事情。

秦陆焯在仓库后面的休息室里睡到快中午才醒过来，外面早已经热热闹闹地搬了一早上的货。他起床从休息室的柜子里拿出一套备用的衣服，换上后洗漱完就出去了。

“老板。”

“焯哥。”

“老大，你终于睡醒了。”

一出来，见到他的人频繁地跟他打招呼，搬运工人跟他不算熟的都是叫老板，关系亲近些的叫焯哥，至于叫他老大的，就是面前的沈放了。

当初秦陆焯从警队辞职的时候，沈放毫不犹豫地递上辞职信跟着他。秦陆焯发起狠的时候甚至威胁过他，找人压着他的辞职信，可这小子就跟牛一样倔，最后连秦陆焯都放弃了。从他开了这家物流公司后，沈放就一直跟着他，就像当初沈放一进警队就天天跟在他身后那样。

秦陆焯看见他，问道：“那边的合同发过来了吗？”

“老大您亲自出马，哪儿还有搞不定的事情。就算是上达物流这样的公司，您都能在他们身上硬是撕下一块肉。”沈放的马屁拍得响亮，不过他没说错，秦陆焯轻易不出手，但一旦他想要，必定能得到。

“肉？蚊子腿还差不多。”秦陆焯嗤笑一声。

每年两千万的单子，顶多也就是对上达物流的华北地区有点儿影响吧，要想撼动这个物流界的巨头，他们犹如痴人说梦。

沈放知道他们和上达之间的差距，笑了笑，赶紧说：“老大，你饿了吧，食堂已经做了午饭，咱们过去吃吧。对了，他们早上收拾货车的时候，在副驾驶座上发现了一枚胸针……”

秦陆焯抬头看着他，只见他拼命地挤眉弄眼，秦陆焯面无表情地问：“眼睛什么毛病？”

沈放嘿嘿笑了两声，语气十分理解地说：“老大，你也是三十岁的人了，交个女朋友有什么可害羞的。哪天把嫂子带过来给我们瞧瞧，你尽管放心，我们都是斯文人，绝对不会吓着嫂子。”

嫂子……秦陆焯突然想起姜晨昨晚的误会，哼了一声。

他看了沈放一眼：“待会儿把东西给我。”

“老大，你太不够意思，交了女朋友也不跟我们说，现在连看都不让看一眼，你也太护着了吧。”沈放嘀咕。

毕竟这几年秦陆焯一心忙着事业，身边姑娘倒是不少，可面对人家的媚眼，他压根不接招。

“滚。”秦陆焯瞪了他一眼，一个两个都上赶着认嫂子，什么毛病。

秦陆焯拿到那枚胸针，胸针上的宝石华丽又冰冷，倒是像那个女人。只是这个念头刚闪过，他又想起那只拿着一沓钞票的纤细手掌，又软又暖。他一甩头，嫌恶地看了一眼胸针，扔进自己桌子的抽屉里。

女人就是麻烦，大晚上出门，还戴这玩意儿？

蔚蓝是晚上回家时才发现胸针丢了的。不过她还没顾得上找，就接到好友温沁的电话，叫她出去喝酒。温沁是她在哈佛时候的校友，两人高中是同窗，后来大学也在同一座城市。在偌大的美国，并且是华人颇少的情况下，两人相识也算是一种缘分。

拒绝的话还没说出口，温沁便已略带哭腔地说：“姐们儿失恋了，来吧。”

电话那边又传来了另一个无奈的声音：“蔚蓝，快来吧，我一个人搞不定这个疯女人。”

是徐佳宁的声音，她也是蔚蓝在哈佛时的校友。因为蔚蓝的关系，本来互相不认识的徐佳宁和温沁也熟悉起来，回国之后两人租住了一套房子，关系也更亲密了。

见温沁已经开始哭号，蔚蓝想了会儿，同意了。

她的车是助理张萧下午从酒吧那边开回来的，她索性开车到了徐佳宁说的地方——据说是温沁精心挑选，准备和男友庆祝在一起三个月的地方。

到烧烤店门口的时候，蔚蓝还是愣住了。

“你明白她和Mike分手的原因了吧，让他坐在烧烤店里吃东西和拿刀杀了他差不多。”徐佳宁无奈地摇头。

温沁终于忍不了了，她拍案而起，怒道：“烧烤怎么了，我告诉你，我大中华美食容不得他侮辱。”

Mike是温沁在宠物医院里认识的男朋友，两人有共同的留学经历，又都样貌出众，自是一拍即合，谁知最后却因为一顿烧烤散伙。

徐佳宁笑道：“算了，你面子也够大了，连蔚蓝都来了，平时她哪里会踏足这样的地方。”

温沁这会儿才想起来，她用手臂撑着脑袋，一双眼睛红通通地看着蔚蓝：“蓝蓝，你会因为我喜欢吃烧烤就鄙视我，觉得我脱离不了低级趣味吗？”

蔚蓝看着她摇头。

温沁站起来就要扑向她的怀抱，这一扑不要紧，旁边却突然窜出一个男人，跟温沁撞了个满怀，撞完还得意地笑：“哟，小姐，投怀送抱？”

说罢，他还顺势摸了一下温沁的腰，想要搂着她。跟他一桌的男人纷纷起哄，还有人冲着她们吹口哨。徐佳宁一下子站了起来，将温沁拉回来，嫌恶地看着他们骂道：“人渣。”

“骂谁呢？”徐佳宁毫不掩饰的鄙视彻底惹怒了他们，一帮五大三粗的男人都站了起来。

好在老板及时赶到，赶紧说和，谁知刚才摸了温沁的男人不仅没觉得自己错，反而气焰更嚣张地说：“今儿个这三个人要是不给我喝酒赔罪，我还真就不放她们走了。”

老板左右为难，赶紧说："几位小姐，你们就赔个不是吧。"

徐佳宁气得脸都红了，怒道："明明是他们先惹事，还让我们赔不是？我就不信北京没说理的地方，报警吧。"说着，她毫不犹豫地拿起手机。

对面的男的一见她要报警就想过来抢手机，谁知他刚动，一杯啤酒全倒身上了。被浇了一头的人错愕地转头看向身边，才发现动手的是刚才一直没说话的蔚蓝。这人自觉失了面子，跨步过来的时候手掌已经挥了起来，徐佳宁和温沁同时失声尖叫，倒是蔚蓝的手掌已经微微捏着。

只是没想到她还没动手，这巴掌就被挡住了。在最后一刻，高大的身影挡在她面前，抬脚将对方踹了出去。

蔚蓝看着出脚的男人，他缓缓转过头，皱着眉直勾勾地望着她。

秦陆焯想起昨天林纪明给他打电话的时候说他妹妹很乖，从没惹过事，会出现在警局肯定是被人欺负了，结果呢？半晌，他嘴角勾起，终于开口："你怎么这么能惹事儿？"

惹事？蔚蓝禁不住回想，她前二十五年的人生中，真正谈得上惹事的还真不多。偏偏从昨天到今天，都被他碰上了。

此时，趴在地上的"沙包"被朋友扶了起来。秦陆焯这一脚不仅没解决事情，反而让这几个人更气了。对方几个人见他就独身一人，相互看了看，终于咬牙骂道："你找死是吧。"

秦陆焯冷笑，没说话。就在有人从桌子上拎了酒瓶要冲过来的时候，店门口传来一声"老大"。众人回头，就看见十几个男人堵在门口。原本气势汹汹准备闹事的几个男人一下子脸色都白了。

沈放一见这阵势，哪有不明白的道理，一看就知是几个女生被欺负了。不过老大是刚跟他们一起过来的，这才几分钟时间，就跟人干上了，不像他性格啊？他眉毛一横，问道："老大，有事儿？"

秦陆焯斜眼看着对面的几个男人，问道："还想惹事吗？"

蔚蓝站在他旁边，开始认真地打量着他。他今天依旧一身黑色装扮，剑眉凌厉，眼窝比一般人深，五官都格外立体，薄唇微抿，神色冷肃地看着对面，眸子里带着冷意。

“你们是跟着薛三的吧？”秦陆焯看着几人，淡淡地问道。

这几个人没想到他会这么问，面面相觑。秦陆焯面无表情地说：“今天我不为难你们，不过以后，不要再让我看到你们欺负姑娘，否则……不信回去问问薛三，秦陆焯说话到底算不算话。”

秦陆焯。

一个脖子上戴着大金链子的男人诧异地看着他，似乎想起了这个名字。

闹事的人走后，老板见状赶紧打圆场说道：“诸位，小店小本生意，实在得罪不起刚才那些人，还请大家见谅。这样，凡是今晚在小店消费的都打八折。”

这家烧烤店的生意是真好，要不然也不会有这么多人。

因为楼上有圆桌，沈放带来的人都被老板领着去了楼上，倒是他们几个站在一起，没人先开口说话。最后，还是蔚蓝看着秦陆焯说道：“又麻烦你了。”

又麻烦？旁边三人一听，心想：哟，这是认识啊？

秦陆焯看着她，漫不经心地说：“知道就好。”一点儿面子都没给。

好在蔚蓝没生气。

沈放想了想，说：“既然是认识的人，那一起坐不介意吧？”

温沁和徐佳宁自然没意见，虽然秦陆焯刚才威胁别人的时候特别威猛，可他这个人长得英气，姑娘家的多少有点儿颜控，总觉得长得好看的男人不会太坏。

温沁点的烧烤已经端上来了，他们没换桌子。因为是四人的桌子，徐佳宁和温沁坐在一起。沈放拉开蔚蓝身边的椅子，说：“老大，你坐这儿吧。”

两拨不算熟的人凑在一块儿，总要有人先开口。秦陆焯不是那种爱寒暄的性格，蔚蓝性子淡然，在朋友中话也少。最后，沈放先和温沁她们聊了起来。

温沁对他们的身份有点儿好奇，忍不住问道：“你们是道上混的吗？”徐佳宁忍不住用脚踢了她一下。

好在沈放一点儿都不介意地说：“你们想哪儿去了，我们是物流公司的，今晚公司有活儿，加完班后老大请工人过来吃烧烤。”

徐佳宁明显松了一口气，倒是温沁有些失落，她嘟囔道：“我还以为是黑帮大片呢。”

坐在秦陆焯身边的蔚蓝突然笑了一声。

她本来就长得好看，只是人太安静了，这么一笑，竟有种鲜活灵动的俏丽。沈放见秦陆焯也朝蔚蓝看了一眼，心底讶异，赶紧解释说：“我们公司是清源物流，网上可以搜到我们的官网，不信可以搜搜看。”

温沁有些奇怪地问：“那为什么刚才那几个人一听你们老大的名字就很害怕？”

她说完，有些小心地朝秦陆焯看了一眼。这人确实是帅，就是气场太强，凌厉逼人。

沈放笑道：“因为我们老大以前是警察。黑社会怕警察，不是天经地义的事情吗？”

——警察。

蔚蓝伸手去拿桌子上的一次性纸杯，手肘不小心碰到身边男人的手臂。

沈放看见另外两个姑娘脸上震惊的表情，自然很是得意，口吻自豪地说：“我以前也是当警察的，还是刑警。”

蔚蓝忍不住看向他，问道：“办命案的？”

“都有。”沈放说道。

温沁来了兴致，追问道：“那你们怎么又开公司了？”

沈放伸手挠了挠后脑勺，不好意思地笑道：“嗨，为人民服务也得吃饭不是，警察的那点儿工资哪辈子能买得起房子啊。”

徐佳宁和温沁都不是北京本地人，对他的话颇为赞同地点头。

只是沈放说完，嘴角的苦涩未退。谎话说得多了，连自己都开始相信了。可是这样的理由，即便他再说上一万次，也还是没办法欺骗自己，特别是看着身边的秦陆焯……要是老大真是被现实打败的，估计还能比现在好受些吧。

“对了，你们都是做什么的？”沈放问道。

几人随后简单地介绍了自己。

徐佳宁是学金融的，现在在投行工作，温沁是兽医，目前在宠物医院工作，未来目标自然是开一家自己的宠物医院。最后，沈放看向蔚蓝。这姑娘是三人里长得最好看的，也安静。不过他有些惋惜地看着秦陆焯和她，这两个人话都少，完全擦不出火花啊。

得知蔚蓝是心理医生后，一直垂着眼把玩打火机的男人总算微抬眼皮，懒洋洋地朝她看了一眼。蔚蓝侧头看他，淡淡笑道：“不像？”

“嗯，天天闹事进警局的，头一次见。”秦陆焯笑了声，端起面前的纸杯喝了一口。

蔚蓝盯着他滚动的喉结。这男人连脖子都长得好看，仰头时下颌紧绷，处处都透着硬朗。

沈放很少见自家老大对姑娘这么不客气的。喜欢秦陆焯的人不少，只不过他连正眼都不瞧，自然就谈不上有什么态度。所以，不客气的态度也是一种特殊待遇？

沈放生怕秦陆焯把人家姑娘得罪了，赶紧岔开话题说：“心理医生厉害啊，我记得我还在警队的时候遇到的专家，好像一眼就能看穿别人的心思。”时至今日，沈放都记忆犹新。

蔚蓝笑笑没说话，反而是转头问：“我的胸针，你看见了吗？”

秦陆焯看着蔚蓝，手指在桌子上轻敲了一下，说道：“丢我车上了，今天没带在身上，你着急要吗？”

蔚蓝莞尔，认真地说：“着急。”

秦陆焯点头，不在意地回答：“明天给你寄快递。”

一时间，桌子上的其他三人心底都浮现出一个词——钢铁直男。

第二章

不听话的都是狗崽子

等吃得差不多了，秦陆焯起身，走到门口。沈放跟着站起来，笑道：“我们出去抽支烟。”

他们离开之后，温沁总算找到机会问蔚蓝：“你跟这个帅哥是怎么认识的？”

谁知，蔚蓝看着她，淡淡地说：“我跟周西泽分手了。”

温沁和徐佳宁脸上都出现了震惊的神情。比起温沁这场三个月的短暂恋爱，蔚蓝和周西泽的感情看着是真稳定，况且两人门当户对，一看就是冲着结婚去的。

蔚蓝说道：“他劈腿，被我撞见了。”

她口吻之淡然，让温沁的脏话都说不出来，憋了半晌，怒道：“男人果然都不是好东西。”

徐佳宁担心地问：“刚刚说你进警局，也是因为这件事？”

温沁还在感慨：“我还以为周西泽是富二代中的清流，没想到也是一股泥石流。”周西泽这人会做人，表面功夫做得足，因为蔚蓝的关系没少送礼物给她们俩，弄得她们都对蔚蓝羡慕不已，觉得这人长相英俊，还温柔体贴。温沁又说，“算了，这种渣男，你也别喜欢了。”

喜欢吗？蔚蓝倒也不是没考虑过这个问题，她这样的家庭，似乎注定只能在有限的圈子里挑选男人。在美国的时候蔚蓝试着跟人约会过，只不过都是一顿晚餐结束后再无联系。

她是心理医生，虽然医者不自医，但她知道自己的症结在哪里。她性格太冷淡，至今没有一段能够称得上亲密的恋爱关系。在她自己看来，她的问题无伤大雅，直到后来遇到周西泽。他一直表现得很绅士，跟他相识两年，两人的进展至今还停留在牵手的阶段，甚至连十指相扣都没有。按照正常男性的需求，她明白她的抵触实在强人所难。

或许对于周西泽的种种行为，她在某种程度上是睁一只眼闭一只眼。昨晚她亲眼见到后，不仅没生气，反而有种松了口气的感觉——她终于可以正大光明地提出分手。

蔚然点头。她坐着的方向对着门口，一眼就看见了站在外面抽烟的两个男人。秦陆焯手指间夹着烟，双腿微微分开，比旁边沈放高出半个头。他即便是穿着厚实的冬衣，也一点儿不显臃肿，像是传说中的“穿衣显瘦，脱衣有肉”。

温沁注意到她的眼神，转头朝外面看，忍不住说：“我觉得这人比周西泽帅太多了，而且性格也特别男人。蔚蓝，你可以考虑试试。”徐佳宁瞪了她一眼，温沁反而振振有词地说，“既然他们都分手了，蔚蓝怎么就不能对别人有意思了？”

蔚蓝微怔。

这么久了，她虽然依旧不清楚什么是喜欢，但她明白，所有的喜欢都是从有意思开始的。那么用心思拿到一个人的联系方式，算有意思吗？

徐佳宁终于忍不住了，说道：“你别乱点鸳鸯谱，你怎么就知道蔚蓝对他有意思？”

谁知蔚蓝抬起头看着她们俩，说：“如果我说有呢？”

秦陆焯他们回来后，桌上的三人都沉默着。蔚蓝依旧是那副模样，全然不知自己的一句话成功震住了对面的两人。好在此时大家都吃完了，秦陆焯看着蔚蓝说：“你地址告诉我，我把胸针寄给你。”

还真寄啊？沈放心底“哟”了一声，一想到“嫂子”没了，心底就觉得痛。

“不用那么麻烦，我明天开车过去拿。”

秦陆焯深深地看了她一眼。嫌快递麻烦，自己开车过来拿就不麻烦？这姑娘什么脑子？

沈放拍手：“对对对，还是亲自过来拿好，我看那枚胸针挺贵的，别回头让快递弄丢了。”于是，沈放立即报了公司的地址。似乎还怕蔚蓝找不到，最后沈放推了推秦陆焯，说道，“老大，我们公司那地儿挺不好找的，要不你把手机号给蔚小姐，省得她明天找不到。”

秦陆焯皱眉，不耐烦地看着他。

温沁跟着帮腔，说道：“对呀，现在导航都挺不准的，留个电话，好找。”

秦陆焯终于开口："她有。"

第二天工作结束，蔚蓝看了一眼时间，昨晚约好今天过去拿胸针，这个点儿去还能避开下班高峰。只是没想到，她还没离开，就接到了姐姐蔚然的电话。

蔚然开口就问："你和周西泽分手了？"对于她知道这个消息，蔚蓝不觉得奇怪。蔚然说，"爸妈也知道了，爸挺生气的。"

蔚蓝"哦"了一声，没在意。蔚然知道她就是这么个性子，无奈地道："爸爸让我打电话，叫你晚上回来吃饭。"蔚蓝刚想说她晚上有事，谁知蔚蓝又说，"别拒绝了，你已经两周没回家吃饭了。再这样下去，爸妈该后悔让你住四合院那边了。"

蔚蓝于是点头答应下来。

天快黑了，秦陆焯忙完手头的事情，沈放过来喊他吃饭。沈放望着外头的天色，说道："老大，待会儿人家蔚小姐来了，你也请人吃顿饭，这是咱们当男人应该有的气度。"

秦陆焯直勾勾地看着他，说道："你脸上怎么少了一颗痣？"

沈放一时有点儿蒙，什么意思？

"不去当媒婆，可惜你了。"秦陆焯伸手就把桌子上的一本书拿起来扔了过去。

沈放讪讪地道："老大，我这不是关心你嘛。你说你也不交女朋友，我怕时间长了，这么憋着，你这心理和生理都出现偏差。"

"滚蛋。"说话间，秦陆焯放在桌子上的手机振动了一下，他拿过来看了一眼，又把手机放进兜里，从椅子上站起来，拿上衣服就往外走。

"老大，你这是去哪儿啊？"沈放着急了。

秦陆焯回头望他："去食堂吃饭，你不是嚷嚷着饿了？"

"不等蔚小姐了？"沈放是真急了。

秦陆焯瞥了他一眼就转过了身，撂下一句："她说不来了。"

因为爸爸还没回来，晚餐还没开始。蔚然从楼梯上下来，看见蔚蓝正拿着手机。

“看什么呢？”蔚然在她旁边坐下。

蔚蓝轻笑了下，摇头：“没什么，等个短信。”

“很重要？”蔚然有些奇怪，难得见妹妹这副模样。

她们姐妹俩长得还算相像，不过性格天差地别。蔚然一副女强人的模样，如今在自家公司里掌管财务，做得风生水起。而蔚蓝性格冷淡，对做生意没兴趣，忙着自己的事情。

蔚然问她：“你真的要跟周西泽分手？”眼看着两家快把婚事提上日程了，却突然传出分手的消息，周家那边多次打电话过来。

蔚蓝靠在沙发上，客厅吊灯的光线照射下来，她的皮肤愈加显得白皙。

这边的秦陆焯收到短信后看了一眼没打算理睬，沈放瞧见了，问道：“是蔚小姐吗？”

秦陆焯白了他一眼。

沈放端着碗，干脆朝旁边看，一边看一边说：“不回别人短信挺没礼貌的，人家还是个女孩子，肯定是有事情才没来的，都发短信解释了……”

秦陆焯不耐烦地道：“你能闭嘴吗？”

可他已经拿起了手机，心想：要不是实在不想听沈放叨叨，他可没这闲工夫回复她。

蔚蓝：“今天很抱歉，明天我请你吃饭吧。”

她一共就发了两条短信，第一条告诉他不能来了，第二条就是这条。

秦陆焯回她：“我不爱和不守时的人吃饭。”

发完，他把手机放在桌子上，许久没等到回复。直到秦陆焯吃完饭，从兜里掏出烟叼在嘴里，准备点上的时候，手机屏幕才亮了。他拿出打火机打着，火苗蹿起，嘴唇微微靠近，烟头被火苗点燃，吸了一口，吐出一圈灰白色烟雾，他这才慢悠悠地拿起手机。

“抱歉，我不知道你一直在等我。”蔚蓝如是回复。

秦陆焯叼着烟，看了半晌，一笑，呵，这女人可真是自作多情，谁在等她。

蔚蓝回复完这条短信的时候，大门正好被打开，是蔚建勋和严枫回来了。严枫一进门，见两个女儿都在家，脸上立即浮起笑意：“在等爸爸妈妈吗？”

蔚然起身回了一句：“你们再不回来，我就拉着蔚蓝先吃饭了。”

正脱了大衣递给阿姨的蔚建勋一听，顿时瞪她：“没规矩。”

虽然蔚然在公司是下属，但是在家里她是长女，父母待她如掌上明珠。听爸爸这么说，她不仅不怕，反而笑道：“我没规矩，还不是您给惯坏的。”父女俩你说我笑，倒是其乐融融。

严枫转头就见蔚蓝也站了起来，只不过她没说话，就安静地站在那里。按理说，家里的小女儿理应最受宠，也爱跟父母撒娇。偏偏他们家的小女儿性子淡，跟谁都不热络。即便父母想要关心她，她也是话不投机半句多。

“蔚蓝。”蔚建勋蹙眉，开口朝蔚蓝道，“你如今做事就是这么肆意妄为吗？行事之前，可有考虑过父母的脸面？”

蔚蓝自然不怕，她抬起头直勾勾地看着蔚建勋：“周西泽劈腿，难道我要忍着？”

严枫知道两人的脾气，赶紧打圆场：“算了，小蓝今天回来吃饭，不要提这些不开心的事情。”

蔚建勋倒也不全是生蔚蓝的气，周家那个浑小子，得了他的宝贝女儿，还敢在外面找女人，也令他气愤。周父打电话过来的时候，蔚建勋说话都是毫不客气。只是蔚蓝擅自退婚，都不跟父母说一声，也太任性。要不是周父打电话过来，他至今还蒙在鼓里。

吃完饭，蔚蓝上楼回了自己的房间，在书架上抽了一本书看了起来，只是半天都没翻页。

蔚然端着水果上来的时候敲了敲门，进来后把水果盘子放在小茶几上，这才说：“还生爸爸的气？”

“没有。”真瞧不出情绪波动。

好在蔚然跟她当了二十几年的姐妹，蔚蓝再怎么表情淡然，她还是能看出点什么。她劝道："你别怪爸爸，本来你和周西泽的婚事已经是板上钉钉了，现在突然来了这么一出，爸爸难免不开心。况且之前周叔叔打电话过来，爸爸也把周西泽狠狠地骂了一顿。"

"能不提他吗？我现在和他已经没关系了。"蔚蓝皱眉。

蔚然笑了一声，双眼直勾勾地盯着蔚蓝，问道："其实，你是故意的吧？"蔚然终于叹了一口气，靠在沙发上，若有所思地道，"你虽然性子淡，可是喜好我还能看得出来。你和周西泽在一起，客气多过亲热，两人看着便生分，我早就觉得你们不会结婚。至于你为什么一直没拒绝，我到现在算是看明白了。你不仅不想跟周西泽结婚，也不想让爸妈插手你的婚事吧。"

到底是姐妹，蔚然几乎说中了蔚蓝的心思。她就是刻意的，故意在订婚后搞出这样的事情。这个圈子就这么大点儿，有什么事情一传开所有人都知道。

在别人看来，周西泽固然有错，但蔚蓝也不够大度。

蔚然神色严肃地看着她："蔚蓝，有些事情，不是想做就可以去做的。"

"连结婚都不能找自己喜欢的人？"蔚蓝终于忍不住说道。

她并不是一个叛逆的人，但是在这件事上，异常执着。即便她现在没有爱的人，也不想和不爱的人绑在一起过一辈子。

"追求爱情可以，但是代价你能承受得起吗？你现在所享受的一切都是蔚家给你的，你的婚姻不是你一个人的事情。"

"意思是就得像你和傅之衡那样？"蔚蓝皱眉，眼眸里带着不耐烦，意识到自己说了什么后，她又迅速说道，"抱歉。"

蔚然伸手顺了下长发，没因为她的口无遮拦而生气。她神色平静地看着蔚蓝说："对，我和傅之衡是家族联姻，这没什么不好。我需要的不是他给我的爱情，而是安全感。上达物流几千亿的资产，我一个人守着，太累了。"

上达物流，国内物流界的龙头企业，是蔚家的产业。

蔚建勋只有两个女儿，蔚蓝压根没考虑过从商，未来要担起责任的自然是蔚然。

蔚蓝笑了，问：“姐，你还记得傅之衡长什么样吗？”

据她所知，傅之衡近半年来待在北京的时间屈指可数，蔚然又一直住在家中，夫妻两人别说婚姻生活，只怕连对方的长相也忘得差不多了。

蔚然回答道：“我记着他的样子干吗？只要他在床上还管用就行。”

蔚蓝沉默片刻，伸出手微微撑着额头，低声说：“姐，如果你有需要，我有同学是男性科方面的专家。”

蔚然哑然，她迅速反驳：“瞎想什么呢。”

谁知蔚蓝难得体贴地说：“一般夫妻一方开始抱怨这件事，便说明他们之间确实有问题。现代社会压力很大，可以理解。”

蔚然咬牙怒道：“就不爱和你们心理医生说话。”什么都能一眼看透。

蔚然离开之后，蔚蓝看了一眼手机，秦陆焯没再回复信息，这倒在她意料之中。

蔚蓝的工作看似轻松，只需要跟咨询者聊一个小时，就有一千元咨询费。其实在咨询者来之前她得做准备，离开后她还需要针对这次的聊天进一步剖析咨询者心理状态的变化。有些咨询者说，跟她聊过天后特别累，想睡觉，其实她也未尝不是。

蔚蓝送走客户后，看着窗外冬日的萧条，树木早已经凋零，树枝上挂着的那几片叶子也脆弱得很，风一刮过，就从枝头飘飘悠悠地落下。季节气候也会影响一个人的心情，所以咨询者在的时候，蔚蓝多半会让他们的注意力放在室内的植物上。

咨询者离开的时候，才下午三点，蔚蓝靠在椅背上，看着又一片叶子从树枝上落下。突然，她站了起来，从衣架上取下外套，拎着包直奔电梯。

前台杨佳见她出来，连忙起身："蔚老师，您这是要去……"

"旷工。"蔚蓝留下两个字，人已经迈入电梯。

蔚蓝开着车，导航已经定位到清源物流。工作室离这里不算近，开车半个多小时才到。蔚蓝对这边不熟，找停车位又花了十分钟。停好车下来，她顺着手机上的导航提示往前走。

导航显示快到了的时候，就看见几个小孩子围着一棵树指指点点。她本没在意，路过的时候却被一个小女孩怯生生地喊住："姐姐。"蔚蓝停下脚步，低头看着她。小姑娘鼓足勇气，说，"姐姐，你能帮忙救救小猫吗？"

小猫？

蔚蓝顺着几个孩子的目光朝树上看去，原来是一只纯白色的小猫正卡在树枝之间。它试着挣扎了几下，只是一挣扎，叫声便又凄惨了几分。树下的小朋友都很着急，生怕小猫出事。

蔚蓝微怔，问道："我怎么救它？"

"爬到树上，把它抱下来吧，姐姐。"一个小男孩给她出主意，其他几个孩子纷纷觉得这个主意不错，点头附和。

蔚蓝看着面前这些天真无邪的祖国花朵，难得温和地笑了起来。

爬树——亏这帮小家伙想得出来。

秦陆焯是因为食堂阿姨的儿子才过来的，这孩子见公司里有只通体雪白的小猫，便抱出去跟附近的小孩炫耀，哪知猫跑树上去了，他是回来帮忙的。

秦陆焯过来的时候正打算给不听话的猫一点儿教训，谁知见到的画面却让他惊讶。树干上坐着的姑娘穿着白色高领毛衣，披散在肩头的长发因为低头看着怀里抱着的猫而倾泻而下。落日余晖洒在她身上，美得让人只想安静地看着。

片刻后，秦陆焯皱眉了。秦小酒这个闹腾的小东西，在她怀里怎么那么乖。

蔚蓝抬起头，就看见秦陆焯站在树下神色不明地盯着她看。

树下的小朋友们一个个急不可耐地问："姐姐，小猫怎么样了？"

"它是不是受伤了？"

"哎呀，它都不叫了呢，肯定很痛。"

此刻坐在树上的蔚蓝俨然成了救世主，直到有个小孩见她迟迟不下来，终于问："姐姐，你是不是不敢下来了啊？"这会儿其他小朋友也意识到了，毕竟她距离地面是有点儿高。

有个小女孩看到旁边站着的秦陆焯，鼓足勇气声音软软地问："叔叔，你可以帮忙把姐姐抱下来吗？"

秦陆焯顿时哑然。

他身材高大，小女孩站在他旁边刚到他的腰侧。他低头看着那张粉嘟嘟的小脸，大眼睛里一派天真。他伸手摸了下她的脑袋，神色莫名温柔："这个姐姐既然能自己爬上去，就能自己下来。"说完，他自己也觉得好笑。

为了救猫，亲自爬树上去了？她可真够可以的。

坐在树上的蔚蓝听到这句口吻凉薄的话，低头抚摸怀中的小家伙，通体雪白的猫毛柔软舒服，一看就知平时喂养得很好。她低笑道："这可是你的猫，我是为了救它才上来的，难道你不应该对我负责任？"

其实她是想说，他应该对她现在的状况负责，谁知说完才注意到话里的歧义。

树上的姑娘和树下的男人都怔住了。

秦陆焯微蹙着眉头看她，过了会儿沉声问道："我的猫？又是你的推理？"

秦小酒平时都关在家里，最近他没空，只好放在宠物医院寄养了两天，今天刚领回公司就撒欢一样地跑，又被小孩子带了出来。

蔚蓝继续抚摸猫，约莫是把它摸舒服了，小家伙"喵呜"叫了两声。

秦陆焯听得额角微跳，心中暗骂，小白眼狼。

蔚蓝从小猫的脖子上勾起一块牌子，纤细的手指在夕阳下染上一层蜜釉。

“不用推理，观察就好。”蔚蓝低头看着树下的人，神色悠然地道。

秦小酒脖子上挂着银质牌子，上面写着它的名字，秦陆焯又恰好出现在这里，不难推测出这中间的联系。一帮小朋友都看着秦陆焯，表情十分哀怨，尤其是最先开口的小姑娘，她一脸不赞同地说：“叔叔，我妈妈说男生就该主动帮助女生，这样才是好孩子。”

小姑娘被教得很好，此刻没有主动帮忙的秦陆焯正接受着她的谴责。

极少受到指责的秦陆焯温柔地看着小姑娘，他问：“那你想让我怎么帮她？”

“抱姐姐下来吧，这么高，她怕。”小姑娘举起胖乎乎的小手，说，“多多爬很高的时候，爸爸就是把多多抱下来的，就是这样……”

不管树上的蔚蓝还是树下的秦陆焯都没说话，小姑娘着急了，以为秦陆焯没看懂，干脆转身试图抱起身边的小男孩，惹得小男孩白皙的小脸涨得通红。

这次秦陆焯彻底看清楚了，他抬起头，目光深沉地看着树上的人。

蔚蓝的视线撞上他的眼睛，微愣：“你不会觉得是我教她的吧？”

秦陆焯没说话。

确实不是她教的，不过小姑娘的提议她倒是觉得不错。

谁知她刚说完，秦陆焯扔下两个字——等着，转身就走了。

蔚蓝看着男人头也不回的背影，又低头看了看怀中温顺的小白猫，带着浅笑低声说：“他要是不回来了，我就把你带回去，好不好？”

可惜这个心愿注定实现不了。几分钟后，秦陆焯回来了，身后还跟着一个扛着梯子的工人。待工人把梯子放好，秦陆焯单手插兜，姿态轻松地站在树下，声音懒散地说：“下来吧。”

一旁的小朋友都眼睛发亮地看着他，显然，轻松搞定这个难题的叔叔让他们崇拜。

蔚蓝垂眸睨了他一眼，又摸了怀中的猫两下。

秦陆焯没说话，径直踩着梯子上去，待身体与树上的蔚蓝平行时，他伸出一只手：“把它给我吧。”半空中，修长白皙的手指骨节分明，摊开的掌心处，掌纹并不凌乱，两条线顺着掌心蜿蜒，出人意外地好看。

蔚蓝把怀里的秦小酒递给他，动作温柔小心，没忘记叮嘱：“刚才它的后腿卡在了树梢上，小心点。”

秦陆焯低头看着小东西，即便此刻这么乖顺，还是忍不住轻斥了一声：“狗崽子。”他身后是已垂垂落下的夕阳，光洒在他的发间，他微垂着眼睛看着小白猫，难得温柔。

蔚蓝：“它是猫崽子。”

“不听话的都是狗崽子。”秦陆焯淡淡道。

蔚蓝微微挑眉，开口道：“要是你不听话呢？”

秦陆焯听完这话气笑了：“心理医生都像你这么伶牙俐齿？”

蔚蓝看着他，脸上竟是露出得意的笑。她不是爱斗嘴的人，偏偏遇到他，一次两次都改了性子。她摇头说：“不是，一般我的咨询者对我的评价都是温柔、体贴，善于倾听。”

秦陆焯嘴角上扬，似是含着嘲笑。

待他们成功救下小猫，小朋友们陆续跟秦小酒告别。

他们是从大门口进公司的，一路上遇到了不少人，虽然都只是跟秦陆焯打招呼，眼睛却忍不住在蔚蓝的身上打量。

进了办公室，秦陆焯走到墙角，把秦小酒放进猫笼，接着转身走到自己办公桌后面，拉开右手边的抽屉，将里面的胸针拿了出来，放在桌子上，说：“看看，有没有损坏的地方。”

蔚蓝没说话，他抬头看了一眼，见她在看自己的办公室，问道：“你也想分析我？”

那晚蔚蓝确实给他留下了深刻的印象——一个过分聪明的女人。

寻常人跟心理医生接触时，心底都会有点儿发怵，觉得心理医生会轻易看透他们，他却干脆仰坐在椅子上，双手环胸，抬了抬下巴：“说吧，什么结果？”他嘴角泛着冷笑。

蔚蓝没在意他的冷漠，又看了一圈办公室，点头：“你是男人里难得爱干净的。”

只是她这个好笑的结论并未得到秦陆焯的认可，他眯着眼睛问：“你怎么知道我的办公室是自己打扫的？”

这次，轮到蔚蓝微怔，他们就像是找到了势均力敌的对手。

蔚蓝又说：“我进入你的办公室，一共发现了七个摄像头，当然这只是我看到的。至于暗藏的还有多少，我就不知道了。摄像头也能理解，你是警察出身，谨慎已经刻在你的骨子里了。外面尚且有那么多摄像头盯着，你会让别人随意进入你的办公室吗？”

显然不会，最稳妥的办法就是他亲自处理这间办公室里的一切事情，包括打扫卫生。

房间内过分安静，直到秦陆焯再次开口：“就这些？”

“还有最重要的一件事。”秦陆焯靠在椅子上盯着她，蔚蓝缓缓地走到他的办公桌前，双手按在桌子上，身体前倾，眼睛直勾勾地看着他，“从刚才你带着我进来时其他人脸上的表情不难看出，你应该从没带过女性来公司，所以你单身的时间应该已经超过三年。”

清源物流成立三年了。

她自始至终盯着她，突然轻笑：“你该找个女朋友了。”

“找你这样的？”秦陆焯下意识的反问脱口而出，语气中不难听出带着嘲讽。

谁知蔚蓝不仅没生气，反而目光淡然地看着他：“我不可以吗？”

秦陆焯没说话，只是微微将头撇开，难得遇到比他还横的。

蔚蓝这种横，他是头一回见，脑回路奇特的女人，说什么都是理所当然的模样。

此时，他办公室的房门被人敲响了。

沈放推门进来，瞧见蔚蓝的时候显然挺开心，不过没多少惊讶。进来之前就已经有人偷偷跟他报告过，今天秦总带回一个特漂亮的姑娘。秦陆焯身边最亲近的人就是沈放，他身边哪有什么女人……随后，他就想起了那天在烧烤店遇到的人。这不，还真被他猜对了。

沈放说道：“蔚小姐你来了，我刚回公司，没亲自迎接，失礼了。”

“你对待每个人都这么客气吗？”蔚蓝见他说得这么郑重，浅笑道。

沈放立即摇头，表示：“当然不是，只有你我才这么客气，毕竟你是我们老大的朋友。”

秦陆焯见他这热情似火的模样，瞧着有些心烦，没好气地道：“没事就回去上班，是不是手头上的事情太少了？”

沈放一听，想起上回秦陆焯说这话的时候，自己真是足足忙了一个月才休息。那时候别说放假，就连脚沾地的工夫都没多少，于是沈放赶紧找借口溜了。走到门口的时候，他想了想回头说道：“蔚小姐别走了，一起吃顿饭啊。”

蔚蓝启唇，正要回他，秦陆焯瞧了他一眼，语带讽刺地说：“要不今天晚饭让你请了？”

沈放正想说“好”，转念一想，他这样不就成了电灯泡吗？再看一眼秦陆焯的脸色，他赶紧溜之大吉。

沈放走了之后，蔚蓝回头看他，淡淡道：“我们也走吧。”蔚蓝指了指角落里的猫笼，“送秦小酒去宠物医院，我怕它这么挠下去，后腿伤势更重。”

秦小酒是只不安分的猫，这会儿被关在笼子里就没消停过。

秦陆焯起身提起猫笼，看着蔚蓝：“我会送它去的，你不用特意跑一趟。”

“它好歹是我爬到树上救下来的。”她一句话堵得秦陆焯没话说。

他低头看着笼子里的秦小酒，心道：狗崽子，没事给自己弄了个救命恩人回来。

秦陆焯领着她到了一辆黑色越野车旁边，上车前，蔚蓝自然地接过他手里的笼子，低声说：“我来拿吧，你开车。”分工挺明确。

他的车跟人一样，十分干净。

开车去宠物医院的路上，蔚蓝问："怎么会养猫？"按理说，以他的性格，即便真的养宠物，养的也应该是大型烈犬。猫太过娇气，他一定会嫌麻烦。

秦陆焯倒是很配合地回答了："它藏在我的车轮里，被我发现了，就养着了。"

秦小酒是只流浪猫，因为天气太冷，喜欢藏在车轮里，偏偏在那天被秦陆焯看见了，心软了。结果证明，他确实有瞎眼的时候。秦小酒刚到家那两天还乖巧地不敢四处乱跑，后来发现它是这个家的一员，就开始蹬鼻子上脸，暴露本性。

所以听到蔚蓝夸它乖的时候，秦陆焯没克制住发出一声冷笑。

到了宠物医院，人不是很多，很快护士就领着他们过去给小猫打针。之前秦陆焯刚领养秦小酒的时候，就带它来这家医院打过疫苗。进入医生办公室，穿着白大褂的女医生温柔地抬头看着他们，却在视线触及蔚蓝时，露出一丝不敢置信的表情。

待秦陆焯将情况简单说明后，医生一边给秦小酒检查，一边频繁地看向两人。

蔚蓝并肩站在他身边，虽未太亲密，可是她实在是漂亮得太过显眼。她肤白貌美，虽然大衣将身材裹着看不见，却显得高挑，打扮虽简单，却处处透着高雅气质。

女医生明明早已旁敲侧击过很多次，确定秦陆焯没有女朋友，她一分心，下手检查的动作明显重了些，秦小酒叫了一声，险些窜出去。

秦陆焯皱眉，他也看出来医生是分心了，只是没作声。旁边的蔚蓝伸手挽住他的手臂，淡淡道："我们还是先出去等着吧，免得打扰医生检查。"

秦陆焯低头，看着她挽着自己手臂的手，心想这手是真好看，就是放错了地方。

只是当着别人的面，他到底是没有甩开。

出了门，他立即推开了她的手，看了她一眼后别开头，刚要说话，却被身边的人抢了先。她说：“不用谢我。”

秦陆焯被她气笑了，单手插在兜里，回头睨了她一眼：“谢你？”

“刚才这位医生，喜欢你。”她说。

他淡淡道：“别胡说八道。”

蔚蓝笑而不语。

秦陆焯想起之前几次都收到医生发来的短信，提醒他养猫的各种注意事项，当时他还想，现在医院的服务倒是很人性化。没想到，这份人性化只对他一人。

他再次进去时，女医生的态度明显公事公办了许多。秦小酒的后腿没有骨折，不过在树上弄伤了，腿上的猫毛被剃了一圈，又裹了药，没有什么大碍。

“送你回去？”出院后站在车旁，秦陆焯伸手拉开车门，低头看了一眼腕上的手表。

蔚蓝摇头：“不用，我的车停在你们公司附近，你送我回你的公司就好。”

两人再次上车，这次车内没人说话，可气氛轻松了一些。临近下班高峰期，回来明显堵了许久。车子在公司门口停下时，外面已经华灯初上。周围霓虹交织，路边灯光昏黄。秦陆焯望了一眼后座上的猫笼，秦小酒上了药之后一直挺乖的。他开口问：“晚上想吃什么？”

正在解安全带的蔚蓝回头看他，眼波流转：“你要请我吃饭？”

“你救了秦小酒。”他是替它致谢。

可这顿饭到底没吃成，蔚蓝临时有事，先离开了，秦陆焯干脆提着秦小酒的笼子回了公司。他这人在吃上面没那么多讲究，以前在警队的时候，吃警队食堂，现在开了公司，天天吃公司食堂。

沈放出来时正好碰见秦陆焯，见他独自一人，往后瞧了一眼。刚才有眼线偷偷跟他说，秦总是跟那位漂亮小姐一起离开的，沈放觉得自家老大总算是铁树开花。可这才多久，他就吃完饭了？

“老大，你和蔚小姐吃过晚饭了？”秦陆焯白了他一眼，只是沈放老妈子属性上身，也不理会，念叨着，“老大，真不是我说你，这样太不厚道了，好歹人家也是姑娘，请吃个饭怎么了。”

这会儿他完全忘记了秦陆焯以前是怎么对待那些喜欢他的姑娘的，旁边的男人真被他念叨得不耐烦了：“是她不吃。”秦陆焯阔步走了，留下沈放待在原地。

沈放愣了半天才意识到，所以不是老大不愿意，而是人家姑娘拒绝了？

晚上，秦陆焯本来已经洗完澡，却接到一个电话，之后他穿上衣服就出门了。

到了地方，一个矮瘦的男人四处张望了好几次，才小心翼翼地拉开副驾驶座的门，上了他的车：“焯爷，好久不见。”

秦陆焯半开着车窗，手指间夹着烟，半眯着眼吸了一口，转头将烟雾吐出窗外，声音低哑：“别废话，消息准吗？”

矮瘦男人嘿嘿笑道：“焯爷，您又不是不知道我潘子是什么人，就没我打听不到的消息。”

秦陆焯一声冷哼，打断了潘子接下来准备开口的夸夸其谈。

潘子又压低声音说：“这个吉叔以前是在云南、缅甸一带混的，这几年在咱们城里也是大有名气，都知道他手头有货，上头有人，而且比起别人最起码便宜了一成，所以都求着他。”

秦陆焯眼底透着冷意，暗道：又一个垃圾罢了。

潘子见他不说话，也没在意，他本就知道这位爷的性子，说道：“焯爷，您以前在道上太有名了，就算如今不当警察了，也没几个人敢跟您来往啊。”

秦陆焯没为难他，淡淡地说：“我只问点儿事情，别的一概不管。”

犯法的事情留给警察处理就好，既然他现在是个平头百姓，也不会给自己惹事。

潘子嘿嘿一笑，又说：“今儿个据说吉叔是来见一个大客户的，您能不能见着我也保证不了，就看你自己的本事了。焯爷，我把我知道的都告诉你，咱们是不是……”

谁知，他刚说完，秦陆焯掐灭烟头，精准地扔进路边垃圾桶。见他启动车子，潘子睁大眼睛喊道：“焯爷，你这是要干吗？”

“跟我走一趟，让我见着人，钱给你加倍。”

这话一说出口，潘子恨不得给他跪下，这不是逼他吗！

到了地方，是个酒吧，门口站着打扮时髦的年轻人，特别是穿着短裙的姑娘惹人注目，虽然北京这会儿还没到数九寒冬，可到底进入了冬季，一个个居然露腿露得毫不畏惧。

潘子最后哀求道：“焯爷，给条活路吧，我就是个卖消息的。”

“你带我进去，办法我自己想，不为难你。”秦陆焯声音淡然，却透着不容置喙。

潘子心知今儿个这事儿是完不了，干脆放弃挣扎，跟着他进去了。进去后，秦陆焯要了靠近二楼的卡座。这酒吧，一楼是卡座和散座，二楼是包厢，谈事肯定是在二楼，他坐的这个位置，谁去二楼一目了然。

今天去二楼的楼梯口站着两个男人，秦陆焯扬了扬下巴，问道：“平时也有人守着吗？”

“没有，估计是吉叔要来的缘故。”

秦陆焯冷漠地瞧了会儿，他刚端起面前的酒杯，潘子就喊道：“焯爷，你瞧，这女人正点啊……她不会就是那个大客户吧？”

听潘子这么一说，秦陆焯抬起头，就看见穿大红色连衣裙的女人缓缓地走向楼梯口，手臂上挽着一件白色大衣，夜店的光线下，一身红裙衬得她整个人如羊脂玉般。过于妩媚的风情，与他见过的哪一次都不一样。

秦陆焯过去的时候，潘子都没来得及拉住。

“蔚小姐，吉叔已经在楼上等您了。”穿着西装的男人眼中不乏惊艳地看着她说道。

站在楼梯口的两个人见到领路的男人恭敬地点头，未加阻拦。

蔚蓝跟在他身后，穿着尖细高跟鞋的一只脚刚踏上楼梯，手臂就被人猛地拽住，紧接着，她整个人落入一个温热的怀抱中。

领路的男人听到身后的动静，回头看见蔚蓝被一个高大的陌生男人拽进怀里，怒道：“你是谁？”

秦陆焯冷漠又狠厉的声音响起：“她男人。”

蔚蓝看着面前的秦陆焯，余光瞥见领路的翔哥正看着他们，她伸手推开秦陆焯：“我说过，我的事情你不用太担心。”

“你什么也不说，就从家里出来，我能不担心？”秦陆焯此刻搂着她，声音暴怒，真像是抓到离家出走小娇妻的丈夫，就连此刻靠在他怀中的蔚蓝也禁不住低头抿嘴，压着笑意。

奥斯卡没颁奖给他，可惜了。

翔哥看着蔚蓝，犹豫着道：“蔚小姐，这……”

蔚蓝抬头：“抱歉，我来解决。”随后，她看着秦陆焯，“我只是来见个朋友，你这么着急干吗？”

“朋友？什么朋友需要在这儿见？”说着，秦陆焯狐疑地看着她，“不会是你那个小白脸未婚夫吧？老子早就看他不爽了。你说清楚了，我跟他之间，你到底选哪个？”

突如其来的狗血剧情让翔哥和旁边的保镖都有些发愣，蔚蓝伸手轻轻摸了下他的胸口。秦陆焯穿着黑色衬衫，显得整个人精悍英俊。蔚蓝浅笑：“你跟他，我当然选你。我不是早跟你说过，我和他只是家族联姻，逢场作戏而已。”她说着，红唇扬起浅笑，风情毕现，仿佛她天生就该这么妩媚。

纤细的手指滑过他衬衫前的扣子，流连，轻抚。

这样的举动，翔哥自然不会再怀疑他们之间的关系，他低声提醒道：“蔚小姐，吉叔还在楼上等着您呢。”

蔚蓝看了秦陆焯一眼，低声哄道：“我真的是上去见个朋友，很快就下来。”

“不行。”秦陆焯依旧拉着她的手腕，“谁知道这帮人是什么东西，我陪你去。”

蔚蓝眼底闪过一丝惊讶，一旁的翔哥立即说：“蔚小姐，这可不行，之前可没说你还要带人。”

“也没说我不能带人吧。”蔚蓝看着他，淡淡道，“我给你们吉叔面子，亲自过来见他。这是你们的地方，我带个人进去，不至于怕成这样吧？”

“这……”翔哥有些犹豫，犹豫半晌，才说，“我去请示一下吉叔。”

等他离开之后，蔚蓝稍稍往旁边站了下，谁知刚动了一点儿，腰就被结实的手臂揽住，力道不容拒绝。秦陆焯低头靠在她耳畔，在别人看来，不过是一对情侣的亲密举动，他说：“你知道你要见的是谁吗？”

蔚蓝嘴角弯弯，同样靠在他耳畔，说：“一个丧心病狂的走私犯。”

很快，翔哥回来了，说是吉叔同意他们一起上去。只不过这次上楼之前，秦陆焯双手插在兜里，朝蔚蓝瞧了一眼，又示意般看了看自己的臂弯。

蔚蓝有些哑然，随后，她伸出手轻轻地挽住了他的手臂。男人的小臂结实温热，明明蔚蓝心中并不忐忑，可他的臂膀似乎还是给了她力量，让她踏出去的每一步都十分坚定。

他们走过转角上了二楼，楼下的吵闹似乎被阻隔不少，处处透着戒备森严的味道，倒真似电影中的场景。蔚蓝表情轻松，忍不住瞥了眼身边的男人，他此时面无表情，下颌线的弧度紧绷得明显。

“吉叔，人到了。”保镖替他们推开门，冯翔领着他们进去。

包厢大得足够容纳几十人开派对，装修奢靡又华丽。里面人不多，七八个，不过最受人注目的，自然是坐在主沙发上，穿着孔雀蓝改良唐装的男人。他看起来五十来岁，两鬓略白，面容阴冷，眉头纹路明显，可见他日常习惯皱眉，是个思虑极重的人。他身边虽然靠着一个妙龄女子，可是女人的腿并未挨近他，仅仅只是上半身靠在他肩上，这个姿势可以让他在最短的时间内，应付突发的情况。

吉叔扬起头，打量了他们一番，却并未叫他们坐下，似乎想要给他们一个下马威。

只不过秦陆焯气势极强，是那种不说话也让人忽略不了存在的人。吉叔眼底露出不悦，说道："蔚小姐，我可是给足了你面子，亲自过来见你，只是这位朋友你事先可没提起过，这是……"他微眯着眼睛，试图给蔚蓝一种心理压迫。

他在驾驭下属的时候习惯用这个动作，这是一种心理暗示。只可惜，在心理学领域，蔚蓝就是他的祖宗。

蔚蓝毫不客气地说："刚才你身边这位应该把事情告诉你了，这是我男人，也是我带的保镖，以防万一嘛。废话不多说，我只想知道，东西什么时候能拿到。"

提到正事，吉叔态度倒是前所未有地好了起来，他假笑道："蔚小姐，既然你能找上我，也应该是听过我吉叔的名头。说实话，在这行中，我的货源最充足，而且品质最好，我有一帮手下就专门在非洲帮我做……"

"我只要血牙。"

象牙连着牙肉的部分因呈现粉红色，故而被称为血牙。因为存世量极少，品质又比一般的象牙上乘，血牙比普通象牙的价格要高出几倍。

蔚蓝说完，身侧的男人表情微怔，以不经意的姿态瞥了她一眼。显然，她是有备而来。

吉叔看了她一眼，故作为难地摇头："蔚小姐，血牙可不好弄。你也知道现在我们拿象牙越来越难了，到处都在宣传非法盗猎，我们的日子也不好过。"

蔚蓝说："你们怎么拿到我不管，我只要东西，要是你没有，我就找别人。"

显然，吉叔这暗暗抬价的行为，在蔚蓝冷漠的态度下显得滑稽又可笑。她态度并不温和，说起话来也有种没有商量余地的强硬。

吉叔在这行算是龙头，很少有人敢这么对他。他一皱眉，手底下的冯翔就立即怒道："我说你这女人，别仗着吉叔待你客气，就蹬鼻子上脸，你……"

"砰"的一声响，伴随着惨呼声，整个包厢一下安静了下来。

秦陆焯甩了下腕子，转头看着蔚蓝，淡淡道："长时间没活动了，有点儿生疏。"

此时，冯翔被人扶住，他捂着脸，血顺着手指缝不断地流下来。秦陆焯这一杯子正好砸中他的眉骨，伤势看着严重，却死不了，就是钻心地疼。

吉叔眼底泛起了怒气，看着秦陆焯，怒道："蔚小姐，你的人可太不懂事了。"

蔚蓝瞥了身边的人一眼，自然地说："我们家，他说了算。"

这话倒是把一家之主的位置，确定了。

吉叔没想到蔚蓝会这么说，打量了一番秦陆焯，哼哼了两声，干脆敞开天窗说亮话。他伸手竖起，说出了他这边的血牙价格。当蔚蓝问到他能给多少的时候，他带着志得意满的口吻说："别的不说，你要的几十斤我都能提供。血牙这玩意儿原本每根象牙里只有一小截，你问问行里，你要这么多也就我能提供。"

几十斤？这就意味着，有数百头甚至数千头大象死于这些人的屠刀下。

蔚蓝还未开口，身边的秦陆焯说："这价格比其他人的高出两成，不行。"一副斩钉截铁的口吻。

吉叔没想到秦陆焯居然这么了解，之前手底下人跟他说，这个姓蔚的妞儿有钱又好蒙骗，他才屈尊过来见她，没想到她倒是带了个厉害的人过来。他说："蔚小姐，你看这……"

蔚蓝浅笑："我说过，我们家他说了算。"

虽然话是这么说，不过蔚蓝并不在乎钱，她轻轻碰了下秦陆焯的手臂，示意他不要压价太过，把吉叔真弄恼火了。毕竟她最终的目的，不是真的买象牙。

不过她没想到，秦陆焯居然深谙谈判之道。他并没有一味地压低价格，而是要求吉叔这边尽快出货，只要在一周内拿到东西，到时候可以按照行内价格给他们加一成。

最后，吉叔似是无意地问道："蔚小姐，据我所知，您可不做这象牙的生意，也不会瞧上这点儿小买卖，这么多象牙一个人能吃得下？"

蔚蓝知他是在试探自己，解释道：“我外祖父生前一直喜欢收藏象牙，不久便是他仙逝十周年，我打算将他生前居住的四合院用血牙雕刻出来，祭拜他老人家。”

用血牙雕刻一座“四合院”……难怪要这么多的血牙，其他人不禁咋舌，有钱人可真任性。

蔚蓝离开时，从门口的保镖手里接过自己的大衣和包。刚才他们进去之前，大衣和包都没带，身上还被金属探测器检查了一遍。两人下楼后，秦陆焯拽着她上了他的车。

车子缓缓驶出酒吧，到了第一个红绿灯路口，男人突然低声说：“坐稳了。”

仿佛是个信号，当面前的红色信号灯变成绿色时，他的车犹如离弦的利箭，“嗖”地飞了出去，马路两边的景色变得模糊一片。

不知开了多久，车速这才缓下来，中间蔚蓝的手机响了好几次。

男人停了车，推门下去，蔚蓝则是接起包里的手机。来之前她的手机就已经装上了反窃听装置。对面显然着急疯了，见她接了电话，忙问：“蔚蓝，你没事吧？”

“没事，你们都不用担心。”

待对面问起跟她一起离开的人是谁时，蔚蓝浅笑着安慰他：“是值得信任的人。”她抬头，车外的男人靠在越野车头，手指间夹着一支烟，整个人沉静如水。

蔚蓝推开车门，就见男人转头，眼睛直直地盯着她问：“你怎么会干这个？”

她看着他许久，突然狡黠地笑了下：“维护世界和平。”

显然，她故作轻松的回答没得到对面男人的认同。

周围安静得只剩下风声，蔚蓝看着秦陆焯沉默的背影。

“可是这很危险。”男人的声音听起来前所未有的轻软。

第三章

你笑起来很好看

温暖不过片刻，秦陆焯再次看向她时，眉头紧蹙，沉声说：“这种事情太危险，你这样的人，不适合。”

“我这样的人？”蔚蓝语气淡然，冷风拂过，吹起她未扣起的大衣下摆，里面那条鲜艳如火的红裙在深夜透着一股张扬肆意。

秦陆焯看着她，第一次发现原来一个人真的能这么矛盾，清冷与张扬一并存在，就像是硬币的正反面，明明那么不融合，却巧妙地相互依存着。

蔚蓝反问：“你觉得我这样的人，应该做什么？反正这样的事情，不像我这种养尊处优的大小姐会做的？”她似乎一下说中他的心思。

秦陆焯皱眉，半晌之后，他低沉的声音在暮色中缓缓响起：“抱歉，我不是这个意思。”

这个比钢铁还要强硬的男人，一辈子都没几次这样主动低头的时候。他吸了一口手中的烟，灰白色轻烟飘散了一圈，便失去了踪影。男人低声说：“这帮人做的是刀口舔血的买卖，你和他们接触太危险了。”其实，他本意也并不是指责。

蔚蓝了然地点头：“我知道，你是担心我。”

他回头，站在车头另一边的女人眉眼如画，偏偏搭在一处，有种恰到好处的感觉，此时她脸颊上挂着浅笑，眼睛亮晶晶的，竟比身后的星辰还要闪亮。

秦陆焯沉默半晌，说：“你是林纪明的妹妹，他知道你在做这么危险的事情吗？”

蔚蓝差点儿笑出声，想了半天，他只想出这么个理由？蔚蓝沉声说“危险的事情，我不来做，总有个人需要做。”说罢，她看着他，“你以前抓犯人的时候，想过危险吗？”

秦陆焯吸了一口烟，抬头望着远处，淡淡道：“那不一样，我是职责所在。”

蔚蓝忽然变得安静，这样的夜晚总是能勾起心底最深处的回忆。她曾经无数次闭上眼睛，就能想起那个血淋淋的画面，明明是那么温厚纯良的生物，却只因为它长了一对被人类觊觎的象牙，就被砍掉整个面部。人的贪心和欲望，却以它们的生命为代价。

她说：“所以你觉得我做的事情很可笑？与其花费这么多精力保护动物，不如去关心山区失学儿童，关心更有意义的社会问题？”

这就是野生动物保护面临的艰难处境，他们要面对着来自四面八方的质疑。

秦陆焯转身，声音低沉却坚定：“都一样，只要是命，都值得关心。”

蔚蓝微愣，这个男人表情冷漠，说出的话却让她哑然。

秦陆焯皱眉问：“你们是和警方合作吗？”

蔚蓝很快换好适当的情绪，淡淡笑道：“我记得你以前是刑警，应该对保密守则很熟悉吧。”

呵，秦陆焯嘴角溢出一声嘲讽的冷笑，跟他提保密守则？

蔚蓝随后说：“其实没什么不能说的，国际野生动物保护组织在非洲又发现了一批专业盗猎者，他们是以中国务工人员的身份在非洲活动，不过主要是进行偷猎活动。这次他们查到一批价值一亿多元的象牙，即将运往中国。”

“买家是这个吉叔？”

“准确点儿说，这批盗猎者就是他的人，刚才在包厢里，他说的你都听到了。”

“所以你们才想着跟他接触？”

其实这套办案的程序，秦陆焯在警队那会儿早已经见怪不怪。只是当时他在，即便真的派卧底，那也是精明强干的小伙子，谁会让一个手无寸铁的姑娘去冒险。秦陆焯又朝人瞧了一眼，岂止是手无寸铁，他怀疑她的两只手都能被勒断。

“现在警队这帮人，真是办事越来越不靠谱。”秦陆焯作为过来人，忍不住骂了句自己的后辈。

蔚蓝见他这么说，开口道：“我不是和警方直接合作，是国内野保组织联系我，他们的负责人在美国时就和我认识。我们进行前期的调查工作，到抓人的时候，我们会配合警方。”

秦陆焯听完，不知道该用什么表情看着她，他半晌才道：“你们今晚的行动，根本没有警方支援？”

“今天是我第一次接触这吉叔，不涉及货物交易，我们评估过，不会有危险。”蔚蓝语气平静，仿佛她和秦陆焯讨论的是一件再普通不过的事情。

秦陆焯瞪着她。

不知道该说她天真还是不怕死，想到今晚她全程坦然的表现，他想，这女人真奇葩。他气得转过头。林纪明跟他怎么说的来着，他妹妹很乖巧？可她干的哪件事都出乎他的意料。

最后，他盯着蔚蓝道：“你知不知道警方每一次行动之前，都会严密布控，你今天这算什么？单刀赴会？你是嫌活够了，还是觉得这帮人会心慈手软，看你长得好看，就放过你？”

深夜的寒风呼啸而过，他的声音明明裹着火气，却让蔚蓝觉得温暖。

她说：“我们评估过，这次行动不会有危险。”

“没什么行动是万无一失的，如果失败了，你想过后果吗？”他直直地看着她，几乎是一字一顿地问，“想过吗？”

蔚蓝怔住。

秦陆焯忽然转身，往前走了好几步，前面是一片湖，月色洒在湖面上，泛着粼粼波光。

没什么行动是万无一失的。当师傅用这句话警告他的时候，意气风发的秦队长是怎么说的来着？他毫不在意地说：在我这儿没意外。

秦陆焯从警校毕业之后，因为在警校的优秀表现，一开始就被分配到了刑侦队。他胆大心细，身体素质过硬，不到一年的时间里几次破案，俨然成了警队的明日之星。他的警队生涯犹如他所有的师长和领导期许的那样，直到他成了最年轻的刑警队长。

三十岁不到的刑警队长，没人怀疑他的未来，直到那次任务后，他的人生彻底改变。三个同事的命，他背不起，却不得不背负着。

一夕之间，什么都变了。当他最后一次身穿黑色警服出现在三个同事的追悼会上时，哭得险些昏过去的男人的母亲，呆呆地望着被鲜花和国旗围绕着却再也不能动的男人的妻子，尚且什么都不懂，只能靠在妈妈怀中的稚嫩孩子。那一双双眼睛看向他的时候，秦陆焯又一次想起师傅告诉他的那句话："每一次任务都带着危险，而把所有的兄弟带回来，是你的责任。"

可是，他没能做到。

秦陆焯拉开车门，看了一眼衣着单薄的女人，低声说："走吧。"

半个小时后，车子停在蔚蓝家门口，四合院的门安静地闭着。秦陆焯双手握着方向盘，左手食指忍不住轻叩，待旁边副驾驶座的门被推开时，他终于忍不住开口："你想没想过，如果事情失败了，你和你的家人都会遭到报复。"这是最可怕的事情，行动失败，身份暴露。

蔚蓝重新关上车门坐好，说道："那你知道为什么这么多人，他们偏偏选我这个买家吗？"

秦陆焯不耐烦地降下车窗，车内空调开得太足，闷得人头晕。他哪里知道。

好在，蔚蓝无意卖关子，解释道："因为我有钱，有钱到这个吉叔不会怀疑我这种有钱人，竟然会想着保护，而不是掠夺。"

秦陆焯瞥了她一眼，被气笑了。面前的姑娘扬唇浅笑，竟伸出一根手指，趁他发愣的时候，在他脸颊上轻轻地戳了一下。秦陆焯下意识地往后躲，却没有来得及躲开。

"秦队长，你这里有个窝。"

他皱眉，似乎很不悦她冒犯的动作。

谁知面前的人却丝毫不在意："以后要多笑笑，你笑起来很好看。"

这晚，蔚蓝的睡眠竟前所未有地好。六点半的闹钟还没响，她就已经起床。清晨，窗子上有一层雾蒙蒙的东西，外面天色不算好，不过她的心情丝毫没受影响。

进入洗手间，她打开水龙头，用微冷的水拍在脸上，抬起头看着镜子里的脸，肤色白皙水嫩，连一条细纹都找不到，犹如剥壳的鸡蛋。电光石火间，她想起昨晚男人气鼓鼓的话——还是觉得这帮人会心慈手软，看你长得好看，就放过你？

他是这么说的吧？蔚蓝望着镜子，脑海中浮现他那张盛怒的脸，嗯，他确实是这么说的。

他也觉得她好看啊。如果被秦陆焯知道，他昨晚的一通责骂在蔚蓝脑海里只留下这个结论，大概会气得想要撬开她的脑袋，看看她的脑回路究竟是什么构造吧。

她又掬起一捧冷水，敷在脸上，心情更愉快了。

下午客户离开时，蔚蓝的手机正好响了起来，她看了一眼屏幕上的名字，随手按了接听键。电话里男人的声音明朗好听，是林纪明，他问道："小蓝，晚上有空吗？"

蔚蓝接话："你回国了？"

林纪明朗声一笑："我们蓝蓝真聪明。"

蔚蓝忍不住捏了下鼻尖，说道："不要这么称呼我。"相较于林纪明黏糊的叫法，她倒是宁愿他喊自己蔚蓝。

随后，林纪明报了餐厅地址，挂电话前说："晚上不见不散啊，穿漂亮点儿。"

蔚蓝和林纪明的关系一直很好，林纪明是独子，他们自幼一起长大，他一直把蔚蓝当作自己的亲妹妹，这也是蔚蓝在警局第一时间给他打电话，而没有打给蔚然的原因。她一个人住在外面，家里本就颇有微词，那晚事发突然，给蔚然打电话必然掀起更大的波澜，况且还有周西泽在场。

下班后，她按时赴约。

餐厅的环境有些幽暗，大多数桌子已经坐了人，她跟在侍应生的后面走。林纪明原本正在和对面的人说话，一抬头就看见蔚蓝走了过来。他招招手，坐在对面的男人回身看过来。

蔚蓝今晚穿了白色宽松刺绣毛衣，蓝色牛仔裤，及膝黑色长靴，她本来就身材修长、比例绝佳，因黑色长靴的视觉冲击效果，从她进门开始，不少人都盯着她看了又看。她的头发简单地披散在肩上，一侧长发挽在耳后，耳朵上戴着钻石流苏耳环，钻石钉在耳垂上，流苏随着她走动的幅度，轻轻晃悠。

林纪明笑道："我请的另外一位到了。"说着，他起身给蔚蓝拉开靠里的座位。

蔚蓝走到跟前，看见秦陆焯坐在这里。他端正坐着，一只手搭在铺着白色桌布的桌面上，闲闲地敲着手指，像是无意识的动作。她将外套脱下搭在椅背上，这才入座。

林纪明见秦陆焯不说话，笑道："我就不用再相互介绍了吧，上次的事情，麻烦你大晚上跑一趟。"这话是对秦陆焯说的。

蔚蓝看着对面岿然不动的男人，伸手撩了下长发，点头："那这顿饭，得我来请。"

"别，既然是我叫你们出来的，这顿我来，咱们兄妹还分谁跟谁？"林纪明朗声笑道。

秦陆焯抬头望着对面，脸上扯出似笑非笑的表情："一顿饭就打发我了？"

林纪明跟他关系一直不错，知道他的性子，说："那成，你想怎么样，一句话的事儿。"

秦陆焯："无聊。"

提起这话头的是他，说无聊的也是他。林纪明一向在他面前吃瘪惯了，转头跟蔚蓝吐槽："我跟你说蓝蓝，你最好离这小子远点儿，我们哥儿几个在他跟前就没人不吃瘪的。"

"你们认识很久了？"

这个话题被蔚蓝提起来，林纪明顿时来了兴致："我们初中是一个学校的，他是转校生，你知道我读的那学校，里头有背景的特别多，谁瞧谁都不爽，他转过来时跩得跟什么似的。"

蔚蓝也来了兴致："你们欺负他了？"

林纪明摇头，无奈地说："怎么可能，你不知道这小子有多贼。刚开始不言不语，装得跟什么似的，结果体育课打篮球的时候，有人故意撞他，他二话不说一个过肩摔，把那同学摔了个四脚朝天。"那画面太过鲜活，以至于都十几年过去了，林纪明再提到当时的场景，依旧讲得津津有味。他咋舌道，"幸亏当时挑衅他的不是我，要不然现在我那帮同学想起我，肯定得说'就是当时被秦陆焯摔得四仰八叉的那个倒霉蛋'。"

林纪明还没笑完，放在桌子下的脚就被对面的人踢了下，秦陆焯瞪了他一眼："老掉牙的故事，你打算说到什么时候？"

"等我老了，躺在自家阳台的躺椅上，身边坐着我孙子的时候，这故事还能继续说。"

秦陆焯白了他一眼，彻底没话说了。

蔚蓝安静地看着秦陆焯，脑子里竟然能联想到他年少时不可一世的模样。她直勾勾地盯着他，以至于秦陆焯抬头就撞上了她的视线。

他的嘴角扯出一个弧度，就看见她身体微微前倾，头顶的圆弧光晕落在她头上，她穿着的毛衣领口略低，白嫩精致的锁骨下，饱满的弧度过于明显。

他撇过头，却不知就在方才，他的舌尖不自觉地舔了下嘴角。

林纪明还在说："蓝蓝，你说这个人奸不奸诈，我把他的光辉历史宣扬了一遍，他才叫我闭嘴。我倒是闭嘴了，他的高大形象已经树立起来了。"

秦陆焯真被他气笑了，撇嘴道："高大的形象？留给你自己吧。"

因为有林纪明在，即便其他两人的话不多，这顿饭的氛围倒也还算轻松。

快吃完的时候，不远处的两桌人突然吵了起来。

"我没资格跟你说这话？你也不瞧瞧你自己，以为拿个香奈儿就是上流人了？你身上的这股洗脚水味道熏到我了知不知道？"少女尖细的声音在幽静的餐厅里格外清晰。

伴随着这个声音一起响起的，还有几声嘲笑。蔚蓝转头看过去，就见那边站着的多是姑娘。

她看清了开口说话的人，正是陈锦路。

此刻，被她拦着的女人穿着一身香奈儿粗格毛呢连衣裙，整个人垂着头，似乎是在极力克制。陈锦路似乎还嫌不够过瘾，转头对餐厅经理说："你们还是米其林三星餐厅吗？真是随便什么人都敢放进来，这种洗脚妹身上有细菌的，万一传染了别的客人，你负得起责吗？"她身边的几个少女个个名牌傍身，此刻纷纷学着她的动作捏着鼻子。

终于，被她一直羞辱的女人抬了头，她看着陈锦路娇媚一笑，轻声说："对啊，我出身是不高，不过谁叫我找了个好男人呢？你陈大小姐还得叫我一声小妈呢。"

"小妈"这两个字就像是两记耳光，狠狠地抽在了陈锦路的脸上。她脸色一变，当即就抬起了手，却不想被对面的女人一把握住："大小姐，我是干力气活出身的，要不是看在你爸爸的面子上，真打起来，你可不是我的对手。"

陈锦路忍不住骂道："少拿我爸来压我，你算什么东西，不过是个爬上了我爸的床的贱女人，我迟早有一天要弄死你。"

女人松开她的手，撩了下落在耳边的碎发，笑道："那就看陈大小姐你的本事了。"

说完，女人松开手，带着自己的朋友离开了。

一场闹剧，让整个餐厅的人都看了个热闹。林纪明在一旁叹道："这都是什么事儿。"

秦陆焯朝蔚蓝看了一眼，显然他认出了陈锦路，不过两人都默契地没开口。

几天后，陈锦路再次到了蔚蓝的工作室，一进门就躺在沙发上一言不发，情绪并不算高。直到蔚蓝开口："我说过，你遇到的问题，都可以告诉我。"她声音低柔，带着安慰的味道。

陈锦路撇撇嘴，正要说话时，门突然被敲响了。她皱眉，就见张萧站在门口，一脸窘迫，她的身后跟着两个穿警服的男人。

警察？陈锦路冲蔚蓝看了一眼，有些意外地说：“蔚老师，你惹什么事了？”

她刚说完，其中一个略高些的警察看着她说：“陈锦路，麻烦你跟我们去一趟警局，有个案子需要你配合调查。”这次轮到蔚蓝愣住。

到底是小姑娘，听到警察这句话后，陈锦路下意识地将视线看向蔚蓝。在这个房间里，只有蔚蓝能给她安慰。

蔚蓝给了她一个安抚的眼神，转而看向门口的警察，询问：“你们有警官证吗？”

警察相互看了一眼，随后立即出示自己的警官证，证件自然是真的。

蔚蓝又问：“如果要她协助调查的话，你们是不是还应该有其他调查证？”

她不是没和警方合作过，只不过那时候是在美国，而她是作为导师的学生，大多数是以助手的身份记录资料，所以并不清楚国内的办案流程。

警察听她这么说，立即严肃地道：“这位小姐，现在陈锦路涉及一桩刑事案件，我们有权带她回去调查。”

蔚蓝转头看向陈锦路，她的微表情告诉蔚蓝，她并不十分无辜。

陈锦路求助似的喊了一声：“蔚老师。”她眼睛里带着惊惶，颤着唇说，“你不能不管我。”或许是感激那天在酒吧里蔚蓝维护她的举动，又或是感激这么多天的心理治疗，她俨然已经把蔚蓝当作完全可以信赖的人。对于这样的情绪波动强烈的咨询者，这种信任十分难得。

片刻后，蔚蓝看着警察问道：“我可以陪她一起去吗，你们也看到她正在接受心理咨询，我可以确保她情绪的稳定。”两个警察对视了一眼，同意了蔚蓝的要求。

最后她们被带到了景山分局，跟陈锦路被直接带进侦讯室不同，蔚蓝被客气地安排在警局一处空旷的会议室坐下，然后再没人搭理她。

其间，她联系了陈家人，陈宇接到电话后异常震惊，他说："蔚小姐，我现在没办法赶过去，能不能请你先留在警局陪陪小路，我怕她一个人害怕，我会立即派律师过去的。"

半个小时后律师赶来，蔚蓝起身出了会议室，这次连律师都被挡住了，他们甚至都不知道发生了什么。律师没办法，只能出去打电话。

警局里的人都很忙碌，蔚蓝从窗外看见桌子上的相框，直到走进去时，也没什么人注意到她。她拿起相框，阳光正好打在相框表面的玻璃上。

这是一张警队篮球比赛的照片，穿着统一篮球服的男人各个头发湿润，额头上的汗水在镜头里清晰可见，前排坐在地上的几个人捧着银色奖杯。最吸引她的却是后排中间的那个人，他站在奖杯后面，脸上挂着漫不经心的笑容，英俊的脸上即便挂着汗珠，也好看得让人挪不开眼睛——是秦陆焯。

"小姐？"身后有个略显惊讶的声音响起，蔚蓝回头，看见身穿便服的男人手里拿着蓝色文件夹，一脸诧异地看着她。

蔚蓝知道未经别人的允许进入办公室不妥当，她立即放下相册，低声道："抱歉。"又看了一眼便服男人，思虑了半晌，喊了一句，"肖队长。"

肖寒一愣，下意识地问道："你认识我？"他是做刑侦的，对于自己见过的人，不说百分百认得，多少都会有点儿印象。可是面前的姑娘，他却丝毫没有记忆。

蔚蓝摇头："我是陈锦路的心理医生。"

陈锦路？肖寒一怔，这个人他倒是有印象。他说："这个案子尚在侦破中。"说完，他自个儿都觉得怪，这种有钱人涉案不是应该找律师吗，怎么连心理医生都叫来了？

对面的蔚蓝似乎读懂了他的心思，说："陈小姐是在我的心理咨询室被你们带走的，作为她的心理咨询师，我有必要让她保持情绪的稳定。”

显然这姑娘的心思太过细腻，准确地说，她只从他的表情就推测到了他的想法。刑警在审查犯人的时候也会运用到心理学，从嫌犯的微表情来判断他是否在撒谎。

他拍了拍手中的蓝色文件夹，声音略低沉地说：“这位小姐，我们的案子还在侦破阶段。”

肖寒作为拥有丰富刑侦经验的人，当然不会轻易将案情透露给无关人员。

蔚蓝明白后，笑着离开了他的办公室，就在她走到走廊上的时候，助理张萧打来了电话。

电话刚接通，张萧就语气紧张地说：“蔚老师，你看到网上的新闻了吗？有人已经在网上爆料了，说是郊区别墅发生命案，一个小三在别墅里被杀了，据说是原配的女儿杀的。”

谋杀、情妇、原配女儿……虽然如今网络上猎奇的事情甚多，但这种豪门的恩怨情仇似乎总能触动围观群众的心，以至于那篇爆料帖子在论坛被迅速传开，甚至传到了微博上。

张萧紧张得连话都说不利索了：“陈小姐是因为……杀人案才被警察带走的？”

虽然没说出富豪的名字，可据说那个郊区别墅就是富豪公司所建的，网友查了下这个公司董事长的名字，据说姓陈。张萧看到这里，顿时被吓得打了一个激灵。

蔚蓝皱眉。

显然这件事已经超出她的想象。按照陈锦路之前一贯的行为，蔚蓝本以为她只是又在哪里闯了祸，打架斗殴或驾驶逃逸都有可能，却没想到她会跟杀人案件扯上关系。至于网络上爆料的小三，蔚蓝下意识地想起那天在餐厅撞见的一幕，想到那个被陈锦路当众羞辱的女人。

秦陆焯刚开完会，他们公司不算大，业务量却不小，或许跟他以前当警察时候养成的习惯有关，开会的时候习惯言简意赅。该骂的人都被骂蔫了，一散会，大家都头也不敢回地出去了。他在椅子上坐了会儿，刚伸手摸裤子口袋，手机就响了起来。他把手机拿了起来，另一只手从口袋里摸出烟盒，打开盒盖时，他看见了手机屏幕上的名字——蔚蓝。

他一边拿出一支烟叼在嘴边，一边接通电话。

“你现在方便吗？有件事情想请你帮忙。”对面的人开门见山道。

秦陆焯笑了，好像自打他们认识之后，她就没少麻烦他。他低声应了一句，示意她直接说。听完，他表情却有些凝重。

过了会儿，沈放正在外面查看这个月的单子，就看见秦陆焯边穿大衣边往外走。他喊了一声：“老大，你去哪儿啊？”

“景山分局。”

等沈放回过神，意识到有哪里不对时，秦陆焯已经出了门。

这会儿景山分局的人也是忙碌不已，昨晚的案子今天就被论坛上的爆料弄得满城风雨。帖子的点击量越发高。后来也不知道怎么回事，帖子被人删了。这种欲盖弥彰的态度越发惹人注目，事情不仅没被压下去，反而越闹越大。

蔚蓝正站在分局走廊里，这里贴着不少先进个人的照片，随后就听到一个人用惊讶的语气喊了句“秦队”。她回过头，看见秦陆焯两手插在大衣口袋里，正低头跟小警花说话。小姑娘一脸激动，一副不知如何是好的表情。他静静地听着她的话，眼睛却朝蔚蓝这边看过来。

没一会儿，里头似乎都得了消息，肖寒出来时也有些激动地开口：“秦队。”

秦陆焯摇了下头：“叫错了，现在你是队长。”

肖寒站在他面前，哪里还有刑侦队长干练的模样，笑得一脸腼腆。两人又说了几句，肖寒问道：“你怎么突然来了？也不提前打电话。”

秦陆焯终于把手从大衣口袋里拿出来，冲着蔚蓝站着的方向竖起两根手指，勾了勾，终于沉声说：“还不过来。”

蔚蓝缓缓走到秦陆焯身边，只见肖寒瞪大了眼睛，难以置信地将两人扫视了一番，这才问：“老大，你们认识？”

虽然秦陆焯如今不在刑侦队，但肖寒跟他一起办案好几年，当初他当副队这事儿，就是秦陆焯保的。那会儿，有个背景更深的人跟肖寒一块儿竞争这职位，秦陆焯当时只说了句“犯罪分子犯案之前是不是还要看看辖区警察他爹是谁”。

他以前在刑侦队的时候就是个刺儿头，当真让上头的领导又爱又恨，爱的自然是他的才华和能力，恨的就是他这脾气，他那会儿写的检讨都够装订成一本书了。以至于后来他走了，上头人提到他，还不时惋惜。都说他天生是干这行的，是犯罪分子的克星。

肖寒见围观的人越来越多，干脆把两人请到了自己的办公室。

秦陆焯曾是警队的名人，即便现在已经离开三年，再次出现的消息依旧以最快的速度传遍了分局。底下这帮人有些是他还在警队时候就在的，有些只听过他当年的光辉事迹。

肖寒这边关上门，其他人却没闲着。

“秦队长也太帅了吧。”穿着警服的年轻小姑娘捧着脸说道。

这是没见过秦陆焯本人的，就听过名字，顶多看过他还在队里时的照片，如今见到真人，才发现照片上的帅根本不及他本人的十分之一。

一旁的男同事嗤笑道：“要是不帅，当初咱们警队的队花能放下身段倒追？想当年我们队伍出去开个大会，一帮女记者追着采访，还有追到局里来的。”

另一个参与八卦的已婚女同事冲着肖寒的办公室努努嘴：“凭那模样，就算性格不招蜂引蝶，也挡不住小姑娘往上扑。秦队在的那会儿，天天都有人送水果来，挡都挡不住。”

小姑娘好奇地问：“秦队有女朋友吗？”

“没，在咱们队里的时候没有，他眼光高，工作又忙。以前不知道多少领导想给他介绍呢，不知道现在怎么样了。”

办公室里的几人自然不知道秦陆焯的到来几乎让整个警局的人八卦起来，肖寒看着他们，轻声说道："其实这案子也没什么不能说，网上都已经爆料出来了，我们这边也会尽快公开。"

"今早我们接到报警电话，说是曙光路89号别墅区发生了命案，死者叫杜如丽，她不是这栋别墅的所有人，我们是根据她家保姆的口供得知了她跟陈鸿源之间的关系。"陈鸿源就是陈锦路的父亲，肖寒继续说，"不过陈鸿源昨天不在北京，所以第一时间排除了他的作案嫌疑。"

蔚蓝问："就因为陈锦路是陈鸿源的女儿，所以就把她带回来协助调查？"

肖寒摇头："自然不是。因为我们通过对保姆的询问，知道陈锦路跟死者的关系格外差，甚至几次三番到别墅里大闹。"

蔚蓝并没有感到意外，她看向秦陆焯："可以让我跟陈锦路谈谈吗？或许我可以帮到你们。"

肖寒下意识地看向秦陆焯。若不是有秦队在，他不会将案情透露给蔚蓝。至于让陌生人接触到这么重大的刑事案件，就更不可能了。他斟酌再三，估摸不透蔚蓝和秦陆焯之间的关系，并没当即拒绝。好在此时审讯室的同事给他打电话请他过去，肖寒赶紧借着这个理由出去了。

蔚蓝安静地坐在椅子上，似乎在沉思。秦陆焯瞥了她一眼，开口问："这就是你说的十万火急的事情？"

"有人被杀了，还不够十万火急吗？"蔚蓝倒是没在意他的口吻，看着他认真地说。

秦陆焯反倒被她问得一怔，半晌后，他缓缓地说："这种案子有警察在，用不着我们这些无关紧要的人操心。"从他脱下那身警服后，他就是无关紧要的人。

他微微撇过头，看向办公室外面，那里有棵树，以前他用这间办公室的时候，总嫌这树烦人。夏天风一吹，满树叶子哗啦哗啦地响，他办案子没头绪的时候，气得非要让后勤部门的人把它砍了，被局长知道后好一通骂。没想到这棵树在他手里逃过一劫，如今倒是越发高大了。

“陈锦路是我的咨询者，我得对她负责。”

秦陆焯站在窗口，回头望向坐在椅子上的人，略带嘲讽地说：“如果她是无辜的，警察不会为难她，如果她不是，那你在这里坐到天荒地老也没用。”

蔚蓝抬起左手臂看了一眼手表，说道：“两个小时三十七分钟了。”室内一片安静，蔚蓝缓缓转头看向他，目光清冷，“从她被带进来到现在，已经两小时三十七分钟，陈家只有一个律师出现。”不管是陈锦路的父母还是她的哥哥，都没出现在警局。

秦陆焯皱眉。他之前见过陈锦路两次，无非就是家里有钱的叛逆少女，被宠坏的大小姐，本性看起来倒是不坏。他垂眸看着蔚蓝，浓眉微挑，再次说：“所以你是同情心泛滥？”

蔚蓝仰头，毫不避讳地直视他的眼睛：“我说过她是我的咨询者，你觉得一个医生会丢下她的病人吗？况且……”

刚才在来警局的路上，陈锦路虽然还强撑着，但到底是怕了，在临下车的时候，她眼中带着惊惶，语气凄楚地问她：“蔚老师，你能不能留在这里陪陪我？”蔚蓝点头答应了她。

其实她没那么伟大，也没那么多富余的同情心。只是既然答应了，就该做到底。

她微微摇头：“我是她的心理医生，相较于警察，我更了解她说的是实话还是在撒谎，所以我希望你能帮我，让我见见陈锦路。”

“你相信她？”秦陆焯收敛了眸中淡淡的嘲讽，他往前走了两步，弯腰平视着她的眼睛，低声说，“在这里，盲目的信任没用。”这是个靠证据说话的地方，在这里被安上“嫌疑人”三个字，只有证据才能证明她的清白或是有罪。

蔚蓝望着他，眼神坚定，她说：“让我见到她，我可以知道她是否在撒谎。”

秦陆焯斜睨她：“你怎么就觉得我能帮到你？”

蔚蓝低头看向桌子。肖寒桌上摆着的相框有两个，一个是她之前拿起的，另一个是肖寒身穿藏蓝色警服的。

“不难看出肖队长是个自信的人，他桌上摆着自己的照片，但另一张合照就显得有些突兀，按照他这样的性格，他应该会摆上一张以他为中心的照片，可是这张……”蔚蓝纤细玉润的手在相框上轻轻滑过，转头看了他一眼，低声说，“这张照片却是以你为中心。说明你在他心目中很重要，你的每一句话对他而言都很有分量。”

蔚蓝走到他面前，即便已经越过了人心理上的安全距离，对面的男人却连眼皮也没眨。她微微仰头，看着近在咫尺的脸说：“如果你不在意，就不会立即赶过来。”她的语气里透着笃定。

此时，肖寒突然回来了，他一脸惊讶地望向房中的两人，显然是误会了，随后说：“刚才陈锦路招供了，她说，人是她杀的。”

秦陆焯第一次看到蔚蓝的脸上出现这样的表情。

片刻的错愕之后，蔚蓝迅速问道：“据我所知，死者以前是在类似洗浴中心的地方从事洗脚或者按摩等工作的，即便如今养尊处优，她在体力方面也绝不是陈锦路能轻易制服的。”

肖寒震惊地看着她：“你怎么会知道？”

蔚蓝这才将前几日在餐厅偶遇杜如丽的事情告诉了肖寒。

肖寒说：“你说得不错，杜如丽确实从事按摩工作，也是在这种地方跟陈鸿源认识，后来又被包养的。不过经过我们化验科检测，杜如丽的血液里含有药物，这种药物具有强烈的致幻效果，别说女人，一个强壮的男人都能被轻松迷倒。”

如果杜如丽是被迷昏的，那么陈锦路是有机会下手。从这个角度出发，倒也能说通。

秦陆焯转过头问道：“陈锦路和杜如丽关系紧张，你觉得陈锦路会有机会给杜如丽下药？”

陈锦路在公共场合都能如此羞辱杜如丽，杜如丽怎么会对她没有戒心？只怕是陈锦路出现在她三米之内，杜如丽都会小心翼翼。

肖寒自然也考虑到了这层，但他说："可现在最关键的是，陈锦路已经承认人是她杀的。"

"如果她是为了保护真正的凶手呢？"秦陆焯反问。

蔚蓝紧接着说："又或者她是在保护她以为是凶手的那个人。"

肖寒点头承认："确实有这个可能。"

这句话让秦陆焯彻底冷下脸，他重复了一句："有这个可能？人命关天的事情，你就是这么糊弄的？"

肖寒赶紧抬起头，解释道："队长，你误会了。我们不仅仅有口供，还有物证，而且陈锦路昨晚没有不在场证明，她聚会的那些朋友全部证实，她昨晚十一点就离开了酒吧，我们也调查了监控。"正说着话，肖寒的手机响了，是局长打过来的。

肖寒伸手摸了下额头，正要回应，手中的电话却被横空伸出来的手抢了过去。

秦陆焯"喂"了一声之后，低笑："方局，是我。"

这一声招呼让对面暴怒的老头儿一下子安静下来，方局有些不敢相信地道："陆焯？"

"您还是这么中气十足，看来身体依旧健朗。"秦陆焯低沉的声音里含着几分低笑，还有说不出的亲昵。

方局又上火了："你小子别尽给我说好听的，有这份心怎么不见你来家里瞧瞧。"

"我怕上门多了，回头你让人检举到纪委。"

方局一听，拍大腿的声音隔着电话都能听到，他怒道："你少给我胡扯这些。"刚说完，他就觉得不对劲，问道，"你现在在咱们局里？"

秦陆焯"嗯"了一声，往窗子边走了两步，压低声音跟对面又说了两句。他说完之后就把手机扔给了肖寒，说道："方局同意了，让她以专家顾问的身份参与这个案子，背景调查可以一切从简。"电话还没挂断，肖寒赶紧拿到耳边。

没一会儿，那边挂了，肖寒也松了一口气，去准备材料。

蔚蓝和秦陆焯被带着前往审讯室，蔚蓝走在秦陆焯的身边，瞧着男人紧绷的下颌，忍不住低声问：“我是以专家顾问的身份参与调查这个案子，那你呢？”

男人停下来，望着她，嘴角微扯，说道：“助手。”蔚蓝微愣，男人再次启唇，淡淡道，“专家顾问的助手。”这是方局的条件，方局没见过蔚蓝，不信任她很正常，所以想让蔚蓝参与这个案子，他要求秦陆焯也必须在。

“只有今天吗？”秦陆焯扫了她一眼，视线落在她的眼睛上，思绪被稍稍扰乱，蔚蓝却没有。她嘴角上扬，伸手碰了下他的手臂，惹得秦陆焯再次看向她。这次，她黑亮的眸子定定地盯着他，“要不要考虑久一点儿？”

他没作声，于是她得寸进尺了，问道：“一辈子好不好？”

秦陆焯望向她。蔚蓝的长相柔和清冷，美得没有攻击性。偏偏此时，她眼尾上扬，透着几分媚态，像是羽毛轻轻拨弄着人心。那感觉，有点儿痒，有点儿迷。

他们早已经被走在前面的警察落下了一段距离，秦陆焯这次干脆看也不看，直接跟上去了。被落在最后面的人，反而走得不紧不慢的。

蔚蓝进入审讯室之后，透过面前的单面玻璃墙看见了陈锦路，此刻，她的脸上透着一股茫然。

没一会儿，肖寒也来了，几人一起重新观看了审讯陈锦路的视频。

前头都是些最基本的信息询问，直到警察问陈锦路：“你昨晚在哪儿？”

陈锦路：“跟朋友一起玩。”

“什么朋友，都叫什么名字？家住哪里？”

陈锦路有点儿不耐烦了，说：“好多人呢，我怎么能都记得。”

警察告诉陈锦路，杜如丽死在别墅，拿出一个物证袋扔在她面前。

过了好久，录像里传来她凄楚的声音：“是我，是我杀了她。”

蔚蓝缓缓转头，看向肖寒：“肖队，要听听我的分析吗？”肖寒点头，自然是要的。

蔚蓝让人将录像返回到陈锦路听到杜如丽被杀的地方，又让人按下慢放，说道：“注意，她惊讶的表情不超过两秒，惊讶之后，眼睛里透着一股惊恐，说明这个消息对她来说十分意外，并且让她觉得害怕。紧接着她又问了一句‘她真的死了？’，这句话与其说是在问警察，倒不如说是她下意识的自问，说明她确实是第一次面对这个结果。”

紧接着，蔚蓝又让人把录像倒回到陈锦路认罪那段。

“她看到警察拿出的证物，这里的惊讶不是作假，但是仔细看她之后的反应，她明显是在思考这个问题。而她承认的时候低着头，双手捂着耳朵，这是躲避心态，既然她都已经承认杀人了，为什么还要躲避？因为她在撒谎。”

肖寒忍不住问道：“如果她真的是在隐瞒，那她是在帮谁隐瞒？”

“宋沉。”蔚蓝抬头，看着镜子对面的陈锦路，此时只有她一个人坐在里面。

对于突然出现的陌生名字，在这里的警察都面面相觑。他们在带陈锦路回来之后没闲着，一直在排查死者和陈锦路的社会关系，显然这个名字并没有出现在她们两人的任何一方中。

“陈锦路三个月之前来到我的咨询室，原因是她在学校三楼推下花盆砸伤同班女同学，学校心理室的老师认为她需要专业咨询师的帮助，把她推荐到了我这里。”

秦陆焯问：“花盆不是她推的？”

蔚蓝点头。

肖寒还是不理解，问道：“就算是这样，也不能证明她是代宋沉认罪吧，这个宋沉应该是她的同学，跟杜如丽不存在什么关系。”

“这份物证。”蔚蓝下巴微抬，此刻这份物证就摆在她的面前，这是陈锦路的身份证，警察却在杜如丽别墅沙发底下找到，她说道，

“如果这份物证，她笃定是在另一个人手中，却突然出现在死者的家中，你说她第一反应会是什么？”

认罪，替真正的那个人洗脱嫌疑。即便最后不能真的认下，最起码也干扰了警方的视线，拖延办案时间。

想通之后，肖寒立即佩服地说：“蔚医生，如果不是你，恐怕咱们不会这么快有突破口。”

蔚蓝轻轻摇头：“我说过，她也有可能是在保护她以为是凶手的那个人。”

不管是不是真的凶手，最起码他们现在有了头绪，而不是一味地看监控，走访排查。

肖寒离开后不知过了多久，有人推门进来，在秦陆焯耳边低声问了几句话，他点点头，那人又转身离开了。

“走吧。”秦陆焯转身准备离开，结果余光瞥到身边的女人站着没动。

蔚蓝是被腰间的动静惊得回神的。她低头就看见一只骨节分明的手正拉着她大衣外套上的腰带……她微感错愕地抬头，正好撞上男人的眼睛，看起来他比她还要震惊。

秦陆焯原本是想扯她的手臂，谁知一下子抓到了她的腰带。

“喜欢我的腰带？”蔚蓝见他不说话，了悟地点头，往前站了一步，踮着脚，凑在他耳边轻声道，“你不会是想脱我的衣服吧？”

第四章

你可以不用拿我当客人

此时还不到一点，刚吃完午饭的学生陆陆续续地从食堂往回走。即便是冬日，校园主干道上也依旧有不少穿校服的学生，里面穿着臃肿的衣服。

三楼化学实验室的走廊前，高瘦男生趴在栏杆上。他的手指间正转动着一张卡片，看起来是一张身份证。

对面是学校的观景湖，原本夏日里茂盛的花草树木此时稀稀落落的，处处透着冬日里的萧条。夏天这个湖边小树林里时常有情侣躲在里面约会，学生会甚至还组织过突袭检查。这会儿是冬天，依旧能看见一两对男女躲在里面。

“宋沉，你在这儿啊。”身后一个男声传来，靠在栏杆上的宋沉动作一顿，指间的卡片差点儿从栏杆上掉下去。

叫他的是班里的学委，学委拍了下他的肩膀，低声说：“王老师到处找你呢，让你赶紧去他办公室一趟。”王老师是他们的班主任。

宋沉把手中的卡片拿好，低头塞进自己的校服裤子口袋。没一会儿，他就出现在了办公室，此时办公室里除了王老师还有政教处主任，以及他没见过的两个男人。

王老师见他来了，朝他招手道：“宋沉，你过来。”

肖寒一转头便看到了他，只见他神色淡然，身上有股高中生里极少见的沉着。

这种男生确实够受女孩欢迎的。只不过受欢迎到宁愿替他背上杀人罪名，是不是有点儿太离谱了？

王老师一脸担忧地看着宋沉，又对肖寒说：“这孩子是我们班，不，应该是我们学校里最让人省心的孩子，次次成绩稳定在前三。”

肖寒笑笑：“我们只是来了解情况，老师你不必担心。”肖寒朝对面的空椅子抬了抬下巴，笑着说，“宋同学，你先坐，不要紧张，我们只是来了解情况的。”

随后他看似很无意地开始提问，其实关于陈锦路的事情已经在学校里传得沸沸扬扬，毕竟死者家属在网上大闹了一通之后，陈鸿源被人曝光，陈家的其他人也没逃过。陈锦路在学校就不是个省事的主儿，认识她的人不少。这年头学生各个都有手机，所以高三九班有个女生杀人的事情就在学生中间传开了。

“你和陈锦路平时关系如何？”

“不熟。”

肖寒凝视着他的表情，心底却是后悔，早知道应该把那位蔚小姐带过来，她在观察人的微表情方面是个专家。

最后，肖寒装似无意地问：“陈锦路有没有什么东西，曾经交给你保管过？”

王老师在一旁急了，说道：“警察同志，陈锦路平时不怎么爱上学，她和宋沉真的不是很熟，恐怕连话都没说过几句。你要是不信，可以叫班上其他同学来问问。”

一旁的政教处主任也点头，两位老师都争着帮忙说话。

而椅子上的男孩儿却突然抬起头说道：“有，她有东西交给我。”

警局的食堂很少像今天这么热闹，平时很少来吃饭的人今天都特意拉着同事下来了，只因今天出现在食堂的人。

蔚蓝的面前是食堂阿姨特地给她打的饭菜，分量多，菜色不错。她拿起筷子，看了一眼对面男人盘子里诱人的鸡腿，笑道：“食堂阿姨很喜欢你啊。”

何止是食堂阿姨喜欢他，只要稍微抬头看过去，但凡现在在食堂吃饭的，没有人不在偷瞄他们这桌，简直是万众瞩目。

男人不搭理她，更没有抬头看她。蔚蓝轻笑，刚才在审讯室说完那句话，面前的人几乎是摔门而去。她突然伸脚，在桌下轻轻地踢了一下，秦陆焯抬起了头。

蔚蓝无辜地看着他：“秦队长，你对这个案子，有什么看法？”

“别这么叫我。”

蔚蓝微微挑眉：“秦先生。”她字字分明，叫得刻意。

蔚蓝不爱玩社交软件，但也曾在朋友圈见过有人称呼自己的男朋友或老公为某先生。当时看到只是一扫而过，此时“秦先生”三个字喊出来……居然感觉还很不错。

秦陆焯撂下筷子，直勾勾地盯着她，皱眉道：“好好说话。”

“那我应该叫你什么？”

秦陆焯不耐烦地说：“随便。”不叫这个就行。

蔚蓝“哦”了一声，表情微微得意：“那还是叫‘秦先生’好了。”

秦陆焯看着她，懒得再说话，有种认命的感觉。

蔚蓝微笑，吃了两口饭后慢条斯理地开口：“你还没说对这个案子是什么看法呢。”

“你不是已经胸有成竹了？”秦陆焯没直接回答她，反而是意有所指。

蔚蓝偏头道：“可我想听听你的看法。”她的声音很软，并没有刻意压低，只是微微上扬的语调透着一股撒娇的柔媚，恐怕连她自己都没察觉到。

刚说完，有个警察小跑过来喊道：“秦队，蔚小姐，肖队长带人回来了，请你们过去。”

他们迅速赶回审讯室。

穿校服的少年已经被带进了审讯室，此时，他淡定地看着墙上发着红光的摄像头，仿佛自己身处的地方不是警察局。

肖寒边看边摇头：“这小子要是真犯罪，绝对是高智商犯人。”

跟着他一起去学校的小警察齐晓点头，跟进来的蔚蓝说：“蔚老师，你是没看见他之前的模样，比这个样子还淡定呢。”

进去的两个警察开始追问他昨天晚上在哪里，谁知宋沉一直不说话，直到警察说：“你不要以为你不开口，我们就拿你没办法。”

谁知警察刚说完，宋沉身体微动，他一只手伸进裤子口袋里，掏出了一样东西。不只是坐在他对面的两个警察，就连在旁边监察室的几人都定睛看向他的手心。

肖寒立即打开门，冲到了隔壁。几分钟后，监察室的人低头看着桌子上摆着的两张身份证。照片上的少女，略有些严肃地看着镜头。

“居然有两张身份证……”肖寒忍不住揉了揉自己的脑袋。

没一会儿，被他派出去的齐晓又回来了，他低声说：“肖队，查清楚了，陈锦路一个月前确实补办过一次身份证。我们也去宋沉说的那个小旅馆查过了，他们昨晚是十二点入住的，不过宋沉没带身份证，陈锦路给了老板三倍价钱，两人没登记就住进去了。宋沉是午夜两点离开的，陈锦路是早上八点。”这就是陈锦路昨晚没有不在场证明的原因。

肖寒张张嘴，随后怒道：“这叫什么事儿。”

杜如丽被证实的死亡时间是昨晚一点到一点半。折腾了大半天，却是一出闹剧，这俩高中生以为是在演电视剧呢？还替对方承认罪名……

肖寒气得不得了，嘟囔着：“我非给她一个提供假口供的罪名不可。”

话虽这么说，但是肖寒最后也没这么做。证实了案发时他们不在场之后，肖寒还是让人给他们重新录了口供，把人放了。陈锦路被放出来之后，看到宋沉，眼圈微红。

宋沉皱眉看着她，怒道：“你是傻吗？！”

蔚蓝看着肖寒低笑道：“肖队长，看来你在问话的时候，给他透露了太多东西。”

虽然蔚蓝曾数次在陈锦路那里听到过这个名字，可第一次见到真人依旧让她惊讶。

肖寒微愣，一旁的秦陆焯解释道：“他知道你在找陈锦路的身份证，他是故意跟你回警局的。”简而言之，一个少年耍了两个警察。

他只是想让警察带他回来，为了见面前的少女，确认她的平安。

肖寒赶紧挥手，喊道：“齐晓，赶紧通知他们家长来领人。”

没多久，宋沉的父母赶到。当宋母看见儿子和陈锦路并肩时，脸色顿时冷了下来，上前将宋沉拽过来，当着所有人的面斥责道：“宋沉，我跟你说过什么？你要跟人品好的人来往。那些不三不四的人你怎么就不知道躲躲呢？我都听你们老师说了，这件事我必须要跟校长反映，还有半年你可就要高考了。你是重点生，怎么能让这些人影响你的前程？”

宋母的指桑骂槐让陈锦路面红耳赤，平时张牙舞爪的纨绔少女在喜欢的人的母亲面前，竟一言不发。陈家的律师正在办理相关手续，也不在身边。

于是蔚蓝上前，拉着她的手低声说：“我们也回去吧。”

谁知她上前后，宋母反而挡在前面，毫不客气地说：“这位小姐，想必你是她的家长吧，那有些话我也就直说了，这位陈同学在学校里的言行我有所耳闻，现在甚至和杀人案扯上关系了。或许你们家确实是很有钱，但是不好意思，我们这样的家庭不喜欢攀附富贵，也希望她以后少和我儿子来往。”身后的陈锦路垂着头，眼泪犹如断了线的珠子。

此时，站在走廊另一边的秦陆焯缓缓走了过来，看着气势汹汹的妇人沉着地问：“说完了吗？”他伸手搭在蔚蓝的肩上，“别人家的孩子不麻烦你教训。”说着，他揽着蔚蓝往前走。

见三人走过去，宋母心惊后又忍不住嘀咕：“果真是一帮没素质的人，神经病。”她这句话声音不小，走廊里站着的人都听得一清二楚。

蔚蓝确实不太在意宋母的不客气。作为一个心理医生，她甚至见识过比这更过分的。只是有些人似乎觉得自己天生就能凌驾于他人之上，却不知扒开表面那层皮，他们比谁都不如。她转身望着对面的宋母，重复道：“神经病？”

蔚蓝淡淡地扫了她一眼：“维持着表面风光很辛苦吧？明明自己的人生不如意，却把所有的期望和压力都加到自己的孩子身上。我劝你不如早点儿看医生，多关心关心自己的孩子，而不是一味地逼迫他，把他逼上绝路。”

宋母忍不住抓紧手中的名牌包，这是她仅剩的一只了。她没想到看起来清冷的女人说起话来如此犀利。她张张嘴，强撑着一口气，说：“你在胡说八道什么，你就是嫉妒我家宋沉，我儿子好着呢。”

她刚说完，身后传来少年的声音：“我要自首。三个月前，我曾经在学校三楼推落一个花盆，砸伤了一个女同学。”

宋母瞪大了眼睛，死死地看着儿子，手捂在胸口，仿佛下一秒就要窒息。显然，宋沉的这句话犹如一把刀子插在她的心口上。话说心如死灰，也不过如此吧。

她的生活并不算如意，偏偏生出个优秀到能让她无比骄傲的儿子。那些事业比她成功百倍的家长都小心翼翼地来讨好她，跟她搭讪。刚开始她还惴惴不安，随着时间不断推移，这种事情越来越多，她开始把这种虚荣心寄托到儿子身上。

只有宋沉越优秀，越完美，她才会被越来越多的人羡慕、奉承。

宋母回过神时，第一反应就是斥责，她声音尖锐：“宋沉，你在胡说八道什么？”

胡说八道吗？宋沉安静地看着她，突然笑出了声，他说：“那个花盆确实是我推下去的，只是我没敢承认。”

宋母的脸霎时白得像一张纸。

宋母惊慌又气恼地看着他，似乎怎么都不明白，为什么乖巧懂事的儿子会突然变成这样。

宋沉对着警察举起自己的双手，又一次重复：“我要自首。”

走廊里的窗户没有关严实，呼啸的风刮过，少年脸上的表情坚定决绝。

宋母晃了晃，宋沉的父亲扶住她后，终于开口怒斥道：“宋沉，你不要再胡闹了。”

宋沉说：“在你们眼中，这是胡闹吗？你们一直说做错事就要承担后果。我不是个完美的儿子，甚至比你们口中嫌弃的人更垃圾，因为她会保护我，而我只会逃避。”

陈锦路跑过去拉着宋沉的手，一直摇头：“宋沉，不要这样，我知道你不是故意的，我已经赔钱给杨婵，她也原谅我了。”

宋沉微微低头，看着她，低声说道：“陈锦路，我这种人不值得你喜欢。”

陈锦路终于颤抖地伸手拉起他的袖子，她一边哭一边摇头：“我知道你不是故意的，你不是你说的这种人。你还记不记得高一的时候，我不小心掉进学校的喷泉里，鞋子衣服都湿透了，是你把我带到学校医务室，你还把你的鞋子脱给我穿。还有这次，事发之后，你一直有去看杨婵，你也是想承认的吧。”

是啊，他也想承认。可从他上初中开始，宋母对他的要求就越来越严格。他被迫参加各种竞赛，给学校拿奖。宋母十分享受地坐在台下，等着所有人过来跟她说恭喜。

花盆的事情是宋母再一次强迫他去帮她所谓的上司家的孩子补习功课时发生的，那时他已经被数学竞赛压得喘不过气来。他受不了，所以在电话中忍不住反驳，却不想一挥手就把阳台上的花盆推了下去。听到楼下的惨叫声，他下意识的反应就是跑。

宋沉见警察不抓他，淡淡地表示：“我查过资料，这种非自然掉落的高空坠物可被追究刑事责任。”

齐晓赶紧朝肖寒看了一眼，这都是什么事儿啊。

肖寒一个头两个大，忙活了一天的杀人案还一点儿头绪都没有，全被这两小孩儿耽误了，现在又出一个高空坠物伤人案。

“肖队，该怎么处理？”

肖寒冷哼一声：“该怎么处理就怎么处理，把之前这个案卷调出来，看看是哪个辖区的案子，让当时处理的民警再过来一趟。”

一听要处理，宋母死死地抓着宋沉的手，拼命摇头：“不行，你怎么能坐牢，你要是去坐牢，你这辈子都完了。”

秦陆焯将手中的纸杯递给蔚蓝，此时她站在窗口，外面还在闹腾。

蔚蓝接过，低声说：“谢谢。”

他们站在肖寒的办公室内，窗外是寂寥冬日，天空呈现出灰白色，树枝光秃秃的，有种苍凉的感觉。许久，男人低沉磁性的声音响起："这件事不是你的错。"

蔚蓝偏头看他："你觉得我在自责？你知道他的弦为什么会绷断吗？"

每个人的内心世界都有一把弓，有些人的弓张弛有度，能靠自我调节来缓解内心的压力。有些人却面临着来自外界的压力，压力就像一双手，拼命地拉着那把弓，不断地绷紧，却从不放松。当达到一个临界点时，那把弓就会绷断。那时候，这个人就会出现心理问题。

宋沉心底那把弓的压力来自他的母亲，他表现得越完美，宋母越是自豪，伴随而来的是更高的要求，循环往复，两人谁都解脱不得。

秦陆焯将裤子口袋里的烟盒掏了出来，拿出一支烟叼在嘴边，眼角余光瞥了身边的人一眼之后，还没点着的烟又被他拿了下来。他再次看向她的眼睛，扯着嘴角淡淡笑道："所以你还是帮了他，助人为乐吗？"

蔚蓝想了下，竟认真地点了点头："也可以这么说。"

秦陆焯看着她的表情，一下子笑了，心想：果然是脑回路不正常的女人。

原本陈锦路的事情结束，蔚蓝已经准备离开，谁知肖寒却拉着她和秦陆焯不放。用他的话说就是，距离凶案发生的时间越短，破案的概率越大，他们警局急需他们两个专业人士。

蔚蓝想了下，问道："你们提供晚饭吗？"

肖寒以为这位蔚小姐有什么特殊要求，谁知居然只是问晚饭，顿时激动得眼泪差点掉下来，拼命点头表示："提供，提供，可以提供。"

蔚蓝微笑，指了指身边站着的男人说："中午食堂阿姨给他开了小灶，特地给他加了鸡腿，我也想要。"

秦陆焯瞪了她一眼，转头问肖寒："她的长处是心理学，你锁定了嫌犯的话，她倒是可以帮你。现在你连个头绪都没有，你指望她帮你破案？”

秦陆焯确实没说错，蔚蓝擅长心理学，如果是审讯期间，她可以提供更多的帮助。但现在是侦查阶段，普通的刑警都比她更有用处。

肖寒被秦陆焯这么教训，也不生气，伸手摸了摸脑袋，苦恼地道：“现场都被凶手清理过了，指纹、DNA 都没留下来，而且监控被破坏得特别严重，根本没有用信息。”

“谁说没有用信息。”秦陆焯望着他，直接说，“陈锦路的那张身份证。”

肖寒一愣，这玩意儿怎么就被他忽视了？

秦陆焯道：“既能拿到陈锦路的身份证，又能出入杜如丽的别墅，都不用仔细筛查，你就能排除人选。”

肖寒立即道：“陈锦路的哥哥，陈宇？”

陈鸿源并不在市内，所以一开始就将他排除在了嫌疑人之外。

肖寒打算立即去找证据，但又决定先拉着秦陆焯和蔚蓝享受一下警局食堂的小灶，据说是大厨单独给他们炒的菜。这么一折腾，到了晚上八点多。肖寒自然以为是秦陆焯送蔚蓝回去，相当客气地把人领到秦陆焯的车子旁边，还替她打开了副驾驶位置的门。

秦陆焯上车之后，听到肖寒招呼蔚蓝下次再来玩。

蔚蓝抬头看了一眼警局庄严的大门，摇摇头笑道：“你们这里，还是不要轻易来的好。”

肖寒一怔，随后大笑：“理解，理解。老大，回头咱们哥儿几个聚聚啊。”肖寒又从车头拐到驾驶座，扒着车窗。

秦陆焯难得弯了弯嘴角，点头：“回头我安排。”

肖寒往后退了一步，秦陆焯关上车窗，慢慢将车子开出去。

一路上倒是挺安静的，等红绿灯的时候，秦陆焯微微偏头看了一眼旁边的人，见她支着手臂朝窗外看。早已经过了堵车的高峰期，车在蔚蓝家门口停了好一会儿，坐在副驾驶座的人才抬起头，恍然道：“到家啦。”蔚蓝这次很老实，说了一声“谢谢”，就推门下车。

秦陆焯将车窗降下来，习惯性地等着她进了家门才走。

谁知，蔚蓝还没走到门口，秦陆焯就瞥见巷口路灯下一个男人脱裤子的身影，随后，一声“美女”在巷子里响起。

蔚蓝准备回头时，秦陆焯推门吼道：“蔚蓝。”

蔚蓝先朝他看过来，只见他飞奔过来，挡在了她面前。她惊诧地抬头，他却一下扣住她的后脑勺按在胸口。他身上的大衣质地柔软，与他这个人的个性截然相反。

蔚蓝听到他低沉的声音：“把眼睛闭上。”

男人身上的味道很干净，柔软的羊呢料子摩挲着她的额头，有种说不出的亲昵。

蔚蓝回过神，低声问：“怎么了？”

“没事，你闭上眼睛。”男人开口。

蔚蓝当真听话，乖乖闭着眼睛靠在他怀里，虽然隔着厚实的衣服，但依旧能感觉到男人宽厚结实的胸膛。她双手扶住他的腰时，男人脱衣服的动作微顿。

之后他解开大衣的纽扣，将自己的衣服盖在她脑袋上，说：“站在这里，别动。”

他刚退后一步，蔚蓝伸手拽住他毛衣前襟，问道：“你去哪儿？”

“你乖乖待在这儿。”说着，他伸手隔着大衣摸了下她的脑袋。

蔚蓝自然感觉到了他的动作，紧抓着他毛衣的手指松开。即便她依旧闭着眼睛，嘴角还是忍不住溢出一丝笑意。

这男人，也没他表现出来的那么硬啊。

秦陆焯嘱咐好蔚蓝，转身看见巷口的男人脸色阴沉，拔腿就冲了过去。那人大概没想到车子里有人，以为蔚蓝是孤身一人，这会儿见秦陆焯追过来，吓得惊叫一声，边提裤子边往马路对面跑。此时有辆车正好开过，开得不是很快，紧急刹车才没撞到人。车主气得指着那人大骂道：“赶着去投胎啊！”

谁知他刚骂完，就看见穿着黑衣黑裤的男人跳了上来，踩着他的车追了过去。

车主目瞪口呆地看着从前面过去的人，惊呼：“警匪片？！”

逮到人之后，秦陆焯将他双手反扣在身后，那个变态疼得大声喊道：“我不敢了，下次再也不敢了。”

他的求饶没能让秦陆焯对他手软，变态的手臂又被往后扯了一下，他觉得骨头马上就要断了。秦陆焯冷笑：“这就求饶了，不是挺能欺负小姑娘的？”

“大哥，我真不敢了，我第一次干这种事情，真的是第一次。”

这种露阴癖浑蛋每次被抓住，说什么好听话的都有，可下一次依旧管不住自己的欲望。秦陆焯直接把他的皮带扯了下来，将人捆住。

他回头看见汽车车主目瞪口呆地看着自己，启唇道：“抱歉，踩了你的车。”车主摇头。

秦陆焯：“那能麻烦帮忙报个警吗？”

再次回到巷子里时，秦陆焯看见头上盖着大衣的人还乖乖站在那里，动也没动。他走过去，听到衣服里传来声音：“秦陆焯？”这一声喊得他有点儿发愣。

这好像是她第一次叫他的名字吧，之前都是什么秦队长、秦先生的乱叫。

蔚蓝也不敢肯定，又轻声问道：“是秦陆焯吗？”

秦陆焯将大衣从她头上拿下来，看见她依旧闭着眼睛，他低笑了一声，心想：倒是挺听话的。他边穿大衣边淡淡开口：“是我。”

面前的人长睫微颤，慢慢地睁开眼睛，因为闭眼了一段时间，她有点儿不适应，眼睑微抖了几下，视线才总算定焦在了秦陆焯身上。她问：“是有变态吗？”

刚才秦陆焯的动静她听到了，之前她出门时遇到过居委会的人，说是最近这附近出现了一个露阴癖，专门在僻静的路口等着单身小姑娘。警察抓了几次，每次过来人都跑了。

蔚蓝刚才虽然没看见，但大概猜到了。

秦陆焯瞥了她一眼："我已经抓住他了，待会儿交给警察，你先回去吧。"

"我跟你一起去警局。"

警察过来后问了情况，又请他们到警局配合调查。秦陆焯开车到警局门口，蔚蓝抬起头，突然幽幽地叹了一口气。秦陆焯转头看她，她淡淡地道："我发现，自从跟你认识以来，我好像就跟警局结下了缘分。"

秦陆焯被她气笑了，他"哼"了一声："是我让你去酒吧跟人打架的？"

说完，男人抬腿就走。蔚蓝看着他的背影，咬了咬下嘴唇，无声地笑了起来：早晚有你好看的。

人是秦陆焯抓的，警察给他做了笔录，被抓进来的那人则被带到了隔壁办公室。值班的警察中，有年轻警察见她坐在那里，以为她是受害者，暖心地说："小姑娘，别有心理阴影，你男朋友把人整得够呛，也算给你出了气。"

警察过去时看见变态被人扒了外套，双手被皮带反绑在身后，躺在路边嗷嗷直叫。蔚蓝全程没和那人碰面，不知道他被秦陆焯修理得这么惨。

等秦陆焯出来，隔壁那家伙的笔录也做得差不多了。

警察打开门后，变态就跟在两个警察后面出来了。警局灯光明亮，蔚蓝单手拿着大衣，被光源笼罩着，十分好看。变态刚才根本没看清楚蔚蓝长什么样，只知道是个女的。这会儿见到，又觉得被警察抓了也不算亏，经过蔚蓝身边的时候还冲着她咧嘴一笑："美女。"

他的声音油腻又恶心，身边的警察当即推了他一把，怒斥："老实点儿，是不是嫌十五天不够你蹲的？"

秦陆焯缓缓走到蔚蓝面前，挡住了变态的视线。他垂眸，眼神微冷地盯着男人，吓得那人赶紧转过头。

谁知警察刚要带他走，蔚蓝却越过秦陆焯走了过去，她盯着对方：

“很得意吗？”

她扫了他一眼，缓缓开口：“这么多年来，你根本没跟女生交往过吧，不对，应该说她们连眼神都不屑给你吧？”

看他对待受害者挑衅的模样，可以认定他已经不是第一次做这样的事情，只不过他之前遇到的受害人都被他吓唬住，让他达到了生理和心理上的双重满足。唯有蔚蓝，淡然得压根没把这种变态行径放在心上，不得不说，她的冷淡让这个变态头一次觉得挫败。

“你以为靠这种方式能获得快感？”蔚蓝嘴角微扬，露出浅浅笑意。

最终，那人在扑向蔚蓝之前被警察带走了。

秦陆焯看着被带走的人，又想起之前他动手时这人的模样，似乎蔚蓝对他的打击来得更厉害些。他朝她看了一眼，她竟还朝他眨了眨眼睛。

临走的时候，先前和蔚蓝搭话的年轻警察忍不住问道：“姑娘，你是做什么的？”

蔚蓝淡淡一笑：“心理医生。”

年轻警察顿时不说话了，了然地点点头，十分客气地把他们送走了。

秦陆焯发动车子，两人一路上依旧没什么话说。直到行至一处红绿灯路口，男人突然开口：“真不怕？”

原本看着窗外的蔚蓝朝他看过去，只看见男人帅气的侧脸轮廓。她“哼”了一声，男人的眼睫微动，随后她霸道地说：“要是当时是我抓住他，大概会一脚踢断他的命根。”

秦陆焯先是一怔，随后轻笑一声：这女人……

再次在蔚蓝家门口停下车，秦陆焯特意打开车窗，点了一支烟，准备看着她进家门。谁知他半支烟抽完，这女人却一直没进去，他意识到她大概是没找到钥匙，下车走了过去。

他站在她身边，看着四合院里亮起的灯。

这次来的依旧是刚才那两个警察，几人穿上鞋套进了家里，客厅被弄得挺乱，再去卧室，衣服散落一地，梳妆台的抽屉全部被打开了。

真进贼了。

年轻警察苦笑着说：“蔚小姐，还要麻烦你们再跟我们去一趟警局。”

蔚蓝看向秦陆焯，那表情显然是在说：看，我之前说得没错吧。

做完笔录，警察好心地说：“蔚小姐，鉴于您家刚发生入室盗窃，您又是一个人居住，我们建议您今晚先到父母家或者朋友家居住，等明天我们技术人员上班，再去您家里勘查一遍。”

警察离开后，秦陆焯说：“我送你回你父母家吧。”

蔚蓝是北京人，所以他这么说。谁知他刚说完，蔚蓝无奈地道：“这么晚？然后让他们追问我发生了什么事情？”

男人皱眉，说：“那去林纪明家吧，我给他打电话。”

他起身去打电话，蔚蓝也没阻止。果然他很快回来，有些无奈地说：“林纪明在上海。”

蔚蓝语气惋惜：“这样啊。”

其实下午她随手刷了朋友圈，看到林纪明抱怨上海的天气比北京还差。

见他不说话，蔚蓝垂眸：“没事，我自己会搞定的。”

“去我家吧。”秦陆焯的声音响起后，他看见蔚蓝低着头，嘴角却微微扬起。

他突然伸手摸了下额头，心底带着一丝不确定：现在后悔还来得及吗？

蔚蓝家里算是案发现场，他们连洗漱用品都没回去拿。秦陆焯在回去的路上找了家二十四小时营业的超市，买了点儿洗漱用品。

蔚蓝站在货架前认真挑选着两条毛巾：“你觉得粉色的好看还是浅蓝色的好看？”

她刚问完，一只手臂斜着伸过来，取下架子上的浅蓝色猫咪毛巾。

蔚蓝瞪着他的背影：还真是硬。

去收银台结账的时候，秦陆焯伸手掏出钱包，将卡递了过去，蔚蓝立即抱歉地道：“都是我的东西，怎么好意思让你付钱。”

“我没那么小气。”

这话怎么听着好像挺委屈的？蔚蓝想起了“十七块”，嗯，她好像是挺小气的。

买完东西再次上车，蔚蓝忍不住说：“希望接下来不要再发生什么了。”

她不相信玄学，可在一天之内遇到这么多糟心的事情，她也忍不住怀疑自己最近是不是真的流年不利。她母亲严枫倒是信神佛，小时候姐妹两人时常被母亲领着去寺庙里吃斋菜。

或许过段时间，她自己可以单独去一次了。

此时已近夜深，原本他们九点从肖寒那儿回来，折腾到现在已经接近一点钟。路上没什么车，秦陆焯车子的引擎声嚣张得过分。蔚蓝偏头，忍不住问道：“急着回家有事？”

男人抿着嘴，就在她以为他不会回答的时候，他淡声说：“秦小酒还在家。”

他一般不会回家太晚，结果今天被各种事情耽误了。

蔚蓝想起那只可爱的小白猫，她问：“它伤好了吗？”

“好了。”

蔚蓝看着他，突然想起来什么，故意问道：“还是去的那家医院？”

秦陆焯这次没再搭理她。

他没再去那家宠物医院，那个女医生之后又给他发过几次短信，言语里透着一股幽怨。他一向不擅长处理这种男女之事，更觉得奇怪，他自问从来没给过女医生一点儿暗示，怎么弄得像是他对她始乱终弃一样。

秦陆焯不算有耐心的男人，特别是对他不感兴趣的女人，他连眼神都懒得投去。

沈放说过，他太过果断，这对女人来说也是一种渣的表现。

秦陆焯当时是怎么回他的？渣个屁！

车子开进一个略有些年头的小区，连楼层也没多高。门卫是个上了年纪的大叔，见秦陆焯回来，还点头打了招呼。瞥见副驾驶座上有人，眼睛都瞪直了，再想问，车子已经一溜烟地开了进去，只剩下一股尾气。

“没电梯，得自己走上去。”上楼前，秦陆焯给蔚蓝打了预防针。他低头看了一眼蔚蓝的鞋子，一双绑带黑色红底高跟鞋——花哨，不实用。

蔚蓝撇嘴，男人自然地提起之前买的东西走在前面，楼梯挺窄，蔚蓝干脆落在他身后。

他走得不快，每次到了拐角的时候，总会用余光扫一眼身后的人。一直走到四楼，他在楼道右边的房门前停下，开门打开玄关的灯。

蔚蓝跟着进来，看见他已经打开门口的鞋柜。她一眼扫过去，全是男人的鞋，黑色为主，夹杂着几双黑白色运动鞋。秦陆焯回头看了她一眼，淡淡地说：“等着。”

他先换上拖鞋进了房间，好一会儿总算出来了，拿了双男士拖鞋扔在她脚边。蔚蓝低头看了一眼，表情仿佛在说：我穿这个？

秦陆焯：“有的穿就不错了。”

他家没什么客人，人多的时候干脆就让他们穿鞋进来了，哪有那么多拖鞋给他们换。

蔚蓝撇嘴：“早知道刚才就在超市买一双了。”

说完，她低头换上拖鞋。等她抬起头，发现秦陆焯怔怔地看着自己，眼神有点儿奇怪。男人瞥了她一眼，转头后扔下一句：“你还想在这儿住多久？”

蔚蓝说话的时候还真没多想，被他这么一提醒，觉得这个想法还挺不错的。

客厅的灯被打开之后，蔚蓝就看见了猫架子，没想到一个大男人养猫还挺细心。此时的秦小酒正在猫窝里睡得迷迷糊糊，见他回来了，软软地叫了一声，又埋头继续睡觉了。

蔚蓝站在客厅打量了一下，虽然秦陆焯住的是老小区，不过装修还算明亮大方，就是太干净了，瞧着没什么人气儿。

秦陆焯转身去了客房，好在他的房子是三室的格局，最小的那间改成书房，还剩下一间主卧和客房，就是客房没铺被褥。蔚蓝找过去的时候，看见他正弯腰在铺床。

“你可以叫我一起的。”蔚蓝上前，跟他一起扯开被角。

秦陆焯朝她看了一眼：“你是客人。”

蔚蓝理直气壮地道：“你可以不用拿我当客人。”

她眼神亮晶晶地看着秦陆焯，一副“快问应该拿我当什么”的表情。秦陆焯要是再看不出，就真是个傻子了。他对男女之事只是不上心，又不是真的傻。他白了她一眼，将被子掀起来在半空中晃了两三次，彻底铺平整，转身就出去了。

蔚蓝在他离开后轻轻地吐了一口气。

她脱掉大衣在床边坐下，安静地朝窗外看过去。因为楼层不高，大片视野被对面的房子挡住，只有头顶那片如黑丝绒布般的夜空依旧干净。此刻，明月当空，月光的清辉洒下，落在外面的树梢上。

没一会儿，房门被轻轻地敲了两下，她转头，看见穿着浅灰色家居服的男人指了指旁边：“你要是想洗澡，旁边就是洗手间。”

蔚蓝安静地盯着他，秦陆焯又说：“我房间里有另一个洗手间，你放心。”

他说完，发现坐在床边的姑娘眉眼含着浅笑。

因为太晚了，蔚蓝拿好之前买的洗漱用品就到洗手间洗澡了。只是洗完之后，她低头看着脱下的衣服——毛衣和长裤她可以再穿一天，但是总不能穿着去睡觉吧。

她在浴室找了下，没找到那种宽宽大大的浴巾。于是，她偷偷将浴室门拉开一条缝隙，冲着外面喊了一声。本来她也没怎么抱希望，结果没一会儿，浴室门外传来脚步声。

“怎么了？”男人声音冷淡，此刻在蔚蓝听来却犹如天籁。

她说：“我没有可以穿着睡觉的衣服。”

门口的人沉默了，说了一句“等一下”。她轻嘘了一声，回头看到镜子里雪白姣好的身体，乌黑长发披散在肩头，极致的黑与玲珑的白，美得相得益彰。

浴室的门再次被敲响，男人说：“我给你找了一套我的睡衣，没穿过的。”

“谢谢。”

蔚蓝正要打开浴室门，谁知门口的人比她还着急：“我把衣服放门口了。”

等蔚蓝勾头看向外面时，除了放在门把手上的睡衣，连男人的背影都没看见。

秦陆焯洗完澡，因为房里有暖气，便随意地套了短袖长裤，拿起手机看了一眼时间，已经快两点了。沈放之前给他打了个电话，告诉他早上十点要见个客户，让他别忘了。

他原本想吹干头发，想到旁边的女人应该已经睡着了，便只用毛巾擦了几遍就关灯睡觉了。

第二天，蔚蓝是被压醒的。她睁开眼睛就看见一双瓦蓝瓦蓝的圆眼睛盯着她看，见她醒了，还歪着头冲她撒娇。她坐起来，将秦小酒抱在怀中：“你是想压死我？”

秦小酒“喵呜”了一声。蔚蓝干脆将它平举着放在面前，冲它做了个鬼脸，一边给秦小酒顺毛，一边淡淡地问：“你爹人呢？”

“喵。”

蔚蓝点头：“不在啊？”

“喵。”

“你也不知道？”一人一猫，沟通毫无障碍。

直到门口传来一声轻笑，蔚蓝尴尬地看过去，只见秦陆焯单手插在兜里看着她。

“起床吃早餐了。”见秦小酒又跑到床上，他走过来，准备将这小畜生拎起来。

秦小酒好像知道他要抓它一样，一个劲儿地往蔚蓝怀里钻。她穿着秦陆焯过于宽大的睡衣，原本就有点儿衣衫不整，这会儿被秦小酒一钻，睡衣的纽扣居然松开了，黑色蕾丝胸衣就那么暴露在空气中。

原来女人的胸这么白。当秦陆焯的脑袋里闪过这个念头时，他被自己吓了一跳，下意识地闭眼转身。

坐在床上的蔚蓝也是有些蒙，她放开秦小酒，赶紧将纽扣重新扣好。

秦小酒的猫爪子在床上来回拨弄，蔚蓝瞪它，谁知它歪着脑袋，又“喵”地叫了一声。

听到秦小酒的叫声，秦陆焯的脸色瞬间阴沉下来，要不是怕转身再看到什么不该看的，他真想吃红烧猫肉了。

“我先出去了，你换好衣服来吃早餐吧。”男人的声音乍一听挺稳重，可细听还带着点儿颤音。

一个大老爷们儿，因为看了女生的半个肩膀和胸口，声音竟然都发颤了。蔚蓝看着他笔直地往门口走，还差点儿撞到门柱，“扑哧”又笑了一声。

“小浑蛋。”蔚蓝无奈地轻骂了一句，谁知骂完，秦小酒圆溜溜的大眼睛盯着她，又软绵绵地叫了两声。她被秦小酒这软软的声音逗笑了，伸手在它小脑袋上弹了下，“还是个小爷们儿吗？叫得这么软，多跟你爹学学。”

作为小公猫的秦小酒像是被挑衅了一般，弓着背冲着蔚蓝龇了龇牙，转身就跳下床了。

蔚蓝换好衣服后去洗手间里洗漱，她低头看了一眼洗漱台，这男人的用品还真是简单。

洗漱好出来之后，她来到客厅，就见餐桌上已经摆好了早餐。没一会儿，秦陆焯从厨房里出来了，手里端着秦小酒的猫盆。两人刚经历那么尴尬的一幕，此时面对面还真有点儿相顾无言。最后还是秦陆焯先开口，冲着她点头："吃早餐吧。"

"早上好。"

秦陆焯被她弄得有点儿发愣，想了下，说："刚才的事，抱歉。"

这不，尴尬的事情一提起又是一番尴尬。蔚蓝拨弄了下自己的长发，微笑道："放心，我不会因为这个就让你对我负责任的。"

他也没有这意思。

他也没继续解释，怕越描越黑。把秦小酒的盆儿放在地上，他就转身去了洗手间，想起今天要见客户，还是决定把胡子刮一下，结果等他刮完胡子，打开浴室干湿分离的那扇玻璃门，就看见一条黑色蕾丝内裤挂在架子上。

早上他洗漱完匆忙就出去了，根本没推开这扇门，这会儿瞧见，顿时愣住了。

一瞬间，早上瞧见的那幕旖旎风光又冲进了脑海，长发微乱的蔚蓝端坐在床上，雪白小猫一个劲儿地往她怀里拱着，她衣裳半解，露出雪白的肩头，还有那迷人的胸口。

禽兽。秦陆焯转头，低声骂了自己一句。

一股燥热从身体里陡然升起。于是他赶紧打开凉水，刚掬起一捧水，"吧嗒"，清水里落进一滴鲜红，随后散开。秦陆焯抬起头，看见镜子里的人正在流鼻血。

他心底暗骂了一句，赶紧用水清洗，一边洗，一边想：北京这天气，太干了！

蔚蓝很少吃这么丰盛的早餐，秦陆焯似乎怕她不够吃，不仅买了豆浆油条，还有豆腐脑和小笼包，南北大杂烩，倒是哪边的都没落下。她掀开白瓷碟盖着的小碗，发现里面是绿豆粥，清新爽口。他竟然连荤素搭配都想好了。

只是她等了半天也不见秦陆焯回来，她也不好先动筷子，干脆起身去找他。谁知刚走到洗手间门口，她就看见秦陆焯推门出来，脸色阴沉得仿佛随时能引发一场风暴。

“秦队长，你不吃早餐吗？”

秦陆焯瞥了她一眼，脸色不算好，口吻倒是客气：“你先吃。”

蔚蓝：“一起嘛。”说着，她伸手去拉他的衣袖。谁知秦陆焯很抗拒地后退了一步，似乎很难接受蔚蓝触碰他。

他低声道：“我去换身衣服，你先吃。”

蔚蓝看着他匆匆走进自己的房间，有些不解，直到她走进洗手间看见被拉开的玻璃门，以及悬挂在墙壁挂衣架上的黑色蕾丝内裤，一张脸顿时涨红了。

昨晚换了衣服后，她居然忘记把这个隐藏起来了。

蔚蓝收拾好内裤，也不去叫秦陆焯出来吃早餐了，自己默默地喝完了豆浆，直到他从房间里出来。秦陆焯吃饭快，没一会儿就把一蒸笼小笼包吃完，领着蔚蓝出门了。

两人下楼的时候，正好碰到小区里的小女孩和她的奶奶，小女孩远远地看见他，就问：“秦叔叔，我今天能到你家里看小酒吗？”

奶奶捏了下孙女的手，赶紧冲他道歉：“小孩子不懂事，老是给你添麻烦。”

秦陆焯天生一张冷脸，不过对待老人小孩的时候，倒是挺温和：“要是我今天下班早，你可以过来。”

小女孩得到他同意，开心得原地蹦跶了一下。奶奶站在一旁悄悄打量了蔚蓝一番，这才思忖着开口：“这是你女朋友？长得很俊啊。”

谁知奶奶说完，小孙女也跟着点头：“姐姐，你比电视里的明星还好看。”

蔚蓝笑着打招呼：“谢谢，你是要去上学吗？”

这么一提醒，奶奶“哟”了一声，笑着说道：“回头聊啊，得赶紧送这孩子去学校了，要不然迟到了又得哭。”于是，奶奶牵着孙女的手，在晨曦之中一路疾行。

她们离开之后，秦陆焯朝蔚蓝瞧了一眼，表情意味深长，随后才迈开步子往前走去。

蔚蓝追上去问道："你是觉得我没明星好看？"

秦陆焯看她，满脸写着两个字：无聊。

"那你就是觉得我好看咯。"声音里带着一股肯定。

初冬的清晨，阳光照在身上并不温暖，周围的花草上挂着白色霜露，一张嘴，白色的雾气就萦绕着。她刚说完，男人转头瞧着她，像是故意一般，重重地说："没有。"

"没觉得你好看。"

之前蔚蓝也曾这么逗过他，可那次他只是斜睨了她一眼，连话都懒得说。而这次，他郑重其事地看着她，目光坚定。

他刚说完，蔚蓝站在原地，微怔。随后，她追了两步跟上，这次却什么都没说，只是嘴角带着一抹得逞的笑。

因为蔚蓝没开车，秦陆焯将她顺道送到工作室之后，才开车回公司。早上有个客户，所以她关了手机设备，专心接待咨询者。送人出门的时候，她才看见大堂沙发上坐着的两个人。

"肖队长？"蔚蓝没想到肖寒会坐在她咨询客户坐的沙发上。她微笑着看着他，淡淡地说道，"别告诉我你是来做咨询的。"

肖寒："蔚老师，能借一步说话吗？"

这一声"蔚老师"叫得蔚蓝微微挑眉。她让前台人员准备了两杯咖啡，领着肖寒进了自己的办公室。

原来肖寒是来请蔚蓝帮忙的，而蔚蓝没有直接拒绝。

肖寒开心地看着她，只见蔚蓝从椅子上站了起来，缓缓地走到办公室的落地窗前，阳光布满她周身。她笑靥如花地说："可是肖队长，你应该知道心理医生的咨询费不低吧，我收费是一千元一个钟点。"

一千元……肖寒在脑子里算了算，顿时睁大了眼睛望向她，抢钱都没这么夸张吧？

"我给警方办事，不可能毫无回报吧。"

回……报？这两个字在肖寒脑子里滚了一圈，好在作为刑警的敏锐让他意识到，蔚蓝所谓的回报肯定不是钱。她要真是为钱，他把自己卖了也给不了她这么多。他问道："蔚老师，您想要什么回报？"

蔚蓝转身，眼尾轻轻上挑："我觉得我和你们秦队长配合得很好，我如果参与这个案子，我希望他也能继续参与。"

还不如提钱的事儿呢。

只是，肖寒看着蔚蓝淡笑的模样，突然明白了一件事。

秦陆焯过来的时候已经是下午三点，陈锦路的哥哥陈宇被带回警局有四个小时之久了。蔚蓝一直在另一个房间看着他，不提问也不发话。肖寒一边继续找证据，一边差点儿给秦陆焯跪下，总算等到这位前队长的贵足再次踏进他们景山分局这座小庙。

秦陆焯大概已经猜到肖寒为什么这么着急要自己过来了，看见坐在里面的蔚蓝时，他一点儿都不意外。

"你……"秦陆焯皱眉，隐忍着怒气。

谁知蔚蓝直直地盯着他漆黑的眸子，轻声说："秦助理，我们一起为人民服务吧。"

秦陆焯心底积攒着的微怒一瞬间烟消云散。

——他好像真的有点儿招架不住这姑娘了。

第五章

就是太有感觉了啊

就在他们讨论时，有人将一样东西交给了肖寒。肖寒低头看了一眼，那人又说了一句话，这才离开。肖寒回过神，举着手里的报告说："最新调查结果显示，杜如丽两个月前曾经有过刮宫。"

打胎？这个线索让原本不明朗的案件一下子仿佛拨开了迷雾。也许只要再多一点儿进展，他们就能找到答案。

蔚蓝突然站了起来，她说："让我跟陈宇谈两句吧。"

肖寒立即感到奇怪了，她之前不是说陈宇不认识她？

两人之间隔着一张桌子，陈宇身材高大，很轻松地看着蔚蓝："蔚老师，有句话我只告诉你一个人。"随后，他凑近蔚蓝的耳朵低语了一句。

另一边监控室内，所有人都在等着，只有秦陆焯皱着眉盯着监控，看着陈宇的嘴唇与蔚蓝贴得极近——说话就说话，贴那么近干吗？

"陈鸿源已经丧失了生育能力。"

齐晓有点儿不敢相信地说："陈宇告诉你的？"

此时肖寒狠狠地拍了下大腿，一脸亢奋地站起来，他盯着屏幕，陈宇在对面的审讯室内安静地坐着。他说："陈鸿源没有生育能力，所以陈宇才放心地把杜如丽安在陈鸿源身边。谁知杜如丽却是个不安分的，又和别人有了私情，所以凶手很可能就是杜如丽的奸夫。"肖寒望着法医后来送来的那份报告，继续感慨，"这也是杜如丽私底下要打掉这个孩子的原因，如果这真的是陈鸿源的孩子，按照利益最大化原则来说，她应该是要生下来的。"

蔚蓝开口问："这两天你们排查杜如丽的社会关系，找到什么线索了吗？"

齐晓苦笑："杜如丽的手机被人拿走了，这会儿还不知道被扔到哪儿去了。她本人社会关系复杂，光是在北京就换过好几个工作地点，后来被陈鸿源包养，虽然不用上班，可是经常出入酒吧和 KTV 这些娱乐场所，连她家保姆都说带回家的人太多，记不住。"

“保姆的口供呢？”

肖寒叹了一口气：“保姆早就被翻来覆去问过几遍了，没得到什么有用的线索。”

因为陈宇这边没什么嫌疑，不在场证明又充分，肖寒过了半个小时就通知人把他放了。

蔚蓝从卷宗里抬头望了一眼周围，齐晓见状，指了指外面说：“秦队刚出去打电话了。”

“你还叫他秦队？”蔚蓝淡笑着问道。

齐晓尴尬地笑了下，赶紧说：“叫习惯了，一时间改不了口。”

蔚蓝状似无意地说：“可据我所知，他都已经离开警队三年了吧。”

齐晓没想到她这么清楚，憨憨一笑：“我刚进咱们刑侦队的时候，那会儿的队长还是秦队呢。你不知道那时候秦队有多威风，用咱们局长的话来说，他天生就是干这行的。”

蔚蓝翻了一下案卷，纸张滑动摩擦的声音增加了闲聊的气氛，她问：“你觉得他现在不威风？物流公司的老总身价不低吧。”

齐晓立即摆手，满脸不赞同地说：“哎，不是钱不钱的事儿。说真的，秦队以前还在队里的时候，他就是正义的化身。咱们队里没一个不服他的，咱们这职业您也知道的，每天都跟罪犯打交道，有时候看多了也挺丧气。每次都是秦队安慰我们，而且有什么事儿他肯定第一个冲在前头。”

“他应该挺爱警察这职业的吧。”

齐晓点头：“那是自然的，咱们身处一线，要是心里没点儿正义感，谁爱跟危险打交道。”

蔚蓝被逗笑了，问道：“这也是他说的？”

说真的，她见惯了他不说话的模样，倒是不怎么想象得出来他义正词严地对下属讲大道理的样子。可这两天，不管是她还是肖寒，一个电话都能把他叫过来，她知道他公司里肯定也有很多事情，偏偏他就来了，大概这就是他心里的那团火吧，即便离开，却也从未熄灭。

蔚蓝终于问道：“既然他这么喜欢当警察，当初为什么离开警队？”

齐晓突然瞪大了眼睛看向蔚蓝说：“蔚老师，您这是套我话呢？”

蔚蓝微笑：“你看出来啦。”

蔚蓝把案卷递给他，自己站起来走了出去。

这层楼是审讯室，来往的人不多，她出来后就看见窗口处高大的身影。

“抽烟？”她走过去，却没看见男人手指上夹着烟。

秦陆焯是在发信息，他的手指在屏幕上敲打，没一会儿，就把屏幕关掉了。

蔚蓝见他把手机揣回口袋里，说：“工作这么忙，你一直过来没关系吗？”

秦陆焯好笑地看向她，虽然没说话，脸上的表情却明明白白：这到底是拜谁所赐？

不过秦陆焯只是淡淡地瞥了她一眼：“时薪一千，你不是也挺有空的？”

蔚蓝略感惊讶，抿嘴笑道：“连我的时薪你都知道，专门关心过？”

秦陆焯笑了声。

蔚蓝伸手碰了碰他的手肘，说道：“如果是陪你说话，我可以免费的。”

秦陆焯皱起浓眉，朝她睨了一眼，直接拒绝：“我不需要。”

蔚蓝也不恼火，点点头：“别急着拒绝，如果你以后需要，我的话依旧管用。”

“什么毛病，非要跟别人聊天？”

秦陆焯从口袋里把烟盒掏了出来，却只是捏在手里把玩，没从里面拿出一支烟。

外面的天气并不明朗，暗灰色的天空笼罩着肃穆的气息。

蔚蓝突然笑了下：“也不知道什么时候下雪，说不准就是今天？”

她偏头打量着外面，初雪的降临总是那么让人期待。

“天气预报说，这周都没雪。”

七点多，肖寒招呼大家去食堂吃饭。这次他特地请食堂阿姨开了小灶，过去的时候饭菜都已经摆在桌子上了。肖寒笑道：“黄阿姨，谢谢你啊。”

阿姨摇头：“你们破案这么辛苦，我做点儿菜算什么。”黄阿姨一见到秦陆焯，开始问东问西的，又见一旁的蔚蓝，赶紧说，“这位是上次跟你一起的姑娘吧……”蔚蓝抿嘴浅笑。

秦陆焯解释：“她是队里请回来的技术顾问。”

黄阿姨一听，还挺失落的，忍不住把秦陆焯往旁边拉了拉，低声说：“阿姨也好久没见你了，知道有些话我说了你肯定不爱听。可是你也该考虑考虑自己的事情了，遇见合适的小姑娘千万别觉得不好意思，该主动的时候就该主动。”

虽然黄阿姨刻意压低了声音，但蔚蓝还是听到了只言片语。她先坐了下来，没一会儿，秦陆焯也过来了，偏偏就她旁边还剩个座位，于是他也顺势坐下。

黄阿姨说：“要是饭不够，就喊我一声。”

齐晓高声道：“谢谢阿姨，我肯定要吃三碗的。”

倒是肖寒说：“您快下班了吧，要不您先走，别管我们。”

黄阿姨一笑：“嘿，我这个活轻松，没事的。说起来，我是给公家食堂做饭的，这可比给私人做饭的阿姨好多了，能按时上班下班，星期天还有假期。”

蔚蓝正端着碗吃饭，黄阿姨这句话钻进她的脑子里，突然像是点亮了一盏灯，那些晦涩不明的地方一下就被照亮了。她腾地站了起来，拽着身边秦陆焯的手臂：“跟我来。”

秦陆焯瞧了她一眼，竟然真任由她拉着自己一路疾行。蔚蓝原本是拉着他的手臂，最后干脆握着他的手掌将他重新带回了监控室。

她翻出杜如丽保姆的口供，将其中一段指给秦陆焯看。

在这份口供上，保姆说那天晚上她之所以没在家，是因为杜如丽给她放假了，这种放假也并非第一次，保姆离开别墅的时候，有已经熟识她的门卫可以证实她的证言。

“想想从底层出来的人突然拥有了一切，恨不得疯狂地炫耀这突如其来的财富，就像保姆说的，她刚来的时候杜如丽对她要求极严格，恨不得在她做事的时候时刻盯着她。这样的人，为什么会愿意主动给保姆放假呢？”特别是这种住家保姆。

“因为她要在别墅里和人偷情……所以肖寒他们不需要查阅这几个月别墅人员的进出情况，只需要将保姆放假那几天的监控视频调出来，一定会有蛛丝马迹。”

蔚蓝含笑听着他的话，突然踮起脚，伸手捧着秦陆焯的脸：“你怎么会这么聪明呢？”

爷们儿了一世的秦陆焯怎么都没想到他能有这么一天。

蔚蓝的手很软，带着特有的软香温热贴在他的脸颊上。秦陆焯的脸颊微凉，被她的手这么捧着，半晌都没反应。等他回过神的时候，蔚蓝已经缩回自己的手，又将卷宗捧了起来，轻笑道：“所以我说，肯定有什么地方是不对劲的。”

他看着蔚蓝低头认真看着卷宗的模样，又好气又好笑。他不是没被姑娘撩过，不说撩，就是主动示好告白的都能找出不少，可被这样撩拨，他还真是第一次。

要说蔚蓝真对他做了什么？

没有。

甚至就连口头上的表示都是隐晦又温和的，有种和风细雨的感觉。

肖寒推门进来，看见秦陆焯站在蔚蓝身边，蔚蓝低头看着卷宗，而秦陆焯低头看着她。他此刻的眼神是肖寒从未见过的。

或许是被推门的动静惊扰，秦陆焯抬头看见了他，肖寒正要说话，他径直走了过去，拉着肖寒就往外走，都没给他说话的机会。等两人走到走廊尽头，秦陆焯伸手推开窗子，冷风直直地灌进来，一下子让他清醒了不少。

他伸手在裤子口袋里掏出烟盒，抽出一支夹在手指间。等他再去找打火机时，半天都没摸到。最后肖寒从口袋里掏出打火机打着，橘色火苗蹿起。秦陆焯将烟叼在嘴边，弯腰低头凑近，烟头被火苗点燃，他深吸了一口，随后缓缓吐出。

肖寒早就瞧出不对劲了，男人和女人之间的不对劲，无非就是关于两个字——情和性。后面那个字这两人现在肯定没有，那就剩前面这个字了。

“其实蔚老师挺好的，长得漂亮，还这么有能力。”憋了半天，肖寒干巴巴地说。

说完，都不用秦陆焯瞪他，他自己就先闭嘴了。

他作为刑警队队长，向来靠的不是嘴皮子，这种事应该让局子里那些搞后勤的阿姨来做。当初秦陆焯在警队的时候，可没少有人给他介绍对象，那会儿就连他随便出去参加个大会，都能吸引小姑娘追到警局来。其中闹得最热闹的是一个刚毕业的警花，长得美，腰细腿长，穿上警服，别提有多么的英姿飒爽。

她的照片挂在分局的官网上，不知道被多少内部兄弟惦记上。

谁知就因为和秦陆焯一起参加了一个会议，遇上这位传说中不近人情的秦队长，从此她就芳心暗许，不可自拔。姑娘风风火火地追，送吃的，请吃饭……说实话，但凡一个姑娘能做的她都做了，最后连他们方局都听说了这事儿，秦陆焯却愣是没松口。

用他的原话说：我不喜欢她，也不可能因为周围的人一起哄就跟人家在一起，那是对她不负责。

瞧瞧，多义正词严。可是也像极了他的性子，果断、决绝，绝不拖泥带水。

那会儿方局气得恨不得拿皮带抽他，就问他想找个什么样儿的。

秦陆焯理直气壮地说：“找个我有感觉的。”

感觉这玩意儿却是最不靠谱的，到底什么叫有感觉？

那话肖寒到现在还记着呢，他见秦陆焯不说话，竟鬼使神差地问：“老大，你说你对蔚老师有感觉吗？”

秦陆焯转头望向窗外，今夜漆黑的天空中悬挂着一轮明月，就像那年，他在边境时看到的一样。他轻吐了一口气，灰白色的烟雾模糊了他的侧脸。

就是太有感觉了啊。

肖寒性子急，原本是想连夜请杜如丽家保姆过来的，后来还是被劝住了，保姆五十多岁了，这会儿连夜上门得吓着人家。反正有了线索，明天再请也不迟。

这会儿已经快九点了，蔚蓝拿起手机，这才发现因为之前设置了静音，她错过了好几个电话，有一个座机号码打了四五次。随后她看到短信栏里的信息，是昨晚的民警发来的，说是今天有技术人员到她家去做勘查。

蔚蓝轻抚了下额头，她真是把这件事儿忘得一干二净了。

齐晓见状，立即关心地问：“蔚老师，您有事儿？”

蔚蓝一边编辑短信，一边回道：“昨天家里进贼了，今天办案的民警联系我，结果我静音了一天。”

“还有这事儿？！”齐晓大吼。

他这一吼不要紧，其他人都盯着蔚蓝看。

她伸出手轻轻托着下巴，有些无奈。只不过她怎么都没想到，最后是刑侦队大队长肖寒带着他的助手兼徒弟齐晓同志亲自上门给她勘验。

用他们的话说，蔚老师如今是在为人民服务，作为人民警察，怎么能看到如此忠良之人被小贼迫害。于是，连带秦陆焯也被撺掇着一起去了蔚蓝家中。

齐晓从车子后备厢里拿了一整套工具，临进门之前还给每人发了一双鞋套。

倒是蔚蓝瞧着他拿着的箱子有些好奇，齐晓把她的眼神看成了怀疑，他拍了拍箱子说："蔚老师，您放心吧，我这套工具就是拿到凶杀案现场都足够专业。您家这是入室盗窃，一切蛛丝马迹我都不会放过的。"

显然他的安慰只让蔚蓝觉得好笑，杀鸡居然用上了牛刀。

蔚蓝淡淡地笑了下，低头将鞋套穿上。

几人在蔚蓝的带领下进了门。

昨天蔚蓝没怎么见过室内被破坏的情况，根据民警的说法，是怕破坏现场，没让她进来。结果今天推门进来一开灯，几人都震惊了。

齐晓睁大了眼睛，转头看向蔚蓝问道："蔚老师，您确定您家不是被打劫了？"

他们站在玄关处，整个客厅乱得一塌糊涂，只要摆放了东西的地方都是一片狼藉，犹如台风过境。

等到了卧室，蔚蓝推门进去，身边跟着秦陆焯。他刚瞥见里面的场景，整个人就挡在了门口，后面的齐晓根本进不来。齐晓朝他看了一眼："秦队，您给让让，我得进去看看。"

"给我。"秦陆焯低声说道。

齐晓一脸蒙，直到他手里的东西被秦陆焯一把夺过去，他才意识到秦陆焯说的是什么。他刚要说话，就见秦陆焯转过头，满脸严肃："在外面等着。"谁知刚进去，他又转身警告了一遍，"敢进来的话，有你好看。"这次，连站得最远的肖寒都听得一清二楚。

蔚蓝此刻站在卧室里，衣柜里的衣服被丢了一地不说，最关键的是连她放内衣的柜子都被翻了出来，内衣散了一地。她回头看秦陆焯，想起今早的黑色蕾丝小内裤。

"这里我得收拾收拾。"她皱眉说道。

秦陆焯举起手中的工具，沉声道："卧室被翻得这么乱，说不定小偷会留下指纹。"

蔚蓝"哦"了一声，还是让开了。

梳妆台上的化妆品被打翻了很多，一旁的首饰盒子更是被翻了个底儿朝天。黑色丝绒小盒子扔得到处都是，看得出原本里面放着的首饰此刻都不翼而飞了。

秦陆焯低头开始采集指纹，他开口说："这里你暂时不能住了，想好去哪儿了吗？"

蔚蓝抬起头，漂亮的眼睛斜睨着他，嘴角扬起，柔声说："要不秦助理，你再收留我几天？"

秦陆焯没回答，这是蔚蓝意料之中的事情。

他们出去后，肖寒立即对蔚蓝说："我觉得，在抓到犯人之前，蔚老师，你还是不要住在这里了。"

蔚蓝点头，她收拾衣服准备先搬出去，不管是去酒店，还是去别的什么地方，这里确实是不能住了。

肖寒关心地问道："蔚老师，你在北京有亲戚吧，要不我们现在就送你过去？"

"不用，她暂时住在我家。"随后，秦陆焯的声音响起。

肖寒和齐晓齐刷刷地转头看向秦陆焯，眼睛瞪得跟铜铃一样大。

倒是秦陆焯神色淡然地看着蔚蓝，微抬下巴，淡淡地道："东西都收拾好了吗？"

蔚蓝微愣后，指了指自己的箱子，浅笑："已经收拾好了。"

秦陆焯伸手替她把箱子拿到外面，几人又在房间里四处勘查了一遍，这才离开。出来之后，齐晓把东西收好，说道："这些我明天送到辖区警察局，刚才我进门之前也看过了，这边都是老小区，监控设备老旧不说，还有不少是坏的。"

蔚蓝这个四合院是她外公生前住的，周围确实都是年代很久的小区。

肖寒吩咐道："别忘记了，蔚老师这次给我们帮了大忙的。"齐晓得令，清脆地"哎"了一声。

"案子还没破，说不上是帮了大忙。"

肖寒摇摇头："线索基本已经清楚了，现在就剩找证据了。人啊，只要干了坏事，肯定会留下痕迹的。"一转念，他笑道，"这话还是老大你跟我说的。"肖寒看向秦陆焯，有些怀念那些并肩作战的日子。

蔚蓝朝秦陆焯看过去，从她认识秦陆焯开始，"老大"这个称呼倒是不止从一个人嘴里听到，跟在他身边的沈放也是这么叫的。要说男人心底都有一股子傲气，谁都不服谁的那种，但偏偏有一种人，只要他出现，就能让人服气。

不管是作为心理医生还是作为一个女人，她都对他兴趣十足。

秦陆焯轻笑了声，单手拎起蔚蓝的箱子，放进了车子的后备厢。等再次走到驾驶座旁边时，他伸手将车门打开，说："你们也早点儿回去休息吧，这个案子也快破了。"

肖寒点头，特别认真地说："这次破案之后，我请大家吃饭，老大，你也要赏脸。"

秦陆焯伸手拍了下他的肩膀，声音低沉："一定。"

随后四人分别上了车，齐晓是坐肖寒的车过来的。车开到路口的时候，肖寒摇下车窗，朝秦陆焯挥挥手，往相反的方向开走。

秦陆焯关上车窗往家的方向开，车内没开灯，路边昏黄的灯光不时照进车内。蔚蓝转头看向他的时候，见他的侧脸轮廓在昏黄灯光中若隐若现，她终于开口问："你不是拒绝我住在你家里吗，怎么又改主意了？"

男人修长的手握着方向盘，在蔚蓝问这句话时，他的手不着痕迹地微微收紧，就连下颌都下意识地紧绷了。只是他开口时，声音依旧淡漠："我什么时候拒绝你住我家了？"

对，他只是没回答，不算拒绝，而是沉默地同意。

她善解人意地点头，低笑道："原来你不说话是同意的意思啊，我记住了。"

秦陆焯摸摸鼻子：行，说不过她……

有了第一晚的经历，这次蔚蓝洗完澡，里里外外检查了一遍，发现没落下什么，才回房间睡觉。

至于秦陆焯这边，他睡得更早，几乎是刚到家就进了房间再没出来。

早上起床，秦陆焯穿好衣服从房间出来，就闻到客厅里的香味。待他慢慢地走到厨房，便看见穿着家居服的背影正在厨房忙碌。她穿着一件不知道从哪个柜子里找出来的灰色围裙。

秦陆焯并不经常在家吃饭，围裙这玩意儿他没用过，他站在厨房门口，看着正专心对付锅里的鸡蛋的女人。她身材高挑，浓墨般的长发被随意地扎成马尾，在身后轻轻晃荡。居家穿着的衣服因为贴身，显得她腿长腰细，特别是那不盈一握的纤细腰肢格外引人注目，再往下下就是翘臀。看得出她长期锻炼，身材极好。

蔚蓝回头发现他的时候，笑了一声："起床啦，正好也该吃早餐了。"她拿着锅铲指了指旁边，挺自然地说，"先把粥端出去吧，熬得差不多了。"

秦陆焯没说话，默默地走到旁边，当真按照她说的，按下电饭煲的按钮，准备把粥先端出去。只是刚打开盖，一股热气就扑面而来。

她煮的是白粥。

秦陆焯一个人住，平时又很少去母亲那边，因为在警队养成了习惯，吃饭都是将就，大部分时候是在公司的食堂跟员工一块儿吃。单位的大锅饭说不上难吃，但也绝对不会好吃到哪里去。没想到此时，一锅简单的白粥，让他感受到了家的味道。

没一会儿，蔚蓝把煎好的荷包蛋端出来，她指了指桌子上的切片面包说："我翻了下冰箱，只有这个了。"

秦陆焯给她盛了一碗粥，两人吃饭都挺有规矩，没有说话。

快吃完的时候，秦陆焯抬头看着她问道："如果你习惯在家做饭，附近有超市，东西都挺新鲜。"

蔚蓝挑眉，倒是忍住了，没有一大清早就调戏他，毕竟昨晚他还认真地问她，打算在这里住多久。于是她点头，应了一声："好呀，我也不能在这里白吃白住吧。"

早上照例是秦陆焯开车送她去公司，下车的时候，蔚蓝又敲了敲副驾驶位置的窗子，秦陆焯将车窗摇下，听见她说："今天我自己开车回去，你不用特地来接我。"

秦陆焯心想，他也没打算接。

上午有个咨询者过来，蔚蓝依旧将手机调成静音，一直到咨询结束的时候都没人打搅。

咨询者离开之后，助理张萧敲了敲门，没等蔚蓝问，张萧就指着外面说："蔚老师，前台有东西，需要您亲自签收。"

蔚蓝起身前往前台，一出来就看见已经有人围在那里。这个心理工作室并不是只有她一个咨询师，见她过来，有个姓陈的咨询师笑道："蔚老师，咱们工作室就数你排面最大。"

前台有两个穿着制服的快递小哥，两人合抱着一束巨大无比的玫瑰花，娇艳欲滴的玫瑰上还能看见水珠，如同沾染着清晨的莹露。其中一个快递小哥见她过来，开口道："蔚小姐是吧，请您签收一下。"

陈老师扫了一眼，惊讶地道："该不会是1314支吧？"

虽说数字是俗气了点儿，可有几个女人能抵得住这么豪气的俗？谁不希望自己是被别人捧在手心里的公主，让别人费尽心思地捧着、哄着。张萧和前台小姑娘对视了一下，满眼艳羡。特别是她们这些年轻的小姑娘，男朋友发个1314元的红包都要截图到朋友圈炫耀一番，这会儿瞧见这么大手笔的示爱，蔚蓝这个当事人还没说话，她们的少女心都快要溢出来了。

谁知，围观者激动不已的时候，蔚蓝伸手拿起玫瑰花深处藏着的卡片，看了一眼上面的手写字以及最后的落款，问道："这个能退吗？"

此话一出，其他人都愣住了。两个快递小哥也有点儿疑惑，好在大家都是聪明人，想着能做出这么大手笔的举动，估计也是情侣吵架所致。

陈老师劝道："要不你就签收了吧，人家也只是送花的。"

快递小哥赶紧点头："蔚小姐，你要是有什么事情，就跟对方说一下，我们这个都拿过来了。要是退回去，花店那边不好交代。"

蔚蓝低头看着卡片上"周西泽"这三个字，冷笑了一声，她干脆地在签收单据上写下自己的名字，快递小哥又是鞠躬又是感谢。蔚蓝温柔一笑，在他们询问放在哪里时，她抬了抬下巴："那就麻烦你们帮我再抬下去。"

"放在楼下？"

"随便找个垃圾桶扔了吧。"

回办公室之后，她给蔚然打了个电话过去，过了一会儿才接通，那边一开口就问道："怎么今天有空给我打电话？"

"爸爸没和周家说清楚？"蔚蓝直接问道。

蔚然也是毫无头绪，皱眉说："什么意思？"

蔚蓝把周西泽今天让人送花的事情说了一遍，听得对面的蔚然也是连连冷笑，她说道："看来他是后悔了，不过早知如此，何必当初。"

还没结婚就敢在外面乱搞，周西泽的行为让蔚然也看不上。要不是蔚蓝已经跟他分手了，按蔚然的脾气，早上门揍那小子一顿了。

蔚然安慰她："你放心吧，爸爸不会逼你和他在一起的。"但她也给蔚蓝打了预防针，"不过妈这几天已经在给你物色相亲对象了，我给你提个醒。"

这个消息，将蔚蓝一上午的好心情都毁掉了。所以当下午肖寒打电话过来，问她要不要跟着一块儿去案发现场时，蔚蓝毫不犹豫地答应了。

她是开着自己的车过去的，到了别墅门口时，刚要给肖寒打电话，就看见了一辆熟悉的车，她按了按喇叭，对面黑色越野车里的男人看了她一眼。

"秦助理，你也来了。"蔚蓝看见他，之前的郁色似乎一扫而空。

在重新审问了杜如丽的保姆之后，根据蔚蓝的提示，他们只调查了保姆放假那几天的监控。等蔚蓝和秦陆焯到的时候，肖寒正和一个穿着西装的男人说话，见他们过来，介绍道：“这位是夏智辉夏经理，负责这里的保安处。”

夏智辉年纪不算大，看着文质彬彬，他伸出手，客气地说：“我是这里的保安经理，有什么问题的话，几位可以尽管说，毕竟这种命案发生在我们的别墅里，我们也希望能早日找出凶手。”

蔚蓝看着他伸出的手，被他腕上的东西吸引了。

因为夏智辉还有其他事情要忙，所以没多逗留就先离开了。他一走，秦陆焯瞥了眼身边的女人，低声问：“想到什么了？”

蔚蓝朝他看了一眼，略有些惊讶：“看来什么都瞒不过秦助理的眼睛。”

对于这个称呼，秦陆焯已经学会自动忽略了。

蔚蓝轻声说：“这位夏经理家里应该挺有钱吧。”

肖寒听到她的话，笑着说：“才见一面，蔚老师你就看出来了？”

蔚蓝说：“他手腕上的表，得二十多万。”是她姐夫傅之衡喜欢的牌子，小众又昂贵。

秦陆焯深深地看了她一眼：“你对男人的表倒是挺懂。”

监控视频的调看并不算顺利。

命案刚发生的时候警方就在第一时间调取了杜如丽家别墅的监控，谁知竟被告知因为杜如丽多次请朋友到别墅开派对，她以她的朋友不少是网红名人这个由头将自家门前的监控拆掉了。虽然后来物业这边几次协商，可这个别墅的开发商是鸿源集团，杜如丽的身份在这个别墅区里几乎是公开的秘密，即便有多处不符合规定，物业方面也不敢说什么。

谁能想到因为这个原因，给现在破案带来这么大的难度。

既然杜如丽家附近没有监控，肖寒他们换了个思路，将保姆放假那几天晚上所有出入的车辆号牌都记录了下来。

肖寒带着他们的人忙着，秦陆焯则是找了个理由出去了。

蔚蓝自然跟他一块儿，两人沿着别墅区的主干道漫步。两旁的树木此刻树干光秃，风一吹，枯黄的树叶慢慢飘落下来。秦陆焯双手插在兜里，看似随意散步，直到他在小区假山的凉亭里站住，鼻腔中发出冷哼声。

蔚蓝转头望向他，只见男人启唇，声音低哑地说："这个小区的监控看似布控得十分严密，但是如果真的掌控这些摄像头的位置，要避开也是轻而易举。"

蔚蓝有些惊讶："你刚才是在查看整个小区的监控摄像头？"

毕竟杀害杜如丽的凶手能轻松地从这么严密的监控中脱身，这本身就很让人怀疑。秦陆焯自然想到了这点，因此才会没跟着肖寒他们一起去看监控视频，而是亲自走一遍小区观察所谓的监控天网。

秦陆焯转头瞥了她一眼，只听蔚蓝淡淡地道："我还以为你是在跟我一起散步。"

蔚蓝穿着一身浅粉色的大衣，腰间束着同色系腰带，迎风站在亭内，犹如冬日里独自绽放的一朵荷花，优雅从容。偏偏她眉宇间带着的狡黠让她看起来并不像表面那样知性，更像是个暗中使坏的小姑娘。

秦陆焯垂眼看她："想得倒是挺美。"

蔚蓝安静地看着他，秦陆焯被她看得有点儿不耐烦，转身从兜里掏出烟盒，结果一阵风刮过来，身边的人轻咳了一声，他想了想，又把烟重新装进烟盒塞在裤子口袋里。

往回走的时候，蔚蓝问了他一句："不继续看了？"

秦陆焯摇摇头："外头挺冷的，也看得差不多了。"

蔚蓝有些狐疑地望着他：他会怕冷？

两人又沿着来时的路往回走，准备重回保安处。而齐晓正在保安处的会议室里唉声叹气，他抱怨道："怎么线索又断了啊？"

身边跟他年纪差不多的人跟着点头："就是，还以为这次有希望了呢。"

之前连着突审了陈宇和陈锦路两兄妹，可是最后发现都没嫌疑。

这种命案上头很重视，就是给的破案时间短，眼看已经是第三天了，连嫌犯的一点儿线索都没有。

对面年纪略大的刑警安慰他们："你们以为命案这么好破？去看看内部档案，不知道有多少命案都过去十几年了还没破呢。"

齐晓低声说："可我听说，方局发话，要是这次命案不赶紧破，全体要受处分的。"

现在网络媒体发达，连小区里丢了一条狗，隔天朋友圈都能传遍。更何况，这案子还牵扯着豪门恩怨，网友自然脑洞大开，各种阴谋论都炮制出来了。

陈家兄妹没有嫌疑被放了，到了网友嘴里就变成了警察包庇有钱人。杜如丽的父母往镜头前一站，哭着说女儿死得冤枉，她哥哥更是专门注册了一个微博，每天@各个大V，将自己塑造成为妹妹讨要公道的可怜哥哥的形象。

肖寒正一边抽烟一边看监控视频呢，听着耳边一直有人叨叨，立即吼道："不想干活的都滚出去。"眉宇间的烦躁显而易见。

此刻，秦陆焯正好推门进来。众人神色尴尬，倒是秦陆焯表情安然，似乎没瞧见肖寒发火的一幕。他走到齐晓的电脑旁，伸手轻轻点了点屏幕："还没线索？"

显而易见。

"想过没，凶手很熟悉这个别墅区的监控。"

肖寒点头："这个我们讨论过，凶手在案发当晚很完美地避开了监控镜头，说明他很熟悉这里的监控，所以当时我们第一时间怀疑的是内部人员行凶，但调查了当晚值班的保安，他们都有充分的不在场证据。"

秦陆焯的手无意识地在桌子上轻敲，这是他陷入思考时的习惯性小动作。蔚蓝靠在墙边安静地看着他的侧脸，显然，认真思考的男人确实挺迷人。

"把那晚所有别墅工作人员的名单拿过来。"

他们查看监控这么久，一点儿线索都没有，要么是凶手太狡猾，要么就是有什么地方被遗漏了。

蔚蓝的说法秦陆焯是赞同的。

根据对杜如丽的分析，她并不是个十分宽厚的主人，曾几次责骂保姆打扫卫生太过偷懒，这样的人主动给保姆放假，便有些非同寻常。杜如丽是被陈鸿源包养的，害怕被别人撞见她和男人开房，特地选了在自己的别墅偷情，这个说法很可靠。那个男人如果要进入别墅，肯定会在监控录像上留下痕迹，但是现在没有，那么唯一的可能就是——和杜如丽偷情的人就是住在这个别墅里的人。

他们自然没有放过别墅的户主，毕竟住这地方的人，说不准在哪里都认识。

肖寒让人继续排查户主那边的消息，秦陆焯则是重点查看别墅的工作人员，拿到那晚的值班信息时，他扫了一眼，保安处是实行两班倒的上班制度，每天都有人值夜班，那晚一共有六个人值夜班。直到秦陆焯翻出一张表格，指了指上面，问道："这个签名是怎么回事？"

肖寒凑过来，瞧见一个龙飞凤舞的签名，"哦"了一声，解释道："我之前问过，他们保安队每次换班，都需要经理级别的人签字才可以。"这张表格是案发那天早上换班时的。

"夏智辉？"秦陆焯轻声念了一遍。

"保安经理有两个，一个是夏经理，还有一个姓刘，那天是夏经理负责签名。"

"他几点上班的？"

肖寒一愣，稍微回想了下，说道："应该是七点半到这边的，他们八点之前要全部交班结束。"

"你再把这个夏经理请过来。"

肖寒看了他一眼，毫不犹豫地说："行，我这就去找他。"

等秦陆焯再抬头，才发现蔚蓝不知何时离开了。

蔚蓝是为了接电话才离开会议室的，电话那边的陈锦路好奇地问：

"蔚老师，你还在忙那个案子呢？"

蔚蓝"嗯"了一声。陈锦路有点儿不好意思，说道："要不是我，你也不会被扯进去。"她张张嘴，想骂杜如丽，可一想到人都死了，于是她叹道，"我这几天连学校都不能去，我们家门口都有记者蹲着。不过最惨的就是我爸，他连公司也不能回，据说很多记者在公司楼下等着。"

虽然嘴里说着惨，蔚蓝却听出她口吻中的幸灾乐祸。陈鸿源出轨成性，或许在别人看来，男人有钱难免会沾惹上这些风流韵事，可是这对于子女来说，依旧是难堪的。

"你打电话过来有事儿吗？"

陈锦路这才想起正经事，她问："蔚老师，你愿意上门做咨询吗？我这几天出不了门，也去不了你的工作室。"

蔚蓝总算明白她的意图，无奈地道："可是你本身并没有问题。"

"我有，我有好多问题要问你呢。"经过这件事后，陈锦路就差把蔚蓝当人生导师了，陈锦路说，"我给你加钱，翻倍行吗？一小时两千。"

蔚蓝不是没被客户用钱砸过，她轻笑一声："不是钱的问题，不过你真的坚持的话，我会上门替你做咨询。"

陈锦路开心地说："蔚老师，你太好了。"蔚蓝正要挂断电话，那边陈锦路突然又说，"蔚老师，那个案子我觉得挺危险的，要是不行你赶紧撤吧。那个变态能杀了杜如丽，说不准哪天又丧心病狂杀别的人。"

她的好心相劝让蔚蓝想笑。

末了，陈锦路又轻叹了一口气："其实我觉得杜如丽也挺惨的，听说她家兄妹五个，一大家子人就靠吸她的血呢，弄得她不能好好嫁人，当了我爸的情妇。"

嫁人？蔚蓝皱眉。

挂了电话后，她并没有立即回会议室，而是前往杜如丽生前住的别墅。此时，别墅早已经被查封，门口更是拉了警戒线。她双手插在兜里，安静地站在那里。直到她转身，看见不远处正准备离开的身影，两人视线相撞，那人慢慢走了过来。

“这边警察早已经拉了警戒线，你最好不要越过那里。”夏智辉温和地解释。

蔚蓝浅笑，突然问道：“夏经理是哪里人？”

夏智辉有点儿意外，以为她是闲聊，随口说了地方，蔚蓝没作声。

夏智辉笑道：“您肯定听都没听过这样的地方吧。”

“我记得，别墅的主人好像也是这个地方的人吧。”她回头朝着杜如丽住的别墅看过去。

夏智辉惊愕地朝她看过来，就在此刻，秦陆焯和肖寒赶到了。肖寒着急，开口喊了一句蔚老师，谁知刚喊完，夏智辉一下子抓住了蔚蓝的手臂，将她整个人挟持在身前，现场的气氛变得紧张起来。蔚蓝虽然被他掐着脖子，却还是忍不住轻笑。

夏智辉也紧张得不得了，腿肚子都在打哆嗦，听到她的笑，忍不住恼火地道：“你笑什么？”

蔚蓝冷笑：“你能坚持三天，还挺厉害的。”夏智辉不懂她的意思，蔚蓝不紧不慢地说，“不过，我还是第一次看到杀人犯不打自招的。”

其实，她刚才是诈夏智辉的，幸运的是她诈对了。

夏智辉从口袋里掏出一把瑞士军刀，这是他随身携带的，他将刀子抵在蔚蓝脖子上，威胁道：“你们都退后，退后。”

肖寒怒道：“夏智辉，你跑不了的，赶紧把蔚老师放了。”

夏智辉低头看了一眼，竟是一咬牙道：“我跑不了，就拉着她给我垫背。”

没一会儿，保安室的人得到消息都赶了过来。这会儿没人高兴锁定了嫌犯，因为此刻蔚蓝还被挟持着。

“你们退后，都退后。”夏智辉吼着的时候，刀子抵在蔚蓝雪白的脖颈上，这么一会儿，已经有一道明显的血线出现在脖子上。

肖寒还要说什么，却被秦陆焯伸手挡住，他沉声说：“都退后，别刺激他。”这边，他们立即联系了警方的谈判专家，所有人严阵以待，眼睛都紧紧地盯着那把刀。

倒是蔚蓝作为被挟持的人质，看起来十分冷静，她想了许久，轻声开口：“夏智辉，你觉得这个情况下，你能跑得了吗？”已经有人把他层层包围。

“你别说话。”他的手在颤抖，显然他也明白。

“你是失手杀了杜如丽的吧。”夏智辉不说话，蔚蓝幽幽道，“毕竟你们之间有个孩子啊。”

提到孩子，夏智辉明显有所触动，他咬着牙，似乎在竭力忍耐，却又带着泄愤一般的口吻说：“我求过她别打掉孩子，就差跪下了，她倒好，明明答应得好好的，转头就去堕胎。”

最重要的是，堕胎后，杜如丽看起来一点儿都不伤心难过，她照样在别墅里举办派对，夜夜笙歌。夏智辉曾经不止一次地站在这个地方看别墅，泳池周围灯光通明，里面的人香槟美酒在手，欢声笑语不断。他恨自己不争气，更恨杜如丽。

“这不是你们第一个孩子吧。”

夏智辉的瞳孔陡然放大。

蔚蓝的声音轻柔和缓，在这种紧张的局面中，就像是有一双手，抚慰着他紧张的情绪：“这不是她第一次不跟你商量就堕胎了，而这次你的愤怒到达了顶点，重要的是，你发现现在的她跟从前的她完全不一样了。”夏智辉整个人都在抖，蔚蓝继续说，“所以你跟她谈判，却没想到，轻而易举地就把她杀了。”

片刻沉默后，蔚蓝再次开口，声音里带着一丝诱哄：“你想没想过一个问题？”蔚蓝唇瓣微启，发出一声轻笑，“你本身就是个威胁女人的垃圾而已。”

夏智辉猛地睁大了眼睛，电光石火之间，蔚蓝抓着他的手臂狠狠地往下拧，她的脚几乎是同时狠狠地踹在了夏智辉的脚上。等夏智辉反应过来，对面已经扑过来一个高大身影。

秦陆焯一脚踢到夏智辉的手肘弯，几乎是条件反射般，夏智辉握着刀的手脱力，刀锋在蔚蓝的下巴处划过后掉落在地。

现场一片混乱，秦陆焯第一时间把蔚蓝拽了回来，夏智辉被其他人按在地上。

秦陆焯连一个眼神都没给他，心里窝着一团火，他对蔚蓝怒吼道：“你就不能等到特警和谈判专家过来？自己逞什么能？他手里的刀子随时能划破你的喉咙。”

蔚蓝低着头，长发挡住了她的表情，让人看不真切。见她不说话，秦陆焯气极了，伸手就要去捏她的下巴，余光瞥见她衣领上刺眼的红。

肖寒刚过来，正要说话，秦陆焯拽着蔚蓝的手臂就说：“我先带她去医院。”

大夫给蔚蓝缝合伤口的时候，他冷着脸，抱着手臂站在一旁，吓得大夫吩咐护士拿东西的声音都不敢太大。终于缝合好，大夫把换药的时间和注意事项告诉了他。

秦陆焯冷声说：“你在这儿待着，我先去拿药。”

蔚蓝见大夫要给别人看病，自觉地坐到了外面走廊的椅子上等秦陆焯回来。

男人提着药回来的时候，一眼就看见了她。她的长发因为刚才缝合伤口不便被拨到了身后，雪白的侧脸沾上了一些血迹，透着一股殷红，却显得她整个人有种别样的柔美。

她见男人面色依旧难看，突然笑了下，指了指急诊室：“要不你去帮我问问大夫，我这个伤口会留疤吗？”见秦陆焯不说话，蔚蓝幽幽地说，“美人如玉，要是玉上有划痕就不美了。”

要是搁平时，秦陆焯肯定会白她一眼，然后在心底感慨她的脑回路奇特，什么时候了还在想这些乱七八糟的事情。可此刻，面前的男人突然靠近她，伸手擒住了她的下巴。

他仔细端详了半天后，蔚蓝听到他的声音再次响起：“还是美的。”

第六章

直到那天遇见了他

别墅命案告破，警方对外公布了这个消息。

网上自然又是一片讨论，杜家人却不想轻易罢休。也不知是哪个内部人士开始爆料，说杜如丽嫌贫爱富，甩掉穷小子男友，当了有钱人的情妇，一人得道，带着全家人鸡犬升天，后来甚至还曝光杜家人向陈鸿源索赔了两千万。

虽然帖子内容后来被删得所剩无几，可网上还是讨论得十分激烈，原本被杜家煽动的网友这才发觉不对劲，合着他们在网上卖力折腾，是为了跟人家要钱？

虽然陈鸿源包养情人，从道德上被人唾弃，但杜如丽是被前任杀害的，他这是花了钱还给自己戴了顶绿帽子。现在杜家人不找真正的凶手，反而盯着陈鸿源不放。随后，杜家人的行径被一一披露，愤怒的网友又看不下去了。特别是杜如丽的母亲冲着镜头哭诉，一开口竟是：她没了，我们这一大家子以后可怎么活，孩子的学费怎么办！

她口中的孩子，是杜如丽哥哥的两个孩子。

陈锦路躺在蔚蓝办公室的沙发上，手机里正在播放这段视频。看完后她摇摇头："我一直觉得我妈挺偏心的，谁知杜如丽的妈简直就是个吸血鬼。"

也许是人已死的原因，陈锦路这会儿提到杜如丽也是一阵唏嘘。

蔚蓝听她把话说完，这才问道："最近一直在家？没出门？"

陈锦路摇头，她突然坐起身，挺直腰背看向蔚蓝，问道："蔚老师，你上学的时候，成绩很好吧？"蔚蓝可是世界顶级名校毕业的，陈锦路想了一圈，觉得这事儿问她靠谱。

"还可以。"

陈锦路满怀期待地问："你觉得我能考上大学吗？"

蔚蓝看见她眼神中的期待，淡然问道："跟宋沉有关？"

这姑娘身上的改变，几乎都跟那个男孩儿有关。

陈锦路不避讳地点头，笑嘻嘻地道："果然什么都瞒不过你。"她有点儿泄气，有些抱怨地说，"你知道杨婵吧，就是宋沉不小心用花盆砸断了肩膀的那个女生。宋沉他爸爸妈妈带着他上门道歉了，你知道最后商量出一个什么结果吗？宋沉要一直给杨婵补习到她能来上课为止。”

杨婵的父母得知真相后也没为难宋沉，可杨婵因为身体原因短期内不能上学，只能在家自习，她父母原本是请了家教，最后却让宋沉给她补课。

“你同意？”蔚蓝好笑地睨了陈锦路一眼。

“同意个屁。”陈锦路握着手掌，恨恨地说。刚说完，她整个人塌了下来，喃喃道，“可是我不同意又有什么用，我又不是他女朋友。”口吻怨念，听得蔚蓝忍不住轻笑。

陈锦路的咨询时间就是在聊天，结束的时候，她还有些意犹未尽地表示：“要不下周，我预约两个小时的咨询？”

蔚蓝淡淡地扫了她一眼，陈锦路也明白了自己的过分，她完全把蔚蓝当成了情感树洞。少女背着自己的包，摆摆手跟她道别。蔚蓝看着她的背影，白色短款带毛球羽绒服，蓝色牛仔裤，黑色短靴，连头发都变成了清纯可人的黑色。

待她回到办公室，习惯性地站在窗口往外望，没一会儿，楼下出现了少女的身影。

陈锦路从口袋里拿出手机，正想着要不要给宋沉发条信息，她低着头出了大门，沿着路往前走。谁知没走两步就撞上一个人，她先是摸摸脑袋，刚要骂人，就听到一个不耐烦的声音问：“你走路都不带眼的？”

陈锦路猛地抬头，就见穿着黑色羽绒服的宋沉挡在她面前，她惊喜地道：“你怎么会来？”

宋沉的脸上闪过一丝不自在，面无表情地说：“我要买本学习资料，正好路过这里。”

陈锦路昨晚发短信告诉宋沉，她今天要来蔚蓝的工作室，故意把地址发给他，还问他要不要一起来。当时宋沉怎么回她的来着？好像是……有病。对，就是这两个字。

陈锦路的眼睛晶亮，乐不可支。宋沉看她满脸得意的模样，把手里提着的袋子塞给她，转身就走了。待她低头看才发现，竟然是她最喜欢的抹茶奶盖。

这一幕被楼上站在窗口的蔚蓝尽收眼底，她看着陈锦路追上去，而少年一副高傲的模样。于是她拿出手机，在网上搜了一张图，随后在微信里发给了因为出差三天没回家的秦陆焯。没一会儿，他回复了消息："这是什么？"

几秒后，坐在回北京车上的秦陆焯看着手机上的字，愣了半晌后笑了起来。

"是望夫石啊，像不像我？"

沈放听见身边的低笑，忍不住转头看向秦陆焯，好奇地问："老大，你笑什么呢？"秦陆焯退出微信，将手机塞回兜里，没搭理他。沈放还是不死心，问道，"老大，你最近是不是有情况？"

这句话总算引起了秦陆焯的注意，他转头扫了沈放一眼，伸手将脖颈上的领带扯了下来，轻斥道："胡说八道什么。"

看着手机发笑，不就是典型的陷入恋爱的症状？沈放虽然是单身狗，但他好歹也是吃过猪肉，见过猪跑的，他说："老大，咱们都是男人，有些事情，我懂的。"

"懂个屁。"秦陆焯冷笑，伸手朝他的脑袋打过去，沈放赶紧抱头求饶。

几个小时之后，车子在公司门口停下。沈放前脚下车，秦陆焯跟着正要下车，就接到了一个电话。他看了看手机上的电话备注：方局。他打开车窗，冲着沈放挥挥手，示意他先回去。

秦陆焯接通电话，笑了一声："您怎么想起来给我打电话了？"

对面的人一听这话，顿时怒斥道："你还有脸跟我说这个，我要是不给你小子打电话，你小子能给我打吗？能吗？！"

秦陆焯伸手摸了摸耳朵，说："前几天不是刚跟您打了电话，这么快就不记得了？"

"少给我打岔，晚上到我家里来吃饭。"方国辉说道。

秦陆焯一愣，也不知怎么的，就想起了那张望夫石的照片。

他没作声，却惹恼了对面的方国辉，方国辉吼道："怎么，现在让你来家里吃个饭还要八抬大轿上门请你？"

"我又没说不去，您这么着急干吗？"

"你师母今天在家，亲自下厨。"

要说方国辉的夫人也是个奇人，环境动物保护学家，年轻的时候天南海北地跑，据说两口子最长纪录是足足一年没见面。如今她年纪大了，在高校授课，倒是突然成了贤妻良母，开始下厨了。

秦陆焯一听就知道今天无论如何得去一趟，干脆说："那行，我给您带瓶酒。"

秦陆焯挂了电话进了办公室，刚坐下，又把手机摸了出来，跟蔚蓝的聊天记录还停留在"望夫石"那条，他实在找不到回复的话，干脆就没回。这会儿他想了想，发了信息过去："今晚有位长辈让我过去吃饭。"

他本来还想说"秦小酒就麻烦你再照顾一下"，谁知一愣神，这半句话就先发了过去。秦陆焯靠在椅背上瞧着这几个字，单看没什么问题，可越瞧越觉得不对劲。至于哪儿不对劲，他也说不上来。

没一会儿有人敲门，这两天他不在公司，不少文件等着他签名，他的助理是个三十多岁的已婚已育的女人，叫何蓉。

原本沈放闹腾着要干这职位，只是这小子跟着秦陆焯辞了警察的工作，回头让人家给他当个小助理，怎么都交代不过去，好在现在物流公司跟网络结合紧密，沈放作为电脑方面的技术人才，半路转行也还算顺利。他现在是公司的技术总监，专门开发公司的 App。

何蓉一进门，就把怀里抱着的资料放在了他桌上，说道："秦总，您不在的这几天，有几份文件需要您过目。"

秦陆焯伸手翻了起来，一一过目。

谁知桌上的手机响了两声，一开始何蓉没在意，可当她看到秦陆焯没多久就伸手拿过手机时，顿时惊讶了。她从公司创办之际就跟着秦陆焯了，大概是因为他以前的职业吧，何蓉一直觉得他身上有股常人没有的专注和毅力，所以才能在这么短时间内取得成功。

秦陆焯以前工作的时候，别说看手机了，就算外面闹翻天他都未必会抬下眼。

是蔚蓝回的消息：“喝酒就不要开车了，给我打个电话，我去接你。”

秦陆焯盯着手机半天，终于品出之前心头的不对劲了。他们两人这对话……像两口子。

晚上秦陆焯还是开车过去的。方国辉住在家属大院，车子停在门口的时候，正好碰到下班回来的方局。老头儿穿着一身警服，五十好几的人了，还是腰背笔直，精神抖擞。

方国辉真是许久没瞧见他了，上回见还是去年过年的时候。

秦陆焯把车停好后，打开后备厢把两瓶酒拎了出来。虽然天色漆黑，可方国辉一下子就瞧见了是什么酒，眼睛顿时亮了起来。他拉着秦陆焯往家里走，还没到门口呢，就冲着里面喊：“媳妇，别忙活了，快出来看看谁来了。”

“陆焯。”阮红惊喜地喊了一声。

秦陆焯进来，恭恭敬敬地叫人：“师母。”

方国辉这会儿边脱外套边看着自己夫人，一脸得意：“我说今晚有贵客，你还说我故弄玄虚，就是为了骗你下厨，我骗你了吗？”

阮红瞪了他一眼，却又爽快地点头：“算你说对了，陆焯确实是贵客。”她说着，“哎哟”一声转身就往厨房走，边走边道，“你们先坐会儿，我这锅里还煮着东西呢。”

菜端上来的时候，色香味俱全，方国辉伸手指指他：“你小子有口福。”

秦陆焯打开酒盖开始给方国辉倒酒，白色小瓷盏精致素雅，一顿饭下来，算是宾客尽欢。就连阮红都没劝方国辉少喝两杯，反倒是秦陆焯淡笑道：“您还真想把这两瓶酒喝完了啊？”

“你别管他，他高兴。”阮红笑道。接着，她朝秦陆焯望了几眼，明显心底憋着事儿，最后总算开口问，“最近回家了吗？”这话一出，连方国辉端着酒杯的手都一顿。

秦陆焯摸着面前的小瓷盏，拇指在杯壁微微摩挲，脸上的表情在片刻凝滞后舒展开来，冲着阮红浅笑：“合着这是鸿门宴啊。”

“臭小子，说什么呢。”方国辉瞪他。

阮红笑笑：“前几天在医院检查身体的时候，正好碰到你妈妈，就聊了两句。”

医院？秦陆焯眉头微皱：“师母，您身体没事吧？”

这话问得阮红都气笑了，她说：“我身体没事，你妈妈也没事，我们都是进行常规的身体检查而已。她虽然没事，不过看得出心底有事。”阮红意味深长地冲着他看了一眼，秦陆焯讪讪一笑。

方国辉是直性子，听不得这些绕来绕去的话，直接道：“你跟这小子兜圈子没用，他能给你装傻到明年，直说吧，我有个学生，是个博士，长得漂亮，学历高，出身书香门第，配你小子是绰绰有余，你看看什么时候有空去见见。”谁知刚说完，他自己又改口了，干脆道，“也别有空了，就明天吧。”

秦陆焯朝阮红望过去，问道：“这是她跟你提的要求？”

“什么叫她提的要求？就算你妈妈不主动说，我心里也替你着急。这么优秀的孩子，偏偏不谈恋爱不结婚，你说我们作为长辈的能不着急？”阮红用过来人的口吻语重心长地说，“我年轻那会儿也是一心扑在工作上，觉得家庭是拖累，可是后来找了你师父，等到老了，你瞧瞧，这么大的房子，每天有他陪我说说话多好。你再看看你，回去你那个房子，冷冰冰的，连个说话的人都没有，你心底就一点儿不难受？”

不管方国辉和阮红怎么说，秦陆焯都没松口表示愿意和女博士见面，以至于他走的时候，方国辉红着脖子在他车外又骂了一通。秦陆焯没叫蔚蓝来接他，而是叫了个代驾。

“您家到了。”驾驶座的代驾客气地说。

秦陆焯从钱包里拿了钱给人家，说了句“谢谢”。代驾离开之后，他就坐在车里，没一会儿，因为空调开着车里太闷，他打开了车窗，头一偏，正好看见自家的窗子。

随后，男人眯了眯眼睛，看到窗子里透出来的光亮。

家里有人？

片刻后，那张动人得犹如水墨江南画的脸蛋在他脑海中缓缓浮现。

秦陆焯上楼后，正站在门口掏钥匙，门就被打开了。他抬头一看，穿着浅粉色家居服的姑娘一脸笑意地看着他，怀里还抱着一只发毛蓬松柔软的猫，说道："回来了。"蔚蓝举着秦小酒的前爪，冲着秦陆焯挥了挥，"小酒，跟爸爸打招呼。"

爸爸？秦陆焯眯着眼睛，突然笑了，什么鬼称呼！

他进门后没立即回卧室，脱了外套在沙发上坐下。方局酒量好，他陪着喝了不少，这会儿身上是淡淡的酒香，脸颊微微泛着红，一直延伸到脖颈。他嫌热，把衬衫扣子往下解，刚解了两粒，蔚蓝重新出现在他面前，将一个白瓷小碗端在他面前的茶几上。

他微愣，还没问，蔚蓝主动说："醒酒汤，喝点儿，蔚蓝独门秘方。"

"有用？"他嗓音低哑地问。

"喝一口嘛。"她的声音柔软动人，带着几分诱哄。

无法抗拒，秦陆焯真端起来喝了。

碗端起来的片刻，他想起阮红说的，他回来，这个房子里连个说话的人都没有。

他顿时低笑了起来，谁说没有，还有人给他熬醒酒汤呢。

清晨，外面天刚蒙蒙亮，房间里由于拉着窗帘的缘故，连一丝光都没透进来。床上的人翻了个身，伸手揉了揉自己的脑袋——疼。

秦陆焯不是酒量小的人，只是昨天为了陪方局尽兴，喝了不少。他干脆坐起来，缓了好一会儿才起身。一拉开窗帘，外面笼着一层雾气，连对面的楼都看不真切。

没一会儿，他听到外面有动静，一打开房门就看见了蔚蓝。

她一怔，说道：“我还以为你要很晚才起床呢。”

昨晚他身上的那股酒气，她一开门就闻到了，好在他没喝醉，而且看起来酒品极好，喝完醒酒汤便回房间洗漱，没一会儿里面就没动静了。

秦陆焯打量着她的装扮，声音略沙哑地问：“要去跑步？”

蔚蓝习惯早上运动，之前在家的时候都是用家里的跑步机。这边没有，所以她打算出去跑一圈，顺便吃了早点回来。

“要一起吗？”蔚蓝见他问，眼神带笑。秦陆焯伸手揉了下自己的额头，蔚蓝见状，伸手去拽他的手，“走吧，呼吸呼吸新鲜空气，还能舒服点儿。”

她的手掌柔软细腻，搭在他手心内，像是一块暖玉。

最后秦陆焯穿了件羽绒外套，当真跟着她出了门。

此刻雾气依旧未散去，路面状况并不算好，好在今天是周六，上班和上学的人都少，蔚蓝双手插在口袋里，随后开始正对着他倒着走，问道：“你今天不用上班吧？”

秦陆焯眼皮抬了抬，低声说：“周末。”

况且他昨天刚从天津回来，晚上又喝了酒，再怎么热爱工作也不至于这么虐待自己。

蔚蓝点头，轻笑：“那正好，要不要跟我去个地方？”

秦陆焯睨了她一眼：“去哪儿？”

“反正不会把你卖了。”她一边倒着走，一边歪头看他，故意激道，“还是你怕了？”

突然，秦陆焯伸手拽了她一把，他用的劲不小，大概也没想到蔚蓝这么高的个子，竟然这么轻。他穿着羽绒外套，却是敞着的，蔚蓝结结实实地撞到他胸口——硬硬的。

后头差点儿撞着蔚蓝的小孩也吓了一跳，半晌，有点儿害怕地小声道：“对不起。”

秦陆焯看了眼孩子，又瞪了一眼趴在胸口的人，低声对小孩说：“没事，是她没好好走路。”

小孩走后，秦陆焯低头瞧着还趴在自己怀里的人，竟没第一时间推开她。

“好好走路，会吗？”他的声音还有点儿哑，竟是格外诱人。

蔚蓝总算抬起头，伸手摸了下自己的下巴，又低头看了看他的胸口，伸手捏了下。别说她自己，连秦陆焯都愣了。随后，他被气笑了，问道：“你是女流氓吗？男人的胸也能乱摸？”

蔚蓝板着脸，指着自己的下巴，委屈地说：“差点儿磕断了。”

秦陆焯垂眼瞧着她，突然勾起嘴角：“假的吧？”

蔚蓝愣了好一会儿，才明白过来他是什么意思。即便蔚蓝性子淡漠，平时也不是那种爱争奇斗艳的人，但哪个姑娘都不能忍受别人说自己整容吧。

她朝秦陆焯看过去，眉眼微挑，秦陆焯心头一跳。跟蔚蓝认识以来，他似乎对这个眼神已经有了条件反射——她要作妖。

就在他准备推开她时，蔚蓝淡淡的声音已经响起：“前几天你不是刚摸过？”秦陆焯回头瞪她，正要轻斥，话到嘴边却顿住了。

他意识到了蔚蓝说的那天，他擒住了她的下巴——嗯，他确实摸过。

还有些话蔚蓝没说，她知道千里路不是一日走完的，胖子也不是一天吃成的。没事儿，她有的是时间……跟他好好磨。

早点吃完后，两人又回了家，差不多过了半个小时，蔚蓝过来秦陆焯的房间敲门。

她换了一身外出的装扮，棕色羊绒大衣里面穿了件修身毛衣，或许是因为外套颜色的关系，这一身打扮让人觉得温暖又优雅。

秦陆焯倒是觉得这女人跟变色龙似的，早上还一副青春正好的元气少女模样，这会儿又是一股优雅女人味。

两人是开着秦陆焯的车出去的，这会儿太阳出来，雾气散得差不多了，开到目的地的时候已经快十点。他们去的地方不算繁华，反而有点儿老旧。

两人坐着电梯上了三楼，一出门就看见电梯外的宣传立牌，主题是保护野生动物，立牌上的动物都是手绘而成的，憨态可掬，就连秦陆焯都被吸引住，多看了几眼。

蔚蓝轻笑："不错吧？"秦陆焯点了点头，就见她抿嘴浅笑，"我画的。"

他略有些惊诧地转头，正好撞上蔚蓝的眼睛，她微微挑眉："觉得不像？"

秦陆焯垂眼看她，这次的神色倒是带着轻松："只是没想到你什么都会。"

这句话……算是夸奖？

蔚蓝带着秦陆焯进去时，忙着的人都停下了手边的事情跟她打招呼。

"蔚老师。"有个圆脸的小姑娘赶紧跑了过来，看见蔚蓝身边站着的秦陆焯时，小姑娘眨眨眼睛说，"您今天带男朋友过来啦？"

蔚蓝轻笑，转移话题问道："许翰在吗？"

"在的，一直在等蔚老师您呢。"小姑娘叫尤晴，是许翰的助理。

至于许翰，上次蔚蓝参与的会见吉叔的行动就是他出面邀请的。因为蔚蓝的背景清白，甚至可以说很强势，她出面买一批价格昂贵的血牙，那帮人才没有怀疑。

秦陆焯意识到蔚蓝今天过来，应该是和上次酒吧的事情有关，于是，在她进入许翰办公室之前，他挡住她，低声说道："我上次说过的话，你忘记了？"

蔚蓝突然抬起下巴，说道："你知道他们有些人来这里帮忙都是义务的吗？"她目光清浅，仿佛在说一件并不危险的事情，"我和他们做的事没什么不同，都是为了更好地保护那些因为人类的贪婪而丧失生命的野生动物。"

秦陆焯深深地看了她一眼，说："可是你应该知道那些走私象牙的人，很多还会贩卖毒品和军火，他们很可能是穷凶极恶之人。"

蔚蓝微微抬眸，反问："所以你觉得我应该退出？"

秦陆焯说不出来这种话，他转头望向其他人，看得出来，他们应该是在为某个即将举行的公益活动做准备。这些人里有中年，有青年，都是在为同一件事情而努力。

就像警察要抓犯人，有些事情虽然让人感觉无力，却一直有人在坚持，而这些坚持都值得尊重。

他说不出让蔚蓝放弃的话，于是他低声说："最起码，你要保证自己的安全。"

蔚蓝跟许翰开完会后出来，就看见秦陆焯正在角落里帮忙钉东西。男人半蹲在那里，很认真地在完成手头的事情。她走过去，轻轻弯下腰，正好秦陆焯抬起头。窗边冬日暖阳洒进来，正好打在她身上，尤为好看。

"秦助理，你在干吗？"她低笑着问道。

两人正说着话，尤晴过来了，一脸惊讶地喊道："秦先生，您真的捐款啦？"

蔚蓝转头，就听尤晴有点儿不好意思地解释："刚才秦先生看了我们的宣传单，就问我捐款的事情，没想到告诉他之后没多久，我们账户就收到了一笔十万元的捐款。"

他们会定期举办募捐活动，用来保护野生动物，资助那些边境的巡护员，这种大额的捐款，真的太少见了。

蔚蓝眨了眨眼睛，转头看向秦陆焯。他抿着唇，半晌才"嗯"了一声，算是承认。

尤晴大喜："您放心，这种大额捐款我们可以给您送锦旗或者颁发证书的。"

蔚蓝并不知道还有这些，待她再看秦陆焯的时候，男人果然神色有些别扭，她笑了起来："算了，他不会要的。"尤晴偷看了他一眼，确认之后才转身离开。

他们直到下午才离开这里，回去的路上，蔚蓝又让秦陆焯在一家超市门口停下来，说是要买东西。

晚饭是秦陆焯做的，家常菜，简单却出乎她意外地可口。只不过蔚蓝吃完，洗了碗之后就回了自己的房间。直到晚上九点的时候，秦陆焯的房门被敲响了。

他过去开了门，蔚蓝就站在门口。

她微仰着头望着他，将藏在背后的双手伸了出来，一张白色画纸出现在了他面前。

是张素描画，秦陆焯仔细一看才发现，画的是他。

蔚蓝问："像吧？"她的语调有些得意，即便只靠脑海中的记忆，她都能将他清楚地描绘出来。

秦陆焯微怔，太意外了。

面前的姑娘低声说："你不是不喜欢锦旗、证书吗？这个，"她将画递到他面前，轻声说，"喏，是给你的奖励。"

走廊上暖黄色的灯正亮着，照在她的脸颊上，此刻这张脸上竟染上了几分羞怯。这是她头一次给一个男人画画，而这也是秦陆焯第一次心跳得这么快，他看着她，毫不犹豫地低头。

她眼睑微垂，脸颊在黑发的衬托下犹如羊脂白玉，让人忍不住想伸手抚摸。

周围很安静，谁都没说话，只剩下彼此的呼吸和心跳，秦陆焯像是着了迷，两人的距离慢慢靠近，近到他快闻到她发间的馨香，她的唇近在咫尺，像是在诱惑着他……

他刚抬起手，放在床头的手机铃声猛然响起。

暧昧的气氛被这突如其来的手机铃声打断，两人都像大梦初醒，秦陆焯看着面前的姑娘和她手中的画。他的奖励？还真是别致。

蔚蓝脸颊微热，刚才那一瞬间，她竟然觉得秦陆焯就要亲她了。

幸好有这"及时"的铃声……她朝房内看了一眼，铃声还在响，谁知秦陆焯站在她面前没动。他伸手从她手里接过这幅画，仔细看了好一会儿，嘴角上扬。

蔚蓝见他不说话，伸手想把画拿回来："要是不想要，就还给我吧。"

"谁说我不想要的？"男人低沉的声音本来就动人，此刻又含着几分笑意，更是拨人心弦。他先是看着她，接着看着画，嘴角微微勾起，“我喜欢。”

蔚蓝“嗯”了一声，低声说：“喜欢就好，我先回去休息了。”

秦陆焯瞧着她，看起来是不好意思了。之前只要有机会，她就要撩他一把，这会儿反倒一副害羞要溜走的模样。他伸手，一把握住了她的手腕，低声说：“明天有空吗？”

这句话问完，秦陆焯都觉得好笑，他竟然会觉得有点儿忐忑。作为钢铁直男，他又觉得这话问得太软了，于是抬头直勾勾地看着她的眼睛：“明天一起吃饭吧，我有话跟你说。”说完，他竟伸手揉了下她的长发，“不许拒绝。”

蔚蓝瞧着他的模样，乖乖点头。

回到房间后，秦陆焯才重新拿起手机，发现刚才的电话是沈放打过来的。他皱了皱眉，又给他回拨了过去。没一会儿电话接通，那边有点儿嘈杂，沈放说：“老大，你现在一个人在家是不是特别无聊，要不出来喝点儿？咱们这儿不少人呢，肖队也在，都等着你呢。”

要不是刚才蔚蓝答应了他，这会儿秦陆焯可没什么好脾气对沈放。

他压着声音说：“以后晚上要没事儿，少给我打电话。”就在他要挂断的时候，又突然叫住了沈放，问道，“哎，你上次说的那个餐厅在哪儿？”

沈放一愣，反问：“哪个餐厅？”

秦陆焯摸了下鼻子，低声说：“就是你说以后求婚绝对要去的餐厅。”

他不懂这些玩意儿，倒是沈放因为爱玩懂这些。

他承认刚才有一瞬间，他确实想亲蔚蓝，要不是被电话铃声忽然打断，他恐怕真的会抑制不住。他对蔚蓝动心了，甚至连他自己都不知道在什么时候，只是刚才的一瞬间，他看清楚了自己的心。没什么好遮掩的，他认了。

他喜欢这个叫蔚蓝的姑娘，喜欢得要命。

沈放一愣，大喜：“老大，你真有情况？是谁？我认识吗？”

这一连串的发问把秦陆焯砸得有点儿晕，他说：“废话少说，那餐厅叫什么名字？”

沈放还想追问，可是又怕秦陆焯发火，只得老实地把餐厅名字说了出来。他还特别大方地说：“老大，真不是我吹的，这家餐厅真的特别浪漫，不过既然你要用，我就让给你了，谁叫你是老大呢。”

秦陆焯这人就是闷骚，没明白自个儿心意的时候，冷漠得能让你恨不得踹他两脚。可一旦明白，他就打定主意要给你最好的。

虽然是蔚蓝先撩拨他的，可既然明白了他喜欢她，那表白这事儿得他来，谁让他是爷们儿。

第二天，两人像是有默契一样，蔚蓝早上起来就出门了，秦陆焯也没找她，只是把吃饭的地址和时间告诉了她。他订了晚上七点，因为这家餐厅在七点半会有个惊喜。

秦陆焯开车出门，找了一圈，总算找到一家大点的花店，里面正在剪花枝的店员立即上前，笑着看他，轻声问道：“先生，请问你是想买花送谁呢？”

秦陆焯环顾了一圈，虽是冬天，花店却一片春意盎然。他想了会儿，低声说：“今晚，我想让一个姑娘做我的女朋友。”

追求者？店员冲他看了一眼，花店每天来往那么多客人，可面前的人是真让店员觉得惊艳，那种从内而外散发的帅气让店员顿时觉得被他表白的姑娘一定十分幸福。

“您自己有什么想送的吗？”

这话还真把秦陆焯问住了，说实话，他以前挺不屑送花这种事的，觉得特俗，就只有花哨。他哪想到有一天轮到自个儿给人送花，于是他低声说：“你可以帮我推荐吗？”

店员点头，立即说：“那请问你想送花给她的那位女士，是什么样的性格，或者她有什么喜欢的花束吗？”

性格？秦陆焯略沉吟：“她瞧着很温和，看起来落落大方，其实私底下很聪明，偶尔会说奇怪的话。要是惹到她，她眉眼往上挑的时候，准是起了坏心思。”

最后，花店店员帮他挑了一束花，仔细包装好，交给他的时候，小姑娘轻笑道：“先生，您今晚一定会成功的。”秦陆焯略点头，算是感谢。

拿了花之后，他一路开车奔向餐厅。等到了地方，找了几分钟才把车子停好。好在时间还算宽裕，他伸手将副驾驶座上的花束拿了起来，谁知兜里的手机又响了起来。

他夹着花推开门，下车后干脆倚在车门边把电话接了。

“你小子在哪儿呢？”方局一开口，嗓门如洪钟。

秦陆焯低声说：“在外面呢。”他又笑道，“您最近给我打电话这频率可有些太频繁了，是不是又想我的茅台呢？”

方局心里本来就存着事，此刻顿时怒道：“你小子别不识好歹。你知不知道阮家的那帮余孽如今在越南边境又死灰复燃，拿一百万悬赏你这条命呢！”

知道这个消息后，方国辉就坐立不安。

这个消息是他们警方的卧底传回来的，本来卧底并不是负责阮氏的案子，只是阮家曾经雄踞越南三十年，如今东山再起，早就在道上放出风声，要替三年前死去的阮坤报仇。阮坤是越南阮氏集团的头目，也是上过国际刑警通缉令的人物，三年前，在中国警方的围捕活动中丧命。当时阮家的势力被摧毁得所剩无几，没想到百足之虫死而不僵，这个在越南叱咤风云三十年的犯罪集团又死灰复燃了。

秦陆焯嗤笑：“才一百万？”也太小瞧了他吧。

方国辉气得不得了，咬着牙怒骂道：“是一百万美元，你小子这条命值钱着呢。”

“哦。”秦陆焯应了一声。

见他还是不放在心上，方国辉怒道：“你知不知道，阮家现在是一个外号叫佛域的人在管事。据说他是阮坤从未露过面的幼子，此人一年之内就收拾了所有趁阮坤死了外逃的阮家势力，年纪轻轻就有这样的行事手段，比起阮坤那只老狐狸毫不逊色。这次对你的追杀令，就是他亲自下的。”

终于，秦陆焯冷笑道：“人是我亲手抓的，想找我报仇，我等着。”

方国辉气得要骂人，却又压着火气，苦口婆心道：“那帮人都是亡命之徒，你拿什么跟他们斗？况且你就算不想着你自己，也该想想别人吧。肖寒跟我说，上次别墅杀人那案子，是你和一个心理医生一起破的，那姑娘是不是跟你关系不一般？”

秦陆焯猛地握住怀中的花束，他低头看了一眼，这束花是他特意为她选的。

方国辉继续说：“我给你打这个电话，就是让你平时小心点儿。不过只要你好好地待在国内，肯定不会出事，你可千万别给我惹出什么事情。”

这话说得意味深长，但秦陆焯懂了，他说：“方局，我们的兄弟到现在还没回来呢。”

这话，听得方国辉心头一痛。三年前那个案子，三名警察英勇牺牲，可外面的人根本不知道，这些烈士的骸骨至今还不知道埋在哪片绿水青山之中，他们到现在都还没回家。

这几年秦陆焯在做什么，方国辉也有所察觉。但是他一直默认，并未阻止。不过现在情况不同，对手再次归来，他们马虎不得。

秦陆焯挂了电话，想起方局最后说的话。他让他忘记过去的事情，去找个女朋友，做寻常人该做的事情，至于犯罪分子，就留给他们这些警察去抓。

他低头看着怀中的花束，他没告诉方局，在他电话打来之前，他正准备跟一姑娘表白。

蔚蓝比秦陆焯晚到了几分钟，她盛装而来，看得出是精心打扮过的。她坐下后，对面的男人冲着她看了好几眼，她眨眨眼睛：“惊艳了？”

秦陆焯低笑，果然还是这性子，他板着脸，抬抬下巴：“点菜吧。”

蔚蓝抿嘴不语，反正她不着急。

这家餐厅的环境确实不错，幽静素雅，灯光不算明亮，情调渲染得十足。因为是西餐，蔚蓝特地点了红酒。两人边吃边等着上菜，倒也不算无聊。蔚蓝偶尔说话，秦陆焯低声回答。

直到蔚蓝举起酒杯，正要感谢他今晚的邀请，突然，周围的灯光一瞬间全部熄灭，四处响起低声惊呼。就在有人刚喊了“服务员”时，头顶的灯突然再度亮起。

店内所有人都抬起头，周围一片漆黑，屋顶此刻变成了星河，星辰还在缓缓流动，如此神奇又曼妙的一刻，没有人说话，所有人都静静地欣赏着这一幕。

当星河黯淡，灯光再次亮起的时候，又有惋惜的声音响起。

倒是隔壁桌的人将服务员喊了过来，问道：“这个灯能不能再亮一次？我女朋友很喜欢。”

服务员轻笑道：“先生，今晚的星河灯是一位男士特地为了表白预约的，如果你想再点，需要预约下次，我们这儿都有价格。”

客人自然地问了价格，待服务员报了个数字后，那对情侣脸色微僵。

蔚蓝倒是饶有兴趣地看了一圈，低声说：“没看见有人表白啊，花了这么多钱却又不表白，这人真够有意思的。”

秦陆焯朝她望了一眼，低笑：“你喜欢吗？”

蔚蓝点头：“喜欢啊。”虽然不是专门为她点的，可是她也欣赏到了美景，自然喜欢。

秦陆焯再次笑了起来。嗯，喜欢就好。

这顿饭就这么过去，回到家中，秦陆焯掏了钥匙将门打开，刚换了拖鞋往里面走，就听到猫的叫声，是秦小酒听到动静出来迎他们了。

秦陆焯正要走过去摸这小猫崽子的脑袋，却被身后的人拉住。

待他缓缓转头，就见蔚蓝双眼直勾勾地望着他，那双乌黑的眸子里像是藏着星辰，比今晚餐厅屋顶上亮起的星河还要漂亮。半晌，蔚蓝认真地问：“秦陆焯，你有没有什么话要跟我说？”

她盛装而来，只为等待他的承诺。

她安静地望着他，淡然又笃定。他和她之间，从开始到现在，或许都是她在主动，她撩拨他，不动声色地引诱他。可是蔚蓝相信，他并非无动于衷。

昨晚，她看见了他眼中的欲望——那是一个男人对一个女人的渴望。

秦陆焯被她问住了。

他望向面前的姑娘，她勇敢大气，拥有足够包容的强大内心，这正是她的个性，是他喜欢的她。半晌，他冷淡地说："早点儿休息。"

蔚蓝怔住，又笑了起来，再问了一遍："你确定这就是你要跟我说的话？"

秦陆焯蹙眉，终于再次开口，肯定地说："明天还要上班，早点儿休息。"

头顶的灯光照着两人，他微蹙着眉心，唇微抿，眼神坚定而决绝。

两人对峙着，像是谁也不让着谁。

蔚蓝并不知道的是，就在几个小时前，面前这个男人还在花店里，对着一个陌生人描绘着他心底的那个姑娘。他说着她时，眉眼都带着笑，连店员都对这个即将被表白的姑娘充满羡慕。

"你知道我想要听到的并不是这个回答。"

蔚蓝盯着他，眼神灼灼。

她不是个情感热烈的人，没那么强烈的爱，也没那么强烈的恨，跟别人交往，也都如例行公事。她以为她这一生也会像例行公事那样度过，直到她那天遇见了他。

喜欢上一个人有多容易？

或许是他深夜披着满身倦意到警局来接她，又或者是他站在深夜街头，弯腰跟衣着褴褛的老人低声说话，让她感动。这个男人硬到她以为他真是一块石头，可又那样柔软，柔软到他心底装了那么多东西，却一如过往。

蔚蓝望了他一眼，径直越过他回了自己的房间。

秦陆焯望着她的背影，直到她彻底消失在视线里。脚边的秦小酒根本不知道发生了什么，只是"喵喵"地叫唤。他弯腰将它抱在怀中，低头问道："你小子是不是觉得我挺没用的？"

“喵。”

秦陆焯摸了摸怀中的小家伙，自嘲地笑了一声。这一夜，他辗转难眠。

凌晨四点，秦陆焯猛地睁开眼睛，一身冷汗，周围一片漆黑。没一会儿，他坐了起来，倚靠在床头，方才梦中的场景像是倒带般在他脑海中回放。

他见到了老姚，那个三十五岁的男人，孩子刚七岁，正是读小学的年纪，每回他来警局，说得最多的就是“以后我也要跟爸爸和秦叔叔一样当警察抓坏蛋”；他还梦见了刘裕，二十三岁，刚毕业进入刑警队，如果他没牺牲，现在就跟沈放一个年纪；还有老任，三十二岁，他牺牲的时候，女儿只有一岁，刚会叫“爸爸”，行动的前一晚，他还把录在手机里孩子叫爸爸的视频放给他们看。

那时候，秦陆焯是那样自信，他相信他把人带去，就能把人安全地带回来。可是这世上，明天和意外，没人能保证哪个会先来。

他被现实狠狠地教训了。

方局的那一通电话彻底改变了他的想法。他以为他远离警队，就能忘记过去，可现在才发现，只要他还活着，即便他不去循迹罪恶，那些人也始终不愿放过他。

他曾经宣誓他将维护正义和法纪，忠于祖国，忠于警队，保护人民的生命安全和财产，他从未后悔过穿上那身警服。即便如今那些人追着他不放，他亦不后悔。

可他能将蔚蓝扯进这其中吗？他不能！

黑暗中，秦陆焯给自己点了一支烟。

待他早上开门出来的时候，客厅里一片安静，他朝蔚蓝的卧室望了一眼，还没起床？直到他看到秦小酒猫盆里刚放进去的猫粮，他又心存疑惑：她已经走了？

秦陆焯原本准备迈向玄关，却在下一刻回身。他推开蔚蓝的房门，干净整洁的房间空空荡荡，像她来之前那样。

蔚蓝走了。

他握着门把手，再次自嘲地笑了一声，是啊，她有不走的理由吗？

他可以为了他的理想和正义将自己的生死置之度外，却不能把蔚蓝拖进来，他太了解那帮人，一帮亡命之徒，被抓住也不过是死，所以从来不惧怕和警察对抗。他自己什么都不怕，却怕连累到她。第一次喜欢上一个姑娘，却落得这么个下场。

窗帘被拉开，一室天光，只剩下他自己。这样也好。

此刻，蔚蓝安静地开着车，北京早上的路况不算好，她跟着望不到头的车流慢慢往前行。待车子停下，她下车，看着紧锁着的大门，餐厅的员工还没上班。于是蔚蓝立即重回车上，也不知等了多久，餐厅里有了动静。她再次下车，推门进去。

服务员见有人推门，吃惊地看了过来：“小姐，是来吃饭？”

蔚蓝摇头：“你们经理在吗？我想点你们这里的星河灯。”

服务员看了她一眼，赶紧说：“稍等，我们经理在开会呢。”

没一会儿，餐厅经理赶了过来，问：“小姐，你想点灯？”

蔚蓝点点头，看向经理，问道：“昨晚我朋友的男朋友就在这里给她准备了惊喜。”

经理恍然，笑道：“您是秦先生介绍的朋友？”

秦先生……蔚蓝嘴角微勾，她就知道。这个嘴硬的男人。

经理又惋惜地说：“我们最近一段时间都已经预约满了。”据经理透露，秦陆焯是付给了对方双倍价格，对方才让给他的。

蔚蓝抬头，此刻餐厅的屋顶并不特别，昨晚的星光却在她眼前闪过。

沈放正在门口跟何蓉闲扯，他低声问：“老大今天是不是心情挺不好的？”

早上开会的时候秦陆焯脸色明显不好看，气压低，以至于有人一早就触了霉头。

何蓉轻轻摇头，低声说：“秦总一个早上都没出办公室，我送文件进去都不敢抬头看他。”

连何蓉都这样说，沈放“啧啧”了两声。

谁知他刚叹完气，门口走进来一个人，穿一身黑色短款军装外套，脚上一双短靴，帅气又干练。

沈放定睛一看，认出来了：“蔚小姐，你怎么来了？”

之前沈放见过蔚蓝几次，一直觉得这姑娘冷淡，没想到她今天风格大变，没有长大衣的遮挡，一双腿笔直又纤细。

蔚蓝没跟他废话，直接说：“我来找秦陆焯。”

说着，蔚蓝径直走过去，推开秦陆焯办公室的房门。正低头看资料的男人抬起头，看见她的时候神色错愕。蔚蓝一甩头：“出来。”说完，她转身就往外走，走到沈放身边的时候，问他，“你们这里有什么宽阔僻静的地方吗？”

宽阔？还要僻静？沈放点头：“有。”

物流公司嘛，地方有的是。正好这会儿工人都去吃饭了，沈放直接将蔚蓝领到了仓库那边，够宽阔敞亮。他在两人之间瞧了又瞧，直到秦陆焯看过来：“看热闹呢？”

沈放临走的时候把大门拉上了，铁门“咯吱咯吱”的声音听得人头皮发麻。

蔚蓝站在秦陆焯对面，原本拎着的包此刻扔在地上，随后她把手套也摘了，最后顺势连外套都脱了，扔在包上。她里面穿着一件黑色高领毛衣，贴身的，胸脯高挺，腰肢瘦得一双手就能勒住，纤腰下是顶翘的臀以及惹眼的长腿。

她将毛衣袖子往上拉了拉，露出雪白纤细的手臂。

秦陆焯望着她，看着她慢条斯理地做好一切准备工作，然后冲着他说：“打一架吧。”

他觉得这是他这辈子听到的最好笑的一个要求了。

可他还没开口说话，蔚蓝已经冲了过来。当她抬腿就往他脆弱部位踢的时候，他才意识到她是来真的。刚开始他只是往后躲闪，并未还手，蔚蓝却没对他手下留情，趁他不还手，一脚踢在他的侧腰上，他只感到钻心的疼。

她站在原地，冷笑着望着他："你还觉得我需要你保护吗？忘了告诉你，我从十五岁开始就跟着有'陆军格斗之王'称号的人训练了。"

秦陆焯微怔。就这么一秒钟晃神的工夫，蔚蓝又一脚踹在了他腿上——真没留情。

几分钟之后，秦陆焯知道蔚蓝真没撒谎。她的格斗技巧确实带着军队风格，简单、不花哨，招招制敌。要不是他有身为男人的优势，又严加防守，怕是真的要被她狠揍一顿。

最后，他终于反手将人扣在怀中，两人喘着粗气，谁都不让谁。

"所以，你上次被夏智辉挟持是装的？"

"不是。"

她确实不是故意的。她敢反手对付夏智辉也不是找死，所以最后那把刀没有割断她的喉咙，只是划破了下巴。

秦陆焯沉默。

蔚蓝说："所以，你现在还觉得我软弱吗？"

"我从来没觉得你软弱。"

"你是怕你连累我？"她是心理医生，他骗不了她的。

他没说话，他怀中的女人狠狠地用脑袋往后撞，他一时没避开，鼻子差点儿被撞断，又酸又涩，生理反应之下，眼泪几乎落下来，蔚蓝顺势挣脱了他的束缚。

她直勾勾地看着他，说："秦陆焯，你给我听好。拖不拖累不是你说了算，是我说了算。我告诉你，这世上能拖累我的人还不存在。"

蔚蓝的脸上除了坚毅，只剩下坦坦荡荡。

这女人的心，真是比谁都大。

"你要是哪天真没了，你放心，我不掉一滴眼泪。就算追到天涯海角，也一定宰了那个伤害你的人。"蔚蓝还想说什么，她的脸却突然被捧住。

男人的唇稳稳地封住她的，他说："闭嘴，我不会死。"

第七章

以后不许招惹别人

仓库里的窗户开得极高，阳光从外面照进来，空气里的微尘肉眼可见地在飞舞。

蔚蓝微仰头，黑眸带着微微诧异，男人的吻显然在她的意料之外。待反应过来之后，她眼尾微扬，抬手勾住秦陆焯的脖颈。她踮起脚贴上他的唇时，似乎有什么在两人之间燃烧起来。

秦陆焯伸手抱住她的腰身，下一刻，蔚蓝被他带着往后退了好几步，后背撞上身后的货箱，疼得她轻哼一声。他的手掌立即贴在她的后背，用手帮着她隔挡身后的货箱。

秦陆焯低头望着她，眉眼染着一层笑意，怀里的姑娘近在咫尺，他一低头，她微微颤动的长睫落入他的眼帘。他眸底笑意渐深，缓缓靠近，脑袋略偏，快要亲上去的时候，他喊了一声："蔚蓝。"

蔚蓝被这一声惊醒，抬眸望过来。她一抬头，身子也跟着动了起来，黑色毛衣本就紧身，此刻胸前的饱满撞到他怀中，秦陆焯眸子微缩，甚至都要怀疑她是故意的。

此刻，他低声说："蔚蓝，跟我在一起，可能会遇到很多麻烦……"

一听这话，蔚蓝的腿竟然勾了起来，幸好被秦陆焯及时挡住。

他望着她，不可思议地道："你现在一言不合就动手的毛病是怎么回事？"

"因为我发现你这个人很会扫兴。"蔚蓝毫不畏惧地望着他。

秦陆焯气得笑了，低声哄道："那你能不能等我说完了？"

蔚蓝瞪着眼睛看他："行，你说吧。"

于是他说："我以前是当刑警的，这你也知道。抓了不少人，自然就得罪了不少人。"说着，他停顿了下，苦笑道，"即便现在我离开警队，也有人不想放过我。这不，我刚接到消息，以前抓过的一个犯罪集团如今死灰复燃，花一百万美元悬赏我这条命。所以我才说，你跟我在一起会有麻烦。蔚蓝，要是这麻烦是我自己的，我不在乎，但是我不能不考虑你。"

他不是懦弱，也不是逃避。有些问题就摆在那里，他要是视而不见，才是真的对她不负责任。所以他把事情摊开来告诉蔚蓝，跟他在一起，就要面对这些情况。把这些说出来，无论结果如何，他都愿意接受。

蔚蓝大概猜到他遇到了事情，只是没想到会是这个。悬赏令？一百万美元要他的命？

她抬眸望着他，表情淡然，一点儿都没被吓着，反倒是十分轻松地问："那你呢，你是什么想法？"

秦陆焯一怔，他认真地想了下，开口说："你要是想和我在一起，别的我不能保证，只要我活着，就会对你忠诚一辈子。"

一辈子……他的一辈子。

蔚蓝深深地朝他看了一眼，淡淡地问："要是我不愿意呢？"

不愿意？秦陆焯怔住。下一秒，蔚蓝抬手就将他推开往前走，那模样，够决绝，够冷漠。秦陆焯伸手拽住蔚蓝，他是真捉摸不透她。

蔚蓝看着他："不是你让我选的？"秦陆焯不说话了。蔚蓝见他这模样，当即冷笑，"什么叫让我选？我要是真不选你，你是不是也就这么放我走了？那你知道放我走会是什么结果吗？"

什么结果？秦陆焯突然想起他和蔚蓝第一次见面时，那会儿她因为抓到前男友出轨而出现在警局，是他去接她出来的。如果他放她走，那就意味着会有另外一个男人出现在她身边。

这结果……他会愿意吗？

蔚蓝见他沉默，低声说："好了，现在我选完了，你……"

这一次，她的话没再说完。秦陆焯直接将她拉了回来，他的唇再次强势又毫不犹豫地贴上来，舌尖随后狠狠撬开她的牙齿。片刻，蔚蓝周遭的氧气仿佛稀薄了一半，连喘气都顾不上，心底的怒气像是一下被抽空，脑袋里一片空白，腿脚已经先软了。

秦陆焯发了狠，霸道地让她没有一丝后退的余地，待蔚蓝被吻得晕头转向，他微微往后退了下，声音喑哑："我给过你机会的，你现在没后悔的机会了，我不会再放你走。"

她抬头深深地看向他，再次搂着他的腰亲了上去。唇舌交缠，安静的空气中只剩下暧昧的声音。秦陆焯像是要将她揉进怀中，这一刻，他等了太久。那天，她开门递给他那幅画的时候，他就想这么干来着。

等到又一次深吻结束，秦陆焯低头看她的脸颊，雪白的皮肤泛着胭脂般的红，不知是憋气憋的，还是羞红的。他俯身凑在她耳边轻啄了两下，才低笑道："我发现，你是光说不练假把式。"

别看她唬人的法子一套一套的，可一旦动真格的，她的底子一下子全泄了。

蔚蓝抬眸正要瞪他，秦陆焯的嘴唇覆在她唇上，用牙齿轻轻咬了下，咬完轻声说："搬回来吧。"听完，蔚蓝愣住了。

好在，秦陆焯自个儿也知道他话里的歧义，立即道："我打电话问过了，那个入室盗窃犯还没抓到，你住的那个四合院挺不安全的。我不放心。"

最后四个字他着重说了一遍，大义凛然。

蔚蓝一笑，睨了他一眼，不说话。随后，她推开他走到旁边，把扔在包上的衣服捡起来穿好，又把包拎了起来。

秦陆焯挡在她面前说："东西搬哪儿去了？晚上我开车去接你。"

她伸手扯了扯秦陆焯的大衣领子，抚平他的衣服，眼睛往上抬，眸子里生出一丝媚意，连声音都染上了几分诱惑："我考虑考虑。"

还要考虑……秦陆焯刚要说话，外面就传来一阵脚步声。

两人都朝门口瞧了一眼，蔚蓝先说道："我先回去了。"

"一起吃午饭吧。"

"不了，下午还有个咨询者，我得回去准备准备。"蔚蓝拒绝道。

男人慢悠悠地说："你这是得到了，就不珍惜了？嗯？"

虽然秦陆焯这么说，不过蔚蓝还是没留下来。她确实是有提前做准备的习惯，下午这客户约的是一点，时间有点儿赶。她临走的时候，用手指在耳边做了个"打电话"的姿势。

秦陆焯点头："晚上我去接你。"

谁知，下午蔚然给她打电话，说是严枫晚上让她们俩一起回去吃饭。

蔚蓝把手机设置成免提模式，问道：“有事？”

“吃饭而已，非得有事情才能找你？”蔚然轻笑道。

蔚蓝想了下，低声说：“好呀，你把时间地点告诉我，我晚上开车过去。”

没一会儿，蔚然的秘书把地址发到了她的手机上。

蔚蓝打电话告诉秦陆焯，她晚上得和妈妈、姐姐一起，对面的男人听完，过了许久才低声说道：“嗯，你吃完饭给我打电话，我去接你。”

“这么着急见丈母娘？”蔚蓝的笔在面前的笔记本上点了点，留下一小团墨水点儿。

秦陆焯轻笑了一声，接着说道：“这事儿听你安排。”

晚上，蔚蓝开车过去后，才知是一家中式餐厅。一进门，她报了包厢号，服务员一脸微笑地将她往里面引。

这地方她是第一次来，环境优雅清静，一路走来，除了悠扬乐声，几乎听不到吵嚷，走廊上挂着各种壁画和吊灯。待到了包厢门口，她一推开门，见地上铺着青花瓷样式的地毯，柔软干净，穿着高跟鞋踩在上面犹如踏在云端。此刻，正中央的桌子上已经坐了人。

蔚蓝有些惊讶地望着一桌子人，除了蔚然和严枫之外，还有一对上了年纪的夫妻，以及一个年轻男人。顿时，蔚蓝脸色微冷。蔚然是她亲姐姐，哪会不知道她的脾气。只是蔚然也不知道母亲安排了这个，她是到了餐厅之后才发现的。

席上蔚蓝一直很冷淡，本打算吃完走人，谁知桌子上的手机响了一下。她伸手拨开，就看见一条微信：“出来。”

是秦陆焯发来的。

说来也是巧，这家餐厅刚开业不久，只是林纪明一直在上海，所以连开业典礼都没来得及出席。这次回来之后，他干脆叫上朋友过来试菜。他跟秦陆焯一向关系好，准确点儿说，他挺佩服秦陆焯的。高中那会儿秦陆焯就属于学校里的风云人物，学习成绩好，长得又帅，还会打篮球，简直就跟少女漫画上面的男主角一样。

虽然林纪明没看过那些少女漫画，但架不住班上的女同学对他各种花痴。至于秦陆焯，他倒是对谁都淡淡的，跟女生更是没有往来密切的。女生递过来的情书一律不要，打完球，多少女生等着给他送水也不接。林纪明私底下问过他，干吗不选一个，谁知秦陆焯朝他冷冷地瞅了一眼，嘲讽道：你以为是选妃吗？不是我喜欢的，我干吗祸害人家？

就是这样的秦陆焯，高考后出乎所有人意料地选择了公安大学，而当时他的分数足可以上清华北大。后来林纪明出国了，他们之间也还有联系。

男人心底都有一股子热血，维护正义和公平，扬善惩恶，或许在别人看来是夸夸其谈的一句口号，可这么多年来，秦陆焯就是在做这样的事情。林纪明羡慕他能做自己想做的事。

包厢里已经开始上菜，林纪明才走进来，他略带歉意地笑了一下，解释道：“我舅母在隔壁包厢，我过去打了个招呼。”说完，在秦陆焯旁边的位置坐下。秦陆焯单手搭在桌子上，朝他望了一眼，林纪明轻笑，“就是蔚蓝的妈妈。蔚蓝你可不陌生，上回咱们还一起吃饭来着。”

蔚蓝。听到这个名字，秦陆焯顿时一愣。不陌生？何止是不陌生，这是他女人！

他想起蔚蓝今天说过要和妈妈、姐姐一起吃饭，他敲了下桌子，嘴角扬起一抹笑意，问道：“蔚蓝也在这里吃饭？”

“估计正被她妈抓着相亲呢。”林纪明幸灾乐祸地说道。虽然刚才他过去包厢只是简单介绍了一下，但那种场面，长了眼睛的都能看得出是双方父母借着聚会的名义介绍两家孩子认识呢。蔚然早已结婚，自然不用。包厢里的那个小伙子，应该是介绍给蔚蓝的。

“相亲？”秦陆焯脸上笑意微敛。

林纪明以为他是随口一问，点头道：“蔚蓝太乖了，别看她是在国外留学的，可一点儿都没染上国外那些作风，上学的时候就没谈过恋爱。之前的男朋友还是我舅舅和舅母介绍的，门当户对，没想到遇到人渣。”一提起周西泽，林纪明还挺生气。

“就是劈腿的那个？”

林纪明点头，伸手拍了拍他肩膀，笑道：“说来还要谢谢你呢，大半夜的帮我去接人。”

见林纪明笑得一脸开心，秦陆焯倒是觉得，他是不是得谢谢林纪明才对？毕竟是媒人。

不过这个念头一闪而过，秦陆焯又想起此刻正在隔壁包厢的蔚蓝。

有男朋友了还敢来相亲？还是缺人管了。

看他起身，林纪明立即问道：“干吗？”

秦陆焯道：“烟瘾上来了，出去抽一支。”

林纪明还要说什么，旁边的人拉着他，笑道：“我是不敢和陆焯喝的，你可别想溜啊。”都是老交情，知道谁的酒量好，谁的酒量差。

秦陆焯出去后发了条微信，没一会儿，对面回复他：“什么？”

显然，蔚蓝不知道他就在旁边。

他又低头发了一条：“要我进去接你出来吗？”

这条微信一发过来，蔚蓝哪还有不明白的。她怔怔地望着手机，没敢相信会这么巧。蔚然一个劲儿地冲她使眼色，但她还是微微点头，略带歉意道：“抱歉，我出去打个电话。”

等她出来时，门口没人，她往前走了几步，走廊里还是没人。直到她走到快拐弯的地方，从转角靠墙的地方突然伸出一只手臂，将她拉到怀里。

蔚蓝抬头，就瞧见男人绷着一张脸正瞪着她呢。

他伸手将人揽在怀中，嘴角微抿着，却又不像是真的生气，反倒有种抓住自家孩子干坏事，想要教训又舍不得的模样。

蔚蓝多聪明，两条微信就能猜到事情的全部，她伸手捧着他的脸，毫不犹豫地亲了上去。

男人在一愣神之后迅速反应过来，掌握主动权。他贴上她的唇瓣，毫不留情地吮吸，一下子，她连呼吸都有些不畅。

原来接吻，真的会上瘾。

蔚蓝转而勾着他的脖子，两人身体紧紧贴合，不留一丝空隙，她被挤在他的身体和墙壁之间，无处可逃。

待秦陆焯稍稍放开她时，抵着她的额头问："那小子是谁？"

蔚蓝嘴角溢出浅笑，低声道："路人甲。"

"哦。"秦陆焯轻蔑地回应一声之后又亲了上来，确实是个路人甲，跟她一起吃饭又怎么样，她如今还不是倒在他怀中。

只是，这会儿走廊上虽然没人，但总有服务员上菜会经过。

秦陆焯自个儿倒是个脸皮厚的，却不想让别人把蔚蓝这副模样看去。此时她靠在他怀里，一双黑眸又湿又亮，带着几分迷情，脸颊泛红，眼角的媚意掩都掩不住。他在她唇边轻啄了下，声音暗哑地道："这地方不方便，先放过你。"

谁知他说完，蔚蓝一下解开他大衣的纽扣，他的大衣也就扣了一粒扣子，此刻露出里面的毛衣和长裤。蔚蓝轻笑一声，伸手在他脸颊上刮了刮，眨眨眼："到底是谁放过谁？"

秦陆焯望着她眼中透着的狡黠和妩媚，脑子里绷着的那根弦一下就断了，他低头再次亲上她柔软红润的唇，一边辗转一边偷着空低声道："存心招惹我是吧？"

蔚蓝将手伸进他的大衣里面，没一会儿，他的毛衣和衬衫被掀了起来，一双微凉的手掌开始在他后背作怪。他皮肤并不粗糙，反而细腻得过分。这一摸，竟让蔚蓝上了瘾。她望着眼前这张脸，他身上真是没一点儿软弱之处，即便正处于情欲之中，都硬气得很。

这男人让她沉迷。

好在秦陆焯还算有自制力，知道蔚蓝母亲就在附近，伸手将她那只作怪的手拉出来，低声说："蔚蓝，你真别惹我，我没吓唬你。"说着，他在她脸颊上轻啄了下，"乖。"

他何曾这么哄过别人，可如今在她面前，似乎一切都特别自然。

蔚蓝洗完澡趴在床上，看到手机上有好几条男人发来的微信。

“到家了吗？”

“嗯，我也到家了，没喝多。”

还有一张照片，是秦小酒踩在沙发垫上冲着镜头龇牙咧嘴。

跟这张照片一起发来的还有一条微信：“你不在，秦小酒闹腾得快上天了。”

蔚蓝看着灯光下秦小酒湛蓝的大眼睛，想着秦陆焯给它拍照时候的模样，心底的烦闷彻底烟消云散，在床上滚了一圈，她发了条消息过去：“明天去约会吧。”

说起来，他们还没正经约会过，作为男女朋友简单地吃一顿晚餐，然后去看一场并不算有趣的电影，两人点一份情侣套餐，同时伸手去拿爆米花，手指不经意地触碰……这种幼稚又普通的约会。

谁知，消息发过去没多久，秦陆焯便打了电话过来，她接通电话，低沉有磁性的声音就在她耳边响起，他问：“还没睡呢？”

他声音是真的好听，只可惜太惜字如金。

秦陆焯见她很久没回消息，以为她已经睡了，没想到等到了回复，他问她：“有想去玩的地方吗？”

这个问题还真把蔚蓝问住了，她想了会儿才低笑着道：“也可以是吃饭看电影。”

对面传来一声低笑，接着秦陆焯说：“那行，我来安排。”

临挂断电话的时候，男人叹了口气，说：“蔚蓝，遇到什么事情，尽管跟我说。”

听到这句话，蔚蓝微怔，随后笑意蔓延，她握着手机轻笑道：“知道了，秦助理。”

冬日的黑夜总是来得特别快，不到六点，外面就被黑幕笼罩，整个城市华灯初上，霓虹闪烁。蔚蓝下楼走到门口，就看见男人靠在车门边等着。他穿着一件驼色大衣，宽肩窄腰，显得整个人高大挺拔，特别干净利索。

她站在离他半米的地方，男人伸手就将她拽了过去：“站那么远干吗？”

蔚蓝左右看了一眼，结果秦陆焯低头在她唇上亲了一口，说道：“别看了，就算有人，也不能打扰情侣约会吧？”

蔚蓝抬眸，她发现其实他也有贫嘴的一面。

外面挺冷的，秦陆焯拉开副驾驶位的门，等她上车之后替她系好安全带，而后绕过车头走到驾驶座开车。蔚蓝没问，倒是他说：“晚上去看话剧，喜欢吗？”

她想了下，问是什么话剧。秦陆焯说了名字后，蔚蓝立即惊讶地转头望着他，这部话剧她还真挺想看的，就是一直没时间。

“喜欢。”她点头。

于是两人先去吃了饭，之后开车去了话剧院。来看话剧的人不少，停好车之后，他们步行前往剧院。因为还没到时间，门口有不少人。秦陆焯拽着她的手，生怕她走丢了。

临近入场的时候，他们看见两个姑娘站在台阶上，其中有个姑娘一脸着急地翻兜，还跺脚道：“怎么办？我手机刚刚就放在这个口袋里的，找不到了！”

旁边的姑娘安慰她：“你别着急，我先打个电话。”

同伴开始打电话，但是丢手机的姑娘已经带着哭腔说：“我手机是刚买的，怎么办？”

“通了，通了。”同伴开心地说道。她们站在台阶上往下看，就瞧见一个男人步履匆匆，手上正拿着一个手机。没一会儿，同伴手机里的声音提示手机关机了。

姑娘也认出了自己手机上的吊饰，指着那个男人说：“小偷，那个小偷偷了我手机。”她喊了两句，可站在那附近的人不仅没上前拦住他，反而纷纷退后。

就在姑娘着急地大喊时，蔚蓝发觉自己的手里一空，她身边的男人已经从台阶上飞奔下去。他穿着驼色大衣，衣角在黑夜中飞舞。

小偷没想到真有人追过来，拔腿就跑，没一会儿，两人的身影便消失在黑夜中。

被偷手机的姑娘和同伴也赶紧跟了过去，其他人则是惊讶地望着这一幕。很快，剧院门口的观众不紧不慢地开始检票入场，没人在意之前发生的事情。

秦陆焯一路追出去，没想到小偷体力这么好，他差不多跑了一公里才将其按在地上逮住。

他拿出手机报警，小偷还在挣扎，不停地喊道："大哥，放我一马吧，这事儿又跟你没关系。"听到这句话，秦陆焯冷笑一声。

很快，丢手机的姑娘和同伴也赶到了，秦陆焯把手机丢给她，问道："是你的吧？"

姑娘又惊又喜，查看了一番，点头："是我的，是我的。"这手机不便宜，小姑娘花了一个月的工资才咬牙买下的，如今失而复得，开心得差点儿哭出来。

警察过来时，两个姑娘赶紧把事情经过说了一遍。丢手机的姑娘眼睛紧紧地盯着秦陆焯，轻声说："要不是这位先生，我的手机肯定就丢了，他从话剧院门口一路追到这里……"

听到"话剧院"三个字，秦陆焯心底暗叫一声"糟了"，他顾不上多说，扔下一句："抱歉，我得走了。"转身就离开了。

待他一路跑回话剧院门口，早就过了进场的时间，连门口的黄牛都走了，台阶上哪儿还有蔚蓝的身影。秦陆焯暗自懊恼，第一次跟女朋友约会就把人弄丢了。他拿出手机正要打电话，后背就被人轻拍了一下。他转过身，看见身后的人微笑地望着他。

幸亏，她还在。

他心底愧疚，低声道："抱歉，蔚蓝，我不是故意丢下……"

"累不累？"他还没说完，面前的姑娘问他。

他微怔地望着她。虽然他没谈过恋爱，可是之前在警队的时候也听说过，不少人因为工作太过忙碌被女朋友甩。毕竟不是哪个女生都可以接受因为一通电话，就要被男朋友丢下的。

热血和正义，听起来伟大，却不是每个人都能接受。

蔚蓝突然上前抱住他："我没走，也不生气。"她的声音真软，像是安慰他，又像是哄他，"以后再遇到这种事情，你尽管去，我会等你。"

他的热血和真诚，她都懂。

这一刻，秦陆焯的脑海里突然响起他曾经在警徽前的宣誓，他的信仰，以及那些不被理解的时刻，在这一刻都值得了。他低头望着她，眼中有光在闪烁。

他怎能不喜欢这姑娘？

这么一折腾，话剧是看不成了，两人对视一眼，秦陆焯无奈地笑道："要不，送你回家？"

蔚蓝点头。秦陆焯牵着她的手往回走，刚才停车的地方离剧院有几分钟的路程。走出去没几步，他就看见丢手机的姑娘和同伴匆匆赶过来了，估计是一路小跑来的，都气喘吁吁。

丢手机的姑娘瞧见牵着手的两人明显一愣，脸上的失望更是没藏住。刚才太混乱，只顾着抓小偷，她根本没注意到他是跟谁一起过来的。秦陆焯抓到人离开后，她失魂落魄的样子被同伴瞧了出来，于是同伴怂恿她回来要个微信，说不准还能有后续发展。

没想到遇到这一幕。

小姑娘望着秦陆焯，满脸窘迫地说："刚才您离开得太着急，没来得及跟您说谢谢。"

秦陆焯神色冷淡："不用谢。"

蔚蓝站在他身边，小姑娘的心思昭然若揭。可是小姑娘也不敢当着蔚蓝的面要秦陆焯的联系方式，道谢之后就跟着同伴一起离开了。

等她们走了，蔚蓝施施然地朝他望过去，眼神仿佛在说：要不，解释解释？

秦陆焯忽而轻笑，漆黑的眼眸中透着几分无奈，伸手将人揽住，低头在她嘴角轻啄了下，说道："我连话都没跟她说过。"

确实，他抓住小偷后本打算报警，正巧当时有巡逻的警察路过，他就把人交给了警察。之后想起蔚蓝还在剧院等他，他便一刻都没耽误地赶了回来，哪有时间跟别人闲扯。

蔚蓝瞧着他，英俊的脸庞上带着浅笑，漆黑的眸子显得真诚又无辜。她自然是信他说的话，只不过秦陆焯这样的男人，光是站在那儿就很吸引人，更别说还替人家抓了小偷，追回了手机。这种骨子里透着正气的男人，没有姑娘会不喜欢。

"不信？"他说。

蔚蓝伸手捏住他的下巴，看着他坚毅的轮廓，心头蓦然一软："信。"只不过刚说完，她又故作恶狠狠地说，"以后不许招惹别人。"

秦陆焯见她这模样，只觉得好玩。他捏着她的手腕，低头亲了她一口，似乎在安抚："我没你想的那么讨人喜欢。"

秦陆焯确实没觉得自己是万人迷，相反，他觉得自己顶多算皮相好点儿，要是姑娘真跟他接触，没多久就该撤了。他不懂得浪漫，还挺自我，性格也不够圆滑。

蔚蓝失笑，睨了他一眼："你对自己误会还挺深的。"

他永远不知道自己有多吸引人。

见她眼神发亮地望着自己，秦陆焯笑了，说："以后要是接触多了，你发现我没你想的那么好，会不会失望？"

这话问得好。毕竟刚谈恋爱这会儿，彼此都会有滤镜，觉得自个儿选的人哪里都好，可时间长了，问题凸显出来，滤镜碎了，对方也会变得不完美。

"不会，你在我心里本来也不是完美的。"蔚蓝说道。

秦陆焯笑了，合着还是他自作多情了。

蔚蓝又说："不过你是我喜欢的，我相信自己的眼光。"

听了这话，秦陆焯倒是有点儿好奇。

“周西泽你还记得吧？”

秦陆焯眼角一跳，没想到她会主动提起前男友的名字。

蔚蓝虽然内心坦荡荡，但到底还是尴尬，她轻咳了两声，低声说道：“他是我父母介绍的，门当户对的那种交往对象。”

秦陆焯也听林纪明说了，虽说是父母介绍的，可一想到周西泽曾经以蔚蓝的男朋友的身份自居，他就挺不开心的。他倒不是介意蔚蓝的过去，而是觉得周西泽那种人根本配不上她，还敢劈腿。

秦陆焯摸摸鼻子，掩盖了脸上的不爽。

蔚蓝拉着他的手走在马路边，路边昏黄的灯光笼罩在身上，两人的影子被拉得长长的，亲密无间。待走到车旁，秦陆焯拉开副驾驶位的门，蔚蓝没立即上车，反而伸手将他抱住。

“其实我以前一直觉得自己有问题，我在美国的时候，周围的人都谈恋爱，我偏偏没兴趣。与其跟男生去约会，我倒更爱多看几本书。后来回国，父母给我安排相亲我也没拒绝。我跟周西泽之间，说实话，他劈腿我不意外，毕竟我对他抗拒，别说亲密举动，就连他牵我的手我都觉得挺烦的。但自从遇到你，我才知道，不是我有问题，而是一直以来我都没遇到对的人。所以不管你是什么样子，我都不会失望，因为我同样也不完美。”

喜欢一个人，就是想要占有他。哪怕因为他太优秀而被别的女孩盯上，她心底都会觉得不爽。这种占有欲她太陌生了，却不讨厌。

秦陆焯没想到她会对自己说这些，心底不震撼是不可能的。

周围漆黑一片，唯有月亮的清辉洒下，落在她的发梢和眉眼间，皎洁月光下，她的眼睛直勾勾的，亮得灼人。秦陆焯没忍住，低头去吻她的唇，强势又不容拒绝。自从两人在一起之后，亲吻好像上瘾一般。

等到了蔚蓝现住的小区门口，由于他的车是陌生车辆，进出需要登记，秦陆焯朝她看了一眼，似是想询问什么。

“要不，上去坐坐？”蔚蓝明白他的意思，也没扭捏，径直问道。

秦陆焯自是点头同意。

跟门卫那边沟通好后，车子被放行。这里是高档小区，偌大的喷泉装置周围路灯明亮，颇有庭院深深的感觉，他把车停下后，蔚蓝领着他上楼。

“这地方是我姐结婚前住的，一直空着，我这次过来暂住几天。”

说起来，她过来住还没跟蔚然说，怕蔚然知道四合院失窃，不许她再在外面住。

秦陆焯打量了下周围，进门后开始思考。

这里一看就是高档小区，价格肯定不便宜。他看着偌大的客厅，整个格局十分开阔，还有专门摆放酒的小吧台，装修风格时尚又现代。

蔚蓝低头在玄关处给他找了双新拖鞋，说道：“我给你倒杯水吧。”

她走进厨房，用饮水机接了一杯温水，端过来就看见秦陆焯还站在客厅没动，她把水杯递给他，轻笑道：“坐啊。”

他回头看着她，点头说：“这里挺好的，比四合院安全，最近你最好就住在这里……”

“你不是让我搬回去？”蔚蓝打断他。

他略愣了下，伸手摸了下她的耳垂，低声一笑：“我那里挺委屈你的。”

蔚蓝站在原地，抬头朝他望了一眼，下一秒就扑到了他怀里，一口咬在他下巴上。男人被推了一下，没来得及反应，身体往后退了两步，谁知后面就是沙发，他重心不稳，手里的水杯跟着一歪，半杯水都洒了出来。

两人的身上都被泼到了水，秦陆焯赶紧说：“水、水洒了。”

蔚蓝干脆把杯子抢了过来，扔到沙发边的桌上，两人仰躺在沙发上，头顶灯光明亮。

蔚蓝趴在他身上，唇舌交缠，暧昧的声音在空气中回荡着。秦陆焯一双手紧紧勒着她的腰身，她今天穿的毛衣极宽松，手往下一伸就能触摸到衣服底下滑腻的肌肤。

大概是因为姿势太过亲密，没过一会儿，蔚蓝就察觉到了男人身体上的变化。上次是在外面，她没敢太过放肆。此时在家里，只有他们两人，她顿时伸出一只手摸到他的腰侧，顺着长裤的边缘摸到了皮带扣。

她的动作被秦陆焯意识到，他伸出一只手抓住她的手掌。

“别闹。”他嗓音暗哑，不像平常那般冷静，有种特别的性感。

蔚蓝直直地望着他：“你不想要我？”她眼神迷离，整个人跟平时的模样截然不同，媚惑横生，浅笑间都带着一股风情。

秦陆焯心底的弦一下没绷住。他原本想慢一点儿，却发现她压根不给他退路。

夜风渐起，刮在玻璃上的寒风却无法压制沙发里渐渐升起的热度。两人身上都像攒着一团火，秦陆焯的额头有细密汗珠渗出，蔚蓝靠在他怀里，两人身体紧紧地贴合着。

秦陆焯伸手将蔚蓝的脑袋按下来，轻轻咬住她的唇：“蔚蓝，别惹我。”

他虽然这么说着，却伸舌舔了下她的唇，又软又弹，像是果冻，带着一股甜。

蔚蓝轻哼了一声，显然是舒服的。她睁开眼睛冲着他笑了起来，脸上带着妩媚笑意，简直勾人心魄。她眨眨眼睛，舌尖在下唇扫了下：“今天，我就想惹你呢。”

这声音像是羽毛尖儿在秦陆焯的心坎上挠，他知道她是存心的。于是这次他再不犹豫，狠狠吻住她的唇后伸手搂住她的腰身，手掌顺着毛衣下摆摸了进去。

蔚蓝扭了一下身子，却正好撞到某个位置，惹得男人闷哼一声。

“你再这么动下去……”秦陆焯说到这里笑了下。

没办法，男人积攒得太久，容易出事。

只是蔚蓝看似不太懂这些，她微微抬起上半身，一脸无辜地望着他：“我撞到哪里了？”

她这样抬起头跟他说话的时候，两人的下半身贴得更紧了。

秦陆焯干脆不说话，抓起她的手覆在他的裤子上：“你说你撞哪儿了？”

蔚蓝望着他，白嫩的脸蛋一瞬间红了起来。虽然是她主动，可论脸皮的薄厚程度，男人到底还是赢了她。秦陆焯一个翻身将人压在身下，手指在她的脸颊上刮了下。

“不是胆子挺大的？”他开始取笑她。

蔚蓝勾起眼尾，冲他望了一眼，竟是捏了下那里。

得，还真不能激她。

秦陆焯再次吻住她的唇后，手掌已经抚摸到她的后背，她后背的肩胛骨犹如两片凸起的蝶翼，似乎随时振翅欲飞。随后，蔚蓝只觉得身上一松，待回过神，才发现她的内衣扣子被他解开了，他的手指伸到她的胸前摩挲，像是探索一般，终于抚上那柔软之处。

“你房间在哪儿？”秦陆焯贴着她的耳垂，轻声问道。

蔚蓝抬起眼睛朝左边看了一眼。秦陆焯正要起身，就听到“砰”的一声巨响，他下意识地伸手将她搂在怀中。这声音太刺耳，两人吓了一跳，回头才发现是不远处的画框掉了下来。

空气瞬间凝滞，也不知谁先笑了，一室的旖旎竟然被一个画框破坏了。秦陆焯起身，低声说：“我过去看看。”蔚蓝没及时伸手拉住他。

他走到画框旁边，弯腰将画框捡了起来，发现上面的玻璃碎了一地，油画倒是没损坏。他低头仔细看了几眼画框，这才发现油画上的人竟然都很眼熟。

画上是一家四口，中年夫妻坐在前面，两个姑娘站在身后。

他一眼就注意到了左后方的蔚蓝，当即笑了下。只是在看到油画里唯一的男人时，他脸上的笑容突然凝滞。

蔚蓝整理好衣服走了过来，发现秦陆焯在盯着油画看，伸手从侧边抱着他的腰，低声说：“这是我家人。”她下巴搭在他的手臂上，仰着头，见他一直盯着油画，也顺着看了过去，“我和我爸妈长得都不怎么像吧，我像我奶奶，她是个大美人。”

秦陆焯转头瞧了她一眼，很是想笑，他伸手捏了下蔚蓝的鼻尖，说道：“下回你留点儿话给别人夸夸，别把话都说完了，回头别人都没话说了。”蔚蓝挑眉。

秦陆焯又看了一眼油画，终于问道：“你父亲是蔚建勋？”

这话问得蔚蓝一愣，她朝秦陆焯望过去，半晌才问：“你认识我爸爸？”

“做物流这行的，没几个不认识你爸爸。”

这话还真不是恭维，上达物流作为国内首屈一指的物流龙头企业，知名度很高。如今网络购物兴起，连带着物流行业飞速发展，但凡网购过的人都听过上达物流的名号，而蔚建勋作为上达物流的创始人，知名度自然不可能低。

秦陆焯原本就猜到蔚蓝家境应该不错，只是他没想到，她竟然是上达物流的二小姐。

蔚蓝见他这么说，顿时挑眉，反问：“有压力？”

“嗯。”秦陆焯毫不掩饰地点头，可是下一刻，他搂着她，低头吻了吻，淡声道，“不过不是因为你父亲是谁，而是因为他是你父亲。要带走别人好不容易养大的闺女，受什么样的为难都不为过。”

蔚蓝抬头望着他：“真不怕被刁难？”

秦陆焯幽深的目光落在她的脸颊上，轻轻摇了摇头。他将画框放在墙边，将人抱在怀中，下巴抵在她的发顶，轻轻摩挲了两下，压低声音说：“我唯一怕的，就是不能让你幸福。”

他知道这话有点儿煞风景，可他身上背负着的，未来所要面对的，跟普通人不一样。如果他们两个之间只是有经济实力上的差距，他怎么都不会担心。只要他愿意，他敢说，再给他几年时间，他能给蔚蓝最好的未来。

气氛有些凝重，直到蔚蓝在他肩窝亲了一下，含笑道：“还要继续吗？”

这一晚的旖旎到底是没能继续，毕竟这画框在关键时刻掉下来，秦陆焯觉得这是未来老丈人在给他提醒呢。他不是猴急的人，要是真忍不住，也不可能憋这么多年。

之后的几天，两人都忙了起来。特别是秦陆焯，因为公司的事情还去了外地一趟。

这天，蔚蓝约了许翰在他东方之家的办公室见面，聊关于吉叔的事情。东方之家是许翰创立的公益组织，一个系统地研究野生动物非法贸易产业链的机构，与国家野生动物协会合作。许翰与蔚蓝同是哈佛的毕业生，他曾是新闻工作者，供职于国家地理杂志社，从而接触到野生动物贸易这个产业，从最初的调查跟踪到最后的保护，他已经干了十一年。

上次和吉叔接触时，蔚蓝表现得并未像他想的那样好忽悠。这是之前他们就商定好的策略，在价格上太容易松口反而会让对方怀疑自己。最近，吉叔那边终于松口，愿意在血牙的价格上让步。

蔚蓝到了楼上之后，就见尤晴等在门口。见办公区空无一人，她问了一声："其他人都不在？"

尤晴摇摇头，没说话，只是将她领到许翰办公室。等她推门进去，发现办公室里并非只有许翰一个人，还有两个男人。

许翰站起来，指着两人介绍道："蔚蓝，我来给你介绍一下，这位是景山分局的副局长陈昀，这位是刑侦队队长肖寒。"

肖寒搓了下手掌，立即笑道："居然是蔚老师您，还真是巧。"

蔚蓝挑眉道："这种巧合让我有一种不祥的预感。"

对于她的调侃，房间里的人都笑了起来。随后陈昀跟肖寒对视了一眼，眼中都闪过一丝担忧。坐下没多久，蔚蓝就明白了他们出现在这里的意图。

"这个李吉，也就是所谓的吉叔，我们已经盯他很久了。根据资料，他是境外一个犯罪集团在国内的代理人，如今北京大部分的毒品跟他有关系。这个犯罪集团三年前被警方重创过一次，谁知如今又死灰复燃，还在边境开辟了一条新的运毒通道。根据我们卧底传回来的资料，这条通道十分隐蔽，只有少数人知道。”肖寒说着，朝蔚蓝看了一眼，低声道，“而且我们怀疑他们不仅用这条通道运毒，而且还干其他非法勾当。”

“比如，运输象牙？”蔚蓝望着他。

肖寒点头：“虽然我们派了好几拨卧底跟李吉接触，但他太狡猾了，根本不上套。在我们的监控下，发现你们这边似乎跟他搭上了。”

这也是警方的意外发现，原本以为他们是一伙买卖野生动物的，后来才发现是自己人，这也是他们毫不犹豫找上门的原因。

许翰担忧地朝蔚蓝看了一眼。野生动物贸易虽然也夹杂着流血冲突，但很多盗猎者并不是真的杀人狂魔，可是一旦跟毒品沾上边，后果不堪设想。

是他将蔚蓝拉进这件事之中，他自然想先保护蔚蓝的安全。许翰立即对蔚蓝说：“蔚蓝，这件事你有绝对的选择权，如果你觉得太危险，这个房间里发生的一切你都可以当作没听到。”这也是刚才陈昀答应过他的。

肖寒低头说：“蔚老师，我不能骗你，这件事比你原来要参与的事情危险性更大，但是我跟你保证，我们警方会不计一切后果保护你的安全。”

“你们经常有这种危险的案件吗？”蔚蓝问。

肖寒一怔，他挠了挠头，说道：“遇到这种涉及毒品的，就会特别危险。”

蔚蓝望着窗外。此刻北京的蓝天一碧如洗，城市里井然有序，窗外不断传来汽车鸣笛的声音，每个人都安然地享受着蓝天之下的宁静和和平，没有一丝顾虑。

在这片和平的背后，有这样一群人在替他们负重前行，包括从前的秦陆焯，所以他的身上才会一直有无法磨灭的热血吧。

“我愿意。”我愿意成为你们中的一员。

“介意吗？”许翰站在窗口，手里拿着一支烟，他的烟瘾不算小。蔚蓝摇摇头。许翰拿出打火机，点着烟，吸了一口，又叹了一口气，“我现在挺后悔的。”

这间办公室并不算大，里面摆满了资料和照片，都是许翰这几年来的心血。蔚蓝偏头，许翰苦笑了一声，说道：“这条路挺难走的，你看看你，有这么体面的生活和家世，要不是我，也不至于蹚这浑水。”

“还记得咱们在哪儿认识的吗？”蔚蓝轻笑着问道。

蔚蓝第一次见到许翰是在越南，那时她还在哈佛上学，利用放假的时间到越南做公益项目。

“不是你把拉我进来，是我自己选择了这条路。就像今天的事情一样，选择权在我，如果我不愿意，没人可以逼迫我。但是我挺想试试的，这个世界上不是所有事情都存在着功利，也有些事情完全无关利益，只因我们尊重自己的内心，想要去做而已。”

当初参加野生动物非法贸易调查，就是她自己的选择，无关利益，不为名誉。

离开许翰的办公室之后，蔚蓝重新回了自己的工作室。因为突如其来的情况，她需要重新调整自己的工作计划。张萧被她叫进来，听了她的话，当即脸色微变，过了许久，磕巴地问：“蔚老师，您这是要退休了？”

蔚蓝抬头，有些好笑，问道：“这么盼着我退休？”

“哪有？”小姑娘有点儿担忧地说，“我是怕您真退休，我就失业了。”

“你失不了业，我只是要出门一周。”

听蔚蓝这么说，张萧大大地松了一口气。等听到蔚蓝说她可以有一周带薪假期时，她瞪大了眼睛：“蔚老师，太谢谢您了。”

这边把工作安排好，肖寒那边又跟她联系了，他把她接到了景山分局。

这个案子是从景山分局抓到几个小毒贩那里牵扯出来的，李吉已经被警察盯了很久，只可惜他太狡猾，狡兔三窟不说，也很少出现在交易现场。至于他为什么在象牙交易中跟蔚蓝见面，肖寒推测是因为他知道蔚蓝在北京，想利用上达物流替他运毒。

“你提出购买这批血牙，也算是正中他的下怀，到时候他可以顺水推舟地要求你自己提货，说不定那批毒品就会跟着这批血牙一起运进来。”

这个案子牵扯到的毒品数量巨大，市局已经成立了专案组。蔚蓝作为专家线人，特批参加此次行动。本来这样的大案是不会让外部人接触的，但蔚蓝已经先于警方跟李吉搭上了关系，加上她的身份背景绝对干净，警方才会出面请她配合行动。

“所以，你们希望我做什么？”

蔚蓝这话说完，对面的方国辉朝她看了一眼。一开始，他是不同意让这么个姑娘掺和进来的，毕竟这事危险性太大，他们虽然会确保这姑娘的安全，可要是有个万一……

方国辉当了几十年的警察，见过太过的意外和万一。可他没想到，去接触她的人说她毫不犹豫地答应了。方国辉对她还挺好奇，毕竟听肖寒说，她跟秦陆焯那小子似乎有点儿关系。

秦陆焯以前是他的兵，他一路看着秦陆焯从毛头小子变成稳重有担当的刑侦队队长，把他当成自己的儿子一样对待。以前在刑侦队的时候，他眼睛都盯直了，也没瞧见秦陆焯拐回个姑娘。后来秦陆焯不再当警察，本以为他总该开窍了，结果还是那个臭德行。

上回别墅杀人案在他回来之前就破了，因为破案时间短，还特别受到了上头的表扬。方国辉自然知道这里头是谁的功劳，只是一直没机会见见这姑娘，今儿个一见方知是真有胆识。

他们这些警察见惯了这些，自然不害怕，她作为头一次参与的姑娘却没一丝畏惧，倒是让方国辉惊讶——这姑娘确实有胆量。

“根据我们现在的情报，李吉目前正在广西与越南的交界处，为这次的毒品交易做最后的准备，你可以提出要亲自验收这批血牙，帮我们查出这条新建立的秘密走私通道。至于之后的事情，就由我们警方来做。”

这条秘密走私通道太过隐蔽，如今警察已经从线人那里得到消息，会有大批毒品流入国内，如果警方没能在这批毒品进入国内之前截下，就会很快被分销。

蔚蓝点头：“我需要亲自去一趟广西。”

会议又进行了一个小时才结束，会议室内不允许携带手机，出了会议室蔚蓝才发现秦陆焯给她打过电话。她低头看着手机屏幕，就听到旁边有人喊了她一句，再抬头，便瞧见肖寒跟方国辉走过来。

方国辉伸出手，笑道：“蔚老师，刚刚没来得及感谢你能帮助我们警方。之前的别墅杀人案也是你协助肖寒他们破的，按理说，我们应该给你申请一个奖项的。”

蔚蓝笑笑：“方局长，您客气了。”

正说着话，蔚蓝的手机响了，她刚拿起来，明晃晃的“秦陆焯”三个字出现在屏幕上，一旁的方国辉和肖寒都看得清清楚楚。方国辉倒是没多说，笑道：“你先接电话，回头再聊。”

两人转过身，蔚蓝接起了电话，声音特别软。虽然她嗓音本就柔和，但是此刻的柔和和刚刚对身边两人说话时还真不一样。方国辉眼角一跳，心头暗道了一声“不好”。

“工作结束了？”秦陆焯正在回去的车上。

蔚蓝走到窗口，轻笑着说：“嗯，刚结束。”

这个事情也算是工作吧，她没说谎。不过她也不想骗秦陆焯，想了想，还是决定先探探他的口风，说：“我最近可能要出去一趟，是许翰那边的事情。”

秦陆焯知道许翰是上次在东方之家见的男人，他微微拧眉，问道：“危险吗？”

“有点儿吧。”蔚蓝想了想，如实道，“说不危险是骗你的，不过我会保护好自己。”

秦陆焯“嗯”了一声，蔚蓝有点儿弄不清他的心思。电话里也说不清楚，两人约了晚上见面。没想到六点多的时候，秦陆焯又打电话说要回家一趟。

此刻，男人挂了电话，把手机扔在副驾驶座上，自个儿开着车往左拐了下，很快就开到了一个大院门口，门口还站着岗哨。他按了两下喇叭，岗哨看了一眼他的车，很快就放行了。

夜幕降临，大院里的路灯都亮着，灯火通明。

他在一栋小楼前停下，坐在车内抽了一支烟，又等烟味散尽，才拿起副驾驶座上的手机推门下去。他进门的时候，保姆阿姨先从厨房出来了。

“小陆回来了。”保姆阿姨挺开心，上来就要接他脱下来的大衣。

秦陆焯这么大个人了哪好意思，自个儿把大衣挂起来，笑了下：“你去忙吧，别管我。”

孟清苑走在秦克江的身旁，两人从楼梯上下来，即便岁月已经催人老，可两人站在一块儿依旧那样般配。孟清苑看见儿子回来，喜上眉梢，偷偷捏了下秦克江的手臂：“你把儿子叫回来，怎么也不跟我说一声？”

秦克江偏头看了她一眼，眉眼含笑：“你不是想他了？”

对于孟清苑的欢喜，秦陆焯要冷淡许多，他冲着两人看了几眼，说了句：“我回来了。”

好在孟清苑丝毫不在意，欢喜地跟着保姆进厨房，说是要亲自下厨做道菜。

“你跟我来书房。”秦克江见她进去了，就把儿子叫进了书房。

秦克江的书房极宽阔，一排书架上摆着的都是跟法律有关的书籍，很多书一眼就能看出来是被翻过很多遍的，并不是摆设。墙壁上的那幅字是秦克江写的：人间正道是沧桑。

“秦部长有事儿？”秦陆焯站在书房中央，单手插在兜里，浑身透着一股说不出的懒散。

秦克江看着他这样子，当即斥道：“爸也不会叫了？”秦陆焯没吱声，不过秦克江也是见好就收，他问，“交女朋友了？”

秦陆焯眉梢一挑，满脸诧异。

瞧见他这个表情，秦克江心里头有底了。他叹了一口气，说道：“按理说，这件事不该让你知道，毕竟你警服早已脱了，但你找的这姑娘真是跟你一样不让人省心。”

方国辉打电话跟他说这事儿时，秦克江心里头是又惊讶，又觉得在意料之中。他惊讶的是秦陆焯找了女朋友这事儿，意料之中的是，这样的姑娘确实是他会喜欢的。

秦陆焯想起下午蔚蓝的电话，说她要出门一趟，眉心微拧。

秦克江简单地说蔚蓝要协助警方办案，案子挺危险的，看着他道：“这事还没定下来，你回头问问这姑娘，要是她后悔，我就让老方他们再想想别的办法，说起来，也是他们病急乱投医。”

“她自己愿意吗？”

秦克江一愣，有些怒：“你自个儿也是做过警察的，难道不知道线人守则？要是她自己不同意，我们还能强迫不成？”

“她自己愿意就行了，您管这么多干吗？”

这话把秦克江气着了，横眉怒目地就要骂人。

谁知秦陆焯说：“她想做的事情就让她去做，反正我会护她周全的。”

第八章

我想跟她一块儿经历

几天后，蔚蓝飞到了广西凭祥市。

在中越边境最大的边贸口岸浦寨，大大小小有数千家商铺，门口时常有往来客商，每天有几千辆汽车从越南来，非法入境的象牙都会藏在这些走私车辆之中，因为汽车太多，不可能一辆辆开箱检查，很多象牙都是从这种途径混进来的。但蔚蓝这次需要的数目极大，又是价格更昂贵的血牙，警方怀疑李吉会让人从凭祥山区的小道进入中国。

一个商铺门口，面色黝黑的老板娘原本坐在后面，瞧见门口有人，赶紧起身出来。

“这个多少钱？”

老板娘用手比画，用生涩的中文说了个数字。这里的口岸，中国人和越南人都可以自由出入做生意，所以随便在一家商铺门前停留，说不定碰到的就是越南老板。

蔚蓝拿着东西瞧了又瞧，似乎并不算满意，她摇摇头，嫌贵。

老板娘赶紧挽留，只是她中文太过生涩，又有口音，两人根本是鸡同鸭讲，直到旁边插进一个低沉又性感的声音，说了两句越南话后，老板娘大喜。蔚蓝则是一惊，转头看着一身黑衣的男人头戴黑色鸭舌帽，英俊的侧脸被压在帽檐之下。

“老板娘说，这个可以给你再便宜二十，要吗？”男人低声道。

蔚蓝愣住。

他又对老板娘说了一句，老板娘随后点点头，男人掏出钱包给了钱。

“你怎么来了？”蔚蓝压低声音，满眼的不敢相信。

街边有人不住地往这边看，秦陆焯朝周围瞧了瞧，低笑：“喜欢这些小玩意儿？”

老板娘拿了钱过来找给秦陆焯，又朝蔚蓝看了一眼，说了一句越南话。

秦陆焯眼尾一挑，笑了起来。蔚蓝自然不懂，问道：“她说什么？”

秦陆焯直勾勾地望着她，说：“她说我婆娘是她见过的最好看的女人。”

边境的天空似乎格外高远，白云犹如棉花糖般一团团地飘在空中，空气里透着清新的味道。蔚蓝望着面前的男人，眼神里带着钩一样又刺人又勾人。

老板娘把她刚才看的东西装好递了过来，蔚蓝没伸手去接，还是秦陆焯努努下巴，声音低沉地说："接着。"

蔚蓝依旧没动，她看向秦陆焯，压低声音道："你怎么来了？"声音里有点儿急。

秦陆焯挑眉，表情带着一股说不出的痞性："没人规定这地儿我不能来吧？况且，我想你了。"

他说得理直气壮又理所当然。

蔚蓝眼睛闪亮，面前的男人却像是没瞧见，伸手替她把东西拿了过来，盯着袋子看了一眼，又有点儿感慨："说起来，这还是我第一次送东西给你。"蔚蓝微怔。

秦陆焯拉起她的手，又软又细，才几天没握过，就想得厉害。

此刻，不远处的人正望着门口站着的两人。男人高大挺拔，一身黑衣，整个人显得干净利索；姑娘穿短外套，紧身牛仔裤，一双短靴，衬得腰细腿长。

两人站在一块儿只有两个字可以形容——般配。

只不过，这突如其来的变化让肖寒有点儿恼火，他打开无线电频道，问道："齐晓，你小子干吗呢，还不上去确认身份？"

肖寒是这次行动的现场负责人，他这会儿离蔚蓝有点儿远，只知道她身边来了个人。

频道内再次响起声音，是齐晓："头儿，已经确认过了。"

肖寒一愣，怒道："你小子连屁股都没动呢，就跟我说确认过了？蒙谁呢？"

"那是秦队啊。"

秦……肖寒眼睛瞪起来，问："秦队？是咱认识的秦队吗？"

这会儿盯着对面铺子门口的齐晓连连点头，委屈地道："咱还认识几个秦队啊，刚才他一出现，我就吓了一跳。秦队的身份我当然确定，就是没敢上去问他来干吗。”

吉叔十分狡猾，蔚蓝来这里之后，他没立即露面。根据可靠消息，他如今应该在越南境内。昨天蔚蓝给他打了电话，言语不算客气，算是给他下了最后通牒，要是再看不到货的话，就要离开这里。吉叔不知是真有点儿慌还是怎么的，立马答应了，不过时间和地点由他定。

今天蔚蓝来浦寨，就是为了见吉叔的人。只是她带了手机，在这里也逛了一段时间，却还没接到对方的电话，反倒等来了意外的人。

秦陆焯怎么来了？

应该说，他怎么可能不来。虽然知道蔚蓝是跟肖寒他们合作，有警方保护她的安全，他可以放心。可是自己的姑娘在外头冲锋陷阵，他一个人躲在家里，这不是他秦陆焯会做的事情。

之前没陪着她一起过来是因为他要安排公司的事情，如今都安排妥当了，就来了。

蔚蓝急眼了，说：“你怎么来这里了，你知不知道这边多危险？”

瞧着她这副气急败坏的模样，秦陆焯笑了。一直以来都是他去最危险的地方，以前在刑侦队，方国辉有时候都瞧不下去，总是压着他的申请，对他说得最多的一句话就是“你小子惜点儿命吧”。

如今，她跟他说危险，眼里全是担心。他望着她，挑眉笑道：“怎么，真怕别人一百万美元要走我的命？”

见他说得这么漫不经心，蔚蓝更气了。

“放屁。”她急怒之下连粗口都爆了出来，跟她平时模样反差挺大。她直勾勾地望着他，说道，“一百万美元就想买你的命，怎么不先问问我？”话是咬着牙齿说出来的，可语气里全是心疼。

秦陆焯眯了眯眼睛，心底软得跟什么似的。要不是这会儿在外面，他真想狠狠地抱着这姑娘，亲得她连话都说不出来。

铃声响起，是蔚蓝的手机。两人不再说话，蔚蓝把手机从兜里掏出来，接通电话。对面是个有点儿粗暴的男声：“是蔚蓝小姐吗？”

“我是。”她冷静道。

对面继续说：“您现在在哪儿？”

蔚蓝抬起头，看了一眼自己站着的地方，好在这家小店有中文又有越南文，她把中文店名告诉了对方。那边让她等会儿，然后挂了电话。

蔚蓝低声说：“趁他们还没来，你先回去。”她把自己住的酒店和房间号都告诉了秦陆焯，谁知男人却站在原地不动。

她有些恼火，听到他不紧不慢地说：“过来做这么危险的事情，以你的身份，带个保镖不为过吧。”

保镖……她狐疑地抬起头，男人瞧见她的眼神，顿时轻哼了一声，双手插在兜里，说道：“我行不行，你不是早就验过了。”

蔚蓝见他这时候还一副轻松的模样，气得抬脚就踢他，却被男人轻松躲过。

“可之前吉叔已经见过你一次了。”蔚蓝道。

秦陆焯挑眉：“那又怎样，你当时不也说我是你男人兼保镖吗？这种不寻常的关系反而不容易被怀疑。”

不远处的齐晓看着这一幕惊得下巴都快掉了，他怎么觉得秦队和蔚老师是在打情骂俏？

对方来得很快，开着一辆车，在店铺门口停下，副驾驶座上走下来一个矮小健硕的男人，头发极短，脖子上鸦青色文身蔓延而下。

他瞧见站着的两个人，有些惊讶。目光落在蔚蓝身上的时候，惊讶的眼神中又夹杂着惊艳。干这行这么久，虽然三教九流都见过，可这么漂亮的姑娘还真是头一回见，毕竟这玩意儿是违法的。

小平头上前，问道：“是蔚蓝小姐吗？我是阿青。”蔚蓝点点头。

阿青确认之后，又朝旁边的男人看了一眼，说：“这位是？吉叔没跟我说您还带了别人过来。”

“这么危险的事情，我带个保镖保护我的安全，你们也要反对？再说，吉叔早见过他，不信你可以问问吉叔。”蔚蓝微抬下巴，神色倨傲。

阿青早就听吉叔说过，这回来的是大主顾，东西只要最好的，连给的价格都比市场价高出一成。他是专门帮吉叔负责象牙这块生意的人，最近国家打击象牙贸易的力度太大，他们几次出货都被海关扣了。他们还得继续另补一批货给买家，几次下来，亏了近千万。

这次吉叔一咬牙，决定从那条最隐蔽的通道出货。

阿青呵呵笑道："蔚小姐考虑得周全，这位先生怎么称呼？"

秦陆焯抬头，声音淡漠："路卓。"

阿青请他们两人上车，蔚蓝没着急，不紧不慢地问："有什么事情，不能在这附近找个地方说？"

"蔚小姐，您要买的东西毕竟不是正大光明的，咱们还是去安全的地方说，您也不希望出事吧。"

阿青朝周围张望了两眼，尽是来来往往的人流，并没什么可疑的。蔚蓝微微偏头，就见秦陆焯不着痕迹地点头，于是她同意上车。

香满园饭馆其实离他们刚才站的地方不算太远，开车过去十五分钟就到了。门面不算大，门口横七竖八地停着电动车，乱糟糟的，店门玻璃上张贴着菜式名字。

一进门，蔚蓝一眼就看见挂在墙壁上的象牙制品，雪白的象牙被雕刻成巨大而精致的扇面，整个店似乎都因为这个牙雕制品而显得更有格调。

阿青注意到她的表情，满意地轻笑一声，每次来客人，他都会把人带到这儿来吃饭，就靠这玩意儿震慑对方。

"蔚小姐，楼上请。"

楼上的包间早就给他们预备好了，一张极大的八仙桌，玻璃转盘上面已经摆着几道冷菜。桌子上还摆着几副碗筷，筷子也是象牙制的。

这些浑蛋。

阿青带她来这里的目的，蔚蓝一眼就看穿了。他无非是想在她面前彰显实力，告诉她他们有能力提供最好的原牙给她。这帮人虽然没文化，却深谙谈判的手段。

只不过在她这个心理医生面前耍这套……呵。

阿青坐下后就叫人上菜，谁知蔚蓝说："有话直说吧，我来这里也不是跟你来吃饭的。"

这话说得不客气，开门见山。

阿青没想到她看着柔和，脾气却这么硬，顿时讪笑道："蔚小姐，生意要谈，饭也应该吃。吉叔如今在越南没回来，他老人家心里头特别过意不去，让我一定要好好招待您。"

蔚蓝不轻不重地"嗯"了一声，说："我说过，我这么大老远过来不是为了听这些，有话直说。"

阿青心头略恼，觉得这女人简直是软硬不吃。只不过他不敢得罪蔚蓝，只得压着脾气，说："蔚小姐应该是第一次来，不知道咱们这行里的规矩。我们的交易一般是在越南完成的，你要是想看货也得去越南。交易完成后，运输的事情不用您操心。我们会负责把东西从越南运到国内，就是到了凭祥这边，你要是再想运回北京，就得再费点事儿了。"

蔚蓝没露出意外的表情，这些流程她早就听许翰说过，是最基本的一套象牙走私套路。她微抬下巴，问道："要去越南看货？"

阿青赶紧说："您放心，像您这样买象牙的顾客不在少数，安全问题您绝对不用担心。"

蔚蓝没立即答应，低声说："这事儿我得考虑考虑。"

阿青没说话，不过心底笑了起来，到底是女人，怕事。

这顿饭蔚蓝和秦陆焯都没吃，阿青也没强留他们，双方约定好今晚之前，蔚蓝给出答复，如果要去，就明天出发。阿青要送他们回去，蔚蓝拒绝了，他也没多说什么。秦陆焯在路上叫了当地的三轮车，顺着浦寨绕了一整圈，带着蔚蓝横穿了七八个小巷子才停下来。

蔚蓝往后面瞧了瞧，低声说："把人甩了？"

秦陆焯低笑，把人按在后面墙壁上，低头亲了下来。他长舌长驱直入，霸道又强势地席卷着她的呼吸。等松开她，看着她红润的唇瓣，他坏笑道："还嫌我来得不是时候？"

蔚蓝没说话，直接回吻了他。

两人回到酒店后，蔚蓝在洗澡，秦陆焯听到门铃响，过去开门，只见肖寒带着其他人站在门口，各个脸色精彩。肖寒开口："焯哥，您怎么来了？"

秦陆焯松开门把手，双手环抱在胸口，下巴抬了抬，指了指房间里的卫生间，说道："想你们嫂子，就来了。"

嫂子？所有人的眼睛齐刷刷地盯着房里。

这会儿，洗手间的门正好被拉开，蔚蓝裹着浴袍，黑湿长发上盖着一块大毛巾。

一声清脆的关门声响起。

其他人目瞪口呆，眼睁睁地看着秦陆焯毫不犹豫地关了门。

蔚蓝刚洗完澡，一双黑眸水汪汪的，这会儿脸上布满惊讶，她望着门口问道："干吗把门关上？"

秦陆焯走上前，伸手将毛巾从她手上接过来，擦了两下，低声说："你先去换件衣服。"

蔚蓝低头看着自己的浴袍，腰间带子系得牢牢的，前襟更是严严实实，只露出一段雪白脖颈，连锁骨都挡着。浴袍挺长的，直到她的小腿处，莹白的小腿纤细匀称，露在外面。

见她没动，秦陆焯在她湿软的黑发上揉了两下，说道："去换衣服，换完我再开门。"

蔚蓝知道自己这一身不适合见外人，不过瞧见这男人赤裸裸的占有欲，心里头还是有种莫名的开心。

好在蔚蓝换衣服速度不慢，秦陆焯终于重新开门，他朝门口的几人看了一眼，说道："都进来吧。"

警队的精英们此刻毫无怨言，一个个乖乖走了进来。蔚蓝这会儿换了身白色软缎衬衫，黑色铅笔裤。窗子正打开通风，风一吹，衬衫被吹得鼓起，更显得她骨架纤细匀称。

肖寒进来之后，眼睛不住地在两人间打转。半晌，他说："秦队，您这次也是来协助我们办案的？"这话问得小心翼翼。

毕竟他把人家女朋友弄过来干这么危险的事情，刚才秦陆焯看见他第一眼时没把他脖子拧断算是手下留情了。

果然，秦陆焯双手环抱在胸口，眼神不算和善，直勾勾地望着他："你说呢？"他刚说完，兜里的手机响了。手机屏幕上显示"方局"，他顿时朝肖寒怒视过去，冲着他指了指，"你小子洗洗干净，给我等着。"说完这话，他转身去门外接电话了。

肖寒神色悻悻的，伸手摸了摸自己脖子。

走廊上，秦陆焯打着电话。

对面还是大嗓门，气急败坏的老头儿一张嘴就骂道："你小子是想死还是活腻了？竟然跑到边境去了，之前我跟你说过什么？"随着一声杯子砸在桌子上的巨响，方局的声音又拔高了，"别人悬赏一百万美元要你这条小命，你是不是嫌人家没机会，特地跑过去送死？"

老头儿一口气不带喘的，足足骂了五分钟。等他停下，秦陆焯伸出手指掏了掏自己的耳朵，说："您把我媳妇支到这么远的地方，还这么危险。我要是不过来，算什么男人？"

他相信肖寒他们肯定会不惜一切保护蔚蓝，可在他这儿，自己的女人就要自己保护。谁想动她一根头发丝儿，都得先问过他。

方国辉听着"媳妇"二字，笑骂道："你小子寒碜不？这八字还没一撇呢，也不嫌害臊，你爹知道这事儿不？"

秦陆焯不说话了，他一向是这个德行，以前在警队，除了方国辉，没人知道秦克江是他爹。后来还是一次表彰大会，秦克江出席跟他们一众受表彰的人合影留念，被人调侃说他们俩长得像，这才得知他们是父子。

方国辉知道这事儿，也完全是因为他跟秦克江年轻时候关系不错，后来两家一直有来往，逢年过节的时候偶尔会撞到秦陆焯。

秦陆焯刚分配到景山分局的时候他还是副局，看见名字时，以为是重名，谁想还真是本人。他没沉住气，先打电话问了秦克江。谁知这个当爹的比他淡定多了，大手一挥说让儿子自己去闯闯，摔得头破血流就会知道长辈对他的好了。

进来之后，方国辉没特别关照他，就算偶尔听到局里什么风声也不过问。谁知不到两年，这小子就在刑侦队慢慢建立了属于自己的威信，靠着自己的本事让那些办案十几年的老油条都对他佩服得五体投地。方国辉一直挺惋惜，觉得他辞职是警队的损失，可他也不希望秦陆焯以这种方式重新回来。

他语重心长地说："你年纪也不小了，做事该考虑周全点儿。你要是真在边境出事了，你叫人姑娘怎么办？我知道说这些，你小子心底肯定不在意，可凡事都怕万一……"

"方叔。"秦陆焯突然喊了一声。

没进景山分局前，他都是这样叫他。

"我长这么大，头一回喜欢一个姑娘。她现在做的事，不是我作为男朋友夸她，而是我真的佩服，所以我想跟她一块儿，不管结果好不好，反正是我们两个一块儿经历的。"

就算真的出了什么事情，他们两个谁都不会后悔。

他回头朝门口望了一眼，轻声说："肖寒、齐晓他们谁不知道这些事情危险，可是他们退缩了吗？方叔，就算今天有人花一千万要我这条命，我的选择也还是这样。"

方国辉听完这话沉默了，半晌，他"哼"了一声："你小子可真够倔的。"最后他还是同意了秦陆焯参加这次行动，毕竟蔚蓝身边确实需要一个人贴身保护。

等秦陆焯打完电话回去，肖寒赶紧问道："方局说什么了？"

秦陆焯瞥了他一眼："你说呢？"

肖寒立即举手自证清白："我给方局说你过来这事儿绝对不是打小报告，是想让你加入我们这次行动，也好让我们专案组如虎添翼。

你们说对吧？”他最后这句话是问站在旁边的下属，众人立马点头。

大家没耽误时间，开始商讨下一步计划。

今天蔚蓝身上是带了监听器的，阿青跟她说的话，肖寒这边早就听得一清二楚，现在众人在商量越南该不该去。

“李吉现在就在越南，根据消息，这批货这几天就要从越南入境。”

警方在这个团伙里早有卧底，只是这个卧底身份不够，至今不知道那条秘密通道到底在哪儿。

肖寒朝蔚蓝和秦陆焯看了一眼，显然，决定权在蔚蓝手里。

蔚蓝倒是没说废话，淡笑道：“来都来了，龙潭虎穴还没看见，哪有回去的道理。”

她语气轻松自在，坐在她身边的秦陆焯偏头看了她一眼，正好对上她的眼睛，眼神平静，没一点儿害怕的意思。他心头一软，抬手摸了下她的长发，慢悠悠地说：“胆子怎么这么大？”这语气够宠溺，坐对面的诸人又一次猝不及防地吃了一嘴狗粮。

晚上，蔚蓝给阿青打电话，同意前往越南。

从边境去越南的手续不算麻烦，一大清早，阿青的车就过来接他们了。秦陆焯依旧一身黑衣跟在蔚蓝身边。因为昨天已经见过他，阿青也没在意。

一行人上车后，很快就有另外一辆车悄悄跟上。

“蔚小姐是第一次来越南吧？”阿青跟她闲聊道。

蔚蓝脸上戴着一副墨镜，遮住小半张脸，她点点头，挺自在地问：“待会儿我们去的地方有什么好玩的吗？难得来一次。”

阿青心底觉得好笑，到底是有钱人家的小姐，这时候还想着游山玩水。不过蔚蓝是大客户，阿青自是要好生招待。

到了越南，路况不算太好。蔚蓝打开车窗，路两边都是田地，微风吹进车里，夹杂着青草的味道。大概中午十二点，车子终于在一家酒店门口停下。

下车后，蔚蓝站在门口没动，她戴着墨镜，阿青没瞧见她眼神，解释道："蔚小姐，这家度假酒店是这里最好的酒店了，吉叔说您是我们的贵客。"

蔚蓝这才慢慢往里走。她在阿青面前表现得很挑剔，是个不算好说话的角色，所以在上楼前，阿青特别说："蔚小姐，您要是觉得无聊，这个酒店还有个赌场，您也可以去消磨一下时间。吉叔这会儿还有点儿事，要到晚上才能过来见您。"蔚蓝点点头。

开房间的时候，她看着递过来的两张房卡，伸手取了其中一张，朝秦陆焯看了一眼，一字一顿地说："我需要他二十四小时贴身保护。"

阿青朝他们望了一眼，眼神顿时充满暧昧，保镖和富家女……刺激。

到了房间，他们发现吉叔对蔚蓝确实重视，给她开的是一栋独立的小别墅，充满东南亚风情的芭蕉叶布满周围，推门进去，入眼便是一方蓝色泳池，泳池旁边有一个小凉棚，下面摆着两张椅子，铺着柔软的垫子，周围挂着一层白纱。

旁边是一栋两层别墅，一楼门窗极宽阔，几乎占据了整个墙面，从正中能一眼望到屋后的小花园。二楼窗子打开，白纱随风飘起，周围布满鲜艳色彩，洋溢着浓郁的东南亚风情。

领着他们过来的酒店服务员将他们的箱子搬到一楼，然后微微倾身做了个手势，问需不需要搬上去。秦陆焯摇头，直接从兜里掏出一张人民币递给他。

显然，小费的数额大得让他吃惊。

秦陆焯随后问了他一句话，服务员又是一怔，估计是没想到他会越南话。两人说了几句之后，秦陆焯挥挥手让人离开了。蔚蓝直到听到别墅门被关上的声音，才转头抬眸，盯着他看。

秦陆焯伸出一根手指，在嘴边做了个"噤声"的动作。蔚蓝抿嘴，一言不发。接着，秦陆焯就开始沿着一层搜查，他找得仔细，一步又一步，几乎把能搜查的地方都查看了一遍。

一楼结束之后他准备去二楼，走到蔚蓝身边的时候，他伸手摸了摸她的脑袋，俯身在她的嘴唇上亲了一口。他压着声音，在她耳边说了两个字：“乖啊。”

男人的声音本就低沉性感，此刻跟毒药一样洒在她耳边，她听得上瘾。她伸手拉着他，不想让他走。秦陆焯见她这动作，顿时笑了，觉得她现在黏人得厉害。他将人搂在怀里，又亲了一口：“我再去楼上检查检查。”

这地方是吉叔安排的，难保他没叫人弄个监听器或者针孔摄像头。

楼上楼下都搜查了一遍，彻底排除隐患之后，两人终于可以放心说话。秦陆焯指了指外面，说道：“我刚才进来的时候看过了，这个酒店摄像头不少，而且有专门的安保人员巡逻。”

“你是说这个酒店很古怪？”

秦陆焯点头：“最起码不只是个简单的酒店。”

特别是吉叔把蔚蓝安排在这里，说明他对这个酒店十分信任，甚至，这个酒店可能就是犯罪集团的一个秘密据点。

蔚蓝仰头盯着他：“我们现在怎么办？”

“先上楼换一身衣服。”秦陆焯低头瞧见她额上布了一层薄汗，说。蔚蓝点头。

蔚蓝走进主卧，一张两米宽的床摆在中央，窗子未关，窗帘被风撩起，飘在半空中，周围萦绕着一种异域浓香，却不让人厌恶。她一转头，看见洗手间的拉门是推开的，估计是刚才秦陆焯上来检查时打开的。她走过去，就看见偌大一个浴缸摆在落地玻璃窗旁边。

秦陆焯上来的时候，看见蔚蓝站在洗手间门口许久没动，问了句：“有问题？”

他揽着她的肩膀，顺着她的视线看过去，瞧见那个偌大的浴缸时，眉梢微挑。

浴缸、鸳鸯浴……

蔚蓝转身想出去，却被他一把扯过去，压在洗手间墙壁上。他微微低头，在她耳边说：“喜欢这浴缸？”她伸手去推他，两只手这会儿根本没什么劲儿。秦陆焯见她这样，眼底遽然变深，刻意道，“怎么办，我还挺喜欢这浴缸的。”

蔚蓝被他圈在怀里，整个人一下绷紧了。

好在秦陆焯知道现在不是做这件事的好时机，他俯身把怀里姑娘的长发往旁边撩了下，低头在她唇上啄了下，说：“去换身衣服，带你出去玩。”

蔚蓝这才有机会从他怀里出去，打开箱子拿出衣服去了洗手间。

秦陆焯见她避开自己换衣服，笑了下，也没在意，只是从箱子里拿出一套衣服换了。

换完衣服，他又给肖寒他们发信息报了平安。

里头的人还没出来，又等了一会儿，他在窗边的躺椅上坐下，懒散地窝在里面，偏头看向窗外。这里的天空似乎比凭祥还干净。

不知过了多久，终于听到洗手间拉门被推开的声音。他转头望过去，纤瘦的姑娘俏生生地站在门口，穿一身白色刺绣奥黛，飘逸又充满垂坠感，一阵风穿窗而过，拂在她身上，露出一截白嫩纤细的腰肢，雪白的肌肤白得发光，乌黑的头发被编成侧边辫子，乖巧地垂在肩头上。秦陆焯不是头一次看见穿奥黛的姑娘，却是第一次看直了眼睛。

秦陆焯一直觉得他不是个视觉动物，起码不是那种对样貌特别看重的人，但蔚蓝一次又一次地让他明白，原来他喜欢的姑娘这么美。

秦陆焯抬起手，搁在半空，哑着声音说：“过来。”

此刻他坐在藤椅上，某个地方却像是觉醒了般。

蔚蓝走过来，正想撩他一下，问他好不好看。谁知她刚走到他身前就被他一把按在膝盖上，他的手指在她唇瓣上抚摸了一遍，然后不留余地地吮吸她的唇瓣。

他按着她的后脑勺，不容她有一丝拒绝，像是要把她生吞活剥。

他的手掌此刻正搁在她的腰侧，由于衣服设计精巧，她的纤细腰肢就那么轻松落入他的手掌心，温热的肌肤相贴，再加上唇舌交缠，没一会儿，两人都喘了起来。特别是蔚蓝，浑身发软，整个人几乎躺倒在他怀里。

还好最后蔚蓝恢复理智，一把推开了他，腾地一下从他腿上蹦了起来。

“我去楼下等你。”她说完这句，就头也不回地下楼了。

秦陆焯低头，看了一眼自己的裤子。等他收拾妥当下楼的时候，蔚蓝正站在泳池旁。他刚走过去，她伸脚在池边撩起水，往他身上泼，还好他及时避开。

他伸手把人拽过来，低声道：“别闹。”

两人按照酒店的指示，很快找到吃饭的地方。他们都不喜欢国外的香料，点了最基本的西餐，此时时间还早，餐厅里就他们这一桌。秦陆焯说：“之前我问过服务员，这里的赌场二十四小时营业，待会儿你过去赌两把，然后我们找个机会离开。”

蔚蓝点头，听从他的安排。

悠闲地吃完午餐后，他们就去了赌场。

他俩一进门便看到一排机器，赌场大厅不算太大，但装修富丽堂皇。此时没什么人，赌桌旁边的空位置很多。蔚蓝环视了一周，找了张人气最旺的赌桌坐下。

她拿出一张卡递给秦陆焯，让他去换筹码。

这一桌有个人见她的模样，打量了下，搭讪道：“小姐，你是中国人吧？”

蔚蓝望着他，这是一个略胖的中年男人，典型的商人模样。她微微点头，中年男人立即笑了：“我也是。”他朝左右看了一眼，又说，“你是来买象牙的吗？”

蔚蓝有点儿惊讶地挑眉，谁知男人直言不讳地说：“来这儿的中国人都是为了这玩意儿，要不咱们聊聊？”

他说完，秦陆焯已经回来了，手里拿着一摞筹码。

中年男人一瞧，顿时咋舌，这些筹码也得有上百万了。

蔚蓝接过秦陆焯手里的筹码，在荷官的提醒下慢悠悠地下注，瞥了中年男人一眼：“聊什么？”

“当然是好货源，出门在外，咱们同胞应该相互帮助才是啊。”

蔚蓝瞧着他那张油腻的脸，心中冷笑：相互帮助？可以啊，我把你帮助到监狱里去。

她不算热情，但是中年富商似乎觉得她是个可结交的人，一直找她搭讪。

在赌场玩了一下午，后面蔚蓝干脆端着鸡尾酒窝在了秦陆焯的身边，最后她离开时是一副醉醺醺的模样。

晚上，酒店某处的报警器响起，保安立即被惊动。没一会儿，外面就乱了起来。

阿青带着一群人进了蔚蓝的别墅，他站在楼底下喊了好几声，只是楼上不见回应。他脸色不好，正打算带人上去时，就听得楼梯口传来一阵脚步声。

蔚蓝穿着一件男士白色衬衫，出现在众人面前。阿青脸色好转，问道：“蔚小姐，您没事吧？”

“我能有什么事？”

阿青皮笑肉不笑地说：“酒店遭贼了，我怕有坏人闯进您的别墅，就带着兄弟们过来看看，没吓着您吧？”说完，他朝周围又望了一眼，略有些奇怪地说，“您的那位保镖呢？”

蔚蓝不在意地伸了个懒腰，白衬衫往上滑动，露出下面的蓝色短裤，两条长腿又白又细嫩，像是抹了一层白釉。她漫不经心地说：“我们下午在赌场玩，回头又睡了一觉，没听到外面的动静。”

阿青之前也问过留在酒店的兄弟，她确实在赌场玩了很久，那个保镖也一直跟在她身边。两人之后一起回了别墅，就再也没出去过。

只是没看见秦陆焯，阿青终究不放心，说道：“还是把他叫醒吧，哪有主子醒了，保镖还睡觉的道理。”阿青看似客气，实则态度强硬。

蔚蓝冷眼望着他，眸子里带着微微戾气，正要开口说话时，楼上又传来一阵脚步声。只见秦陆焯慢慢地走下来，赤裸着上身。阿青朝他看了一眼，又是一笑。蔚蓝看到阿青这个不怀好意的笑容，有些莫名地转头，才注意到秦陆焯胸口有五六道明晃晃的抓痕……

这痕迹看起来，像是女人的手指甲挠的。

秦陆焯走到蔚蓝身边，他只穿了一条长裤，露出结实的胸膛，肌肉线条清晰明显，特别是露出一半的人鱼线，有种说不出的性感。这是蔚蓝第一次见到他赤裸着上身的模样，在她家里两人差点儿擦枪走火那次，他也没脱衣服。

此时，外面响起一阵吵嚷的声音，夹杂着男人野蛮的呵斥，是用越南话说的。蔚蓝忍不住朝秦陆焯看了一眼，他神色未变。外面吵闹的声音越来越大，蔚蓝皱眉，不悦地道："到底怎么回事？我是来做生意的，可不想连基本的安全保证都没有。"

她先发制人，让阿青脸上一红。

"蔚小姐，只是一个不长眼的东西，您别介意。"阿青笑了两声。

蔚蓝脸上带着薄怒道："我是来看货的，到现在却什么都没看到。你们安排这么个酒店，竟然还进贼了？！"

阿青立即说："蔚小姐，真的不是我们怠慢您，只是吉叔不在，我们也不敢随便带您去看货。"

吉叔不在？蔚蓝得到这个消息，挥挥手："滚吧。"

她长这么大都没对别人这么不客气过，此刻眉眼一挑，还真像个挑剔又刁蛮的大小姐。

阿青也是个角色，被如此呵斥，不但没生气，反而安抚蔚蓝："蔚小姐，我待会儿再帮您请示一下吉叔，只要吉叔同意，我就带您去看货。这个酒店向来很安全，今天是突发情况。"

"那可真够巧的，别的时候没有突发情况，偏偏我来了就有了。"蔚蓝冷眼望着他。

阿青面色尴尬，没一会儿，就带着手下离开了。蔚蓝和秦陆焯站在客厅，看他们出去之后两人对视了一眼，谁都没说话。

一进卧室，秦陆焯反手关上门，身后的姑娘就贴了上来。他转身将人抱在怀中，双手按在她的脑后，似乎想要将她整个嵌进自己的胸口。蔚蓝抱着他，感觉到他炙热的身体，还有萦绕在周围的气息，开始腿脚发软。

刚才阿青带人闯进来的时候，秦陆焯并没有在房间里。他们在赌场玩到天黑，蔚蓝假借着自己不胜酒力回来后，秦陆焯就换了一身衣服出去了。

这个酒店他们并不熟悉，他需要把这边的情况摸透，然后告诉给外面的肖寒。

此时肖寒已经联系上了越南警方，因为这里是边境，两国警方之间时常会有联合行动。他们向上级汇报需要越南警方配合，那边立即给了回复。毕竟越南警方也一直盯着这个犯罪集团，有机会一锅端掉这帮人渣，谁都愿意。

秦陆焯鼻息很沉，声音低哑："刚才是不是吓坏了？"

要是阿青他们发现秦陆焯不在楼上，恐怕他们两个谁都走不出这个酒店。蔚蓝这才穿成这样下楼，想要挡住他们。

明明面对那帮人的时候，她尚且能保持冷静，此刻却软得一塌糊涂——说不怕是骗人的。

他摩挲着她的后脑勺，压低声音安抚她："别怕，我答应过你，不会出事。"

况且你还在身边，我怎么敢出事？这句话秦陆焯没说出口。

以前他保护一方平安的时候不爱说这些话，现在他越发沉默，可做的一点儿不少。

护着怀里的人是责任，更是爱。

河内。

曲径通幽的深院内，来往的都是穿着黑衣的人，很安静。这里的建筑不是典型的东南亚建筑，反而像极了中国古代建筑，亭台楼阁，一应俱全。

"三爷在吗？"一个矮个子男人问道。

在这里被尊称为三爷的人，就是这两年来威名赫赫的佛域。

佛域，在父亲阮坤没倒台之前，从不显山露水，却在阮坤死后成功地击败两个哥哥，重新整合了阮坤留下来的旧势力。古典上说，佛域无处不在。这个男人人如其名，仿佛真的无所不在。

站在门口的人朝他看了一眼，点点头，来人立即说："那个叫秦陆焯的前中国刑警有消息了。"

阮坤以前并不姓阮，他的父母都是中国苏州人，几十年前到越南做生意，后来便留在了当地。阮坤在父母意外身亡后，被一对姓阮的华侨夫妇收养。没人想到这个命运多舛的中国少年，后来会在越南边境称霸那么多年。如今阮家这栋大宅，就是阮坤发家之后建造的。建筑风格仿造了苏州园林风格，以此祭奠他父母的在天之灵。

阮坤去世之后，这栋宅子是他的长子阮谦住着。阮谦作为长子，虽然不喜欢这种中式风格的庭院，却因为宅子的特殊地位一直住着。只不过，后来他没能成功"继位"。

因为，阮坤的三儿子——被人称为佛域的男人，回来了。

过了会儿，进去通传的人走了出来，说道："三爷请你进去。"

矮个子男人听了后微微点头，走了进去。

这是一间书房，此时墨香四溢，红木案桌后面的男人正在挥毫泼墨。他穿一件白色衬衫，窗棂上阳光打进来，照在他雪白的衬衫上，整个人仿佛染上一层圣光。

男人微低着头，手臂上的袖子卷到手肘弯，胳膊上干干净净的，别说文身，就连一条疤都没有。他脸上架着一副银色细边眼镜，斜长的眼睛藏在镜片后面，鼻梁高挺，一副斯斯文文的样子。任谁看了都觉得他应该是个受过良好教育的斯文人，职业很可能是大学老师或者医生，谁都不会把他跟"犯罪"两个字牵扯在一起。

说起来，佛域并非阮坤原配妻子所生。

阮坤的原配妻子是当地华人黑帮的大小姐，当年他成名后被老大瞧中，老大就将的女儿嫁给了他。他对妻子一向尊重，只是后来结识了一个从中国来的女人，这个女人个子娇小，容貌秀丽，是真正中国江南水土养出来的，像他母亲那样温柔如水的女子。

因为身份问题，佛域自小并不是生活在越南，而是生活在中国，然后去美国读书，直到后来阮坤去世，他才回到越南。

虽然小时候阮坤时常把他带在身边，可相较于两个哥哥，他对家里的事情并不算热衷。没想到这个看似游离在阮家之外的人，却是最后“拯救”阮家的人。

“三爷。”矮个子男人站在案桌前面，恭敬地喊了一声。对面的人笔势未顿，依旧在宣纸上写着什么东西。矮个子男人又说，“您悬赏查的那个中国刑警如今有了消息，他前几天乘坐飞机从北京到了南宁。”

他们早就盯上了秦陆焯，只不过他一直在北京，他们就算再爱钱，也不敢贸然去到中国首都，没想到，就在他们等待机会的时候，秦陆焯直接送上了门。

这个消息让佛域抬起头，他的目光虽然藏在镜片后，却依旧如刀锋一般犀利，直透人心。他缓缓开口，清润的嗓音悦耳动人：“他到了南宁？”

矮个子点头：“目前只知道他是乘坐飞机到了南宁，但是他此刻在哪里还没有具体的消息。不过既然是在广西，我们就有机会杀了他。”

此时，佛域放下手中的毛笔，看着他写下的那句名言：三军可夺帅也，匹夫不可夺志。

这句话是阮坤最喜欢的，也是他少数懂得意思的中国古文。当初阮坤还在的时候，书房里挂着的就是这两句。很快就要到阮坤的忌日了，佛域这几日便窝在书房写这两句话。

佛域冷笑：“把消息散出去吧，这一百万美元，我愿意花。”

他掌握了阮家之后，很多人才开始重新了解这个阮家三少爷。他自出生便身体不好，中医、西医都问求了一遍，依旧不让人放心。后来阮坤亲自带着他去求一位大师，“佛域”二字便是大师所赐。

而自这位阮家三爷掌势之后，“佛域”二字就有了另外一种含义。

他仿佛无所不能，让人惧怕。

矮个子又突然想到另外一件事，低声说：“还有大少爷那边，最近也不是太安分。”

“大哥又怎么了？”

“大少爷似乎又做起了咱们以前的老本行。”

“毒？”男人的声音冷而没有感情。

显然，温雅只是他的表面，这男人的内心比铁石还要硬。自从佛域重掌阮家之后，就禁止所有人掺和毒品有关的事情。之前有人因为忍受不了诱惑偷偷干，很快这个人就彻底消失不见了。没想到这次，阮谦不顾禁令私底下搞这个。

佛域转身，望着窗外。

酒店在经历了混乱之后恢复了之前的平静，坐在赌场办公室的阮谦此刻却觉得眼皮跳得厉害。

“谦哥，那小子已经被抓住了。”一个脸上有刀疤的男人走了进来，对着坐在皮椅上的阮谦说道。

阮谦立即问：“问清楚是谁派来的吗？”刀疤脸摇了摇头。他狠狠地拍了下高背椅的扶手，怒骂，“一群没用的东西，不开口就给我狠狠地揍，打到他愿意说为止。”

说完，他又从椅子上弹了起来，喘了一口粗气，看着刀疤脸，狐疑地说：“你说会不会是老三派来的人？”听到“老三”两个字，刀疤脸嘴角一抽。

如果真的是那位，恐怕他们都没好果子吃。阮谦是他亲哥哥，打断骨头还连着筋，他们这些底下办事的人……想到上一个违反他命令的人，刀疤脸突然后悔当初没全力劝说阮谦。

显然阮谦也和他一个想法，只是他转念又狠狠咬牙道：“只要我能做成这笔生意，到时候有了钱，就能弄到枪和人，就算真的跟老三干起来，老子也不怕他。他不过就是个野种罢了，仗着老头儿把钱全留给他，就骑在我头上耀武扬威。去，把吉叔给我找来。”

第二天早上，阿青就带人来找蔚蓝，说是吉叔安排她去看货。他们乘车前往放货的地方，没想到就在离这个酒店不远的仓库。当木箱被打开的时候，一根又一根完整的象牙赫然出现在所有人面前。蔚蓝戴着墨镜，低头望着箱子，她甚至看见了象牙上的血。

这些盗猎者取象牙的手段十分残忍，为了更快地获取象牙，他们都是在杀死大象之后，割掉大象的半张脸，带着象牙一起逃走，事后再将皮肉剥离，所以很多象牙上都沾着死去大象的鲜血。

她望着周围高高摆着的木箱，沉声问：“这些都是吗？”

阿青骄傲地点头：“自然，我们可是整个越南最大的象牙供应商。不少商人找我们购买，蔚小姐，您可以放心，我们不是第一次做买卖，也不会是最后一次。”

蔚蓝紧紧地咬着牙关，才没把脏话骂出口。她点点头，随后转身离开仓库，疾步走了出去。明明象牙上的血迹早已经干涸，可她似乎还闻到空气中弥漫着的血腥味。

秦陆焯走到她身边，低头就看见她紧紧捏着的拳头，他伸手握住她的手掌轻抚着。

回去的路上，蔚蓝一直沉默。车子再次在酒店门前停下，两人下车回自己的别墅，没想到在半路上遇到了李吉，还有一个高大的男人，两人并肩走在最前面，身后跟着一群保镖。

秦陆焯先看到他们，他的目光落在李吉身边的那男人身上时，瞳孔遽然放大——阮谦。

秦陆焯无数次在卷宗上看过这个人的资料，他甚至亲手带人将阮谦的父亲逼上绝路。而对他发起悬赏的，就是阮谦的弟弟佛域。

李吉倒是对遇到他们挺意外，不过他还是停下来，跟蔚蓝打招呼。毕竟蔚蓝是他的客户，他却一直没露面。但他只是客气了两句，显然并不准备介绍两边认识。

谁知阮谦却看着蔚蓝，有点儿惊讶地问："我们是不是在哪里见过？"一瞬间，秦陆焯整个人绷紧，像是一把蓄满力的弓。

对于阮谦突如其来的问话，蔚蓝自然惊讶，不过她瞧着对面男人的模样，片刻就明白了他的真正意图。

吉叔也是一脸惊讶，问道："大少爷，您认识蔚小姐？"

"瞧着眼熟，或许从前见过也说不定呢。"阮谦打量着对面的蔚蓝，长腿细腰，长得更是妙不可言，露在外面的皮肤白皙细嫩，真叫人想伸手摸一摸。他望着她，竟出口邀请，"蔚小姐要是不忙，不如待会儿一起到楼下赌场玩玩，这里的表演也挺有趣的。"

蔚蓝朝他看了一眼，开口说："之前我已经玩过了，确实不错，就是这里的治安似乎不好。"

说完，她朝吉叔望了一眼，目含谴责。做戏要做全面，昨晚的事情蔚蓝可没忘记。

谁知吉叔没说话，反倒是阮谦挑眉，略有些惊讶地说："昨晚蔚小姐住在这里？那我应该跟你赔罪才是，昨天是我那边出了点儿小乱子，没想到打扰到你了。"

蔚蓝略一愣，朝他仔细打量了一番。阮谦生得高瘦，穿一身休闲服，眼睛虽大，眼下却发青。

刚才李吉跟他一起过来的时候，蔚蓝就注意到了，李吉走路的时候微微落在他身后，这人年纪轻轻，被却李吉这么对待，估摸着身份不低，这样的身份往往是来自他父辈的力量。

她眸子微缩，微微点头："您客气了。"

"什么您不您的，我叫阮谦，说起来我的父母也是中国人，只不过我自小生活在越南。"阮谦冲着蔚蓝眨了下眼睛，兴趣十足地问，"你是中国哪里人？江南吗？皮肤可真好。"

对第一次见面的女孩说这种话，态度轻佻，典型的花花公子心态。蔚蓝作为心理医生，对于阮谦这种人，甚至不需要太多信息，就能勾勒出这个人的成长轨迹。身为上位者的继承人，自小千般宠爱长大。

当然，这种宠爱多半是物质上的，并不会有太多的亲子陪伴。长大之后仰望着父辈的荣光，有足够大的野心，却没有足够强的能力支撑。这种人，往往一事无成……

阮谦见蔚蓝望着他，尚不知自己的前半生就这么被面前的姑娘看透，好在吉叔也没打算让他们多接触，毕竟阮谦太危险。不管怎么说蔚蓝都是他的大客户，以后他还想在北京混，这姑娘可是怎么都得罪不起的。

等人彻底看不见了，阮谦失望地对李吉说："吉叔，你也太不够意思了，刚才你怎么不把人留下？"

李吉瞧着他这会儿还一副依依不舍的模样，心底有点儿恼火，说："大少爷，您过来是办正经事的，怎么能在这种事情上浪费时间？想要女人，回头我给你找，什么样的没有。"

"可我就喜欢这样的。"阮谦冲着蔚蓝离开的方向甩头，"你就帮帮我呗。"

吉叔瞪眼："这叫我怎么帮您？"

阮谦大笑，冲着他挤眉，轻声道："下点儿药，还不乖乖就到我床上了。"

这话听得吉叔太阳穴一跳，赶紧摆手说："大少爷，真不是我不帮您。先不说这姑娘是我的客户，人家是看在我的面子上才过来看货的。再说，我以后还想继续混呢，这种事传出去，岂不是要弄得没人敢跟我做生意了。"

阮谦顿时不悦，怒瞪他，说道："这么点儿小事，吉叔，你是不给面子吧？"

这会儿，李吉开始后悔招惹这人。要不是那玩意儿带来的利益实在够大，他怎么可能冒着得罪三爷的危险，跟这个草包接触。

阮谦还在纠缠李吉，而此时回到别墅的秦陆焯眉头紧锁，拉着蔚蓝上楼，开始收拾东西。

他们带来的东西不算多，重要的就是之前肖寒给他们的追踪器。今天，秦陆焯已经趁着阿青他们不注意，将其中一枚追踪器固定在藏匿象牙的木箱里。

象牙跟毒品不一样，这帮人如果今天运的是毒品，必然不会这么放松戒备。但因为他们现在走私的是象牙，觉得就算被抓住也不会要人命，这才让秦陆焯有了得手的机会。

现在肖寒他们应该已经锁定了箱子的位置，只要这批象牙真的跟着毒品一起走，那么到时候肯定能将他们一网打尽。

蔚蓝见他收拾东西，低声道："我们现在要离开？"

秦陆焯抬起头，看着她道："刚才那个人是阮谦。"

蔚蓝点头，她知道，因为那个花花公子自我介绍过了。她瞧着秦陆焯的脸色，明白事情肯定不简单，说道："可他并不认识你。"

秦陆焯嘲讽地笑了声："我抓他老子的时候，他毛还没褪干净呢。"

她震惊地望着他："用一百万美元悬赏你的人，就是他吗？"

秦陆焯舔了下嘴角，说道："他就是个废物。如今掌权的是他弟弟，外号'佛域'，真正的名字没人知道，很神秘，是阮坤死后才突然崛起的。"

显然阮谦确实没用，佛域能找出当年警方的行动负责人，他却连秦陆焯的脸都不认识。

蔚蓝接过秦陆焯手里的东西，将衣服迅速收拾好。整理东西的时候，秦陆焯突然半跪下来，按着箱子看着她，却不想蔚蓝倾身过来，一下吻住他的唇。

"秦保镖，你说好要保护我的。"她的声音很柔。

只有活着，他才能保护她。

好在他们也知道，太快离开说不定会打草惊蛇，于是蔚蓝给阿青打了电话谈交易的事。

"蔚小姐，吉叔说这事不着急……"

"不着急是你们说的，我已经在这里耽误了两天，我订了明天回北京的机票，今晚就要回凭祥。”

此时外面艳阳高照，他们起得早，看完象牙，这会儿才刚到中午，吃完午饭再回凭祥，确实来得及。阿青一听，赶紧给吉叔打了个电话。此时吉叔正和阮谦讨论事情，接了电话之后起身走到外面。阮谦冲保镖甩了下头，于是保镖走过去，隔着门偷听吉叔的电话。

没一会儿吉叔回来了，两人的事情谈好后，吉叔就带着人离开了。

保镖弯腰，低声说：“大少爷，我刚才听到吉叔说吃完午饭，就安排蔚小姐离开酒店，送他们回凭祥。”

“这老东西……”阮谦想到吉叔之前再三推脱，骂了一声，他眼珠子一转，问道，“他们中午还在酒店吃饭？”

蔚蓝和秦陆焯确实是在酒店用餐的，她拒绝了吉叔一块儿吃饭的提议。不过吉叔也没强求，只是让阿青过来告诉她交易的方式。

饭吃到一半时，酒店服务员端着一瓶红酒过来，说道：“两位，这是吉叔送给蔚小姐的红酒，请享用。”蔚蓝点头，说了声“谢谢”。

对面的秦陆焯伸手给了他一张纸币，这人单手接了过去，把红酒放在他们的桌子上，微笑道：“我帮你们打开吧。”说着，服务员打开红酒，替两人各自倒了少许。

秦陆焯举起酒杯，冲着对面的蔚蓝说：“庆祝一下这次买卖顺利。”

男人端着酒杯的模样优雅又温柔，一双黑眸比天上的星辰还要亮，让人不敢直视。

蔚蓝举起杯子，微微抿了一口。

下午，阿青派人来接他们，司机却迟迟不开车，只是一直低头看手机，直到接了一个电话。秦陆焯脸色不变，坐在后排的蔚蓝却收到短信：“装昏倒。”

五分钟后，司机满意地看着后排的两人昏昏入睡，打电话给了对面的人。当车门再次被打开时，一个略有些得意的声音响起：“还不是被老子弄到手了，还跟我装。”

阮谦弯腰，正要抱起蔚蓝，谁知手臂一下被人擒住，原本应该昏睡的男人一脸冷漠地望着他。秦陆焯这一拳打在他的鼻梁上，立刻鼻血横飞。阮谦捂着脸，可被秦陆焯牢牢抓着的手臂根本挣扎不了，他感觉到脖子一凉，一个比刀锋更凉薄的声音响起："乖乖的，要不然我的刀不长眼。"

车外的保镖根本来不及反应，刚才阮谦非要亲自抱蔚蓝下车，结果反而被里面的人一下子制住。

外面的保镖伸手掏出枪对准里面，秦陆焯一点儿不紧张，反而将刀口在阮谦脖子上微微推了两下，冷笑道："你是想让你的手下和我比比，他们的枪法准还是我的刀快？"

阮谦发出一声惨叫，大吼："都退后，都给老子退后。"

秦陆焯冲着身边的蔚蓝看了一眼，低声说："我记得你开车技术还不错。乖姑娘，咱们回家吧。"

车外围着一帮保镖，身上有枪的都瞄准了车。蔚蓝下车瞧见这一幕，神色未变，打开驾驶座的车门，冲着司机甩头："滚下去。"

司机显然是和阮谦一伙的，她虽然没听懂司机打的电话，但是电话挂断后没多久阮谦就来了。司机面色发白，后座的秦陆焯刀尖微挑，划破阮谦脖颈的皮肤，鲜血直流。

阮谦大吼："滚、滚、滚，赶紧滚下去！"司机不敢耽误，赶紧下车。

蔚蓝坐下后，立即发动车子，谁知吉叔带着阿青赶了过来。吉叔一看这里的动静，脸色一黑，顿时怒道："怎么回事？"

阿青也没想到会出事。他听从吉叔的安排，派人送蔚蓝和秦陆焯离开，本来以为人已经离开了，谁想有手下人过来，说大少爷被那两个中国来的人劫持了。他到这儿一看，居然是真的。

吉叔隔着车子看着前后座的人，来回绕了两圈，才声音和缓地说："蔚小姐，要是我有什么招待不周的地方，您尽管说。可是这样，不太好吧……"

"不太好？给合作伙伴的酒里下药，吉叔，你这是打算干吗？"蔚蓝知道这件事是阮谦主导的，但这里是吉叔的地方，他不会不知道。

吉叔忍不住冲着阮谦望了一眼，说道：“蔚小姐，这件事真的是误会。”

蔚蓝没什么耐心，这地方多留一分钟，就多一分危险。她双手握紧方向盘，转头冲着李吉说：“我不信你们。”

李吉老脸一红，问：“那你想做什么？”

“人得给我留下，等我们安全了，就放了他。”蔚蓝没跟他客气。

李吉脸色真变了。阮谦是什么人，就算在越南他都是危险分子，越南警察早就对他虎视眈眈，就连中国警方那边也有他的档案，要是真的让蔚蓝把人带走了，佛域那边他交代不过去。

就在李吉沉默的时候，秦陆焯的刀锋又在刚才那道伤口上压了压。他下手不轻，疼得阮谦立马大喊。

秦陆焯威胁道：“都让开，再废话一句，我就先挑断他的手筋。”

明明应该是冷漠的声音，可他说完时嘴角一扬，痞痞地笑了一声。

这一声笑让阮谦毛骨悚然。李吉看着阮谦脖子上的伤口，知道秦陆焯真的没客气。

“让开，让开。”李吉无奈，只得挥手放行，所有人往后退了几步，蔚蓝发动车子冲了出去。开出一段距离后，通过后视镜，她看到那些保镖往同一个方向跑。

他们不可能任由蔚蓝他们，带走阮谦。

秦陆焯在车上找了半天，最后抽出自己腰间的皮带，将阮谦的双手束缚在身后。

阮谦还想垂死挣扎一下，秦陆焯一拳打在他耳边，阮谦一下蒙了，眼前直冒金星。等他好不容易转醒，秦陆焯已经把人结结实实地捆好。

秦陆焯朝着前面望了一眼，正好蔚蓝回头看他，两人相视一笑。

明明是这么危险的情况，却因为他在自己身边而觉得没那么可怕。

秦陆焯将通信设备拿了出来，这是来的时候肖寒给他们的，就是为了防止突发情况出现。只要用这部电话联系肖寒，他们就会知道秦陆焯和蔚蓝处于极度危险之中。

他拨通电话之后，肖寒声音紧张地问：“秦队？”

秦陆焯没跟他废话，直接说：“来边境接我们，这里出了点儿意外状况。”

他冲着阮谦看了一眼，要不是这小子，他和蔚蓝现在正在安全回凭祥的路上。

肖寒没敢多问，只道：“秦队，我们立刻就过去。你这个电话一定要留在身上，这样我们的技术人员就能随时锁定你们的位置。”

这通电话打完，秦陆焯心里才稍微有点儿底。

而此刻坐在旁边的阮谦转头望着他，眼神复杂，憋了半天才忍无可忍地问：“你们是警察？”秦陆焯瞥了他一眼，冷笑一声。阮谦顿时怒了，“居然真是警察……”

秦陆焯没什么情绪地朝他看了一眼，却让阮谦肩膀忍不住往后一缩。他爹也算个人物，可在世的时候都拿这个大儿子没办法，谁知如今落在别人手里，倒是乖顺了起来。

后面几辆车依旧跟着，不知道是李吉的人还是阮谦的人。

秦陆焯也往后看了一眼，阮谦立即喊道：“我刚才已经让他们退后了，谁知道他们又跟上来了。要不你们停车，让我跟他们喊话离远点儿。”

秦陆焯并不理睬，只当他的话是放屁。

倒是蔚蓝朝后看了一眼，脸上显出微微的不屑，她修长白皙的手指稳稳地握着方向盘，冲着后面说了一句：“坐好了。”

秦陆焯刚抓住扶手，车子猛地一下往前窜，蔚蓝把速度提了起来。

阮谦双手被绑在身后，没办法抓住东西固定自己，整个人像球一样随着车子左歪右斜，身体不停地晃来晃去。最后，他忍不住喊了一句：“我说你能开慢点儿吗？”

蔚蓝“哼”了一声，秦陆焯的手刀已经竖了起来。

阮谦一下子滚到离他最远的地方，他从来没想过，自己会遇到这么横的人，忍不住说：“你们都这么野蛮吗？怎么动不动就要打人？”

秦陆焯望了他一眼，阮谦朝车门边缩了缩，等秦陆焯不搭理他，他才稍微松了一口气。

后面的车子被蔚蓝甩得不见影子，汽车一路狂奔在越南并不平坦的公路上，不远处就是青山，上面密布着茂密的森林。在这崇山峻岭之中，他们的车一路风驰电掣。

突然车子慢悠悠地停了下来，秦陆焯抬头，问道："怎么回事？"

许久，驾驶座上的姑娘猛地拍了下方向盘，说："没油了。"

顿时车上一片死寂。

阮谦听完这句话，表情先是诧异，随后是掩藏不住的开心。

这车是他们抢的，蔚蓝刚才又在全神贯注地开车，根本没注意到油已不多。秦陆焯绕到后备厢，却发现里面根本没有备用油桶。

蔚蓝打开车门，走到后备厢那里，安静地望着他："我们现在怎么办？"

即便出现这样的突发状况，她也并不慌乱，整个人沉着又冷静。秦陆焯瞧着面前的姑娘，原本还担心她会害怕，此刻，他觉得自己真是小瞧了她。

他转头眺望着不远处的青山绿水，捧起蔚蓝的脸颊，低声问："相信我吗？"

蔚蓝毫不犹豫地点头。

秦陆焯专注地看着她，明明是水墨画一般清丽淡雅的面容，可他没在她脸上看到一丝犹疑和害怕，她漆黑的眸子透着坚定，她自始至终相信他。

"穿越那片森林，我们将到达国境线。敢跟我走吗？"他压低声音说。

蔚蓝没有一秒迟疑地点头："我跟你走。"

她相信，他能带她活着回到祖国。

第九章

我说我是你家属

越南边境，青山密林，一眼望过去，绵延不绝。

如果不是有经验的人，并不敢轻易穿越这片密林。但是如今，他们的车子出现这种情况，说不定阮谦的手下很快就会追上来。即使他们有人质在手，也没有绝对的把握。

秦陆焯把阮谦松开，拖到一棵树旁边，将他绑在树上。这里是树林的边缘，只要阮谦的手下追过来，看到他们的车子停在路边，就会顺着林子找过来。他们很容易就可以发现他。

秦陆焯没打算带着这个累赘上路。

阮谦一脸惊讶："你不打算杀我？"

秦陆焯瞥了他一眼，冷笑说："杀你？我闲得慌！"

说完这句，他又想起一件事，挥拳打在阮谦的脸颊上。这一拳很重，阮谦的脸颊被打得歪向左边，冲着地上吐了一口血水。秦陆焯望着他："给女人下药是最没出息的行为。这一拳，是我替我女人送你的。"

青山白云如画，周围是那样安静，静到只有他们的脚步声。蔚蓝穿着白衬衫和牛仔裤，一双板鞋，跟在秦陆焯的身边。山上的路并不好走，但有一条明显是被人踩出来的路。

走了没两步，秦陆焯回头看她一眼："撑得住吗？"

蔚蓝失笑："这么点儿路，要是喊累，就不会答应跟你穿山越岭了。"

这姑娘，真是越了解她，越让人觉得稀罕。

至于吉叔这边，也派人出去追他们了。他心底气恼，阮谦这么一搞，不仅把他的小命搭上，还让他亏了一笔大买卖。要是阮谦真的死在他的地盘上，还真不好跟佛域交代。

"吉叔，三爷到了。"手下从门外敲门进来，一脸紧张地说。

李吉原本正在想事情，阮谦那批货还在他这里，要是他真死了，不好交代归不好交代，但是那批货价值上亿……他突然又觉得阮谦回不来似乎也不错。

想着这个事情的时候，手下人进来突然喊了这么一句，他皱眉，怒道："什么三爷，谁叫你进来的……"他刚说完，门口出现一个挺拔的身影。

李吉腾地一下从椅子上站起来，开口的时候磕巴了一下：“三……三爷。”

佛域望着他，神色淡然。他越过李吉的手下走进房间，朝四处打量了一番，缓缓开口道：“吉叔，你这里倒是不错。”李吉听了，觉得后背都一下子汗湿了。

佛域冷笑：“难怪大哥愿意过来。”

这下，李吉的膝盖都软了一半，身子发麻。

这两年，佛域的手段他不是没听过，只是他没有像其他几人一样，在阮坤倒台之后就立即自立山头。他重新开辟了另外的生意，没敢再做毒品那么危险的事情。虽说倒卖象牙赚得不如以前多，可是危险性也比从前小太多。他手底下有人有枪，在越南又有门路，象牙走私之路走得越来越顺利。要不是这次阮谦来找他，他压根就没想过重新沾那玩意儿。

李吉小心翼翼地看着佛域，半天才说：“三爷，这件事真的和我没关系，大少爷……”

“人呢？”

李吉一愣，回味过来，知道他是问阮谦，于是他哭丧着脸，把阮谦的事情说了一遍。

李吉还真的觉得自己挺委屈，说：“三爷，如今我做什么生意您也是知道的，就是小本买卖，这好不容易有个大客户，人家是从国内过来看货的，谁知大少爷瞧见人家姑娘长得好看，非要弄上手。那姑娘带的保镖太厉害，一下就识破，把人劫走了，说是在回国前有个安全保障。”他看着佛域的脸色，说，“这姑娘也是有头有脸的人物，杀人肯定不至于，我估摸着，等他们安全了，自然会把大少爷放了。”

听着这个李吉像在帮蔚蓝他们说话，其实他只是怕佛域找个理由怪罪他。反正他一推二净，说得就跟他没关系似的。

佛域瞥了他一眼，发出一声轻笑：“所以大哥现在是被人绑架了？”

李吉听了，吓得脸色一僵。

佛域挥挥手，从后面走出来一个板寸青年，头发剃得极短，穿一身黑色，短袖露出结实的胳膊，肌肉线条异常明显。

李吉一见这人，心底也有点儿害怕。自从佛域掌权之后，身边便有个叫阿太的保镖，据说犹如死神一般。只要他出现，就一定会掀起腥风血雨。

佛域站在窗口说："你带人，去把大哥接回来。"黑衣男人点头，转身走了出去。

李吉没敢说话，佛域在办公室的一张红木椅子上坐下，明明房间里开着空调呢，李吉额头上的汗却一颗一颗地往下滴落。

佛域问："吉叔，你知道我父亲是怎么死的吗？"

李吉脸色煞白，摇头大声道："三爷，坤爷是中了中国警察的埋伏，这才去世的，跟我没关系啊。"

佛域缓缓地点了点头，说："你应该知道，我一直在找那个警察。我听说，那个警察在你的地盘出现了。"

李吉正要否认，就有人从门外进来，将一样东西给佛域看了。男人低头，沉思，随后抬起手，冲着李吉挥了挥："这个人，你认识吗？"

李吉走到他身边，低头一看，是从酒店调出来的监控录像。他一瞧，这人不就是蔚蓝身边的那个保镖吗，叫什么来着，路……路卓？他点点头，说："认识。"

佛域保持着坐着的姿势，脖颈微微转动，朝他看了一眼，声音阴沉："认识？"

李吉不知道哪儿错了，但还是点头，确认道："就是今天绑走大少爷那姑娘的保镖。"

佛域一下站了起来。

李吉抬头撞上他阴沉得仿佛能滴出水的脸色，终于意识到哪里不对劲。

终于，佛域冷笑："带上你的人跟我走，无论如何，不要让他活着离开。”

微风拂过，密林深处发出沙沙的声音。

这片青山绿水常年荒无人烟，但前方不远处，就是祖国的国境线。秦陆焯将他们的情况告诉了肖寒，弃车是无奈之举，好在他们身上的卫星电话就像是移动定位系统，只要电话还在他们身上，就会有人能找到他们。

蔚蓝挽着袖子，跟在秦陆焯身边。

他们已经走了两个小时。秦陆焯以前当警察的时候，体能就是警队里数一数二的。后来他虽然离开了警队，但依旧保持了训练。

为了保持体力，两人路上很少说话。好在车上有几瓶矿泉水，都被秦陆焯拿上了。走了这么久，他叫蔚蓝喝了三次水。又一次让她喝的时候，蔚蓝不喝了。

她瞪着他，如画的眉眼越显生动：“你怎么一口不喝？”

秦陆焯摇头：“我不渴。”

谁知小姑娘跟着他学，也摇头：“我也不渴。”

秦陆焯一下气笑了，手指点了点她的额头：“别跟我逞强。”

“这句话也送给你。”蔚蓝有一句顶一句。

秦陆焯这才敛起笑容，认真地说：“我真不渴。”

说不渴是假的，在这种密林里走了快两个小时，天气又炎热，他嗓子眼快要冒烟了。不过他还没到受不了的地步，就当是体能训练了。

都说当兵的苦，其实他们在警校时训练也苦，特别是后来进了刑侦队一线，办案的时候风里来雨里去，风餐露宿的时候很多。有时开车到前不着村后不着店的地方，就得在车里窝上一宿。

秦陆焯从来没抱怨过，在警队的时候还安慰下头新来的小孩，说：“你们当警察是为了别人对你感恩戴德吗？不是吧。或许有些人只是把这当一份工作，可大部分人心中存着一腔正义，想要维护这片土地的安全，想要保护这个国家的子民。你在一线觉得累，可想想那些长年驻扎边境的警察，那些缉毒的警察，那些逢年过节都不能回家的警察，谁不累？大家都是人，都会觉得累。正因为我们身上穿着这身衣服，我们就要对人民负责。”

如今，他和蔚蓝穿过这片土地，只要他们心底明白他们在做什么，他们想要保护什么，就都值得了。

蔚蓝见他还是不喝水，一把夺过他手边的水瓶喝了一口，踮着脚堵上他的唇。

甘甜的水滋润着他的嘴唇，蔚蓝紧紧地抱着他，低声说：“秦陆焯，我不需要你保护，我只需要你站在我身边。”

秦陆焯伸手按着她的脑袋，额头轻碰，低笑了一声。

这姑娘，总是让他惊讶。

“砰——”

是枪声。

两人对视了一眼，秦陆焯一下握着蔚蓝的手腕，将她拉到灌木丛后面躲了起来。随后，又是一声枪响，这次秦陆焯眉头微松，神色没那么凝重，轻声道：“是猎枪。”

边境民风多彪悍，很多家庭如今还靠打猎为生。这里是大山深处，猎物应该比外围要多些。谁知，另一个方向突然传来一声嘶叫，秦陆焯和蔚蓝一惊。

——象鸣。

两人朝声音传来的方向看过去。他们都没想到，这里竟然会有野生大象。

青山密林，溪水潺潺。不远处的大象将长鼻伸在溪水之中，悠闲又自在。明明是一幅安静又和谐的画面，若不是不远处的枪管大煞风景，这里就像是世外桃源。

蔚蓝深吸一口气，跟着秦陆焯慢慢地往前移动。

前面的两个人正趴在草丛中，拿猎枪的男人已经举起枪管。好在这两人全神贯注地盯着溪边的大象，根本没想到这样的深山老林中还有别人。

刘哥见三子迟迟不动，有点儿着急："快开枪啊。"

三子犹豫了一下，低声说："哥，你说万一我这一枪下去没打死它，它发了狂……"

刘哥怒了，骂道："一枪打不死就多来几枪。"

三子下定决心一般，再次举起枪管，瞄准。他在心底默默地倒数，三、二……就在他手指刚要扣动扳机的时候，巨大的力量将他撞翻在地，他下意识地开枪。

一声枪响划破天空，子弹打到了天上。

秦陆焯用膝盖顶着他的肚子，挥拳就冲着他的鼻梁砸了过去。他下手没客气，就是要一下让人没反抗之力。只听到一声惨呼，三子痛得连手上的枪都掉落了。

另一边的蔚蓝要对付的这个本来个子就不高，手上又没有杀伤性武器，她没客气，从后面来了一个锁喉。刘哥想反抗，却被蔚蓝牢牢地掐住脖子，他的脸色越来越红。

秦陆焯回头时，她抬手一个手刀，把人劈晕过去了。看到他脸上的表情，蔚蓝整理了下自己的衣服，轻松地拍拍手："我说过，我从前是跟着陆军之王训练的。"

"特种兵？"

蔚蓝点头，想起曾经教过她的男人，虽然其貌不扬，但一出手能震慑所有人。

他们没有闲聊，因为刚才那一声枪响惊扰了溪边的大象，它抬起头冲着这边看了过来。

蔚蓝熟知大象的脾性，立即拉着秦陆焯，喊道："不好，它要发怒了，我们快走。"

两人望了一眼地上躺着的人，三子只是鼻梁断了，还算清醒，刘哥却晕过去了。秦陆焯将他弄醒，拽着两人的衣襟，怒道："不想死的话，给我开始跑。"

一声大象长鸣响彻天际，两人脸色一白。三子朝对面看了一眼，双手撑着身体往后挪动，嘴里喊着：“大象发怒了，发怒了。”

原本在小溪对面的大象此时已经踏进溪水，竟是要过来。小溪并不算深，溪水只到大象腿的一半，它一步一步踏水而来，很快就走到小溪的一半处。

“还发什么愣，跑！”秦陆焯吼了一声。

两人总算是回过神，明明身上都带着伤，这会儿却窜得比兔子还要快。

“分开跑。”秦陆焯拉着蔚蓝也开始撒腿往前跑。

没一会儿，那头象踏过溪水冲了过来。

四个人已经分散跑开，谁知这头象竟不停地追着蔚蓝和秦陆焯。

秦陆焯拉着她头也不回地往前跑，可这片森林中没什么障碍物能挡住它。没一会儿，他们就觉得身后的象蹄声越来越清晰。

终于，蔚蓝在奔跑的途中转头望向他：“会爬树吗？”

爬树……明明是这么危险的时候，秦陆焯脑海中却浮现出抱猫姑娘的画面。她坐在树杈上，穿着白色毛衣，怀中是一只温顺的雪白猫咪。那画面，如今在他脑海中依旧清晰。

几分钟后，秦陆焯抱着怀中的姑娘坐在树上，大象在树底下。它还用脑袋撞了两下树干，幸亏这棵树格外粗壮，光是树干就有接近一米粗，它撞得大树树杈乱晃，枝叶纷纷往下落。

秦陆焯往下望了两眼，无奈地说：“怎么回事，它不知道是我们救了它一命吗？”

“它又不懂。”

蔚蓝无奈，虽然大象的智商确实挺高，可再怎么高也不像人类。它并不知道，救它的人和想要害它的人之间的区别，它只知道一帮陌生人闯入了它的领地，甚至用枪惊扰了它。

谁知蔚蓝话音刚落，底下撞击树干的力量消失了，这头刚刚成年的大象往后退了两步，围着树干绕了一圈，竟真的不再撞树。别说蔚蓝，连秦陆焯也有些吃惊。

他笑了一声，望着下面，有点儿惊讶："它不会真听懂了吧。"

蔚蓝扬唇，脸上挂着浅笑："说不准。"接着，她往下面望了几眼，喊道，"快走吧，别留在这里。快走吧，Kaka。"

喊出这句话的时候，蔚蓝突然神色一愣。

身后的秦陆焯转头朝怀里的姑娘望了一眼，有点儿好笑地问："你还知道它的名字？"

半晌，蔚蓝摇头，伸手抓住面前的树干，声音有点儿涩，却有种说不出的暖意："不是，Kaka 是我认识的另一头大象的名字。"

秦陆焯忍不住伸出手指，刮了下她的脸颊，有点儿想笑，压着声音问道："你在大象界还有朋友？"

谁知，怀里的姑娘认真地点头："有不少。"

秦陆焯保持着抱着她的姿态，脸颊微微贴近，薄唇贴着她的耳朵，还没开口，温热的鼻息就喷在她的脸颊上，认真地问："都是怎么认识的？"

"这个故事挺长的。"

男人声音依旧温柔："没事，反正现在咱们有的是时间。"

他指的是树下还围着树干转圈的大象。只要它不走，他们就得一直待在这棵树上。

秦陆焯瞧着怀里的姑娘，觉得格外好笑。初见蔚蓝的时候，她瞧着淡然冷静，一看就是大家闺秀，哪想到了解之后，他才发现这姑娘能让他这么惊喜。

她会爬树，能打架，能抓坏人，有正气又有底线。

他伸手摸了摸她的耳垂："我挺想听的。"

蔚蓝望着底下还在转悠的大象，它两只大耳朵像是蒲扇，悠然地扇啊扇。

那是一个很长很长的故事，长到她甚至以为那只是存在于她脑海里的一片幻象。

十四岁那年父亲事业拓展，因为正值暑假，蔚蓝跟着父母和姐姐蔚然一起来到越南。只是他们都没想到，会遇到越南几十年难得一遇的洪水。

父母第一时间带着她们撤退，因为是在国外，又是在越南这样的地方，救援力量极小，很多越南当地人都是乘坐自家的小船离开家园。

蔚建勋花钱找当地人弄来一艘小快艇，他们一家四口总算能离开被洪水围绕着的住处。

蔚蓝依旧记得那天的暴雨并未停歇，快艇连遮雨的地方都没有。她身上裹着一件雨衣，整个人从头到脚被淋湿。那会儿谁也不在乎这些，只想早点儿离开这个地方，只是洪流越发湍急，周围的房屋和田地都已经被洪水淹没。白色小快艇行驶在洪水之中，犹如一片白色树叶漂浮着。

严枫抓着她们两人的手，在狂风之中安慰道："别害怕，我们很快就回家了。"

只是天不遂人愿，她说完这句话没多久，一个巨浪打过来，快艇一下被掀了起来，即便驾船的人想要控制平衡也来不及了，小艇还是在几秒之内翻了过去。

蔚蓝只觉得一阵天旋地转，她整个人落在洪水之中，污浊的水流一瞬间灌进她的耳朵和嘴巴，又苦又咸。她在水里挣扎了好久，终于浮出水面。

"蔚然，蔚然，快抓住蔚然。"浮出水面的时候，她就听到妈妈的声音在不远处响起。

她抬头看过去，只见蔚然已经漂了出去。爸爸带着开船的人奋力划过去，她看着他们距离蔚然越来越近，下一个巨浪又打过来时，爸爸总算抓住蔚然了。

她不知道自己被洪水卷到了哪里，只知道自己很累。一开始她还想奋力游到岸边，最起码有个能让她抓住的东西也好。可水流太过湍急，后来她彻底放弃，身体随之放松，开始跟着洪流不断地漂。周围有很多东西在她身边漂过，甚至还有动物的尸体。

那种感觉可怕又绝望，十四岁的小姑娘从未经历过风雨，却在此刻承受着生死考验。

她还能活下去吗？她可以活着回到中国吗？随着天色越来越晚，她的意识开始模糊，脑海中的答案也变得模糊。或许，她要留在这里了。

夜幕降临，天空漆黑一片，没有银月，没有星辰，只有无边无际的黑暗。直到一声长鸣穿越天际，划破无边寂静。蔚蓝在水中睁开眼睛，此刻她又冷又饿，身体在水中浸泡了这么久，已经快要失去知觉。又是一声长鸣传来，蔚蓝终于听出，是大象在叫。

她睁开眼睛，看见岸边有个黑乎乎的影子，看起来，是一头小象。

小象在黑暗中不断地长鸣，一声又一声。原本寂寥又可怕的黑夜里，她听到了除了水流之外的另一个声音，充满勃勃生机，像是长鸣的号角，勾起她心底最深处的求生欲。

她开始试着在水中划动。

小象就站在离她不到十米的岸边，只要上了岸，她就安全了。

当只剩下最后一点儿距离的时候，她觉得全身力气都被耗尽了，直到她勾住一个柔软的东西，像是触手一般……是小象的鼻子，它伸出象鼻救了她。

蔚蓝抓着小象的长鼻奋力挣扎到了岸边，洪水依旧湍急，而这里地理位置比较高，水流并没有漫上来。她躺在地上大口大口地喘气，后来再不知人事。

第二天，她被一阵声音吵醒。待睁开眼睛，她就看见小象此刻正躺在她身边，尾巴正悠然地动啊动，似乎在驱赶蚊蝇。她站起来时，它也跟着站了起来。

虽然它看起来只是头小象，可一站起来还是让人有些害怕。浑身无力的少女，就那么看着它，直到她伸出手掌，那只长长的象鼻落在她的手心。

秦陆焯听着怀中姑娘的话，皱着眉头。他怎么都没想到，人生看似顺风顺水的姑娘还曾遇到过这样的事情。被洪水冲走的那几个小时中，她该有多绝望。

片刻后，秦陆焯伸手将怀里的姑娘抱得更紧了。

明明她就在他的怀里，他却还是后怕，如果……好在没有这样的如果，她活了下来，十几年后，还让他遇到了。他宽厚的手掌温柔地抚摸她的后脑，低声问："后来呢？"

后来，蔚蓝被小象带到了安全的地方，她才知道它还是个生活在象群里的小家伙。她远远地跟着象群穿行在森林中，跟着它们一起吃东西，有时候是野果，有时候一整天都没吃的，只能喝点儿水。柔弱的小姑娘从出事起，连一滴眼泪都没落下。

她还给那头小象取了个名字——Kaka。

她这么叫它的时候，它会开心地扬起长鼻，仿佛真的知道这是它的名字。

终于，当象群穿越过森林之后，蔚蓝被带到一片农田旁，半个小时后，她遇到了一群说中文的村民。原来这几天，象群在领着她前往人类的领域，因为越南那边发洪水，象群便将她带往中国的边境。

就连在这里生活了这么久的村民，都不敢相信象群会救了她。直到有个人说，之前就有象群将一头受伤的大象送了来，也是边境村民通知当地部门来救助的。

或许，象群就是把她当成另一头需要被拯救的象。

这是蔚蓝一生中最绝望的经历，也是最神奇的经历。

她曾经想过最美好的结局，很多很多年之后，当她和自己的孩子，甚至孙子提起这段经历时，会这样描绘 Kaka——它带领着象群，悠闲而又自在地生活在那片青山绿水之中，一直活到很老很老，老到自然迎接死亡。

秦陆焯听到这句话时，微微低头，在她额上落下一吻，她窝在他怀中，又软又乖。他忍不住将她压在树干上，吻住她的唇。微风拂过，树叶哗哗作响。

也不知过了多久，他终于松开，弯腰看着她湿漉漉的眸子，手指在她脸颊上轻轻捏了一下，笑道："孙子辈？那爷爷先给这个故事取个名字，就叫《蔚蓝和 Kaka 奇遇记》。"

爷爷？蔚蓝毫不犹豫地伸手掐了他一下，秦陆焯倒是没皱眉，底下的大象居然又冲着他们叫了一声。好在这次，大象慢悠悠地往回走，看样子是放弃追逐他们了。

秦陆焯低头瞧着它，笑道："瞧瞧它这依依不舍的样子，到底知不知道我们是它的救命恩人啊。"好在很快，大象真的消失在了远处。

过了十分钟，秦陆焯才和蔚蓝从树上下来，秦陆焯看了一眼时间，说道："我们也赶紧走吧，从这里到国境线起码还要一个小时。"

他们全程都是步行，幸亏从这里翻山过去，比起公路上开车算是近路，不然也不会这么快就可以到对面。

只是他们没想到，两个盗猎者并没有跑远，而是被赶来的阿太带人抓住了，两人被带到佛域面前，战战兢兢，一句话都不敢说。

佛域微微一笑，声音比空中拂过的微风还要柔和："你们见过这两个人吗？"

手机被拿到两人面前，三子看了一眼，立刻就认了出来，这不就是在溪边攻击他们，最后又救了他们的那对男女吗？三子默不作声。

一旁的刘哥却激动地指着手机说："这位大哥，我见过，见过。"

佛域脸上笑意更深，声音极有磁性："他们在哪儿？"

"就在前面，这林子挺大的，我可以带你们去找他们。"

三子一听这话，冲着他瞪了一眼，但比起别人的命，刘哥更在乎的是自己的命。

佛域挥挥手，手底下人押着他们上了车。汽车引擎的轰鸣声在树林里格外刺耳，刘哥他们刚才跑了不短的距离，可越野车开过去才二十分钟。

秦陆焯听到汽车引擎的第一反应是拉着蔚蓝躲了起来。他知道，是阮谦的人追上来了，三辆车在他眼前疾驰而过。

两人的手紧紧地握着，这会儿都有点儿湿。这条路他们走得并不算顺利，这三辆车里如果坐满了人，起码也有二十来个，以他们两个的力量想要抵挡，简直痴人说梦。

秦陆焯身手是足够好，让他对付三五个没问题，可对方这么多人，硬对上压根没胜算。

他毫不犹豫地说："咱们换条路。"

这条路是山里的大路，是为了方便蔚蓝他才会走这条，如今只能换另外一条。

而这边，车子开出去许久都不见他们的身影。佛域叫人停下车，三子和刘哥被扔下车，刘哥立刻大喊道："大哥，我真的没敢骗你，那两个人刚才就是从这里跑的。我估计他们肯定是偷渡客，想从这里去中国，我真的没说谎。"

此刻佛域脸上再没笑容，他冷着一张脸，望着他们，挥挥手，一旁的阿太上前一脚踢翻刘哥，把他踢得飞出去好几米。

三子终于开口："他没说谎。"

佛域低头在他脸上打量了一会儿，三辆车掉头离开。

终于，有人发现了蔚蓝他们留下的痕迹，佛域看着他们离开的小路，眸中闪过一丝深沉，可是前面他们的脚步痕迹再次消失。佛域坐在车内，看着周围遍布的草丛灌木，想在这个地方藏两个人实在是太容易了。他挥挥手，阿太下车领着人开始围绕着这片森林严密搜查。

眼看着对方越来越近，蔚蓝靠在秦陆焯身边。

他们手里没枪，对方却有。想要对付这群人，他们只能等有人靠近时第一时间制住。

终于有个握着枪的黑衣男人慢慢靠近他们，秦陆焯从草丛中起身将人扑倒。蔚蓝抬脚踢在对方的手腕上，枪支应声落下。她迅速低头捡起，抬手，拔安全栓，瞄准，开枪。又一个靠近他们的人被她击倒，刹那间，现场一片枪声响起。秦陆焯解决掉第一个人后顺着滚了过去，从蔚蓝打伤的人手中拿回一把枪，两人躲在树干后面。

秦陆焯回头看着蔚蓝，眼睛亮得发光："你还有什么惊喜没让我知道？"

蔚蓝紧紧地握着枪，舒了一口气。

"秦陆焯。"这个声音很低沉，"我可以放你身边的女人离开，但是你必须要留下性命。"

蔚蓝的眼睛陡然睁大，她转头望着秦陆焯，伸手狠狠地捏着他的手腕，脑子里像是爆炸过，只剩下一片空白。秦陆焯眼睛直勾勾地看着前方，薄唇紧紧抿着。

身后，那个声音又在说："我只要你的命。我以我父亲的在天之灵发誓，你身边的姑娘将平安地回到她的祖国。"

蔚蓝整个人都绷紧了，牙关在打战。她几乎发狂，她怕他答应对方。

她压低声音嘶吼道："秦陆焯，你要是敢答应，我会在你走出去的瞬间开枪自杀。你要是敢……"

秦陆焯突然伸手，将她的后脑勺靠近自己，他低头咬她的唇，唇齿间，血腥味慢慢散开。

他低头望着她，声音陡然拔高："可是怎么办，我的女人不想放我走。而且我这条命，你也拿不走。"

密林之中，枪声密集地响起，对面的人没想到会在这儿遇到一支武装小分队，看样子是中国的正规军队。阿太一边让人顶着，一边往后撤，来到佛域的车边，说道："三爷，今天这人我们肯定是杀不了了。对方火力太猛，看样子像是中国军人……"

佛域坐在车后座，从前车窗看出去，外面枪声不断，有人被击倒在地，发出哀号的声音。

阿太没忍住，又喊了一句："三爷。"

佛域望着对面，此时，秦陆焯已经穿着防弹衣走了出来，他身材高大，格外显眼。

佛域掌权至今，从未尝过败绩，如今却不得不铩羽而归。好在他性格极为坚韧，他黑眸微缩，对着车外的阿太吩咐："立即撤退。"

任宋瞧着对面的人开始撤退，总算有空闲时间问秦陆焯："焯爷，您这阵仗可够大的呀，这么多人来杀你，有面儿。"

秦陆焯朝着对面抬了抬下巴，笑道："行，你冲着对面自报一下家门，保证他以后也会给你这待遇的。"

任宋一愣，随后好奇地问："这帮人什么来头？"

"佛域。"秦陆焯吐出两个字，任宋脸色微变。

他立即冲着对讲机喊道："注意，对方是越南境内一级危险分子佛域，都给我打起精神。"

频道内，一个略兴奋的声音说："居然是条大鱼，哥们儿这回要立大功了。"是狙击手。

这句话说完，"砰"的一声，佛域坐着的那辆车前轮车胎被打爆。

此刻，对面的人开始不停地往后撤退。任宋的小分队逼近，火力完全压制了对方。那辆车的车门被打开，一个显眼的白色身影走了下来。

通信频道里再次传来兴奋的声音："队长，我看见目标了。"

"据说很多人都不知道佛域的长相，没想到今天被咱们碰上。我倒要看看，这个缩头乌龟可是长了什么三头六臂。"狙击手是个面色黝黑的小伙子，代号老黑，别看他叫这个名字，其实是队里年纪最小的。这会儿频道里就数他的话最多。

佛域在越南一冒头，他们就有所耳闻，毕竟他们大队靠近边境，对于这些境外势力都事先了解过。况且佛域的父亲阮坤之死就和他们有关系，秦陆焯当年带队和他们联合作战，这才将阮坤逼上绝路。

至于佛域为何独独对秦陆焯下追杀令，大概只是因为秦陆焯是当时的负责人。

秦陆焯回头望了任宋一眼，低声问道："你们入境，越南这边知道吗？"

任宋冲着他竖起了拇指，说道："放心吧，越方给我们开了绿灯。

因为你提供的消息，这会儿越南警方已经去找那批象牙和毒品了，估计这次咱们能大获全胜。”

他们说话的时候，阿太已经护着佛域开始撤退。

秦陆焯看着他们撤退的路线，冷笑一声：“现在想走可没那么容易。既然越方给咱们开了绿灯，咱们是不是也应该还一份大礼回去？”

任宋一听，笑了，摇摇头：“就知道焯爷你不会这么轻易算了，刚才憋坏了吧。”

老黑说得也是，佛域如今算得上越南国内数得上的势力。只是他比他父亲阮坤更狡猾，越南警察根本找不到他犯罪的证据。如今他带着这么多人追杀秦陆焯，人证物证俱在，只要把人留下来，相信越南警方一定不会轻易放过他。

蔚蓝此时已经穿好了防弹衣，她望向秦陆焯，就见他从任宋身上拿了一把枪扔给她：“拿好。”他声音也没多温柔，但透着一股宠溺。

任宋小声提醒道：“焯爷，让小嫂子拿枪不太好吧？”

秦陆焯瞥了他一眼：“小瞧她？她的枪法说不定比你还好。”

任宋看着他的表情，这一脸骄傲是怎么回事？

既然决定留住人，他们也没再犹豫，跟着追了过去。秦陆焯虽然把枪给了蔚蓝，不过也是为了让她自保，真正行动的时候，她被留在最后，狙击手老黑带着她。

任宋和秦陆焯带队一路往回追，前面一帮人边打边撤退。

枪声四起，不断有穿黑衣的人倒下，眼看着身边的人越来越少，阿太护着佛域一路往回跑，头也不回。后头被扔下的这些人终于受不了，有人扔下枪，双手抱在脑后，用并不算流利的中文大喊道：“别杀我，别杀我。”有人开了这个头，后面自然有人跟随。

这帮人并非全是佛域的嫡系，还有他从李吉身边临时拉来的。这些跟着李吉的人，多半是搞象牙走私的，这几年也还算安稳，哪里见过这么大的阵仗，被这边正规军的架势吓破了胆子。于是，五六个人陆续扔掉了枪。

秦陆焯没管这些人，端着手里的步枪，一路追着前方白色的身影。

他扣动扳机，前面的人一个趔趄，似乎被打中了。随后阿太拖着那个白色身影，躲在一棵树后。任宋挥挥手，小分队的其他人都端着枪，亦步亦趋。

蔚蓝落在后面，老黑找了个绝佳的位置对他们提供火力保护。他看着自己的瞄准镜的时候，伸手从怀里掏出一个望远镜递给蔚蓝：“嫂子，这个给你，看得远。”

蔚蓝虽然心底在意秦陆焯发现有支援却没告诉她这件事情，可此刻有这样一帮人在身边，让她觉得一股热血在心头涌动。

蔚蓝拿起单筒望远镜，看着远处的男人。

这是她第一次看着他拿着枪的模样，难怪说男人都喜欢枪。此刻秦陆焯光是端着枪站在那里，都是一副血性男儿的模样。

秦陆焯望着树后，心底始终觉得哪儿不对劲。根据刚才任宋说的，佛域自掌权之后一直很神秘，就连越南官方都只有他一张模糊的照片，可是今天他们竟这么轻易就将人留了下来。

此时，小分队的人开始往前靠拢。

秦陆焯看见树后，白衣男人的手腕上有个“忠”字，刺青的颜色已经褪了，别扭又怪异。

任宋正准备让人喊话，谁知旁边突然传来一声高呼：“后退，都卧倒。”

斜前方有个队员已经快靠近树，刚喊完，树后白衣男人窜了出来，朝他们扑了过来。秦陆焯眼疾手快，扯着前方的战友往后退，几乎使出了全身的力气。两人退后一米，他拉着人往前扑倒，就算到最后，他还是把战友压在了身下。

蔚蓝在望远镜中，看到几秒钟之内发生的巨大变故。

“砰”的一声巨响，老黑身子不由得一抖，他伸手将蔚蓝按住，不让她去看这一幕。

秦陆焯。

在巨大的爆炸冲击力之下，她的脑海中只剩下这三个字。可她没办法起身，她的肩膀被身边的人死死按住。

树林的另一边，三个黑衣男人正在撤退，走在左后方的男人听到爆炸声，脚步顿住。

他回头望向声音传来的方向，耳边响起冷漠的声音：有我在，就一定会保护三爷的安全。自他从地下黑拳市场把阿太救回来起，阿太就一直沉默寡言地跟在他身后。比起阮谦他们，阿太更像是他的兄弟。

真正的佛域面无表情地望着那里——阿太死了，又是一条与秦陆焯有关的命。

撤退的时候，佛域的手下就换上了他的衣服。阿太护着假佛域撤退，而真正的他带着两个手下从另一边撤退，白色身影太过显眼，连秦陆焯都被骗了过去。要不是秦陆焯及时发现假佛域身上的劣质文身，恐怕他们会伤亡惨重。

一直到了医院，蔚蓝都没见到秦陆焯。

她被安排进病房进行身体检查，肖寒和齐晓都在医院等着。一开始蔚蓝乖乖地配合着，没给人添麻烦，可等护士刚一走开，她立即拔掉针头，踩着鞋子往外跑。

刚才老黑一直不让她看秦陆焯，但下车的时候她听到一个护士喊“将人送到七楼手术室”，她连电梯都没乘，一口气爬上了七楼。

她气喘吁吁赶到的时候，看见门口站着好几个人。有人脸上挂着血丝，有人身上混合着油彩和泥土，只有一双黑乎乎的眼睛露出来，衣服都脏透了。

肖寒原本站在窗口，正给方局报告情况，一转头就瞧见她，顿时惊讶地道：“蔚老师，您怎么不在下面休息？”

“秦陆焯呢？”她问道。

肖寒表情微僵，没说话。

一旁的任宋赶紧过来，他脸色也不好，低声说：“嫂子，你别激动，焯爷他……”

他没说下去，毕竟人是他们亲自抬到医院的，后背血肉模糊。几个兄弟身上的血，有不少是他体内流出的。

每次碰上这种场景，任宋都说不出话，就连肖寒也一样。出事的时候，他们最怕的就是面对家属，一块儿出去的兄弟进了手术室生死未卜，自己却好好地站在这里。有时候他们恨不得躺在手术室里的那个是自己，起码心底能好受点儿。

他们以为蔚蓝会哭，会闹，起码会掉眼泪，谁知她只是抬头安静地朝着手术室看了一眼，然后默默地走到门口的椅子上坐好，说：“我不激动，我等他出来。”

秦陆焯说过，让她别怕，他会一直在她身边。

只要她还活着，他就得一直在她身边。现在她还好好地坐在这里，她信他会说话算话。

她冷静的模样让所有人震惊。

“他会没事的。”她转头望向手术室，昏黄的光线打在她的脸颊上，看起来那么柔软又安静的一个人，此时说的每个字都震慑人心。

不知道手术进行了多久，最后有椅子的在椅子上坐下，没椅子的就盘腿坐在地上。有人过来看了，劝了一圈也没人走，还是齐晓带人送了吃的过来。

蔚蓝拿到饭，说了声“谢谢”，就端着吃了起来。别看她平时饭量不大，可这会儿，一整盒盒饭吃得一口都不剩。

吃饱了，她才有力气等他。

凌晨三点多，有两个人实在没熬住，蜷缩在地上就睡着了。肖寒在一旁看着，又上前劝了一遍：“蔚老师，要不你先回去休息吧。”

“我不给你们添麻烦。”

这话一说，肖寒眼窝都酸了。他不是觉得蔚蓝给他添麻烦，只觉得她在这里熬着太累。

一直到四点多，手术室终于有了动静。自动门刚一打开，外面的人就都醒了，一帮年轻小伙子纷纷站起来，把出来的医生吓了一跳。

“病人目前生命体征还算平稳，不过需要再观察四十八小时。”

蔚蓝这会儿总算露出了着急的表情，问：“我什么时候能看他？”

医生见是个年轻漂亮的姑娘，多问了一句：“你是……”

“家属”。

医生这才说：“放心吧，过了观察期就能见了。”

这次蔚蓝真安心了，不仅听肖寒的话回去休息，第二天，她还请人从酒店给他们重新拿了衣服来。她换了简单的衣服，没敢化妆，乖乖地待在自己病房里等着医生允许她去看秦陆焯。

第二天晚上肖寒过来，告诉她医生允许她进病房了。

在外面穿好防护服，蔚蓝还对着病房的玻璃照了一下。一进去，她就看见躺在病床上的人浑身插满了管子。而她刚进来，床上的人就睁开眼睛了。虽然他脸上戴着氧气罩，可蔚蓝觉得他在笑。

蔚蓝走到他床边安静地坐下，只见他手指微动，朝嘴边指了指。她转头朝后面的护士瞧了一眼，得到能摘下氧气罩的允许后，才替他轻轻地掀开。

秦陆焯问：“吓着没？”蔚蓝乖乖点头。

秦陆焯又问：“哭了没？”

他说话虽然没什么力气，那双眸子却依旧深邃有神。

蔚蓝摇头：“没哭。”

听完这话，秦陆焯心满意足地说：“真乖。”

两人接下去没说话，只安静地看着对方。医生说只能见十分钟，连一旁的小护士都替他们着急，可他们只是望着对方，直到蔚蓝说：“昨天医生问我是你的什么人。”

秦陆焯眼睛微亮，苍白的脸上扬起浅浅的笑容：“你怎么说的？”

“我说我是你家属。”

秦陆焯又笑了，说：“等回了北京，咱们就结婚，可惜，我身上现在连枚戒指都没有。”

谁知他这句话说完，蔚蓝从自己头上拔了一根头发下来。她轻轻捧起秦陆焯的手掌，用黑色长发在他食指上缠了几圈，又将自己的手掌伸了出来，将黑发再缠在自己的食指上。

就这样，她的长发缠着他也牵着她，秦陆焯低头望着两人食指上的黑发笑了。

蔚蓝低声说："没关系，我有。"

最后，小护士没忍心提醒他们时间，倒是蔚蓝自个儿不好意思了，她望着秦陆焯，小声说："我先出去了，医生只让待十分钟。"

蔚蓝回病房后，刚给手机充好电，就接到张萧打来的电话。张萧声音有点儿急，见她接了电话，赶紧说："蔚老师，这两天您姐姐给我打了电话，一直追问我您的行程。"

蔚蓝微愣。她知道张萧的口风一向很紧，也没什么担心的。谁料，张萧的电话刚挂断没一会儿，蔚然的电话就追了过来。她开口，声音有点儿冷："在哪儿？"

蔚蓝坐在床边，这次他们也算是因公负伤，安排的病房都是单间，特别安静。

她回答道："旅游。"

蔚然气急，怒道："都到这个时候了，你还跟我撒谎？我已经找过许翰了，你在做什么，你要做什么，你想做什么，这么多年来，我哪次不是帮着你隐瞒？可是你现在……"

蔚蓝没想到，蔚然居然会找到许翰，也有些薄怒："我的年纪足够对我做的事情负责任，我知道你是关心我，但是这种背后调查我的事情，我不希望有第二次。"

"行啊，你对你自己负责，你是不是也该对爸妈负责。你以为你做什么事情，就真是你自己的事情吗？想没想过万一你出事了，父母要怎么办？"

"他们不是还有你吗？"

蔚然被这句话刺得一顿。

蔚蓝看着不叛逆，但不管是上学还是工作，她都未接受过父母的安排。当初蔚建勋希望她学管理，以后跟蔚然一样进公司，可她愣是学了心理学。后来连蔚建勋都看出，这个小女儿意志极坚强，别人轻易改变不了她的决定。

电话被另外一个人拿过去，那边传来清润的声音，开口就带着几分笑意："蔚蓝。"蔚蓝一愣，没想到他也在。对面见她不说话，又打趣道，"不会连你姐夫的声音也听不出来了吧？"

蔚蓝没客气，淡淡地道："连长相都忘得差不多了。"

傅之衡哈哈笑了起来，笑完又说："你现在在医院吧？"他像是刻意压低了声音，挺轻松地说，"不想让你姐知道的话，我派人去接你，要不待会儿你姐知道，就是她亲自过去接你了。"

蔚蓝没忍住，道："威胁我？"

"我只是不想让我媳妇太操心。"傅之衡理所当然地说。

听到这句话，蔚蓝嘲讽道："我都不知道你会关心我姐姐。"

"蔚蓝。"傅之衡突然正色道，"我和你姐姐之间的事情几句话说不清楚，不过她是我媳妇，她操心的事情我就得操心，所以，我管定你了。"

蔚蓝冷哼了一声，吐出三个字："神经病。"然后挂断电话。

傅之衡把电话还给蔚然，她低头见电话挂断，不由得抱怨道："我还没和蔚蓝说完呢。"

谁知傅之衡伸手摸了下她的脸颊，仔细看了一眼，说："抬头。"蔚然抬头望着他，就见他理所当然地说，"你老公就在你面前。"

两人有好久没见面了，平时不是蔚然在赶飞机，就是傅之衡在出差。有时候他回家，发现家里压根没人住。有时候她回来，也瞧不见他。

昨晚两人是在同一家会所遇见的，蔚然在谈生意，傅之衡是被朋友强拉过去的，后来两人都在自家住下。一夜混乱后，蔚然刚处理完公司的事情，又要操心亲妹妹。傅少爷难得下厨，一碗白粥摆在桌子上从热气腾腾到最后冷掉，都不见媳妇来临幸。

此时他眨了眨眼睛，瞧着蔚然，情意绵绵地道："我要你眼里只有我。"

半晌，蔚然吐出三个字："神经病。"

说完，她转身进了厨房，把冷了的粥端去热。

傅之衡想到之前蔚蓝对他说的话，觉得起码他做人内外一致，姐妹两个都对他一个评价。

秦陆焯因为身体素质好，受了这样的大伤，也只在重症监护室住了三天就转到了普通病房。

蔚蓝过去陪着他，很多时候两人也不说话。他睡在雪白的病床上，阳光洒满整个房间，偶尔有微风拂过，一切都格外安静。

直到病房门被推开，房内的两人才转头看过去。

蔚蓝惊讶地喊了一声："姐？"

蔚然穿着一件宽松的白衬衫，黑色阔腿裤，她的个子和蔚蓝差不多高，样貌相较蔚蓝更加英气些，一看就是那种精致的成熟女人。

傅之衡也陪着她一起过来了。

"你怎么来了？"蔚蓝问。

蔚然的脸上隐隐露出薄怒，问她："你到底有多少事情瞒着我们？家里遭贼了这么严重的事情，你提也不提，还有这次，把自己弄到医院也还要继续瞒着吗？"

"我没受伤。"

蔚然抬起下巴，指着病床上的秦陆焯说道："他呢？"

她的口吻不算轻慢，但也好不到哪儿去。这样的口吻一下子激怒了蔚蓝，她一把扯住蔚然的手臂，直接将人拉出了病房。关上房门的时候，她回头望了一眼秦陆焯，他依旧安静地躺在床上，神色平静，在她回头的一瞬间冲着她扬唇浅笑。

蔚蓝扯着蔚然的手臂，走到走廊的尽头才停住。她转身望着蔚然，问道："你想干什么？"

蔚然冷笑："这句话应该是我问你。这么多年来，你做的事情我可以假装都不知道，那是你的选择。可是我以为，最起码你能成熟一点儿，能懂得保护自己，可是你越玩越过火了。"

"玩？"蔚蓝冷漠地望着她，笑了起来，"所以你觉得，我做的事情都只是在玩？难道非要像你们这样，把所有的时间都放在赚钱上，为了守住财富可以做任何事情，就叫认真生活吗？最起码，我做这些问心无愧。"

原本蔚然还在懊恼自己说错话，但听完蔚蓝这几句，她的神色也变了，厉声道："你问心无愧？蔚蓝，这么多年来，你光享受了身为蔚家女儿的权利，却连一点儿义务都没尽过，你觉得你有资格说这些话吗？你想做公益，我们什么时候拦过你，哪怕你去当义工我都不会说半个'不'字，可是你偏偏要做最危险的事情。你想过那帮象牙贩子都是什么人吗？万一他们发现你的身份，一枪毙了你，到时候父母怎么办，你要我怎么办？"

蔚蓝望着窗外的天空，依旧如她刚来时那样高远，她眨了眨眼睛，眼角酸涩。

傅之衡站在离她们不远的地方，把姐妹两人的话听了一遍。他张张嘴想劝说，最后却又憋住。

蔚蓝艰难地开口："我没办法不去管。"

其他人或许是为了理想，为了正义而踏上这样一条路，她却不是。

她跟秦陆焯说过，她为她和 Kaka 的故事想到的最美好的结局，是当她是个白发苍苍的老人时，躺在自家阳台的躺椅上，跟坐在她身边的小孩子说起这个神奇又动人的故事。

可真正的结局……

当她在美国读书，暑假里有足够的时间重返越南时，她重新遇到了 Kaka。那时它已经长成了一头健壮又高大的成年大象，长长的象牙那样夺目，像她想象过的那样成长为能保护自己族群的大象。

她站在那里喊 Kaka，它回头冲着她长鸣，似乎在打招呼，一切都那么神奇。

直到七天后，蔚蓝看到它的尸体躺在小溪边，被割剩下的半张脸血肉模糊，那对耀目的象牙消失不见了，只剩下森白的头骨。自然保护区的巡护员在溪边发现了三头大象的尸体，都是成年公象，盗猎者杀害大象后割掉了它们半张脸，带着象牙扬长而去。

她和 Kaka 的故事就这样戛然而止。

她无法对这些视而不见，更做不到无动于衷。她必须站出来，保护它们。

这听起来很可笑，她一个人能做什么？世界上有那么多盗猎者，每天都有大象被杀害，地下象牙贸易更是如火如荼地进行着，她一个人的力量能有多大？

可最起码，只要她在行动，就多一分力量，哪怕这份力量那么微不足道。

那次蔚蓝从越南回去后就开始失眠，她一遍又一遍地做噩梦，梦到那个血淋淋的场景，大象的血染红了小溪的水，被割掉的面部留下模糊的血肉。

当回到美国的时候，蔚蓝甚至已经到了要看心理医生的地步。

虽然她自己学的就是心理学，可医者不自医，她开始寻求医生的帮助。年少时那段濒临死亡的经历给她留下的阴影未曾消失过，Kaka 就像她心头的一盏暖灯，让她忘记了黑暗和绝望。

后来她看到 Kaka 被杀害，所有的美好都被打破，绝望卷土重来。

直到心理医生开始医治她，她才发现自己真正想要做的事情，开始了解关于大象的保护问题。她去过非洲，那里有着更多的象群，每年盗猎的情况比东南亚还要严重。

蔚蓝一次又一次见到大象被杀害后的场景，刚开始她会吐，后来学会了镇定。她跟着当地的巡护员一起学习怎么保护它们，直到现在，她还走在这条路上，她尝试着跟象牙贩子交易，拿到证据，让警察抓捕他们。

或许之后，会有一批新的象牙贩子出现。但最起码，她在努力。

“跟我回家吧。”蔚然低声说。

蔚蓝望着她，说：“姐，你别怪秦陆焯。其实连累他的人是我才对，要不是为了我，他也不会过来。他真的很好，所以我得陪着他。他现在这个样子，你觉得我能扔下他自己走吗？”

蔚然有些恼火，说：“那就一起走，一起回北京。”

蔚蓝睁大了眼睛，不敢相信蔚然轻易就妥协了。

倒是蔚然别开头，望着不远处的傅之衡轻哼了一声：“你姐夫买了架私人飞机，飞机上地方还算大，多带你们两个没问题。”

蔚蓝也想带秦陆焯回北京，毕竟还是北京的医疗水平更高，如今既然有机会，她毫不犹豫地点头。

蔚然气笑了，说：“刚才要你走，跟要你的命一样。”

虽然被骂了，蔚蓝也不生气，乖乖地说：“谢谢姐姐。”

蔚然不领她的情，说：“又不是我的飞机，你得问问当事人愿不愿意。”

傅之衡听了呵呵一笑，终于能插上一句话：“媳妇，我愿意。”

回到病房之后，蔚蓝把这件事告诉了秦陆焯，趴在床上的男人先是一愣，又瞧着她问道：“你姐骂你了吗？”

“骂了。”

秦陆焯笑了，问道：“骂什么了？”

她说：“骂我不知死活，带着你冒险。”秦陆焯斜睨她，满脸不信。蔚蓝俯身靠近他，浅笑着说，“我姐特别喜欢你，真的，不然她也不会同意带我们一起回北京。”

蔚蓝大概也觉得自己说的话太假，低头在他脸颊上亲了一下：“知道什么叫爱屋及乌吗？我太喜欢你了，所以我姐才带我们一起回去”

这话秦陆焯信了。

肖寒他们得知秦陆焯晚上要回北京，都挺吃惊的。因为据他之前所得的情报，越南警方突袭酒店，结果扑了个空，李吉怕出事，当时就转移了，却没想到秦陆焯会提前放置跟踪装置。

这批象牙是在进入广西边境线的时候被边境武警扣押的，跟这批象牙一起的，还有那批毒品。原来，佛域带着他的人离开后，李吉怎么想都觉得不对劲，怕藏在酒店的那批毒品出事，所以连带着象牙和毒品一起转移了，没想到被瓮中捉鳖。

这几天肖寒他们忙坏了，整个专案组都扑在这事儿上。毕竟这批东西的价值超过两亿，是目前边境查获的最大规模的走私案件，也是这几年来数得上的大案子。

得知是蔚蓝的家人要接他们走时，肖寒的眼睛瞪直了，他一开始还以为是秦陆焯家出面，毕竟队长的家世在他们警局里不是什么秘密，大家都知道他亲爹是谁。这次他受伤，方局差点儿把肖寒骂死。

肖寒趁蔚蓝出去后才问：“队长，您这是找了个富二代啊？”

富二代？秦陆焯摇头，哼笑了一声，望着他不紧不慢地说：“是富N代。”

听了这话，连肖寒都忍不住要啐他：“队长，你这话可不对了。”

晚上快十二点的时候，他们才到北京。

既然决定带秦陆焯回来，蔚然就让秘书联系了机场和医院，准备让人直接从机场去医院，毕竟他身上还有伤没好。

飞机落地后，蔚然就给自己的助理打了电话：“救护车到了吗？我们已经落地了。”

“到是到了，只是……”

谁知手机信号不好，对面说话断断续续，蔚然也没听清楚，只知道救护车到了，就先挂了电话。没一会儿就见几个人上来了，蔚蓝以为是蔚然派上来的，让开位置让他们把担架抬了下去。直到下了飞机，她才发现这么晚了，停机坪上还有不少人。

她下来之后，看见那几个人将秦陆焯的担架抬到救护车上。

蔚蓝没想到蔚然这么上心，让救护车直接进了停机坪。谁知，她刚走过去，就见站在蔚然对面的男人冲她行了个礼：“蔚小姐，你好。”

蔚蓝一愣，旁边蔚然的脸色不算好，男人自我介绍：“我姓宋，是陆焯父亲的秘书，知道你们回来，他父亲让我来接你们。”场面顿时变得安静。

还是傅之衡出面，跟宋秘书寒暄了起来。

蔚然一把扯着蔚蓝往旁边去，她直勾勾地望着蔚蓝：“说吧，你男朋友到底是什么人？”

蔚蓝眨了眨眼睛，她要是说不知道，会不会被教训？

“你不会也不知道吧？”蔚然伸手在她脑门弹了一下，“你缺心眼啊？”

蔚蓝无辜地望着她。

好在傅之衡走过来叫她们过去，毕竟别人都在等着，有什么话也得等到回家再说。

傅之衡先开口：“既然秦先生的家人来接他，我们把人安全交给您也就放心了。”

宋秘书道：“今天实在太晚了，本来陆焯的父亲想亲自出面感谢几位，这一路上多谢你们的照顾。只是他今天不在北京，过几天才会回来，还望两位蔚小姐和傅先生海涵。”

蔚然淡笑，轻声说：“今天确实是太晚了，我们就不陪着去医院了。”

傅之衡及时叫司机开了车，这次，蔚然把人带回了她婚前的房子，也就是蔚蓝之后住的地方。一进门，蔚然还没说话呢，旁边的傅之衡伸了个懒腰，打了个哈欠，说：“这一天可真够累的，媳妇，咱们赶紧去休息吧。”说完，他揽着蔚然的肩膀就往房间里走，还不忘回头冲着蔚蓝眨了眨眼睛。

反倒是他怀里的蔚然冷笑一声，说：“别装了，我现在也没力气教训她。”

“你是姐姐，关心她是应该的。蔚蓝，你说姐夫说得对吗？”

蔚蓝知道他是为自己解围，领情地说道：“姐夫说得对。”

蔚然也是真累了，挥了挥手，傅之衡当着蔚蓝的面把人抱了起来。最后，客厅徒留蔚蓝一人。

她这也算是被虐了？

早上起床后，蔚蓝先给张萧发了条消息，告诉她自己回来了，从明天开始可以恢复工作。没几分钟那边就回复了：“蔚老师，时刻准备着。”

蔚蓝出房间时，看见傅之衡从门口把助理送的食盒拿了进来，笑道：“醒了？正好，过来吃早饭吧。”

吃着早餐，蔚然望着对面的人，不经意地开口：“今天上班吗？”

“明天开始工作，待会儿去医院。”蔚蓝大大方方，没半点儿隐瞒。

蔚然一愣，身边的傅之衡发出一声低笑，谁知笑声刚响，桌子底下他的脚就被狠狠地踩了一下，傅之衡表情微扭曲，连笑都僵住了。蔚蓝假装什么都没看见，埋头吃饭。

三人下楼之后，蔚然让助理送蔚蓝去医院，被她拒绝了。

她的车就停在楼下停车场，跟他们道别之后便开车走了。

傅之衡见蔚然站在原地盯着已经驶远的车子，不由得一笑：“我从来不知道你这么婆婆妈妈。”

“那是我亲妹妹。”

“我还是你亲老公呢，你什么时候能把对蔚蓝的一半关心分给我，我就谢天谢地了。”

蔚然斜了他一眼，嘲讽地说：“我要是管你这么严，你会喜欢？”

“你不管怎么知道我不喜欢？”说完，傅之衡低头在她的唇上结结实实地亲了一口。蔚然都没来得及推开他，傅之衡已经往后退了一步，得意地笑道，“我喜欢着呢。”

蔚然目瞪口呆，她怎么觉得这男人这次回来后变得不一样了？

蔚蓝到医院的时候，正赶上护士给秦陆焯换吊瓶。小护士年纪不大，长相也颇为甜美，特别是声音十分好听：“有点儿凉，我这里有个暖宝宝，你握在手心里。”

秦陆焯哪是用这玩意儿的人啊，直接拒绝了。

小护士没想到他人这么冷，场面尴尬，还想再说什么的时候，面前的男人突然就笑了，五官一瞬间柔和起来，对着门口说：“过来。”

小护士立即转头，只见病房门口站着一个高挑的姑娘。

秦陆焯虽然只喊了一句，可是瞧着他的表情，小护士哪有不明白的道理，脸颊一下红了，赶紧说：“这个还是留给你吧，有事按铃就好了。”

等人匆匆离开后，蔚蓝才不紧不慢地走进来。

旁边有椅子，她没坐下，站在床边仔细地瞧秦陆焯这张脸，心想，怎么就这么招人喜欢呢？在广西的时候也是，他住的病房总是特别热闹，每次来的小护士都不一样。

秦陆焯不知道她在想什么，他对这些小姑娘的心思一向不敏感。

“早饭吃过了吗？”

“已经饱了。”

秦陆焯点点头：“饱了？要不待会儿再陪我吃点儿。”

见他一本正经地说吃饭的事情，蔚蓝笑了，知道他是真没懂人家小姑娘的意思，也就不打算跟他计较了。

她看了一眼周围，这间病房明亮宽敞，还有单独的洗手间，没点儿关系住不进来。昨晚因为有宋秘书在，她也没多问，今天倒是想起跟他算账了：“你怎么回事？”

她长眉微皱，声音冷淡，脸上带着些许不满。

秦陆焯奇怪地望着她，刚才还好好的，这会儿又怎么了？

见他不明白，蔚蓝又说：“昨晚我姐问我知不知道你是什么人，我都不知道怎么回答她。”

秦陆焯一笑：“秦陆焯，你男朋友，未来的老公。”

他臭不要脸的劲儿上来了。

他拍拍床边，示意蔚蓝坐下来。也不知道他是属什么的，恢复能力是真快，在手术室里抢救那么久，这还不到一周，都已经能坐起来了，就连医生瞧见他都感叹不已。

他坐在床上，挺真诚地看着她说："没跟你说只是觉得没什么必要，毕竟你喜欢我是因为我这个人，不是因为我是谁的儿子吧。况且我家的事情挺复杂的，一时之间也不知道该怎么和你说。"

一听这话，蔚蓝忍不住笑了："臭不要脸。"

吃了早饭，秦陆焯挥挥手说："你要是有事就去忙，别在这儿浪费时间陪我。"

蔚蓝看了看门口，问道："你们家人不过来照顾你？"

"我有手有脚，要谁照顾？再说刚才护士不是都说了，有事儿就按铃？"

蔚蓝眉心一跳，立即说："不许按铃。"

秦陆焯挑眉望着她，一时没懂她的意思。

"少给人家护士添麻烦，待会儿我给你找个男护工。"

秦陆焯自嘲道："你还真把我当残疾人啊？"

他一想又不对，找护工就找吧，怎么还得强调是男护工呢？再看蔚蓝一眼，他想起刚才那个热情的小护士，这下子终于明白蔚蓝是什么意思了。他顿时笑开，斜眼瞄她："吃醋了？"

蔚蓝不搭理他。

他也不着急，慢条斯理地道："好几天没洗澡了，今天医生跟我说可以擦擦身体，你给我找个护工吧？"

蔚蓝皱着眉头，脑海里已经有了画面。

他赤着上身坐在那里，护工拿着雪白的毛巾在他的身上擦拭……

好像就算是男的，她也挺不愿意的。

见她不说话，秦陆焯坏笑："要不你亲自来？"

第十章

反正我肯定是最后一个

十二月后没多久，秦陆焯总算出了院。

天气越来越冷，街上的气氛却开始变得热闹。这周圣诞节就要到了，温沁和徐佳宁给蔚蓝打了电话，约她一块儿过节。蔚蓝有些犹豫，在国外的时候她对圣诞节就不热衷，什么圣诞舞会、派对，能不参加就不参加。

本来想叫上秦陆焯一起吃晚餐，结果中午她给他打电话，才知道他圣诞节要参加一个商务晚宴。他出院之后似乎比之前更忙了，不知是不是要处理之前堆积下来的事情。

秦陆焯揉了下眉心，说："本来还想叫你跟我一起去的。"蔚蓝有些无奈，不过秦陆焯理解地说，"既然你和朋友约好了，那你陪她们去吃饭吧，晚上我再陪你去酒吧。"

晚上蔚蓝洗完澡，就发现床头柜上放着一张卡，她眨了下眼睛。

旁边的秦陆焯正低头看手机，眼睛却朝这边转，看起来并不专注的模样。

蔚蓝没客气，拿起桌子上的卡递到他跟前，问道："什么意思？"

"不是圣诞节要请朋友吃饭吗？"男人声音低沉。

她把卡片在他眼前晃了一圈，低声问道："只是让我请别人吃饭用？"

"买别的也行。"秦陆焯摸了下鼻子。

他不知道别人谈恋爱是什么样子，反正他听到蔚蓝要请别人吃饭，第一反应就是想给她卡，让她随便请客随便买东西。他也知道蔚蓝最不缺的就是钱，但用他的钱跟用别人的钱不一样。

蔚蓝挑眉，声音里带着笑意："买什么都行？"

秦陆焯"嗯"了一声，伸手将人带进怀中，低头在她额头上亲了一口："想买什么都行。"

蔚蓝靠在他肩膀上，看着手中的卡片在灯光下闪着银光。

吃过饭，蔚蓝给她们买了礼物，刷的是秦陆焯的卡。两人闹着要见秦陆焯，蔚蓝被她们的举动弄得哭笑不得，一再保证晚上人肯定会到，可是温沁还是让她给秦陆焯打电话。

蔚蓝架不住，只能拨通秦陆焯的电话，接通后，她问："你那边什么时候结束？"

男人低沉又性感的声音在安静的车内响起："我马上就能离开了，你们到了吗？"

蔚蓝笑了下，说："我们在过去的路上了。"秦陆焯叮嘱了两句，这才挂了电话。

电话一挂，开着车的温沁就说："帅哥，肯定是超级大帅哥，声音真是太好听了。"

坐在后排的徐佳宁"扑哧"一声笑了，她表示："你这个马屁拍得太直接了。"

温沁"哼"了一声，说："那你拍个没这么直接的给我听听？"

徐佳宁还真认真想了想，半天憋出一句："其实我也觉得应该是个大帅哥。"说完这句，她补充道，"我是相信蔚蓝的眼光。"

车内笑声一片。

温沁提前找人订了卡座，一到门口，报了位置就被人往里带。酒吧并不像蔚蓝想象中那么嘈杂，相反还设在高层，一进门便可以透过玻璃窗看见外面的夜景，犹如一片星海。

此时是乐队表演时间，舞池里没人。她们在卡座坐下，脱了大衣放在一旁。因为说好要出来玩，蔚蓝也特别打扮过了。她选了件短袖，从前面看有点儿保守，但一转身，雪白的后背就露了出来，凹陷的那条线显出别样的柔软。

三人先让人上了酒，坐在卡座里说话。没一会儿，蔚蓝的手机响了起来，是秦陆焯打来的，他已经过来了。

温沁一见她们都拿着手机，就闹着要玩游戏，强调谁要是再拿手机就罚酒一杯。

卡座上有骰子，三人干脆先玩了起来。

徐佳宁的手机响了，她伸手去拿，温沁大声说："想拿的话就得罚酒一杯。"

徐佳宁还是拿了起来，看着屏幕无奈地说："真的特别重要，就算罚酒三杯我都得看。"她一边说，手指一边在屏幕上飞快地打字。

放下手机后，温沁就闹着让她喝酒，就在徐佳宁喝完一杯后，温沁又给她倒了一杯，徐佳宁奇怪地说："不是说好只罚一杯吗？"

"你刚才不是说，罚酒三杯都认的，蔚蓝也听到了。"

两人争执不休的时候，有个声音插了进来："佳宁做错了什么需要被罚酒？"

三人抬头，神色各不一样。徐佳宁是喜，温沁是惊，而蔚蓝则是微微皱眉。

穿着驼色大衣的男人吸引了周围不少姑娘的目光，在酒吧这种地方，英俊的男人相较于漂亮姑娘显然是更稀有的物种。

温沁不敢相信地喊了一声："明恒学长，真的是你？"

明恒将手从大衣口袋里拿出来，点头，他的眼睛慢慢转了一圈，最后落在蔚蓝的身上，低笑道："好久不见了。"

"学长，你什么时候回国的？"温沁问。

"就是最近。"

他戴着银边眼镜，整个人显得斯文儒雅，倒是与这样喧闹的气氛格格不入。

徐佳宁开口说："这就是我说的那个惊喜。"

温沁望着徐佳宁，又瞧了一眼蔚蓝，想起蔚蓝那个还没露面的男朋友，心里嘀咕，确定这是惊喜吗？

每个圈子里都有传说中的人物，当年在留学圈里，明恒就属于这样的人，英俊、温和，还有一份能闪瞎众人眼睛的履历。偏偏他还内敛成熟，不像那些仗着家里有钱就肆无忌惮的富二代。

温沁往蔚蓝那边瞄了一眼，关于明恒和蔚蓝的传闻她也听说过。

当初本以为蔚蓝会留在美国，可她毫不犹豫地回来了，之后明恒也没什么消息了，反正像他这样的大神，不管在哪里都会耀眼如初吧。

人是徐佳宁请来的，她开口说："明恒学长，你坐这边吧。"

温沁望了望蔚蓝，她依旧没说话，这边徐佳宁轻笑着说："你们不知道吧，学长是被国内大学特聘回来的心理学教授。"然后，她说了个极有名气的大学名字。

温沁睁大眼睛，不敢相信地问："教授？不愧是明恒学长，真是太厉害了。"

明恒今年二十九岁，还不到三十，却已经是教授了。

徐佳宁点头，解释道："我们公司跟这所学校刚好有合作，所以才会遇到明恒学长的。"

随后明恒将眼睛转向蔚蓝，似是在认真地打量她。蔚蓝伸手端起面前的杯子，这是刚才温沁非要闹着点的鸡尾酒，色泽鲜艳，在酒吧迷幻的灯光下格外诱人。

她垂着眼睛没看明恒。

温沁注意到明恒视线的方向，忍不住抿嘴，起身说："我去一下洗手间。"

临走的时候，她拉上了徐佳宁。

徐佳宁一头雾水，刚想笑话温沁上个洗手间还要拉着别人，结果进了洗手间，温沁望着她，一脸无奈地问："你怎么把明恒学长叫来了？"

"你对他有意见？"

温沁无奈地摇头，低声说："我是怕蔚蓝尴尬。"

徐佳宁不明白温沁的意思，随后她脸色微变道："他们两个？"她倒吸了一口气，有点儿不敢相信地问道，"他们两个在一起过？"

温沁拨了下自己的头发，低声说："倒也不是在一起过，就是两人之间怪怪的，之前在美国的时候，我撞见过他们两个吵架，而且是吵得特别凶的那种。你这么突然把明恒学长叫过来，这样很尴尬。"

蔚蓝什么性格，她轻易能和人吵架？

温沁这么一说，徐佳宁明白了她的顾虑，她朝外面瞧了一眼，想了想，低声说：“我真不知道他们之间还有这事儿，那现在怎么办？”

温沁压低声音道：“我看明恒学长刚才一直朝蔚蓝看，我们跟他也不是很熟，你想想，为什么你一叫他就过来了？”

这么一说，徐佳宁脸颊一红。人是她请来的，本来她就是觉得明恒刚回国，肯定没什么朋友，想着把他拉出来聚一聚。明恒答应的时候她心底还有一丝窃喜，如今看来，是她自作多情了。她记得那天发微信邀请他的时候，他确实问过她还有谁会参加。

温沁小心地朝她看了一眼，低声问：“你没事吧？”

“没事，就是发现自作多情了一回。”徐佳宁笑了起来。

温沁一听，张了张嘴巴朝她看过去，谁知徐佳宁拍拍她的肩膀，轻笑道：“别这样，就当是我三十岁前做的最后一个梦吧。谁还没有做梦的时候？”

温沁赶紧安慰她：“干吗这么说自己，你可是女神啊，是明恒眼光不好，咱们优秀着呢。”

“他眼光还不好？我看他就是眼光太好了。”

徐佳宁也潇洒，知道跟明恒没什么希望，反而调侃起来。

蔚蓝那样的姑娘，确实不是一般人敢追的。但凡有点儿心思的，本身都格外出色，社会现实还真不是随口说说。优秀的人自然愿意找同等优秀的人，不管是家世背景还是自身条件，在一个水平线上才有谈论的资格。

徐佳宁又说：“不过待会儿蔚蓝男朋友来的话，会不会有点儿尴尬？要不，咱们玩一会儿就走吧。”

“没事，明恒学长不是那种莽撞的人，正好让他见一见蔚蓝的男朋友，也好让他死心。”

温沁自然是偏心徐佳宁的，虽说男女之间的事情说不好，不过既然徐佳宁失望了，她也得让明恒尝尝失望的滋味。

她们也不好在洗手间耽误太久，补了下妆就回去了。

卡座上的两人在她们回来后，依旧一左一右远远地隔着，安静地欣赏着乐队的表演。

蔚蓝也确实没想到还能再见到明恒。

如果非要形容明恒和她之间的关系的话，大概就是前心理咨询师和患者了。只是，他们之间还有种更微妙的关系，明恒曾试图在给她做心理辅导时影响她。

虽然她不清楚他的目的，但作为心理咨询师，用自己的专业影响患者，在蔚蓝看来本身就是缺乏职业道德的行为。因此她与明恒争执之后，便拒绝再见他。回国之后，她确实也没有再和他联系过。

因为谁都不说话，作为请客的人，温沁努力活跃气氛，拉着他们一起玩游戏。没想到明恒没拒绝，反而饶有兴趣地点头参与。

蔚蓝摇摇头，她本来就不喜欢。徐佳宁也拒绝了，她怕喝多了上头。

温沁嘟囔道：“你们也太没意思了吧。”

倒是明恒望着她轻笑：“不是还有我吗？”

温沁见他这么配合，当即笑道：“那行，不过学长你是头一次玩，我也不会太坑你的。”

原本温沁想让他先叫的，谁知明恒微微抬手，优雅地说：“女士优先。”

温沁也没和他客气，低头打开自己的骰盅，看了一眼里面的骰子，一共五颗骰子，她摇到了三个五，原本她叫三个五是最保险的，偏偏她瞄了一眼，想着明恒第一次玩，眼睛一转，喊道：“三个六。”其实她一个都没有。

明恒朝她扫了一眼，似乎在确定她真要这么叫。

温沁目光坚定地望着他，这个游戏，玩的就是双方的策略。

谁知她刚把视线定在明恒的脸上，就听到男人毫不犹豫地道：“开吧。”

他率先打开自己的骰盅，三个四，一个二，一个六。

温沁倒吸了一口气。原本她想诈一下对面的，结果人家毫不犹豫地开了。她将面前的酒杯端起来，一饮而尽之后，说：“再来。”

又来了三把，还是她输。

不管她怎么挖空心思，仿佛都能被对方一眼望穿。

徐佳宁见她眼睛都有点儿泛红，压住她的手腕，低声说：“别玩了，你玩不过学长的。”

温沁这会儿喝得有点儿上头，又不服气：“不行，再玩一把，我就不信……”

她刚说着，一旁的蔚蓝直接将她手里的骰盅拿了过来，说道：“我来帮你玩一把。”蔚蓝淡淡地朝明恒扫了一眼，举起手里的骰盅，毫不犹豫地开始摇了起来，等她按住骰盅，直接喊道，“三个六。”

一旁的温沁和徐佳宁都看傻眼了，蔚蓝连看都没看，就开始喊。

明恒望着她，低头打开自己的骰盅，看了一眼，叫道：“四个五。”

“开。”

虽然只是个游戏，可这一刻，温沁和徐佳宁都觉得自己的心脏要跳出来了，两人低头，想看蔚蓝掀开骰盅，谁知斜里突然伸出一只手，替蔚蓝掀开了。两个二，一个三，两个六，连一个五都没有。于是众人再把视线转向来人。

温沁一抬头，仔细看秦陆焯的脸，顿时惊讶地站起来，叫道：“这不是那天，那天……”

徐佳宁也认出秦陆焯了，毕竟上回在烧烤店，要不是他及时出现，她们三个姑娘还不知道会发生什么事儿呢。更何况，那天他一出手就让那些流氓知难而退了，所以徐佳宁对他印象很深刻。

蔚蓝说：“这是我男朋友，秦陆焯。”沈放也在，所以她一并介绍，“这位是他朋友沈放，咱们上次都见过的。”

温沁一下子来了兴趣，追着蔚蓝问道：“你们两个什么时候在一起的？不会就是上次之后吧？”

徐佳宁用手臂碰了她一下，低声说：“别问这么细。”

温沁一瞪眼，看着她说：“你不想知道？”

年轻姑娘嘛，总是对闺密的恋爱经过很好奇。几个人一坐下，温沁就连珠炮一样发问，什么谁追的谁，什么时候在一起的，反正，这些她都挺想知道的。

蔚蓝朝秦陆焯看了一眼，就见男人漆黑的眸子微转，脸上带着淡笑，极自然地说："是我先追的蔚蓝。"

撒谎。蔚蓝心底毫不犹豫地想。

可她嘴角已经酝酿出了笑意，知秦陆焯这是在别人面前维护她的面子。蔚蓝觉得她先喜欢上他没什么可隐瞒的，可是秦陆焯这么说，她心底还是高兴。

明恒看着蔚蓝，琥珀色的眼睛在略显迷幻的灯光下依旧那样平静，直到他嘴角上扬："我输了。"

他伸手抬起骰盅，五颗骰子暴露在所有人视线中，他只有三个五。他将面前的杯子举起来，冲着蔚蓝道："愿赌服输。"

自从秦陆焯来了之后，一直没开口的明恒安静地将杯中的洋酒一口饮尽。

秦陆焯抬起头，目光正巧撞上明恒的眼睛，他冲着明恒点头。

明恒的眼神依旧那么亮，只是没了方才的温和朗润，瞧着格外深沉，像暗藏着某种冷冰冰的物质。他一向善于克制自己的情绪，只不过人到底是人，就算再沉着冷静，偶尔还是会露出内心最真实的情绪。

在看到明恒的眼神时，秦陆焯微微一愣。

只是明恒这个眼神就像是浮光掠影，一闪而过，待秦陆焯再看过来的时候，他脸上已经换上了浅浅笑意。明恒本身也是学心理的，只要他愿意，他可以把自己包装成最讨人喜欢的人。很快，他就跟沈放聊了起来。

蔚蓝见秦陆焯不说话，低声问："怎么了？"

"没事。"他摇头。

几人离开的时候，外面正好刮起一阵冷风，身上的酒气一下被吹散了。沈放转头望着两个姑娘，问道："你们怎么来的？"

“坐蔚蓝的车过来的。”温沁裹紧身上的衣服说。

沈放立即说：“那你们坐我的车回去吧，让老大送蔚小姐。”说完，他看了一眼明恒，笑道，“明教授要是不介意，也坐我的车吧。”

徐佳宁担心地说：“你不是也喝酒了？”

沈放笑道：“我叫代驾呗。咱们都喝酒了，谁都不能开车，都叫代驾吧。”

秦陆焯叮嘱沈放一定要把两个姑娘都送到家里，沈放点头：“老大，你放心吧，我知道。”

他的车子先开走，温沁降下车窗，冲着他们两人挥手，坐在另外一边的明恒则是隔着两个女孩，再次朝窗外的秦陆焯看了一眼。

车子离开之后，温沁冲着前面的沈放说：“谢谢啦。”

沈放轻笑着道：“谢什么呀，大家都是朋友。”

“是哦，那以后经常出来玩啊。”温沁性格算是比较热情的，她们三个女孩的局也多数是她攒起来的。说完，她偏头看了一眼明恒，笑嘻嘻地说，“明恒学长，你下次也一起出来玩啊。”

明恒淡笑：“我怕你嫌我太闷了。”

温沁一撇嘴：“我还怕你赢我太多呢。”

刚才他们又玩了一轮骰子，沈放也参与了，结果酒多数是他和温沁两个喝了。他特别好奇地问：“明教授，你们学心理学的，是不是一眼就能看穿别人心里在想什么？”

他到现在都记得，蔚蓝第一次见他的时候对他进行的分析，那是他第一次接触心理咨询师，实在是有种震撼的感觉。

明恒轻笑：“不至于那么神奇，不过有些人不擅长控制自己的面部表情，所以会比较容易看出来。”

温沁和沈放几乎是同时抬手，捂了下脸。

沈放透过后视镜看到温沁的动作，轻笑道：“难怪你输那么多。”

温沁不服气：“你好像喝得比我还多吧。”

徐佳宁瞧着他们两人斗个不停，干脆说：“你们两个都没少喝，所以明恒学长说的人，你们谁都跑不了。”

明恒抬头朝副驾驶座那里看了一眼，问道：“沈先生是做物流生意的？”

“我啊，就是个打工的，跟着我们老大混。”沈放大大咧咧地说。

明恒将手臂搭在旁边车门上，手掌托着下巴，说道：“如今物流业发达，处处都是机会，不过应该很忙吧。”

这话还真说到了沈放心坎上，他叹气道：“可不是，时常要飞全国各地，况且我们主要生意在广西、云南，几乎每个月都要飞过去。”

温沁挺有兴趣地问：“为什么你们生意会在广西、云南啊？”

“我们做的主要是玉石和木材方面的生意，我们跟厂商有长期运输合同。”沈放说起这些，还挺头头是道的。

明恒表情没变，看似挺随意地问：“做到你们这种高层级别的，也需要经常飞过去？”

沈放没什么心机，挺不在意地说：“可不是，我们老大做事规矩，这不，上个月他才从广西回来，而且还……”

他想说秦陆焯还受了一身伤回来，具体什么事情，他不知道，秦陆焯也没说。

好在沈放还是多长了个心眼儿，没把这事说出来。半个小时之后，他先把温沁和徐佳宁送了回去，两个姑娘是住在一起的。送完她们之后，沈放又送明恒回去。

明恒住在大学附近的一个小区内，到了地方，明恒下车望着沈放道：“今天太晚了，沈先生你也早点儿回去休息。下次我做东，还望你能赏光。”

沈放听着他文绉绉的话，就觉得这人有股子老派人的架势，真不怎么像是从国外留学回来的。他笑着说了一句“客气”，摆摆手让司机开车离开。

明恒慢悠悠地进了小区，刷卡，上楼。他回到家中，兜里的手机响了，接通就听到那边的人说：“三爷，他们回家了。”

明恒站在窗口，伸手揉了下自己的眉心，突然笑了下：“你们都撤回来吧。”

“不跟了？”那边有些诧异。

明恒点头：“他是刑警出身，你们再跟下去，即便再小心，也肯定会被发现，都撤回来吧。”

“三爷，其实咱们可以……”

此时，窗外满天星斗，明恒抬头望着如黑绒布般的天空，笑道：“以前我也觉得，杀了一个人是对他最大的惩罚。”

可是他后来发现，对于有些人来说，死其实并不可怕，真正可怕的，是让他失去最在乎的东西。

可是如果他在乎的，也是自己在乎的呢？

明恒的脑海中浮现出一个画面：姑娘站在阳光下，冲着他笑。

可她现在再也不会对他这样笑了。

挂断电话，明恒转身回了自己的房间。他脱掉外套的时候，大衣里的钱包掉了出来。待他弯腰捡起来，打开钱包，是一张一家三口的照片。

照片上的背景鲜艳热烈，充满了东南亚风情。头顶戴着花环的女人温柔地靠在男人身边，男人腿上抱着一个小男孩。若是有越南警察看到这张照片，一定会大吃一惊，传说中心狠手辣的阮坤，竟然也有这么居家温和的一面。

这是他们一起拍摄的唯一一张照片，为了保护他们母子，父亲一向很少和他们合影。

谁都不知道，明恒只是他的名，他真正的姓氏是阮。

再过几天就是新年，秦陆焯反而更加忙碌起来。有个做化工产业的央企，要为明年企业内的危险化学品运输做招标。

之前秦陆焯就收到消息，因为这家央企之前的老总被换了，新官上任三把火，要搞工作透明化、廉洁化，所以开始大手笔更换下面的供应商和承运商。央企实力强大，又是正规企业，招标的事情一出来，很多大物流公司都盯上了。

孟清苑这边给他打了电话，让他带蔚蓝回去吃饭。秦陆焯没立即答复，孟清苑就说："其实是你爸爸想见见蔚蓝，蔚蓝这么好的姑娘，你有什么可藏着掖着的，反正迟早都要见面的嘛。"

秦陆焯皱眉，半晌后，他说："我先问问蔚蓝的意见吧。"

孟清苑虽然没得到确切答复，不过秦陆焯也没一口拒绝。

这些天，蔚蓝一直住在秦陆焯家里，两人谁下班早，就先回家做饭。不过秦陆焯工作忙，蔚蓝做的次数就多了些。时间长了，她也算了解他的口味。

她做完饭后陪着秦小酒玩了一会儿，就听到开门的声音。

秦陆焯进门换了鞋，就进厨房帮她把饭菜都端到餐厅桌子上。

两人吃饭的时候，秦陆焯突然开口问："周末有空吗？"

"有啊。"蔚蓝点头。

秦陆焯端着碗，吃了两口饭，抬头说："愿意去我家吗？"蔚蓝眨眼，一时没回答。谁知秦陆焯瞧她不说话，也低头，半晌，他说，"要是不愿意，我跟他们……"

"等等，谁说我不愿意去的。"蔚蓝一下子打断了他，语气有点儿着急。

秦陆焯抬头偷偷瞄她，蔚蓝一愣，恍悟过来。

男人憋着坏，直勾勾地望着她。蔚蓝这会儿难得羞涩，捧着碗，直到对面的人低笑了一声。

这笑也不知是不是故意的，反正听在蔚蓝的耳中就是。

于是她伸脚踢了他一下，没客气，踢了个正着。秦陆焯闷哼了一声，是真疼，踢到他的脚指头了，他咧嘴就说："蔚蓝，你这是要谋杀亲夫啊？"

"谁是亲夫？"蔚蓝斜眼。

谁知秦陆焯挺自在地哼了声，毫不犹豫地说："我啊。"

这男人吧，冷起来的时候是真的吓人，痞起来的时候，又让你恨得牙痒痒。

没一会儿，她又问："这算是正式见家长吗？"

"当然了。"秦陆焯斜她一眼，慢悠悠地说，"这可是我第一次带姑娘回家，当然是正式的。"

见了家长，就是我的人了。

这话秦陆焯虽然没说出口，可心底就是这么想的。其实就算没见家长，他也觉得蔚蓝这辈子就是他的人了。

蔚蓝一愣："那你不是我第一次带回去见家长的，你介意吗？"

她和周西泽什么情况，秦陆焯也知道，但她毕竟和周西泽是正式确定过关系的，甚至周围的人一度都觉得他们会结婚。虽然他们没有爱情，却门当户对。

秦陆焯挑眉，慢悠悠地说："没事，反正我肯定是最后一个。"

蔚蓝抬头看着他的眼睛，坦坦荡荡，是真的不介意。她翘起嘴角，笑了起来。

因为是正式见秦陆焯的父母，蔚蓝想了想，还是决定把这件事告诉严枫。周三的下午没有咨询客户，她就约了严枫一起逛街。

难得有女儿陪着逛街，严枫自然开心不已。不过蔚蓝这种无事献殷勤的行为，也让严枫心中有些不安。之前蔚然倒是给她透露过，蔚蓝目前的男朋友家境不一般。

母女两人进了店内，因为严枫是 VIP 客户，店员特地在门口拉了警戒线，在她们买东西的这段时间内，店内不再接待其他客户。偌大的店内，除了店员，就只有她们母女两人。

严枫没给自己买什么东西，倒是一个劲地拿衣服在蔚蓝身上比画，她瞧着蔚蓝身上浅淡的色系，忍不住说道："你是年轻姑娘，应该穿得鲜艳点儿。"

蔚蓝看她手中拿着的粉白色刺绣短裙，确实瞧着鲜嫩活泼，她无奈地道："可是我穿成这样，咨询者不会怀疑我的专业程度？"

她是心理咨询师，面对每一个第一次来的咨询者，她都想要给对方足够的安全感，所以也要在穿着上花心思。

严枫摇摇头，她对蔚蓝的工作倒是没有意见，只是不喜欢她穿得太过深沉。

蔚蓝很少陪严枫买衣服，看到她如何买东西的时候，也忍不住咋舌。但凡她多看一眼的，严枫立即让人拿起来埋单，最后差点儿把半个店铺的东西买下来。

逛了几家之后，蔚蓝觉得她把下个季度的衣服都买回来了，于是赶紧拉着严枫离开。

隔壁有家会所的下午茶很不错，蔚蓝便和严枫一起过去吃下午茶。坐下之后，严枫瞧着她，突然感慨道："记忆中，你姐姐倒是陪我逛过几次街，你还是第一次。"

听她这么说，蔚蓝微愣。

其实记忆中，她和父母一直不算亲密。都说女儿跟妈妈亲近，什么话都愿意跟妈妈说，但是蔚蓝从不记得自己跟严枫说过什么心事。

她知道自己的症结在哪里，或许严枫也知道。当年在越南翻船，她在水中扑腾的时候，除了风雨声，耳边只有妈妈喊姐姐名字的声音。

这像一根暗刺，一直扎在她的心中。

严枫望着沉默的她，突然叹了一口气。她低声说："蔚蓝，妈妈并不是不愿意你交男朋友，只是怕你过得不幸福。"

有情确实能饮水饱，生活却总是柴米油盐酱醋茶。她见过秦陆焯，要说相貌确实出色，她就怕蔚蓝被这种华而不实的东西迷花了眼睛。

蔚蓝抬头看着她，直接说："我今天就是想跟您说这件事，他邀请我周末去他家里做客，我答应了，所以想跟您说一声。"

此时，服务员将她们的下午茶端了上来，严枫拿起面前的杯子，抿了一小口，问道："他家里是做什么的？"

蔚蓝想了下，说道："他爸爸应该是在政府部门上班，妈妈应该是家庭主妇。”

严枫的脸上看不出情绪。

“妈妈，我想跟他结婚。”蔚蓝直截了当，她不想跟严枫拐弯抹角的。

刚说完，她就听见旁边有人打招呼。蔚蓝转头，看到严枫已经站了起来，冲着来人笑道：“李夫人，您也在啊。”

蔚蓝跟着转身站起来，这一转身，她就看见孟清苑挽着手包，站在那位李夫人旁边。

此时，李夫人已经给她们介绍了起来，她客气地笑道：“这位是秦部长的夫人。”随后她给孟清苑介绍严枫，“这位就是上达物流蔚董事长的夫人，如今上达物流可是了不得呢。”

李夫人的丈夫是在商务部工作，所以严枫跟她颇为熟悉，这会儿李夫人又朝蔚蓝看了一眼，“哟”了一声，笑道：“这位想必就是你家女儿吧，跟你长得可真像，真好看。”

严枫客气地笑道：“这是小女儿，蔚蓝。”蔚蓝冲着她们点头，客气地打招呼。

李夫人瞧了又瞧，笑着问道：“蔚二小姐还没毕业吧？”

严枫瞧出她这是试探，笑道：“哪里，早就开始工作了。”

李夫人点头：“现在的年轻人可跟我们那会儿不一样，都是要先工作后成家的。瞧着二小姐这么年轻，应该没结婚吧？”

蔚蓝忍不住朝严枫瞧了一眼。

严枫点点头：“确实还没结婚呢。”

李夫人像是想起什么似的，朝孟清苑望了一眼，笑道：“前些天，你不是还跟我说担心你家陆焯呢。现在这些年轻人啊，光顾着打拼事业，丝毫不知咱们家长的担心。”

孟清苑一听，突然笑了，她望着李夫人，低声说：“还行，我们家孩子总算开窍了，这周末要带女朋友回来吃饭呢。”

她们离开之后，严枫领着蔚蓝坐下。谁知没一会儿，孟清苑去而复返。

严枫有些惊讶，孟清苑走到跟前，特别不好意思地说："抱歉，刚才李夫人在这里，我没好意思开口打招呼，我是秦陆焯的母亲。"

严枫正想着秦陆焯这名字怎么这么熟悉，就听到自己小女儿在旁边提醒："妈妈，秦陆焯就是我男朋友啊。"严枫"哦"了一声，随后一双美眸瞪大。

孟清苑望着严枫，见对方还有点儿蒙的模样，估摸着她应该对孩子们之间的事情还不如自己了解得多。她有些不好意思地说："应该是我们主动约你们吃饭的，只是没想到先在这里碰上了。"

严枫也是见惯大场面的，当即笑道："缘分来了，挡都挡不住。"

等孟清苑离开之后，严枫站在原地转头看向蔚蓝，她皱起眉头，半晌后，问道："怎么回事？"

"就是这么回事呗。"蔚蓝无奈地道。

严枫不由得有些微怒，低声说："之前我问你，你说什么来着，他父亲在政府部门工作？"

"对啊，不就是在政府部门工作？"

严枫被她气得不行："这能算一个意思？"

显然，孟清苑的出现，让严枫对秦陆焯的态度有所缓和。

晚上回去之后，蔚蓝把今天陪严枫逛街，遇到孟清苑的事情告诉了秦陆焯。说完，她望着他道："我妈妈是不是挺势利的？"秦陆焯挑眉，蔚蓝定定地看着他，"之前不知道你家世的时候，她还挺反对的，今天她就同意了我去拜访你父母。"

她知道秦陆焯的性格，这些弯弯绕绕他自己不在意，但是严枫态度转变，确实是他家世缘故。她不想骗他，干脆说清楚。

半晌后，秦陆焯说："以后我如果生了女儿，交了男朋友，我大概会把对方祖上三代都查个一清二楚。"想了下，他突然又摇头，"不对，我大概会想打断那小子的狗腿。"

蔚蓝朝他瞧过去，见他神色挺认真，她点点头：“你在暗示让我爸爸来打断你的腿？”

“要是他同意让我娶你，打断腿又怎样？”

这次，他的神色还挺认真。蔚蓝一瞧，摇摇头笑道：“我姐夫当初和我姐结婚的时候，我爸爸都没打断他的腿，所以你别担心。况且，还有我在呢。”

她直直地望向秦陆焯，娇媚的脸颊上带着清浅笑意。

原本两人靠在一块儿闲聊，偏偏蔚蓝这个表情勾出了秦陆焯心底的那团火。

他不是吃素的，只是之前受伤，出院的时候，医生又特别叮嘱过，他压抑着。蔚蓝算是严格遵循医嘱，就算两人躺在一张床上，也是盖着被子纯睡觉。

原本秦陆焯没打算做什么，结果蔚蓝抬眸望着他，他忽而觉得她眼睛像是带着钩子。他低头寻着她的唇，毫不犹豫地衔住，肆意亲吻，蔚蓝往后躲，却被他禁锢着。

唇舌交缠，他像是有意的，不给她喘息的机会，舌尖勾着她，没一会儿，蔚蓝的身体软了下去，眼睛微微闭着，长睫不停地颤抖。

房间内有暖气，两人都穿着家居服，不厚，秦陆焯的手掌掀起她衣裳的下摆，大手贴上她柔嫩的后背肌肤时，她才觉出不对劲。

她用力地想要推开他，待唇舌稍分开些，她低声说：“不行，医生说……”

“行不行我说了算，医生懂什么。”他轻轻咬了蔚蓝的唇，没敢用力，只有轻微刺痛。

蔚蓝不动声色，谁知后背上的那只手开始游移，慢慢往上。她穿着的家居服宽松，他的手掌没一会儿就贴到她内衣后面的按扣上。蔚蓝朝他望过去，按住他的另外一只手，不许他再乱动弹。谁知她刚伸手按他的手，就觉得胸口一松，内衣后面的扣子被他单手解开。

她愕然，面前的男人咬着她的唇，低声说：“我说了，行不行我说了算。”

秦陆焯翻身将她压住，这次蔚蓝是彻底逃不了了。

一室旖旎，暖香四溢。

隔天醒来的时候，蔚蓝觉得自己身上像是被碾压过，手臂重得犹如千斤。某人禁欲太久，像是要从她身上找补回什么似的，缠她到半夜才睡觉。

卧室里窗帘拉得严实，外面一丝阳光都透不进来。

蔚蓝揉了下眼睛，伸手去捞放在床头的手机。等看到时间的时候，她先是闭了闭眼睛，随后猛然睁开。

她起床的时候，秦陆焯大概是听到动静，推门进来，还挺意外地问：“不再多睡一会儿？”

“还睡什么，都十点半了，不是说好今天要去你家里的。”蔚蓝有些着急，随手撩了下自己的头发，刚起床，长发凌乱得很。

秦陆焯走过来，坐在床边，按着她低声笑道：“没事，你要是累，我们晚上过去也行。”

“这怎么可以。”她瞪了他一眼。回头等孟清苑问起来，难道她要说自己中午睡过头了？

蔚蓝一向生活作息规律，就算周末，早上七点半也必然会起床。偏偏因为昨晚的闹腾，她竟不觉睡过了头。

秦陆焯站在一旁，瞧着她在柜子前面挑选衣服。既然是去秦陆焯家，打扮自然不用像平时上班那样庄重成熟。她托着腮，在柜子前面站了半天不动弹，直到秦陆焯在身后说：“随便穿一件吧。”

“那怎么能行？”蔚蓝皱眉。

她本身不是特别爱钻牛角尖的人，只不过这是第一次去秦陆焯家里，她想给他父母留下好印象。

秦陆焯干脆走到衣柜前面，伸出一只手挑了件连衣裙。款式很简单，束腰长裙。蔚蓝身材好，穿什么都好看，即便这款式不算太出挑，但也绝对不会出错。

蔚蓝皱眉，轻声问："会不会太普通？"

"你是去见我父母，又不是去选美。"秦陆焯笑了。

蔚蓝瞪了他一眼，后来想想，长辈的审美大概都是简洁大方，所以接过了秦陆焯手中的裙子，便要换衣服。谁知旁边的人站着一点儿意识都没有。

她朝他望了一眼，直接推着他说："我要换衣服了。"

男人轻嗤了下，低笑道："矫情。"

蔚蓝毫不犹豫地开门，将人推了出去，这才转身去换衣服。出门的时候，蔚蓝看了眼时间，十一点二十，她有些担心地问道："会不会太晚？"

"没事，我已经打过电话了，说我公司有点儿事情要处理，晚点儿过去吃饭。"

听他这么说，蔚蓝才松了一口气。

一路上她没怎么说话，车子在大门口停下，她看着岗哨对着秦陆焯的车行礼的时候，整个人一下子坐直了。秦陆焯余光瞥见她的动作，转头见她神色紧张，于是松开握着方向盘的手，伸过来抓住她手掌，低声问道："紧张了？"

蔚蓝抿嘴，最后点点头。

"就是吃个饭而已。"他说。

蔚蓝无奈道："我知道。"知道是一回事，但是真正面对的时候又是一回事。

她努力做出平时面对咨询者时候那股淡定优雅的姿态，深吸了一口气，给自己做了心理预示。总算在下车的时候，她心情平复了下来，脸上的神色也放松了不少。

秦陆焯瞧着，暗自觉得好笑，低声问道："做好心理建设了？"

见他这时候还有心情笑话自己，蔚蓝瞪了他一眼。

但这是他家门口，蔚蓝怕待会儿有人从里面出来，只是瞪了他一眼，却不想秦陆焯直接伸出手握着她的手掌，拉着她往前走，低声说："怕什么，我给你撑腰。”

踏进秦家的时候，蔚蓝还在想着这句话。

她进屋的时候还是觉得心里咯噔一下。

秦家不算小，两层楼的房子，据说是秦陆焯爷爷住的地方，只是他老人家最近不在北京，天太冷，空气又不好，所以去南方休养了。

他们一进门，孟清苑就听见了动静，她从客厅走出来，看见他们，笑道：“刚才听到门口车子的声音，就想着是不是你们回来了。”

她用的是“回来了”，这三个字既温柔又体贴，似乎一下子抚慰了蔚蓝忐忑的心。

蔚蓝冲着孟清苑点头：“阿姨，您好。”

家里的阿姨把准备好的拖鞋递给他们，都是新的，一粉一蓝，瞧着还是一对儿。

孟清苑领着他们到客厅，吩咐保姆端茶上水果，轻笑着道：“我去叫陆焯爸爸。”

临走的时候，孟清苑特地朝蔚蓝眨了下眼睛，低声说：“其实他一早就盼着你们来呢，就是端着架子。”

蔚蓝一愣，孟清苑已经走了。

没一会儿，保姆把茶水先端了上来，蔚蓝说了一声“谢谢”，双手接过。保姆不年轻，大概四十来岁，笑着说道：“小姐先喝茶，待会儿就吃午饭了。”

蔚蓝冲着对方笑了笑，刚笑完，就听到楼梯上传来声音，脚步挺沉，是男人的。脚步声渐近，她起身站了起来。

秦陆焯跟着她一块儿站起来，刚低头想跟她说话，就听到一个威严的声音：“回来了。”

这是蔚蓝第一次见到秦克江。

她抬头的一瞬间，就觉得这对父子真是亲父子，站在一块儿，都不用别人说什么，长相、神色就已经出卖了他们。秦克江表情淡定从容，说话气度更是十足，跟蔚蓝打招呼的时候，目光与她对视，倒是不见威严，反而透着一份亲和。

这份难得的亲和，自然是对着蔚蓝的。他冲着秦陆焯看过去的时候，眼神显得有些严厉。

秦克江请她在沙发上坐下，秦陆焯大大咧咧地在旁边坐下。

孟清苑去厨房看看午饭准备的情况，客厅只留下他们三人。好在秦克江只是让蔚蓝喝茶，问了问她工作的情况，并未对她刨根问底。

过了几分钟，孟清苑让秦陆焯带蔚蓝去他房间里看看。秦陆焯没吱声，显然觉得自己的房间没什么可看的，倒是蔚蓝转头瞧着他，一脸兴致盎然："那你带我逛逛？"

"走吧。"知道她只是顺着孟清苑的话而已，他牵着蔚蓝的手，就往楼梯上走。

上楼后，秦陆焯的房间在左手边，他推开门，蔚蓝跟着进去。房间风格简洁，一张床，一张书桌，一把椅子，一个书架。书架上摆着他个人的东西，相册，还有各种书籍。

蔚蓝自然是对他的相册感兴趣，进了房间，直奔着书架而去。

她认真地看着相册上的照片，第一个相框是一场篮球比赛之后拍摄的，上面大部分人穿着篮球服，她仔细地看着照片，没一会儿就把秦陆焯找了出来。

他站在后面，位置还在角落，但是脸上的神色一下子将他跟其他尚显稚嫩的高中男生区别了出来。倒不是桀骜，而是照片上其他人都咧嘴大笑，唯有他那么冷静沉稳。那种过分冷静以及嘴角挂着的微痞笑容，让他格外显眼。

"这是你多大的时候？"蔚蓝盯着照片上的小人儿，好奇地问。

秦陆焯站在她身后，扫了一眼照片，说道："大概高二的时候吧。"

他作为校队的主力前锋，带领校队拿下了当年的高中生联赛冠军。校队里大部分是体育生，唯独他不是。

蔚蓝这会儿又发现了一个熟人，她指了指另一边的人说："林纪明？"

蔚蓝仔细看了一眼，发现这还真是她表哥林纪明，模样青涩，不过她并不陌生，毕竟她跟林纪明从小一起长大。

她看着林纪明的篮球服，突然“呀”了一声。

林纪明上高中的时候，她还只是个初中生。她记得姑姑偶尔会跟妈妈抱怨，说林纪明只顾着打球，读书不算努力。那时候林纪明为了偷偷练球，有几次还拉着蔚蓝给他做挡箭牌，偏偏他还只是个替补选手。蔚蓝那会儿并不理解他所谓的热血和目标，只知道他每次打球回来，浑身臭得让人不想靠近。

林纪明也邀请过她去看比赛，那时候她骄傲，成绩好，丝毫不觉得篮球场上十个少年围着一个篮球打转有什么好看的，况且别看林纪明练习得勤奋，可他只是个替补队员。

现在再回想，如果她接受林纪明的邀请，去看了比赛，会不会被那时候还是个少年的秦陆焯吸引呢？

秦陆焯见她对着照片笑了起来，问道：“有什么好笑的？”

蔚蓝把这些告诉他，问：“你说，如果我去了，我会喜欢那时候的你吗？”

对于这个可能性，秦陆焯稍微想了想，摇摇头。

蔚蓝挺诧异，说：“你怎么就觉得我不会喜欢那时候的你呢？”

谁知秦陆焯却笑了下：“不是觉得你不会喜欢，而是你太小了。”

起码那时候还太小了，所以现在认识也好，起码我们可以光明正大地站在彼此身边。

蔚蓝没想到他是考虑到这个。

她想了想，如果那时候她就认识秦陆焯，或许当时会喜欢他，但少年时的喜欢太过不确定了，或许等她去美国之后，就会渐渐地把这份喜欢忘记，而许多年后再见到秦陆焯，对他的印象大概是——哦，我年少时曾喜欢过的男人。

他们两人大概也不会走到现在。

有时候不得不感慨命运的奇妙，它会让你在最适合的时候，遇到最值得等待的那个人。

秦陆焯的照片不算多，相框就两个，还有一个是他穿警服的照片。英挺的男人穿着藏青色警服，腰间系着腰带，整个人板正又挺拔，双目直勾勾地望着镜头。

蔚蓝不禁伸手摸了下，有些遗憾地问："怎么咱们家里没放这样的照片？"

咱们家里……原本只是陪着她的男人听到这句话的时候，顿时笑了起来，他靠过来，从背后搂住蔚蓝，贴着她的耳朵低声问："喜欢这张？"

蔚蓝是真喜欢，毕竟这是她第一次看他穿警服的样子，英俊又有点儿严肃的模样说不出的撩人。

"那就带回家。"说完，秦陆焯居然真的伸手将相册拿了下来。

蔚蓝一见，赶紧按着他的手臂，连声道："你干吗呀？"

"你不是说喜欢吗？"

蔚蓝没想到因为自己的一句话，他就真的要把相框带走，低声道："算了，这也太奇怪了，第一次来做客，就带走你的照片，让你爸妈看见，会不会笑话我？"

"笑话你什么？"秦陆焯略偏头，垂眸望着她，突然他嘴角一扬，"笑话你太喜欢我？"

这话说得让蔚蓝真不知道该怎么反驳。

跟秦陆焯这样性格的人在一起，大概只会越来越喜欢他吧。有时候光是看见他的脸，蔚蓝都有怦然心动的感觉——这是她在少女时期都没出现过的感觉。

"是啊，太喜欢你了。"蔚蓝望着他，毫不回避地说。

秦陆焯的心脏在这一瞬间仿佛漏跳了一拍。末了，他将人紧紧地揽在怀中，说："嗯，我也太喜欢你了。"

就在此时，门口响起敲门的声音。

两个沉浸在甜蜜中的人犹如被惊醒般转头看向门口，还是秦陆焯笑了下，松开她转身去开门。孟清苑站在门口，见是他开门，说道：“下去吃饭吧。”

这顿饭吃得还算和谐。

用完午饭之后，他们准备离开，孟清苑也没多挽留，只是送他们到门口。

“下次找个机会，我们想邀请你父母见见面，不知道他们是否方便。”他们临上车的时候，孟清苑说道。

蔚蓝略惊讶，她自然明白，孟清苑这是极正式的邀请了。

她朝秦陆焯望了一眼，秦陆焯代她开口说：“我们回去商量商量。”

孟清苑点头，看着他们上车。

周三上班的时候，秦陆焯因为要喂秦小酒，比蔚蓝迟几分钟下楼。

临上车时，他给沈放打电话，打算告诉他自己今天还是没办法去公司。电话刚拨通，他拉开车门，然后就停住了。

“老大，你怎么不说话了？”沈放奇怪地看了一眼电话，没挂断啊。

对面秦陆焯冷静的声音响了起来：“沈放，待会儿我挂完电话之后，你给肖寒打个电话，让他到我家里来一趟。”

沈放好奇地问：“有什么事儿吗？你吩咐我去做就行了。”

“我的车被人动了手脚，你打电话让他来。”

沈放刚要说话，就意识到他的意思，立即吼道：“动手脚？动了什么手脚？”

“不知道，有可能是炸弹，也有可能只是改了刹车。”秦陆焯的声音还算冷静，沈放还蒙着，秦陆焯压低声音道，“还愣着干吗，打电话。”

他刚挂断，蔚蓝的电话就打了过来，她问道：“你还没出门吗？要不明天我来伺候秦小酒吧。”她今天有个特殊病人，约了早上八点半的时间。

秦陆焯的声音丝毫没有变化，他说：“没事儿，我已经下楼了，没耽误时间。”

蔚蓝这才放心，她看了一眼前面的红灯，低声说：“那我挂了啊。”

“蔚蓝。”秦陆焯喊了她一句，蔚蓝“嗯”了一声，随后他笑道，“我爱你。”

一大清早就听到这句话，蔚蓝忍不住笑了出来，她抿了下唇，说：“嗯，我也是。”

“你也是什么？”秦陆焯像是故意找碴一样。

蔚蓝一笑，哄着他说：“我也是，我也爱你。”

秦陆焯笑着挂断了电话。

今天就跟往常一样，该上学的上学，该上班的上班，周围依旧平和，不时有人从楼道里走出来。

肖寒带人赶到是二十分钟之后，他们一路开着警笛疾驰而来。他到的时候，就看见秦陆焯站在车门口，手臂依旧保持着拉车门的姿势。他刚想靠近，就被旁边的人拉住，低声提醒道：“肖队，现在还不确定有没有炸弹呢，您不能就这么过去。”

“你看见站在那里的是谁了吗？”

拉着的人当然知道，只是秦陆焯这会儿已经被困在那儿，在排爆部队还没过来之前，他们就算过去也无济于事。即便被骂了一顿，拉着肖寒的人还是没松手。

肖寒气得在原地转了一圈，骂了好几句脏话。

沈放开着车赶到的时候，就看见显眼的警车。这会儿警察已经开始准备拉起警戒线，因为秦陆焯的车是停在单元楼前面，如果真的有炸弹，后面一栋楼都在爆炸范围内。沈放就要往里冲，却被警察拦在警戒线之外。他气急败坏地说道：“是我打电话让你们肖队来的，他人呢？”

“不好意思，麻烦你往后去，不得随意靠近警戒线。”

沈放还要再说，正好齐晓从旁边走过，瞧见他“哟”了一声，赶紧过来说道：“来来来，这是咱们自己人，放他进来吧。”

沈放望着前面秦陆焯的车，着急地问道：“现在情况怎么样？”

齐晓摇头：“都在等拆弹部队过来呢，他们不到，咱们也不能过去。”

“不能过去？你们就让老大一个人站在那里？”沈放不敢相信地望着他，抬腿就想冲过去。

齐晓赶紧把人拉住，低声说道：“我放你进来，可不是让你进来捣乱的。你以为咱们不着急？刚才肖队也想冲过去，可是那边炸弹还没确认，拆弹部队还没过来，现在贸然过去，你是能帮忙拆弹还是能干吗？”

沈放知道他说的都对，可是这种时候，一想到老大跟炸弹在一块儿，他却只能远远站着看着，他就是受不了。沈放捂着脑袋说：“我当初学什么计算机。”

齐晓见他这模样也不好受，可是这会儿真不是意气用事的时候，他只能劝着。

肖寒在发脾气问排爆部队怎么还没来，就见两辆车匆匆赶来。随后，一行人从车里下来，肖寒赶紧走过去，双方迅速地握手。对方负责人便问道：“现在什么情况？”

“怀疑有炸弹，不过还没确定。咱们过来之后，在附近拉了警戒线，正在疏散人群。”肖寒立即说道。

排爆专家叫蒋哲，他听完肖寒的话，点点头：“我们现在过去确认炸弹的情况，麻烦你们尽快疏散居民楼的住户，最好是十米范围内的都疏散。”随后，他开始穿戴防爆服。

大概是由于这边聚集了警察，不少小区的人被吸引了过来。肖寒看着警戒线外面站着的人，有些不悦地问道：“怎么回事？怎么这么多人聚在这里？”

“看热闹的。”一旁的齐晓摸了下鼻子，无奈地说。

肖寒一听，指着人群就说：“那你们还傻站在这里干吗？这是什么事情，能让他们看热闹吗？到时候要是波及谁，你们谁能负责？”

齐晓带着几个人赶紧过去，几个小警察苦口婆心地劝说。

谁知人群中反而传来骚动的声音，特别是有个六十来岁的大爷冲在人前，气呼呼地喊道：“你们警察一大清早就过来我们小区，最起码也该让我们居民知道有什么事情。你们这个是不透明的，我们有权利投诉你们。”

“就是啊，这可是我们自己的小区，最起码应该让我们知道怎么回事。”有人跟着附和道。

齐晓头都大了，他们肯定不能告诉居民可能有爆炸物，否则会引起恐慌。况且现在网络传播那么迅速，朋友圈小视频一扩散，到时候指不定生出什么谣言。

“各位，各位，现在我们警方正在处理隐患，请大家相信，我们一定会妥善处理的。”

有个眼尖的小年轻瞧见不远处的拆弹部队，惊讶地说：“那个是不是拆弹部队啊？我在电影里看过，穿的衣服都一样。”

拆弹……这下算是真的捅了马蜂窝。

人群顿时显得更焦躁，之前抱着孩子的妈妈赶紧退了出去，边走还边打电话：“喂，老公，你赶紧回来吧……还上什么班呀，咱们家这边有炸弹，你快回来带我跟女儿走吧，这可太吓人了。”

这位妈妈的电话似乎一下刺激了不少人，围观的人确实开始散开了，但是散开的同时也在不断地往外打电话。齐晓瞧着这一幕，叹了一口气。

谁知之前的大爷又开始不依不饶地说：“你，你这个要负责任的，我们这个可是居民小区，这个炸弹赶紧弄出去。”

齐晓耐着性子，又解释了一遍：“各位，我们警方正在处理。请大家不要随意上传朋友圈，散播谣言是要负刑事责任的。”

“什么谣言？现在这里有炸弹是假的吗？”大爷性子急，当即指着齐晓的鼻尖问道。

这边人群还在吵嚷，那边拆弹部队的人已经靠近秦陆焯的车辆。

蒋哲身上穿着厚重的防爆装，慢慢地走到秦陆焯身边，他透着玻璃镜片望着面前的男人，“秦先生，是你报的警吧？”

秦陆焯开口：“对，是我报的警。”

“你稍等，我们现在就排除炸弹。”

突然秦陆焯“嘘”了下，蒋哲顿住，就听他说：“你仔细听。”

蒋哲微愣，仔细地听。没一会儿，他眼睛微缩，往后伸手要了工具，就将秦陆焯驾驶座上的椅背打开。当椅背被拆开时，原本声音不算大的“嘀嗒”声一下子清晰起来。

之前秦陆焯就是在打开车门的一瞬间听到这个声音的。

蒋哲看了一眼正闪着危险红光的炸弹，上面连着一根极细的线，待他看清楚线的同时，转头看向秦陆焯：“秦先生，幸亏你没关门。”

如果秦陆焯上车关门，这根线一定会断掉，那样的话将会引爆这个装置。

蒋哲低声安慰道：“秦先生，我们待会儿会用工具将车门固定住，在此之前，你最好保持不动。”

秦陆焯苦笑一声，说：“嗯，我知道。不过我要提醒你，我已经保持这个姿势半个小时了。”

此时有人去拿工具，准备将车门固定住。现场排爆工作进行得紧张而有序，但是他们不知道的是，外面已经掀起了不小的波澜。

蔚蓝这边的这位咨询者八点半过来，她每次都是预约一个小时，却只待了半个小时就离开了，所以她走的时候正是工作室正式上班的时候。

张萧端着水杯从茶水间走出来，低头看着手机，差点儿撞到蔚蓝。

“对不起，对不起，蔚老师，我没注意到您。”她手里的水杯晃了晃，几滴水溅到了蔚蓝的毛衣上。

“看什么呢，这么聚精会神。”

张萧立即说：“在刷朋友圈，说是有个居民区发现了炸弹。”

这可是祖国的心脏，竟然发现炸弹，朋友圈这会儿都转发疯了，新闻网站都派人去了。

蔚蓝扬眉，略惊讶地问：“炸弹？”

张萧赶紧把自己的手机递到她面前，打开小视频，说道：“就是这个视频，蔚老师您看，这么多警察在现场，还有拆弹部队，就是这个穿黑色衣服的报的警，是不是跟电影里面演的一模一样啊。”

蔚蓝原本没在意，只是当她低头看了眼视频时，原本不在意的眼神一下变了，她立即拿过张萧的手机，将这个视频重新点开。因为是个短视频，而且离得挺远，所以拍摄得比较模糊。

即使这样，蔚蓝还是一眼认出了那辆车。

是秦陆焯的。

她想起早上的那个电话，顿时连呼吸都变得困难起来。当时他就发现自己受到了炸弹威胁吗？他怎么能那么若无其事？

张萧见蔚蓝的脸色一下变得这么难看，有些担心地问道：“蔚老师，您没事吧？”

蔚蓝将手机塞给她，疾步走回办公室。穿好衣服之后，她拎着包就走了出来。张萧还站在走廊上没离开，见她这么迅速地出来，赶紧问道：“蔚老师，待会儿还有咨询者要来……”

“帮我取消。”蔚蓝头也不回地说。

蔚蓝下楼上了车，车子刚倒出来，就熄火了。她深吸了一口气，继续启动车子，等车子开到路上，还是上班早高峰，蜿蜒的汽车长龙，仿佛看不到尽头。

蔚蓝开车从没这么着急过，她不停地拍打着方向盘，不断鸣笛。当经过一个红绿灯路口的时候，她还险些撞上一个骑着自行车正试图闯红灯的人。终于，在她猛地刹住车子时，整个人像是一下子清醒了过来。

刚才她就像一个被溺在水中的人，大脑在一瞬间失去了思考的能力。好在这一刻，她再次冷静下来。她重新启动车子，拨通秦陆焯的电话。

秦陆焯的手机响了起来，蒋哲朝他看了一眼，其他防爆队员已经将工具拿过来，准备固定住车门，这样可以让秦陆焯离开这里。蒋哲听着手机铃声一直响，说道："秦先生，这个是平衡装置，我们需要确保你的安全，现在你真的不能动。"

秦陆焯听着手机的铃声，即便没看见打电话的是谁，心底也知道，是蔚蓝打来的。

他问："我能接一下这个电话吗？"

蒋哲考虑了一下，最后点了点头。

随后，秦陆焯在尽力保持自己平衡的情况下，从口袋里将手机拿了出来。屏幕上"蔚蓝"两个字一直在跳跃，他嘴角微扬，按下绿色按钮。

"怎么了？"他语气平静得根本不像是一个面临着炸弹危险的人。

蔚蓝："我在回家的路上。"

秦陆焯一愣，刚要抬头，又想起蒋哲让他保持不动的话。他听到蔚蓝那边不停响起的汽车鸣笛声，似乎也感受到对面那份难言的焦虑。他低声哄道："蔚蓝，我没事，你别害怕。"

即便到了这个时候，承受着一切的是他，安慰别人的，还是他。

他的声音低沉又坚定，带着说不出的安全感。

蔚蓝听到他的声音，明明知道他还没脱离危险，可心底的那种担心，仿佛真的退散了不少。她低声说："我知道，你也别害怕。"

秦陆焯听得笑了，还真没人跟他说过"别害怕"。

电话挂断之后，蒋哲望着他，轻声问："准备好了吗？"

秦陆焯微微点头，蒋哲开始竖起手指，喊道："一、二、三，松手。"

他慢慢松开手，车门被固定在原地，那条细线安静地悬挂在半空中，丝毫没有断裂的迹象。秦陆焯往后退了两步，危机暂时解除。

蒋哲立即吩咐队员，将秦陆焯带到警戒线之外。看见秦陆焯慢慢往这边走过来，肖寒立即冲过来，狠狠地抱了他一下，眼眶是真的有点儿湿了："焯哥。"

秦陆焯笑了下，拍了拍他的肩膀。对随后扑上来的沈放，他皱了皱眉，拍着他的肩膀低声道：“沈放，不至于啊。”

沈放抽了下鼻子，一个大男人带着哭腔说：“老大，我刚才特害怕。”

“怕什么，以前咱们遇到多少事儿都走过来了。”秦陆焯轻笑道。

那边蒋哲还在用无线电跟肖寒沟通，他已经开始准备拆弹。等那边小心翼翼地将炸弹的外壳拆掉，过了一分钟之后，频道里突然传来一句粗口。

肖寒一愣，赶紧问：“怎么了？”

“假的。”

肖寒松了一口气。

旁边的秦陆焯在听到这句话的时候，突然上前道：“我觉得还是有必要对车子进行全面的检查。”

肖寒点点头，等他跟蒋哲沟通之后，那边就对这辆车进行全面排查。

两分钟之后，无线电里再次传来消息：“报告，蒋队，发现自制炸弹一枚。”

最后，他们又在另外一个地方发现一枚假炸弹，也就是说秦陆焯这辆车上被安了两个假炸弹和一个真的。肖寒听完，脸都黑了。

“这是什么变态，完全想置你于死地啊。”他看着秦陆焯，有些后怕地说道。

秦陆焯冷笑了一声。

这边蔚蓝一路开车回来，就快到小区的时候，她手机响了。原本她没打算接，只是一撇头，就看见那串电话号码在她的手机屏幕上跳动，她记性很好，这串号码昨天她刚主动拨过。

她伸手抓起手机，接通，那边没说话，她已不耐烦：“说话！”

“你还好吗？”明恒声音轻柔，听起来似乎在关心她。

蔚蓝一只手握着方向盘，一只手拿着电话，眼神凌厉而清冷，她说：“你以为你用这种手段就能吓唬住我们？”

谁知那边却突然笑了起来，有些叹息地说：“蔚蓝，你在说什么呢，我怎么一点儿都听不懂？”

见他到这时候还在装，蔚蓝也不打算跟他多说，直接挂断电话。

这边明恒听着“嘟嘟”声，再低头一看，电话已经被挂断。他不由得苦笑，倒真是她的性格，干脆利落，绝不拖泥带水，当初她识破他对她的心理干预之后也是这样。

明明那时候她对他已经有些不一样，可当她察觉到自己的意图之后，还是立即选择远离他，切断跟他的一切联系。或许就是她一直以来的决断，让他总是刮目相看。

只可惜，每次她都选择站在他的对立面。

就像之前在越南的那片密林之中，他本打算杀了秦陆焯，带走她，没想到最后反而赔上了阿太的一条性命。

明恒低头拿出另外一部手机，拨通一个号码说道：“立即安排他离开，别留下任何线索。”

这种自制的炸弹，即便再小心，也会留下蛛丝马迹。他们需要在警方找到他们之前，立即离开这里。

蔚蓝没能开车进入小区，这时候已经有记者在外面等着。小区的保安和警察都配合阻拦，不再让外人进入。

“你好，我是这里的住户。”蔚蓝挤进去，对拦在门口的警察说道。

警察看了她一眼，问道：“你是哪个单元的？”

蔚蓝将秦陆焯家单元楼号报了一遍，谁知警察朝她看了两眼，无奈地道：“小姐，这个房子登记的户主只有一个人，不是你的名字，麻烦你不要扰乱我们执行公务。”

“我……”蔚蓝张了张嘴。

显然这个警察以为她是记者，想要浑水摸鱼。半晌，她什么话也说不出来。

直到有个人隔着横杆看着她，喊道：“蔚老师？”

蔚蓝望着他，那人笑道：“我是老黄，咱们前两天还在分局见过的。”

她想起来，老黄是景山分局的警察，她确实见过他。

秦陆焯当初抓阮坤时，牺牲的一名战友有个妹妹叫刘瑾。刘瑾在学校的时候常受同寝室同学欺负，秦陆焯便以她哥哥的身份去学校处理。前几天，刘瑾寝室的一个女生坠楼，刘瑾当时作为嫌疑人接受了问询。案子由景山分局负责，由于涉及校园暴力和学生心理辅导，秦陆焯与蔚蓝去了学校。甚至因为这个案子，蔚蓝前一天还单独去见了明恒。

老黄见她被拦在外面，又知道里面被困的是谁，赶紧过来把她领了进去。他说："您是担心秦队吧，放心吧，拆弹专家还在拆弹，不过秦队已经没事了。"

听到这句话，蔚蓝的腿竟是不自觉地软了下来，走路的时候，险些摔倒。

老黄惊讶地看着她，担心道："蔚老师，您没事吧。"蔚蓝摇摇头。

瞧着她面色苍白，老黄倒是能理解，男朋友出了那样的事情，能不担心吗？

蔚蓝看着站在不远处的男人身姿挺拔，阳光照射在他的脸颊上，线条深邃又利落，透着股坚毅。

秦陆焯原本跟肖寒他们说着话，谁知身后传来一股冲撞力，像是心灵感应一样，他一把抓住来人的手腕，将她带进自己的怀里。

"秦陆焯。"她仰起头，望着他。

秦陆焯以为她是被吓住了，伸手在她后脑勺轻抚了两下，安慰道："蔚蓝，别怕。你看，这不已经没事了……"

他刚说完这句话，嘴巴就被堵住。

众目睽睽之下，蔚蓝闭着眼睛，深深地吻着他。这一刻，她心中没有别人，只有他。

一旁的人刚开始都愣住了，之后所有人默契地转过头。

深吻结束，秦陆焯松开怀里的姑娘，他望着他，心中一股冲动似乎要喷涌而出。蔚蓝开口说："秦陆焯，我们结婚吧。"

秦陆焯脸上露出错愕的表情。

蔚蓝却有点儿激动，说："刚才被拦在门口，我就在想，如果你真的出事，我连把自己的名字写在你旁边的资格都没有。或许太快了，但是我知道，我绝对不后悔。"她望着他，一脸真诚。

秦陆焯低头碰着她的额头，低声说："我刚才惊讶了是不是？"他突然笑了起来，"我惊讶不是因为你的这句话，而是在想，你怎么会把我想说的话说了出来。"

"蔚蓝，我想娶你。"这一刻，他们心甘情愿。

寒风凛冽，此时的蔚蓝却丝毫没觉得冷，她目光灼灼地望向秦陆焯，低声问："你不骗我？"

这句话让秦陆焯无奈地低声笑了出来，他说："蔚蓝，看着我。"

蔚蓝当真抬头望着他。

他认真地望着她说："蔚蓝，我想娶你。"

蔚蓝踮起脚，抱着他的脖子，靠在他的颈窝里，他把她抱在怀里——这种感觉真好。

拆弹部队将整辆车仔细检查了一遍，总算解除了危险。这件事影响挺大，不少记者在门口等着，毕竟是居民小区内，出现炸弹这种东西，要是真爆炸，估计会成为重大新闻。

虽然没事了，不过秦陆焯得去警局做个笔录，蔚蓝作为他的女朋友，也得一起去。好在他们是配合做笔录，蔚蓝就开了自己的车。

刚上车，蔚蓝没发动车子，而是转头看向副驾驶座上的人。秦陆焯原以为她是想跟自己说什么，只是在注意到她的表情之后，神色略严肃："有事儿？"蔚蓝点头。

他想了下，低声道："是关于炸弹的？"

蔚蓝倒吸了一口气，一时竟不知该说什么，半晌，她苦笑道："这会儿你比我像个心理医生。"

秦陆焯拉过她的手掌，用掌心包着她的手，低声问："怎么回事？"

"是明恒。"蔚蓝说道。

刘瑾的案子虽然很快破了，但她当时总觉得不对劲。因为刘瑾寝室不和谐的原因，明恒作为心理辅导师曾给学生做过心理辅导，她怀疑是明恒为了引出她而从中干预，影响了凶手的心理。和警方打过招呼后，她单独去找了明恒，他当然没有承认。

由于没有证据，她没有把这些告诉警方和秦陆焯。她一直觉得这只是她自己的猜测，她不想把秦陆焯也卷进来。可是明恒这么做，就已经把他卷进来了。

伤害她身边亲近的人，她无法忍受，也不会忍受。

听到“明恒”这两个字时，秦陆焯的脸色一直没什么变化。半晌，他望着蔚蓝，低声说：“这件事，你打算跟警方说吗？”

蔚蓝点头：“当然，他这样做，可不仅仅是挑衅。他是想伤害你，要你的命啊。”说到这里，蔚蓝的手掌在方向盘上猛地拍了下。秦陆焯有点儿惊讶，他极少看到她这么失控的模样。

他伸手将蔚蓝揽进怀中，伸手轻轻抚着她的后背，低声道：“蔚蓝，别担心。我说过，想要我的命没那么容易。在越南，那么难，咱们都挺过来了。”

蔚蓝伸手抱住他。

当极危险的事情在头脑中消散之后，有种叫后怕的情绪就会在心底弥漫。刚才抱着他的时候，蔚蓝心里就觉得踏实，而这会儿放松下来，她发现自己手掌居然在微微颤抖。如果他真的出事了……蔚蓝将脸埋在他的怀中，低声说：“秦陆焯，你一定要好好的。”我承受不住的。

秦陆焯最后下车，将蔚蓝从驾驶座上换了下来。其实他自己倒没什么感觉，当时他拉着车门的时候，还能冷静地给沈放打电话，这会儿只是开车去警局而已。

他牵着蔚蓝的手从车头绕到副驾驶位置的时候，才发现她手掌特别冷，不仅冷，还带着微微的颤抖。他替她拉开车门，在她坐下之后，弯腰亲了下她的额头。

等他们到了警局，肖寒便安排人给他们做笔录。毕竟这件事不算小，炸弹危机，还是在居民区，就算是针对个人的，影响也极其恶劣。

肖寒刚一回来，就被方国辉喊了过去。

方国辉年纪有些大，电脑用得不算多，这时候他的电脑却开着，肖寒一进门，就看见他也在看视频。肖寒双手背在身后，乖乖走了过去，刚准备说话，“砰”的一声，就听到方国辉手掌拍在桌子上的声音，吓得往后一退。

方国辉指着电脑说：“这帮记者现在真是太不像话了，真是唯恐天下不乱，唯恐天下不乱啊。你说说，制造恐慌对他们有什么好处？”

肖寒一愣，赶紧点头：“就是，咱们在前头卖命，这帮人在后面跟着煽风点火，实在是太应该了。”

方国辉抬起头，朝他斜视了一眼，哼了一声，说：“我告诉你，幸亏这次没出什么大乱子，要不然你小子可没机会在我跟前插科打诨了。”

“方局，不至于吧。”肖寒嘿嘿一笑。

方国辉瞪了他一眼，问道：“现在是个什么情况？”

“炸弹已经拆除了，不过为了排除隐患，我们又把周围车辆和居民楼都检查了一遍，目前还没发现别的意外，而且我们也在调监控，不过那个小区是个老小区，很多监控摄像头坏了。”

方国辉顿时怒道：“关键时刻就掉链子，小区监控不是都有规定的。谁的责任，都给我落实到底，要不然下次还是这么个样子。”

肖寒点头。过了会儿，方国辉才低声问：“陆焯怎么样？”

“老大好着呢，真不愧是您带出来的人，那叫一个临危不乱。”

肖寒不是个愤世嫉俗的人，深谙在何时拍领导的马屁。这会儿说点儿好话，老头儿也能开心点儿。这不，肖寒刚说完，方国辉一张严肃的脸，还真的染上了笑意。

随后他又板着脸说道：“最重要的是要搞清楚炸弹到底是谁放的，以及来源，这可不是件小事儿。回头我也得跟上面汇报，你小子一定要把这个案子给我查得清清楚楚。”

肖寒立即挺直身板，对着方国辉敬礼。

“是，方局，您放心，我一定给您一个满意的结果。”

这件事涉及秦陆焯，肖寒自然会更加上心。这边刚从方国辉的办公室出来，他就立即奔向办公室。只是简单做笔录，用不着审讯室，他过去的时候，局里的小年轻正给秦陆焯做笔录，那毕恭毕敬的态度也真是，问一句都要加个“请”字。

这会儿也问得差不多了，刚问完，小年轻正要把笔录交给对面的秦陆焯，让他看看还有没有什么地方漏了，谁知递过去的时候就被肖寒一把抓了过去。

“肖队。”小警察霍地站了起来。

肖寒挥挥手，小警察望了他一眼，他才说道：“你先出去吧，我看看。”

等人走了，肖寒也把手里的笔录看得差不多了。他抬头看着秦陆焯，说：“老大，现在这里没别人，您直接跟我说实话吧。”

关于明恒的事情，他没提，在笔录上提了也没什么用。

秦陆焯在看见肖寒之后，身体靠在椅背上，抬起手在桌子上点了下，问道：“有烟吗？”

肖寒从兜里掏出一盒烟，抽了一支递给秦陆焯，笑道：“就只有这个，老大你别嫌弃。”

“矫情。”秦陆焯斜了他一眼，低声说道。

当初他就是抽这个烟的。只不过之前他受伤，再加上有蔚蓝在身边，就开始有意识地减少自己抽烟的量。肖寒嘿嘿一笑，起身给他点了烟。

秦陆焯深深地吸了一口，灰白色烟圈吐了出来，他望着肖寒说：“之前刘瑾案子里的那个心理教授……”

“明恒？”肖寒立即道。

秦陆焯点头，说：“这个人有问题，而且是大问题，盯紧他。”

两人到底搭档了多年，他这么一说，肖寒立即点头。

这边秦陆焯跟蔚蓝出了警局，秦克江的电话就打了过来，还不是他身边的秘书打的，是他亲自打的电话。他说："从今天开始，搬回家住。"

"不用。"

"那行，我跟你妈从今天开始搬到你那边住。"秦克江口吻淡然，透着一股坚决。

他这话一说，秦陆焯愣了。他朝电话看了一眼，号码没错，声音也对得上，就是这话实在不像是他父亲能说出来的。不过他还是给了面子，低声说："我没事。"

"这还叫没事？寻仇居然用上了炸弹，是不是等你哪天被炸得七零八碎，让你妈白发人送黑发人才叫有事？"

秦克江的声音不小，站在他身边的蔚蓝听了个清清楚楚。

秦陆焯脸上难得露出无奈的表情，他伸手指了指旁边，示意自己到一旁接这个电话。蔚蓝点头，他这才慢慢走过去，低声道："这事儿您跟我妈说了吗？"

"要是说了，你这会儿就该去医院看她了。"秦克江想了下，还是低声说道，"上个月你妈去体检，心脏有点儿不舒服，她没让我跟你说。但是陆焯，她就你这么一个儿子，不管你心底怎么疏远我们，也不能否认她这么多年来对你的养育之恩。身体发肤受之父母，父母还在，你就得给我把自己保护好。"

这么多年来，对于秦陆焯的教育问题，秦克江都是采取理解和宽和的态度。这次，他直接说："给你两个选择，要么你搬回来住，要么我们搬过去跟你住。"

他说完之后，电话两边沉默了许久，直到秦陆焯开口说："爸，我能求您件事儿吗？"

秦克江听到他喊爸，愣了下，这么多年，秦陆焯很少这么叫他。

"你能帮我去蔚蓝家里提亲吗？"

第十一章

可以亲吻新娘了

秦陆焯知道自己被人盯上了，决定送蔚蓝回蔚家住几天。只不过刚回家的蔚蓝并不知道，而远在海南的蔚建勋意外接到一个电话。

那边电话里的人一开口就自我介绍道：“蔚先生，您好，我是秦克江。”

蔚建勋愣了，特助告诉他的时候，他有点儿摸不着头绪，他不记得自己和这位秦部长有过接触。秦克江客气地说：“我儿子秦陆焯，如今正和您的千金谈朋友。”

蔚蓝的男朋友？蔚建勋这才明白过来。

他忙道：“秦部长，您好，还麻烦你这么晚打电话过来，可是有什么事情？”

“是这样，我和我夫人都希望能正式拜访你们，所以才冒昧打这通电话。”

蔚建勋笑道：“您实在太客气了。”

“应该的，毕竟作为男方应该礼数周到，提亲该准备的，我们都不会亏待蔚蓝的。”

蔚建勋彻底愣住了。提亲？这是怎么回事？

电话挂断，秦克江看着对面坐着的人，哼了一声：“现在满意了吧？”

秦陆焯伸手摸了下自己的鼻尖，这是他习惯性的小动作，一般人注意不到。秦克江知道，他不好意思的时候，就会这么摸自己的鼻尖。

这小子……想不到都三十来岁的人了，还有觉得害羞的时候，秦克江忍不住摇头笑了起来。他一笑，秦陆焯自然抬头朝他望过来。秦克江摆摆手，过了半晌，开口道：“难得你开口求我一次。”

秦陆焯这人脾气硬，是不轻易低头的那种。

秦克江指着他说道：“人家可是看在我的面子上，勉强答应见面的。到时候你得好好表现，别让蔚蓝父母挑出你的毛病。别人家养得这么好的姑娘要被你拐走，你小子心里要有点儿数。”

“知道。”这次秦陆焯挺认真地回答。

蔚建勋这边挂断电话之后，想了想，还是给严枫打了电话。严枫刚洗完澡，原本正拿着电话想要不要给蔚建勋打过去，电话就响了起来。她低头一看，哈，两人倒是挺心有灵犀的。

“老蔚，你还没休息？”严枫看了一眼时间，快九点了。

蔚建勋原本在处理公务，还有明天的稿子，他要上台发言，特助提前都准备好了。

严枫在想，要不要把蔚蓝和秦陆焯的事情告诉蔚建勋。之前她确实有些反对，毕竟他们这样的家庭在孩子的婚事上，完全不考虑家世背景也是不可能的。

谁知她犹豫着，蔚建勋已经开口道：“对了，你见过秦部长的夫人吗？”

严枫一愣，道：“怎么突然问起这个？”

随后，蔚建勋就将今天秦克江打电话的事情告诉她，说道：“回头，你给蔚蓝打个电话。既然是谈了恋爱，也该先让我们知道，免得让咱们这般措手不及。”

严枫想了下，还是先跟蔚建勋说了实话。

说完，她听着那头的动静，半晌，倒是蔚建勋笑了声，说道：“合着家里头就只有我一个人不知道？”

“也不是有意要瞒着你，只是你事多人忙。”

“我就是再忙，女儿的婚事还是有时间过问的。”这边，蔚建勋声音微微拔高。

严枫听着他的口吻，知道他应该有些生气。这都多少年的夫妻了，严枫自然摸准了他的脾性，赶紧说道：“谈恋爱，哪有马上就见家长的道理，我当时也是凑巧知道的。”

“谈恋爱？”蔚建勋哼了一声，“人家今天打电话过来，可是明明白白地说了，是要上门提亲。”

严枫倒是没在意，淡淡地表示：“还不是咱们蔚蓝出色，让人家巴巴地上门。”

蔚建勋笑了一声，显然这话，他也是赞同的。不过他也说道：“我已经跟秦部长约了时间，等周末的时候，他就会带着夫人还有那小子一块儿上门，你也准备准备。”

“这么快？”

蔚建勋叹了一口气：“虽然人家说了，但我也没一口答应。毕竟还不知道蔚蓝跟对方相处得如何呢，既然你这么说了，那我估计他们小情侣之间肯定是事先通过气的。回头我给秦部长回个电话，邀请他们周末过来。”说完，蔚建勋追问了一句，“你见过那小子，觉得怎么样？”

“没怎么接触，长得倒是配得上咱们蔚蓝。”

之前严枫之所以反对，就是怕蔚蓝在外面被人骗了。毕竟现在这年头，不单单是女人为了上位才会不择手段，不少男人也同样想走捷径。当时她就觉得，秦陆焯皮相太好了。

后来她确实找人调查了，是个中型物流公司的老板，但公司成立年份短，他能做到如此规模，按说也是个人才。

因为同样是做物流的，所以严枫才更担心秦陆焯是怀着什么目的才会接近蔚蓝。好在后来证明，确实是她想多了。他要是真想走什么捷径，自家的家世就足够了。

蔚建勋一听，挑眉道：“光论长相？”

严枫一笑，倒是安慰他说：“你女儿那个眼光，你还不知道？挑剔得要命。能入得了她眼的，你觉得会是个平庸的人？”

蔚建勋倒是相信这个，两人这才挂了电话。

第二天早上，蔚蓝在外面跑了半个小时，回家的时候，严枫刚从厨房出来，一见到她便说道：“赶紧上去洗澡，早餐都准备好了。”

蔚蓝点头，等她冲了个澡下来，餐桌上已经摆满了丰盛的早餐。

蔚蓝端起面前的牛奶，刚喝了一口，严枫像是想起什么，说道：“对了，你爸爸昨晚打电话回来，这个周末，秦部长和他夫人会来咱们家里。”

“秦部长？”蔚蓝眨了眨眼睛。

“就是你男朋友的父母。”

要不是蔚蓝勉强克制，估计这一嘴的牛奶就该喷了出来。等她用餐巾擦了擦嘴巴，这才问道：“他们过来，有什么事情吗？”

“提亲。”严枫同样优雅地用餐巾擦了擦嘴角，慢条斯理地开口道。

清晨，阳光从餐厅的落地窗照射进来，坐在餐桌旁边的姑娘原本柔美的脸颊泛起微微的红，透着说不出的娇艳。

恋爱中的姑娘，身上总是在不经意间透着幸福的气息。

肖寒他们开始了对明恒的严密监控，只是他这人实在是太没疑点了，每天不是在学校里上课，就是给学生做心理咨询。他在学校里的名气很大，长得儒雅斯文，又是从美国回来的年轻教授，别说学校里一众单身女老师，就是女学生都心动不已。

连着跟了几天，他们不仅一点儿线索没找到，反而连跟着他的人也开始有点儿怀疑。那人回来就问肖寒，到底是谁给的线索，这就是个普通的大学老师。

肖寒听完，皱着眉头，把人赶了出去。回头他便给秦陆焯打了电话过去，他说：“再过两天，我的人就该撤走了，没证据，我们也不可能无限制地在他身上浪费警力。”

“不是浪费，而是你们没找到。”秦陆焯站在办公室窗边望着外面，语气坚定地说道。

肖寒揉了揉头发，压低声音说：“焯哥，现在都只是怀疑。我们根本没有确凿的证据，哪怕是能把他带回来问话的证据都没有。”

“调查过他的背景吗？”

肖寒点头：“他是在单亲家庭长大的，母亲是苏州人，从小跟着母亲和外公外婆。后来出国留学，背景简单。”

母亲是苏州人……秦陆焯在椅子上坐下，又问：“炸弹有线索吗？”

肖寒又叹了一口气，低声说：“炸弹虽然是自制的，但是制作十分精密，具有稳定性和可控性，杀伤力很大。而且炸弹上没有任何可用的指纹，看得出来制作的人极其小心。我觉得确实不像个人作案。”肖寒忍不住问道，“焯哥，你再仔细想想，你最近有得罪什么人吗？”

“佛域。”秦陆焯吐出这两个字。

肖寒一愣。

秦陆焯低声说：“还记得我受伤的事情吗？当时那个人就是用炸弹自杀。你有那个人的资料吗？调查他，说不准，顺着这条线，咱们能找到想要的。”

显然秦陆焯提供的这条思路，肖寒确实没想过。他虽然没在现场，但也听说过当时的惨烈，据说那个引爆炸弹的人是佛域身边的得力干将，那么佛域对秦陆焯定然会更加怀恨在心。毕竟当年阮坤死在秦陆焯的手上，如今他又在追击秦陆焯的路上一再受挫。

就在肖寒要挂断电话的时候，秦陆焯又叫住他。

“还有事儿吗？老大。”肖寒又忍不住喊了这个称呼。

“阮坤有三个儿子，阮谦是长子，偏偏他没能继承阮坤的事业，你觉得他会不在乎吗？”

肖寒瞪大眼睛：“你是说让阮谦出来指证佛域？虽然他们是有利益之争，但是做这种反骨仔的事情，阮谦以后也不用在道上混了。”

秦陆焯笑了声：“你还是先跟广西警方那边联系，或许他们会有些关于佛域的资料。还有那个炸弹，既然这炸弹制作得这么精良，那么能做出它的人，在道上就不是无名之辈。这样的东西也不会是第一次出现，去查查这几年边境有关爆炸的案子，如果不行，就联系越南警方合作，说不定会有意外收获。”

都说女人的第六感十分灵验，作为刑警，对于罪犯，秦陆焯也有种比一般人更加敏锐的感觉。在他做警察的生涯中，这种感觉一次又一次指引着他前行的方向。

秦陆焯低声道："明恒绝对不是无辜的。"

片刻后，肖寒失声道："老大，你不会是怀疑这个明恒就是佛域吧？"

怎么可能呢？一个是心理学教授，一个是道上赫赫有名的人物，这两人怎么可能……

秦陆焯扣着手机，轻声说："你见过佛域吗？警方能找出一张他的照片吗？"

为什么他会这么神秘，或许就是因为他在隐藏着什么。

"三爷，您已经在这里耽误了太久，大少爷那边可是蠢蠢欲动。"电话那头阮勇劝说道。

明恒坐在椅子上，微微转过椅背，身后是书房的落地窗，窗外是漆黑夜空。

他一直不觉得自己是越南人。

他自小出生在苏州，待在外祖父和外祖母的身边，况且他父亲虽然是越南人，却是正统的中国人血统。如果不是为了给父亲报仇，他根本不会染指家族的产业。那些脏事儿，他一点儿也不想碰。

明恒单手撑着脑袋，冷淡地道："阮谦的事情，我自有分寸。你们只要盯紧他就行。还有上次汽车爆炸的事情，警方一定在追查炸弹的来源，你们最近都给我小心点儿。"

阮勇不在意地说道："三爷，您也太小心了。放心吧，咱们做这个也不是头一回，警察根本找不到证据。"

对于阮勇的自信，明恒皱眉道："别把中国警察想得那么没用，小心点。"

此刻，阮谦怀中抱着一个金发洋妞，身材更是前凸后翘。这几年越南的娱乐场所中，有不少东欧的洋妞。阮谦年少的时候也在西方国家留学，跟洋妞交往过，这会儿正亲热着，就被手底下的人打断了。

自打上次被明恒发现之后，他手上的产业又被夺了回去，眼看着反击的机会越来越小，阮谦心底自然着急。手底下的人来回报三爷这段时间都不在大宅中，听到这个消息，他眉头一皱，问道："老三去哪儿了？"

原本他也不知道明恒不在，是他的心腹提醒他，最近大宅那边可太安静了。

安静自然是好事，只不过过分安静，那就不一定了。

"我有个朋友认识在大宅厨房里帮忙的人，他说最近大宅已经有好几天没人送新鲜蔬菜进去。三爷在家的时候，绝对不会有这样的事情。"

阮谦将怀中的女人推了下去，又把无关紧要的人都赶了出去。他眯着眼睛，饶有兴趣地望着手下："什么意思？你是说老三不在家，却又装作在家的样子？"

那人点头。

阮谦摸了摸下巴，不解地问道："老三搞这出干吗？"

他望着对面，对面的人也眼巴巴地望着他，气得阮谦一下把身边的酒杯砸了过去，骂道："你过来跟老子说这些废话，难不成还要老子给你出主意？！"

身边人都知道阮谦的脾气，他模样看着斯斯文文，性情却格外暴戾。即便被砸了个酒杯，手下人也不敢反驳。

倒是阮谦砸完人之后，又坐回椅子里，不解地说："你说，他这会儿会在哪儿啊？这么神神秘秘……"阮谦也陷入思考当中。

谁知手下人突然说："阿太出事之后，据说三爷把自己关在房中好几天，大宅那边就特别安静了。"

阮谦听到阿太这个名字，当即冷笑了一声："阿太死了，他自然伤心。"他口吻轻蔑，丝毫不在意地说。

阿太原本是他父亲手下的得力干将，阮谦还挺欣赏他的。谁能想到，他竟是父亲留给老三的人。阮谦想到这个心里十分不满，父亲太偏心了。只是如今他连跟父亲吵架的机会都没有了，阮坤死后，他的偏心显露无遗，阮谦却是连争辩的机会都没了。

“我听说阿太是在追那个中国警察的时候出事的，三爷一直想着替阮老大报仇，如今又添了新仇，您说，三爷会不会亲自去中国，找那个警察？”手下斟酌着说道。

阮谦当即喊道：“怎么可能，老三又不是疯了。”

他说完之后，朝着手下人望了一眼。

老三这个人，面上瞧着清冷，什么都不在乎，其实心底还是很重情的。他没回来的时候，给老头儿报仇的事情，对谁都没提过。毕竟做他们这行的，都有个心理准备，富贵险中求。

有时候阮谦也觉得，老头儿疼老三是对的，毕竟他是唯一想着给老头儿报仇的。

“也还真有这种可能。”阮谦手撑着脑袋，在最初的震惊之后，又觉得有这个可能性。他说道，“你去给我查查，看看老三到底在要什么花招呢。中国他都敢去，他还真是不怕死。”

“大少爷，三爷可不是不怕死。毕竟不管是越南警方，还是中国警方，都没三爷的资料。当然，别说警方了，就连咱们这些人，都没资格见三爷。”

就连阮谦每次跟他见面，两人都是隔着一道帘子。阮谦一想，说道：“我就知道，这小子一直这么贼。小时候老爷子就不让他跟我们住一起，底下那些叔伯都没见过他，如今他掌权了，还是这样神神秘秘的。”

“正是这样，警方才抓不住三爷啊。”手下人轻笑道。阮谦一愣，谁知手下人又低声说，“其实大少爷您一直想着怎么打败三爷，完全没这个必要。如今不管是越南警方还是中国警察都想着怎么抓住三爷，只不过苦于没有机会……”

阮谦眯了眯眼睛，朝他望过去。半晌，他低声说：“你的意思是，让我出卖他？”

“大少爷，这……”手下人忐忑地望着他，也不敢说是，也不敢说不是。

如果真的能借助警察的手，除掉老三……阮谦虽然性情暴戾，却也不是完全没脑子。况且这几年来，他一直被佛域压制着，对他早就不满了。至于所谓的兄弟情……像他们这种家族，手足相残，简直就像是预先写好的剧本。

他挥挥手，说道："你先去给我查查，看老三如今到底在哪里。"

等那人出去之后，阮谦开始翻东西，翻了好久，总算找到了相册。这还是他母亲留给他的，只是他从头翻了一遍，都没有老三的照片。

说起来，虽然他从年少时候就知道有这么个弟弟，但是一直以来，父亲对他们母子都保护有加，他只知道老三出生在中国，后来移居美国。对于这个亲弟弟，更多的信息，他压根没有。甚至回想上一次，他们面对面见面，还是老头儿死之前的四五年。

那时候佛域尚且年轻，穿着一身白衣白裤，站在大宅的观赏鱼塘旁边，手里端着木质鱼食盆，正给水里的鱼儿喂食。

"你是谁？"阮谦至今都记得他问佛域的那句话。

尚且还介于少年和青年之间的人，只是轻描淡写地扫了他一眼，并未说话。

阮谦一向眼高于顶，如今他主动搭讪，对方还不给自己回应，自是不爽，正想着要教训一下这个在自己家里还敢这么嚣张的臭小子，谁知旁边就有个下人走了过来，恭敬地说道："佛域少爷，老爷请您过去呢。"

这一声称呼，叫阮谦一愣。顿时，他明白了面前这人是谁。

佛域将他手中的鱼食盆递给旁边的下人，转身便要离开。而觉得自己被无视的阮谦自然不痛快，伸手就要去拉他，却不想被佛域闪身避开。佛域安静地回头看着他："我知道你，阮谦。"

阮谦一想到那次见面，心中还是觉得不痛快。他们虽是亲兄弟，见面却仅仅几次，他对佛域的长相只有个模糊的印象。他只记得他长得并不是很像阮坤，估计应该像他母亲。

阮谦坐在椅子上，沉思了许久。突然，他想起他父亲五十大寿那次，佛域也是在场的。

那一次家里请了摄影师，专门给他们拍了照片。只不过，那已经是十几年前的事情，那会儿佛域也才十来岁吧。

阮谦猛地站了起来，走出去。外面管家见他行色匆匆，赶紧问道："大少爷，您这是要去哪儿？"

"开车，去我母亲那里。"

他这里没有当时的照片，不过他母亲那里，可就不一定了。万一有呢……

转眼就到了周五，蔚蓝晚上给严枫打电话，说晚上不回去吃饭。

她跟秦陆焯也好几天没见面了，今天他终于抽出时间，两人约了一起吃晚餐。不到六点，秦陆焯就开车在她工作室楼下等着。

还有几天就是农历新年，街道两边已经开始有了新年的氛围。就连蔚蓝的工作室也从之前的圣诞节装饰转变成了新年装饰，蔚蓝自然也开始考虑给员工放假的事情。

"放假？我们估计要迟点儿。"秦陆焯坐在车上，轻笑了一声。

蔚蓝点头，又问道："你们年会办过了吗？"

秦陆焯："下周办，要不跟我一起去？"

蔚蓝微怔，过了片刻，反问道："以什么身份？"

"老板娘。"他斩钉截铁的三个字顿时让车里的气氛变得有些甜，似乎连车里的暖气都带着蜜糖的味道。三十岁的男人哄起自家女朋友来，也是格外浪漫。

谁知秦陆焯这车子开了许久，都没到地方，蔚蓝有些惊讶："咱们这是去哪儿？"

"吃饭。"

蔚蓝无奈地道："秦先生，您这车子都要开出城了，确定是要去吃饭？"

秦陆焯转头望着她，说："怎么，怕我卖了你？"

半个小时之后，秦陆焯的车子在一家私人会馆门前停了下来。两人下车之后，就有人上来接过秦陆焯手里的钥匙。蔚蓝跟着秦陆焯走了进去，里面的侍应生上前询问他们是否有预约，秦陆焯报了个包厢号。

进到包厢里面，蔚蓝打量了周围一番，头顶的吊灯璀璨明亮。室内空间很大，墙壁上挂着壁画，空气中弥漫着淡淡的清香。脚底下的地毯十分柔软，勾勒着精致的图案，为整个包厢添色不少。

“这里的菜很有特色？”蔚蓝简单地问道。

秦陆焯点头：“确实不错，待会儿你尝尝。”

因为是秦陆焯选的地方，蔚蓝翻了翻菜单，最后还是把点菜的事情交给了他。

服务员上菜后，蔚蓝尝了尝，确实不错。特别是有一道樱桃鹅肝，鲜美异常。

谁知吃到一半的时候，蔚蓝刚抬头，眼前突然一片漆黑。

怎么回事？她惊讶地眨了眨眼睛，几秒后意识到是包厢断电了。她开口问道：“是停电了吗？”

随后，她伸手去摸放在桌子上的手机，却听到秦陆焯低沉的声音：“没事，你坐着别动，我去看看。”

蔚蓝开口说道：“我手机有电，你先别动，等我打开手机上的手电筒。”

秦陆焯站了起来，在蔚蓝摸到手机的时候，又说道：“你别动，小心碰到桌子上的菜，免得烫到手。”

蔚蓝知道他是担心自己，刚想说自己没那么脆弱，就听到包厢门被敲响，秦陆焯起身走了过去。临走的时候，他趁着周围一片黑暗，利用自己刚才的记忆将蔚蓝放在桌子上的手机顺手摸走了。

他走过去跟服务员说了几句，回来之后无奈地道：“服务员说这个包厢断电了，应该是保险丝有问题。她们给我们安排了隔壁的包厢，咱们换个地方吧。”

蔚蓝也没想到，这样的私人会所还会中途掉链子。于是，她起身，可是在桌子上摸了半天，居然都没找到自己的手机。她疑惑地问：“我的手机去了哪里？”

“算了，咱们先过去，待会儿让服务员找到送给我们。”秦陆焯伸手抓住她的手掌。

蔚蓝也没多想，只是好奇地看着他在黑暗中自然地穿行，问道：“你能看得到？”

秦陆焯得意地笑了声：“小看你男人？这种漆黑的环境算什么。”

好在蔚蓝此时也渐渐适应了包厢里的黑暗，模糊地看见了包厢里的摆设。当秦陆焯牵着她的手往左边走的时候，她还惊讶地问：“房门应该是在另外一个方向吧，你是不是走错了？”

秦陆焯在心底叹了一口气，媳妇太聪明了。

蔚蓝刚问完，就听到了开门的声音。她记得她进来的时候，在这个包厢只看到一张门，难道这里还有一张暗门？可是这张暗门，秦陆焯又是怎么知道的？

她没有疑惑太久，因为当她被牵着走进另外一个房间的时候，前方突然亮起一个巨大的屏幕。借着屏幕的光，蔚蓝看清楚了周围的情景。

这一看，连她自己都倒吸了一口气。她竟然置身于一片森林中，甚至闻到了独属于草木的那种气息，虽然淡淡的，却绝对不会错。

大屏幕上，影片已经开始播放。蓝天、陆地、白云，还有一望无际的绿色森林，那样茂盛又带着勃勃生机。随着一阵清朗水声，一头小象出现在屏幕当中。

蔚蓝望着那头活泼的小象，它在溪水之中伸出自己的小鼻子，没一会儿，它应该是吸满了水，竟扬起小长鼻冲着天空喷洒了起来。一道彩虹，随之出现。

影片并不算长，只有短短的一分半钟，前一分钟都是小象快乐地生活在森林之中，慢慢长成一头大象。而当一声枪响后，整个屏幕变成了血红色。随后，一个血淋淋的镜头出现，画面中，已经成年的大象被挖掉了半张脸，而一双手拿着它雪白的长牙。

蔚蓝瞳孔微缩，没一会儿，她微垂下眼眸。当她看到最后“蓝&陆基金会邀你一同关爱野生动物”的字样时，霍地转头看向身边。

此时，灯光骤然亮了起来。秦陆焯那张英俊的脸出现在她的面前，眼神灼热地望着她。

他说：“蔚蓝，我知道你想要的是什么，我也想跟你一起做你想做的事情。蓝天、陆地，这是你和我，也属于它们。我以我们的名义建立这个基金会，就是为了保护你所珍惜和为之努力的东西。希望有一天，它们能欢快地享受这一片，蓝天陆地。”

蔚蓝，秦陆焯。

她没想到，他们的名字竟还有这样美好的寓意。

“感谢 Kaka，将你带出那片森林，然后，让我遇到了你。”

她看到秦陆焯慢慢地屈膝，看着他双手拿着戒指，就那么单膝跪在她面前。

她也见过别人求婚的场景，彼时，她从未想过有一天自己面对这个场景时，会是怎样的心情。现在，她知道了。她的眼睛眨了眨，眼角已泛出泪意。

他说：“嫁给我，蔚蓝。”我的蓝天。

蔚蓝低头看着手指上套着的戒指，比起上一次跟开玩笑一般的订婚，这一次，即便手指上套着的这枚戒指同样简单，心底还是溢出满足和幸福感。

秦陆焯虽然开着车，眼角余光却瞄到她的小动作，见她垂着头，一直在摸手指上的戒指，忍不住开口问道：“喜欢吗？”

“喜欢。”蔚蓝抚摸着戒指，特别简单的款式，但是秦陆焯亲手制作的，就连内圈刻着的名字首字母，都是他亲自刻上去的。她有点儿不敢相信地抬起手掌，“真的是你自己做的？”

秦陆焯见她这么问，略有些哭笑不得：“难不成我还骗你？”

蔚蓝低声感慨道：“你好像什么事情都能搞定。”

刚才的求婚场景，此刻还在她脑海中回荡。虽然只有他们两个人，可她是那样满足。因为站在她面前的这个人知道她想要什么，也不会觉得她所做的事情是没有意义的。

他愿意为她的梦想付出。

当初在越南，明知道有危险，他还是义无反顾地出现。从那时候开始，她就认定了，他是她的一生一世。

在路口等红灯时，秦陆焯伸手牵着她的手掌，笑了下，解释道："时间太紧了，只能先给你一枚素戒。"

蔚蓝睁大眼睛："还有别的？"

"哪个姑娘被求婚还没个钻戒，别人有的，我的蔚蓝怎么能没有？"

我的蔚蓝……当她的名字被他以这种方式念出来的时候，蔚蓝微微抿嘴，脸上闪过一丝羞涩。

她的秦陆焯，他的蔚蓝。从此以后，她和他的名字，就要被连在一起。

蔚蓝对于钻戒这种东西倒是没太多的追求，或许是因为物质上她总是能轻易得到满足，所以这些在别人看来必须要有的东西，对她来说，反而可有可无。倒是秦陆焯成立的蓝 & 陆基金会让她分外惊喜，她没想到他会有这个想法。

等车子在她家门前停下，秦陆焯朝里面看了一眼，上次是停在大门外面，这次不错，能看见蔚家。蔚蓝指了指旁边："这就是我家。"

秦陆焯靠近她，蔚蓝能感觉到他温热的气息越来越靠近，她慢慢往后倒，眼眸微垂，突然"咔嚓"一声轻响，是安全带被解开的声音。她抬眼，就看见近在咫尺的男人脸上坏坏的笑容。

蔚蓝有些恼意，正要抬手将他推开，秦陆焯整个人压了过来。他的唇毫不犹豫地压在她的唇瓣上，长舌直驱而入，他的手掌轻轻地按着她的肩膀。

车厢里开着暖气，此时，她的呼吸像是被他全部吸走，她轻喘着，脸颊先是微微发烫，后来逐渐升温。因为处在太过静谧的空间，两人的一点点动静，都被无限扩大着。唇舌交缠时的声响，他的长舌勾着她唇瓣时的轻软，还有他慢慢往下抚摸着的手臂，让她沉迷。

车窗紧闭着，任外面风声渐起，如今这一刻，她只能感受到他。

直到“砰”的一声响起，蔚蓝被吓得睁开眼睛，下意识地推开秦陆焯，往旁边看过去。这一连串的动作倒是像偷偷约会被发现的高中生才会有的。

秦陆焯被她推开后，也是低头一笑，刚要说话，就见蔚蓝已经伸手捂着他的嘴，低声说：“嘘，别动。”

他顺着看向刚才发出声音的地方，这才发现，竟是两个熟人，不是别人，正是蔚然和傅之衡夫妻。他们应该是刚从蔚家出来，只是出来的时候撞到了大门，才发出巨响。这会儿蔚然正在往前走，傅之衡一直挡在她的面前，似乎在跟她解释什么。

天色已黑，虽然有路灯，但是隔着车窗又离得不近，他们也只能看到蔚然的动作。

蔚然似乎不太愿意听傅之衡的解释，两人纠缠了一段时间，傅之衡急了，拦在蔚然的面前，双手强势捧着蔚然的脸，不管不顾地亲了上去。

蔚蓝发出一声轻呼，大概也没想到傅之衡会这么强势。作为亲妹妹，她还算了解姐姐姐夫两人的相处方式，从来都是蔚然强势又占据主动。

此时，蔚然也没想到，正要挣扎，但是傅之衡狠狠地抱着她，不管不顾地吻着她的唇。一分钟过去，蔚然的挣扎明显软了下来。

三分钟过去，蔚家大门口的两人像是进入了忘我的境界。

蔚蓝转过头，见秦陆焯还在看，就伸手将他的脑袋扳了过来：“不许再看了。”

秦陆焯一笑，不在意地说：“你还真是‘只许州官放火，不许百姓点灯’，刚才明明是你先看的。”

“那现在我不看了，你也不许看。”蔚蓝不自然地说道。

虽然那是她的亲姐姐和亲姐夫，但是看到两人这么亲热，她还是感觉有些不自然。

秦陆焯点头，笑道："那行，咱们就在这里等着他们结束。"

两人真的乖乖地坐在车子里面，幸亏秦陆焯刚才将车停在阴影处，这会儿蔚然和傅之衡都没发现他们。

也不知过了多久，蔚蓝转头，想看看后面的情况。谁知她还没转过去，下巴就被身边的男人扣住，他霸道地说："不许往后看。"

她无奈地道："我总不能在这里坐一晚上吧。"

"没事，我陪着你坐一晚上。"秦陆焯挺贴心地说道。

蔚蓝瞪他，好在她再次开口之前，男人松开了自己的手掌。她转头看过去，大门口哪里还有人，蔚蓝诧异地问道："他们离开了？"

"早就走了。"秦陆焯不甚在意地说道。

他估计他们还发现了他的车，临走的时候，傅之衡朝他的车瞧了好几眼。秦陆焯挺自然的，毕竟是他的车子先停在这里的，说起来他们也不是偷看。

蔚蓝松了一口气，伸手推开车门，说道："我该回家了，你也早点儿回去休息吧。"

秦陆焯点点头，不过还是推门下车。等两人站在蔚蓝家门口的时候，秦陆焯刚要低头给她一个告别吻，谁知蔚蓝却往后一退，还朝左右张望了一下。

"他们早就进去了。"秦陆焯见她这副模样，好笑地说道。他伸手将她揽进怀中，揉了揉她的后背，柔声说道，"等下次再过来，我就能光明正大地踏进去了吧。"

这两次他都只是把蔚蓝送到家门口，就离开了。

蔚蓝靠在他怀中，他穿着的灰色长款大衣质地柔软，脸颊在上面蹭着，温暖又柔和，一时让人不想离开。两人在门口抱了一会儿，蔚蓝终于依依不舍地从他怀中抬起头。

"早点儿回去休息吧。"

秦陆焯点头：“嗯，明天见。”

蔚蓝微愣，正想着他们约好明天见面了吗，就见秦陆焯略危险的目光望着她。在察觉她脸上的疑惑后，他低声问道：“你不会已经忘记明天有什么事情了吧？”

他都这么说了，蔚蓝哪里敢说她刚才真的一时没想起来。

秦陆焯伸手在她脑门上轻弹了一下，笑道：“记住，明天我就要亲自上门提亲了。”

“提亲”这两个字，听起来还真是新鲜。

两人在门口又腻歪了一会儿，秦陆焯这才上车离开。

蔚蓝站在原地看着他的车慢慢启动，最后渐渐消失在夜幕之中，这才转身进了家门。此时别墅前亮着两盏大灯，一直照亮到走廊下。她推门进去的时候，就听到里面有说话的声音。

蔚蓝换了鞋子，进了客厅，喊道：“我回来了。”

严枫正坐在客厅里，她今天特地给蔚然打了电话，本来是想让她明天带着傅之衡回来一趟。毕竟秦陆焯父母要过来，按照礼数，他们全家应该都在。谁知蔚然今天晚上就回来了，而且她回来没多久之后，傅之衡也跟了过来。

作为母亲，严枫自然乐得看见他们夫妻形影不离的模样，总比之前半年都见不着几回面要强上许多。所以就算瞧出两人之间气氛有点儿别扭，严枫也当没看见。

倒是蔚蓝回来之后，严枫把她叫住，说道：“明天的菜单我叫人拟了一份，你过来看看，你知道他父母有什么忌口的吗？”

她眨了眨眼睛，有点儿不敢置信地问：“这么隆重？”

这话说得连一旁的蔚然都忍不住伸手戳了下她的脑袋，说道：“你傻不傻啊，妈妈这么重视，还不是为了你。”

严枫见蔚然这么说，当即皱眉道：“不许这么说你妹，她都多大了。”

蔚然哼了一声，双手抱在胸前，往后面的沙发上一靠，撇嘴道：“真是偏心。”

蔚蓝无奈地抚额，说道："我知道妈妈是为了我好，只是弄得这么隆重，我都有心理负担了。而且我也只跟他父母吃过一次饭，不是很清楚他们的喜好和忌口。"

蔚然给她出主意："你不知道，秦陆焯总该清楚吧。"

蔚蓝听到她提起秦陆焯，又想起刚才在大门口的事情，只是"嗯"了一声，也没再多说什么。反倒是傅之衡若有所思地望着她，笑道："刚才是我准妹夫送你回来的吗？"

蔚然转头看着他："人家有名字，什么准妹夫。"

傅之衡挑了下眉，对面的蔚蓝瞧见，心底略有些无奈。刚才他们车停在那里，要是姐夫看见了，不会以为他们是故意偷看的吧。只是妈妈和姐姐都在，蔚蓝也不好意思多解释。

清晨，蔚家的餐桌上难得人员这么齐。昨晚蔚建勋半夜到家，他一向生活规律，就算昨晚回来晚，这会儿还是准时出现了。

吃完早餐之后，蔚蓝准备上楼，就被蔚然从后面拉住。蔚然直接将蔚蓝的手掌拉起来，放在手心瞧了一眼，低笑道："求婚了？"

其实蔚蓝食指上的戒指，不算显眼。秦陆焯和蔚蓝的审美基本一致，况且这枚戒指最大的意义在于这是秦陆焯亲手制作的，所以她很喜欢。

蔚然仔细看了半天，说："这枚戒指挺简单的。"

"秦陆焯自己做的。"

明明她本意不是炫耀，这会儿这么说出来，似乎还真有点儿那种感觉。

蔚然好笑地望着她："真是他自己做的？"

蔚蓝挑眉，将手掌缩了回来，淡然道："当然是他自己做的，他不会骗我。"

傅之衡从后面走了过来，正好听到蔚蓝这句话，略惊讶地问道："什么自己做的？"

"蔚蓝的戒指，是秦陆焯亲手做的。"蔚然朝他望着，哼了一声。

傅之衡先是一愣，随后低头望向蔚蓝的手掌，惊诧地道："还有这样的？"

"说明人家心意到位。"蔚然故意说道。

也不知现在怎么了，她似乎开始以故意跟傅之衡作对为乐趣。显然傅之衡也意识到她这种幼稚的行为，只是乐在其中，三十岁的夫妻似乎一下子成了幼稚的高中生。

当年蔚然被求婚的时候，傅之衡送的是一枚价值上千万的钻戒，可是闪瞎了不少人的眼。

蔚蓝径直上楼，不想参与这个过分幼稚的话题。

十点左右，蔚蓝的手机收到秦陆焯的信息，他们正在过来的路上。

这种颇为正式的提亲，蔚家倒不是头一次，毕竟蔚然结婚之前，傅之衡家中的礼数也是相当周到的。只是那时候蔚蓝作为妹妹，只需要安静地在一旁待着就好。如今作为当事人，她坐在房间里，想在他们来之前翻翻书，结果十分钟过去了，她连一页也没有翻过去。

窗户虽然关得严严实实，但只要有一点儿动静，蔚蓝就忍不住抬头，直到她放在小茶几上的手机响了起来。秦陆焯发了信息过来，就两个字："到了。"

蔚蓝从沙发上一跃而起，听到外面走廊上传来脚步声，没一会儿，她的房门被敲响，蔚然推门进来。她朝外面撇了下头，轻笑道："二姑娘，你未来相公来了。"

蔚蓝手里握着的书"砰"的一声掉了下来。

蔚然瞧见她这副模样，笑得合不拢嘴。蔚蓝打小性子就比较安静沉稳，她很少见到自己这个妹妹失色的模样，如今看来，真是没碰到戳中她心的人。

蔚然和蔚蓝下楼的时候，家里的管家正好领着秦家人进来。严枫和蔚建勋本来就在楼下，看得出来严枫今天特意打扮了一番，一身浅灰色连衣裙，既高雅又显得风韵犹存。

蔚然在看见孟清苑的第一眼，立即在蔚蓝耳边说了句："这位阿姨长得可真漂亮。”

秦陆焯跟在父母身边，但在进门的一瞬间，还是第一时间找到了蔚蓝所在的方向。两人对视了一眼，蔚蓝脸上带着浅浅笑意，秦陆焯冲着她微微点头。

这个小动作，别人都没看见。

蔚建勋赶紧请他们都坐下，没一会儿，保姆端了茶盏上来。

刚开始大家还挺客套，只是在听到蔚建勋提到自己喜欢书法，收藏了国内一位书法家的书法作品时，秦克江顿时眼前一亮。他道：“没想到你也喜欢他的书法，这可真是少见。”

一旦有了共同的兴趣爱好，话自然多了起来。

没一会儿，蔚建勋就邀请秦克江到楼上自己的书房，去看看他收藏的作品。秦克江自然欣然接受，两个小辈儿也跟着上楼。

严枫见男人都走了，笑道：“没事，他们聊他们的，咱们聊咱们的。”

孟清苑点头：“老秦一直都说，这个书法家在国内没什么名气，实在有些可惜。没想到今天居然遇到跟他一样喜欢的，难怪会这么开心呢。”

到了吃午饭的点，秦克江和蔚建勋两人明显已经相谈甚欢，喝酒的时候谁都没客气，直接斟满酒杯，两人一边聊天一边喝酒。秦陆焯也被叫着端起了酒杯，反正蔚家的司机也在。

蔚蓝就坐在秦陆焯旁边，他连喝了三杯之后，蔚蓝忍不住朝他望了一眼，没想到他突然倾身低声道：“别担心，没喝多。”

说完，他一只手在餐桌底下，拍了拍蔚蓝搁在腿上的手背。

这男人……蔚蓝低头一笑，心头已甜得说不出话。

因为是正式提亲，两家长辈也没耽误，饭后坐在一块儿聊天，竟然就开始讨论起婚宴的事情。倒是秦克江有些歉意地说道：“如今的情况你们应该也有所了解，蔚蓝要是真的和陆焯结婚，只怕婚宴我们家是没办法大办。”

谁知蔚蓝还没说话呢，蔚建勋头一个开口道：“老秦你过虑了，我们家蔚蓝也不是喜欢铺张浪费的人。要是真让她办什么盛大婚礼，她估计也没那个耐心。要我说，旅行结婚倒是不错，两人趁着结婚这个机会，到世界各地走走看看，可比在婚宴上应酬一大群人有意思。”

孟清苑听他说这个，眉角一跳，生怕蔚家父母有意见。没想到，蔚建勋比她想的要开明。于是她望向两个年轻人，笑道：“既然是这样，就早些让他们定下来吧。”

最后，他们就开始讨论起哪天是好日子，让他们去领证。

对于这个走向，蔚蓝和秦陆焯都有些目瞪口呆。好在最后双方也没讨论出一个合适的时间，这才作罢。

秦家三口离开之后，蔚然瞧着严枫那喜上眉梢的模样，转头就对蔚蓝笑道：“瞧见没，这就是丈母娘看女婿，越看越满意。”

如果说，之前严枫对秦陆焯有些偏见，那么今天，严枫看他当真是满意至极。

还有几天就是新年，蔚蓝让助理张萧提前跟咨询者沟通，从腊月二十六就准备放假，在这个时间之后暂时不再接受咨询服务。

中午的时候，张萧刚过来问蔚蓝，需不需要帮她订外卖，秦陆焯的电话就打了过来。

“吃午饭了吗？”秦陆焯轻笑着问道。

蔚蓝说：“助理刚过来要帮我订外卖，你就打电话来了。”

他也是刚忙完，抽空给蔚蓝打电话，两人说了一会儿便挂断了。

谁知刚挂完，肖寒的电话就打了过来，他一接通，便听到肖寒喊道：“老大，你在哪儿呢？”

“公司，怎么了？”秦陆焯冷静地说道。

肖寒特地压低声音说道：“现在有个情况，上次在你汽车上安装炸弹的那个人抓住了。”

秦陆焯握着电话的手掌陡然收紧，问道：“在哪儿抓到的？”

“广西。”肖寒继续说，“说来还是个意外，这个人应该是从北京流窜到广西，并且准备从广西出境，结果在广西的时候找了小姐，还是中越混血的。这个人用越南话打电话的时候没避开这个小姐，小姐听到他说了北京爆炸的事情，等人走之后就去警局报案了。”

倒也不是这个小姐良心发现，而是在爆炸案之后，警方就发了通缉令，能提供线索者，可以奖励人民币二十万。这个小姐上网一搜，看见了这个通缉令，思前想后觉得这笔买卖能做，她就算被警方抓起来，也能拿到二十万奖励。

根据这个线索，广西警方十分重视，在嫌疑人出境之前顺利将人抓住了。广西警方连夜突击审查，审问出一个让人震惊的信息。

根据嫌犯交代，他是被佛域手底下一个叫阮勇的人叫去北京的。

肖寒说：“这个阮勇就在北京，佛域身边那个叫阿太的得力手下死后，阮勇就成了佛域的左膀右臂，基本上佛域出现在什么地方，阮勇也会出现。”

既然阮勇之前在北京出现，那么佛域应该也在北京。

肖寒说完这句话的时候，秦陆焯并没有立即答复他，过了许久，他才说：“看来之前我的猜测，已经准了一半。”

肖寒着急地道：“可是就算咱们猜对了，也没证据。如今没有佛域的照片、DNA，我们根本没办法锁定。”

秦陆焯问道：“你之前不是说过，越南警方有安插线人在阮谦身边，而且地位还不低。看看能不能利用他们兄弟之间的不和，找出佛域。”

“这个方案，我已经跟越南警方提过。只是他们要保护自己的线人，未必愿意冒这个险。”肖寒无奈道。

秦陆焯皱眉，不过也能理解越南警方的做法。

只是他没想到，事情的转机来得这么快。就在两天后，肖寒请他去景山分局一趟。等他过去之后，才知道连方局也在。

秦陆焯站在走廊上，看了一眼会议室，问道：“我进去不太方便吧？”毕竟现在他已经不是警察了。

肖寒赶紧说："你是方局特别批准的专家顾问，没什么不方便的。"

秦陆焯都不知道自己什么时候多了个专家顾问的身份，最后也没说什么，还是进了会议室。他进去之后，不少人站起来跟他打招呼，仿佛他从未离开过警队。

会议正式开始之后，肖寒立即把广西警方传来的消息告诉大家。

今天最重要的线索是一张照片。

越南警方最后还是决定采取秦陆焯的建议，利用阮谦跟佛域之间的关系，让阮谦主动曝光佛域的身份。而阮谦为了扳倒佛域，也算是煞费苦心，最终在他母亲那里找到了阮坤当年的遗物，其中就有一张照片是十几岁时候的佛域。越南警方的线人趁机将这张照片拍了下来，传给了警方，如今越南警方又将这张照片传给了中国警方。

当投影屏幕上出现这张照片的时候，秦陆焯盯着人群中的那个少年，即便有些模糊，面容也跟成年后的男人相差不远。那张成年后的脸，此时在照片上显得格外清秀。

佛域，也就是明恒。

"我们已经全面监控了明恒，今晚就实施抓捕。"肖寒道。

秦陆焯略有些吃惊，望着肖寒。

夜深人静，小区里面早已经陷入安静之中，主干道上的路灯温柔地笼罩着属于自己的一小片天地。小区里有地下停车场，只有几辆车停在路边。其中一辆普通大众车里一片漆黑，要不是有人打开了对讲机，发出沙沙的频道噪声，压根就没人知道车里面居然挤着四个人。

坐在副驾驶位置的人打开频道后，低声道："肖队，咱们都在这里守着呢，您放心吧。"

这几个人一直在盯着明恒住的地方。

明恒作息一直很规律，十一点半房间里准时熄灯。今天他没课，下午五点左右就从学校回到家里了。这几个人跟了他有一段时间，也算把这些都摸清楚了。

肖寒此时就在外面，他之所以把抓捕放在半夜里，就是怕白天会引起骚乱。如今既然他们都已经看住了明恒，就只剩下瓮中捉鳖了。

秦陆焯就坐在他身边，听着肖寒吩咐完之后，问道："待会儿的抓捕确定没问题吗？"

"放心吧，肯定没问题。他们都盯这明恒好久了。"

提到这个，肖寒就忍不住摇头，说："真没想到，一个在东南亚呼风唤雨的人物，竟然是个在大学里教书的老师。说真的，要不是我自己亲眼看见，都不敢相信，电影都不敢这么演吧。"

倒不是他大惊小怪，只是他们都没想到，佛域的真实身份会是一个大学教授。当然也没人能想到，明恒作为大学教授，竟然还是个犯罪集团的掌门人。

又过了半个小时，肖寒看了时间，说道："咱们准备行动吧。"

他这么一说，坐在车里的人顿时推开左右车门，迅速地下车。到了小区大门口，值班的保安正坐在里面，看起来困得不轻。

肖寒伸手在玻璃窗上敲了敲，保安抬起头，望着突然出现在窗外的人，吓得一激灵。随后，他拉开窗子，有些惊讶地问道："你们是干吗的？"

肖寒从兜里拿出自己的证件，出示给保安，直接说道："我们需要进入你们小区，麻烦你把门打开。"他虽然嘴里说的是麻烦，语气却是不容置疑。

保安赶紧把侧边的小门打开，人也走了出来，谁知他还没问，就已经被肖寒身后的一个人重新推回了保安室。肖寒直接派了两个人守在保安室，毕竟这里有监控，如果待会儿真的遇到反抗，就算对方勉强从楼里跑了出来，只要还在小区里，就会被监控发现行迹。

秦陆焯刚准备跟着他们进去小区，肖寒将他拉到一旁，低声说道："老大，你身上没家伙，待会儿咱们上去抓人，你就不要跟上去了。"

秦陆焯倒是没强求，他点头，叮嘱："小心点儿。"

肖寒笑道："放心吧，这可是咱们的地盘，管他是什么佛域还是谁，都叫他服服帖帖的。”

之前，他们在越南的行动虽然是大获全胜，但是秦陆焯也受了重伤。况且当初要不是秦陆焯及时联系他们，加上有部队方面的保护，恐怕秦陆焯真的回不来了。

这回明恒这么光明正大地进入国内，简直没把他们警方放在眼中。

肖寒直接带着人上楼，秦陆焯跟另外两个人留在下面作为后援。等他们上了楼之后，提前换上了小区保安服的警察，上前按响门铃。

秦陆焯在楼下，抬头望着上面漆黑的窗子，微微眯了眯眼睛，问道：“他从学校回来之后，就没有出门？”

“嗯，没出门。他昨天去超市买了东西，我们就估计他今天不会出门。”

秦陆焯点头，又一次抬头望向上面，他又问了一句：“会这么轻易抓到他吗？”这句话几乎是自言自语。

就在他刚问完的一刻，楼上发出“砰”的一声巨响。他抬起头，看见有一层楼火光四起，眼看着就烧了起来。他几乎是在第一时间吼道：“快，救人。”

经过大半夜的奋战，消防人员总算是把房子里的火都灭掉了。因为火势太猛，连着楼上楼下的住户都被波及。起火的时候，还伴随着巨大的响声，所以小区里人心惶惶。

一大清早，不少人都聚在这里，朝着失火的楼层看过去。此时，半边墙壁都已经消失，黑乎乎的洞口像是张着嘴在嘲笑，就连记者都闻讯赶了过来。

蔚蓝早上开车上班的时候，广播里正好播出这个新闻。因为正好遇到红灯，蔚蓝在等待的过程中微微蹙眉。一声巨响……下意识地，她第一反应就是秦陆焯车子里的炸弹。

当她开车到工作室楼下的时候，坐在车里想了想，还是在上楼之前给秦陆焯打了个电话。一向对她的电话都是秒接的秦陆焯这次没接。

蔚蓝心底顿时空落落的，又打了一次。好在这次，那边在电话要挂断的时候接通了。

“蔚蓝。”一开口，秦陆焯疲倦的声音就传到了蔚蓝的耳中。

蔚蓝也不知怎么回事，心底就是有些慌，似乎是来自一种莫名的感觉。

“你在哪儿？”她问道。

秦陆焯朝里面看了一眼，半晌后，低声道：“我在医院。”

蔚蓝立即提高声音：“你受伤了？”

“不是我。”秦陆焯说，“是肖寒，他受伤了。”

“是因为昨晚的爆炸？”

她这么问，反而让秦陆焯一怔，他立即问道：“你是怎么知道的？”

“我今天开车上班的路上听广播报道这个事故，猜的。”

毕竟秦陆焯刚遇到这样的事情，如今又发生一起爆炸事件，蔚蓝很容易将这件事跟秦陆焯的事情联系在一起。蔚蓝跟肖寒也算熟悉，当即问道：“肖寒怎么样？情况严重吗？”

秦陆焯伸手揉了下自己的头发，此时手术室的灯依旧亮着，他咬牙道：“他走在最前面，爆炸的时候……”不用说，肖寒的伤势肯定不轻。

蔚蓝说：“你在哪个医院，我现在过去。”

等她开车到了医院，上楼的时候，温沁给她打了个电话。蔚蓝接通之后，就听到温沁着急的声音：“蔚蓝，佳宁跟你联系过吗？”

蔚蓝不明白她为什么这么说，摇头道：“没有啊，怎么了？”

温沁觉得更加奇怪了，说：“可是昨天佳宁给我发了条信息，说晚上会回来晚点儿，说是找你有点儿事情。”

蔚蓝立即否认道：“不可能，这段时间我们都没联系，也没发过短信。”

温沁这下傻眼了，说：“你等等，我把截图发给你。”

没一会儿，蔚蓝就收到了温沁发来的截图，徐佳宁确实在微信里说要来找她。蔚蓝赶紧发信息安慰温沁，让她别那么着急，自己打电话过去问问，谁知温沁无奈地说：“别打了，没用，我从昨晚到现在都打了十几个电话了，根本就没人接。”

蔚蓝皱眉，还是不死心地打了一个电话过去。第一次，没人接，蔚蓝一边上楼，一边又拨打。就在她到了做手术的楼层时，电话接通了。她略高兴地开口道：“佳宁，你在哪儿，昨晚怎么没回家？”

“蔚蓝。”一个男人的声音响起，温和又沉稳，格外好听。

蔚蓝一下就听出了他是谁，问道：“明恒，为什么佳宁的手机会在你手里？”

对面的男人轻笑了下，低声道：“你说呢？”

蔚蓝听出他声音里的危险气息，当即喊道：“你想对佳宁做什么？”

她的话，在明恒听起来格外好笑，他低声道：“你知道的，我一直不想对徐佳宁做什么，我只对你有过企图。”

这是第一次，明恒这样清清楚楚地说明白他对蔚蓝的欲望。

他一向是个不动声色的人，喜欢在捕捉猎物之前，尽情地享受着那段安静的时光。可是蔚蓝跟所有人都不一样，她那样聪明，一眼就看穿了他的目的，并且尽可能地远离他。

蔚蓝咬牙，冷笑：“变态，做梦吧。”这也是她第一次跟明恒撕破脸皮。

好在明恒打电话过来，并不是想要跟她斗嘴，他直接说道：“告诉秦陆焯，想要徐佳宁活着回来，就来跟她交换吧。”

蔚蓝睁大双眼，不敢相信他说的话，可像是要证实什么，在明恒挂断电话之前，她清楚地听到一声明确又熟悉的女声尖叫。随着电话发出“嘟嘟”的挂断音，蔚蓝这才回过神。

她抬起头的时候，正好看到对面的秦陆焯。

东南亚常年雨水丰沛，再加上怡人的气候，边境丛林茂盛而又密集，高大的树冠接连成一片，遮挡着阳光，形成宁静幽深的地势。

任宋拿着望远镜看了半天，终于把东西递给了旁边的秦陆焯。

任宋转头看着一身劲装的男人，黑衣黑裤，脚上是一双黑色短靴，这装扮适合在丛林里行走。这一身装扮，不管是打架还是逃跑，都绰绰有余。他哼了一声，笑道："要不我给你申请一下，你干脆再加入咱们大队吧，也别做生意了，那不适合你，保家卫国才适合你。"

秦陆焯倒是认真地想了下，片刻之后回应道："我还是挺喜欢当警察的。"

这是真话，也是心底话。

任宋点头，指着远方说道："这个地方易守难攻，对方选择在这里见面，只怕来势汹汹，你要小心点儿。"

"佛域最想要的就是我的命。"

任宋转头看向他，"啧啧"着摇了摇头，叹道："你不会真想把这条命给他吧？"

秦陆焯望着他，哼了一声："他做梦倒是可以。"

等任宋转身看向另外一边的时候，秦陆焯正抬头望向远方的天空。

这个地方，他很熟悉。

没一会儿，秦陆焯的手机响了起来，所有人几乎一瞬间身体紧绷起来。直到秦陆焯拿起手机，当着众人的面，按了上面的绿色接听键。

明恒的声音依旧那样温和，甚至还笑了一声，他说："你来了。"

即便知道等待他的是个陷阱，秦陆焯还是义无反顾地来了，他冷静地说道："对，我来了，所以你什么时候放人？"

明恒莞尔，道："咱们说过的，你交换她。"

秦陆焯冷笑了一声："直接说怎么换吧，我既然来了，就没打算跟你兜圈子。毕竟我可不是你，拿女人当挡箭牌。"

明恒知道他是故意激自己，转头往旁边看了一眼，片刻后，他对着电话那头的秦陆焯说："你知道我想要的是什么，只要你乖乖就范，我一定会保证她的安全。毕竟你们不是最喜欢搞这一套，不放弃每一个人。当然，为了提高筹码，我答应你，可以把之前那三个警察的遗物还给你们。包括他们的骨灰。”

秦陆焯死死地捏着掌心里的手机，冷笑道：“你把他们火化了？”

“是啊，这几个人害我父亲丧命，最后我父亲的手下将他们几人的尸体跟我父亲的一起抢回来。”

明恒心机深，太知道有些东西的重要性。

这三个警察是因公殉职，按理来说他们是英雄。

明恒曾经在中国生活过那么多年，太清楚他们会怎么对待他们的英雄。可惜，阮坤的死亡让他被迫走向了后来的道路。

既然他选择了这条路，就不会后悔。

电话打完，明恒起身，走向旁边。此时徐佳宁被绑在椅子上，他过去，伸手将封着她嘴巴的东西撕了下来，低声道：“别再叫了，我很快就会送你回去的。”

徐佳宁愤恨地看着他，一口唾沫吐在了他的脸上：“只会利用女人，不会有好下场的。”

她没想到明恒居然骗了她，在她接到他的电话时，当真以为蔚蓝在他那边，对他的话没有一丝一毫的怀疑，他偏偏利用了她的轻信。

徐佳宁望着他，突然说道：“以前我还觉得蔚蓝太傻了，竟然看不出来你喜欢她，但是现在我终于明白了，她是早就看清了你，看透了你，所以才会这么选择。”

比起能拿自己的命来换她的命的秦陆焯，徐佳宁是真的觉得，她以前是瞎了眼才会觉得明恒好。

明恒倒也不在意徐佳宁对他的评价，他轻笑一声，随后挥挥手，立即有人上来重新将徐佳宁的嘴巴和眼睛遮蔽起来。

阮勇走了进来，恭敬地说道：“三爷，您请的人都到了。”

明恒点头。

阮勇有些犹豫地看向明恒，低声道：“三爷，您确定要这么做吗？会不会太激进了些，毕竟对方很可能有中国军队保护。”

明恒没看他，而是看向窗外的蓝天，说："来不及了。"

阮勇一愣，劝说道："三爷，'留得青山在，不愁没柴烧'，我听说大少爷已经察觉到您这段时间都不在大宅里，正蠢蠢欲动呢。"

"蠢货。"明恒毫不犹豫地说道。

他极少会评价自己的这个哥哥，这时候脱口而出的这句话，倒是他心底对阮谦最真实的评价。

随后，明恒前去见刚到的一帮人。这些人是顶尖的雇佣兵，这次为了要秦陆焯的命，他不仅把手底下的人都带上，还花了一大笔钱请了这帮雇佣兵。此时，这些人手中都拿着一张照片。

明恒看着他们，直接说道："我要你们记住这张脸，把他牢牢地记在脑海中，他的命值一百万美元。"

本来就是刀尖上舔血的人，此时听到这个数字，每个人眼中都充满了兴趣。

但所有人没想到的是，明恒再次说道："这个一百万是之前的价格，明天只要有人能杀了他，价格将翻倍，我会给他两百万美元。"

显然，这个价格足以让在场所有的雇佣兵心潮涌动。

明恒看着他们，微笑道："你们是最好的，要不然我也不会请你们过来。所以明天，让我看看你们的真本事。"

这一夜，谁都没能安稳入睡，因为明恒明天才会给出交换的地址。

但是任宋他们也不会坐以待毙。

今天明恒打电话过来的时候，他们就开始定位他的位置，只是因为他使用的是卫星电话，并没有准确定位。

但是明恒犯了一个致命错误，他太想要秦陆焯的命，太想为阮坤报仇了，所以故事开始的地方，也就是故事结束的地方。三年前，秦陆焯就是在那个地方抓住阮坤，而如今他们所在的位置，离那个地方并不算很远。

秦陆焯推测，明恒就在附近。况且他们那么大一帮人，想要彻底隐匿痕迹，是不可能的。

凌晨时，前方终于传来好消息。明恒所在的地方找到了，就在离他们不到三十公里的地方。

任宋他们一直在开会，秦陆焯自然也跟着一起。

等确定了方案之后，所有人都出去准备了。秦陆焯把任宋叫住，问道："我能打个电话吗？"

任宋一愣，说道："现在？"

秦陆焯笑了下："要是不行，就算了。"

"不，不用，你不是我们队员，这时候可以用手机，不过最好时间别太长。"任宋笑着说。只是临走的时候，他望着秦陆焯，低声道，"你确定，这时候打电话，你媳妇不会担心？"

秦陆焯正捏着手机呢，听他这么一说，愣了下。片刻后，他摇摇头，低声道："没事，她信我。"

她相信他一定会平安回去，而他也是。

没一会儿，秦陆焯拨通了电话，虽然已是凌晨，那边还是立即接通了电话。

蔚蓝率先开口："怎么样？"

秦陆焯轻笑着安慰她："很快，我就会把你朋友带回来。"

蔚蓝"嗯"了一声。

其实相较于徐佳宁，蔚蓝更担心的是秦陆焯，这时候她根本睡不着觉。

此时她站了起来，走到窗前，拉开窗帘，抬头仰望着星空，那样幽深，繁星点点，一轮明月当空而挂，清冷的光辉落在每一处。

她不知道他能不能看见她所看的这片星空，但是最起码，他能看见同样的月亮。

蔚蓝低声说："秦陆焯，你一定要回来，平安地回来。"

秦陆焯再次点头："我知道。"

临挂断的时候，蔚蓝还是提醒他："你一定要小心明恒。一直以来，他都不是一个偏执疯狂的人，但是这次做出这样的事情，我觉得实在太不像他的风格。”

太过孤注一掷，不像是他平时运筹帷幄的风格。

当初阮坤就是这么出事的，可明恒有种“明知山有虎，偏向虎山行”的疯狂。

难道他就没想过自己的退路？

蔚蓝的提醒也被秦陆焯转达给了任宋。毕竟他们对明恒并不了解，就连这个人的模样都是最近刚知道。任宋摸了下自己的下巴，突然笑了下：“他总不至于要跟你同归于尽吧？”

刚说完，任宋自己也愣了下，诧异地看向秦陆焯：“兄弟，你说他会不会真的这么疯狂？”

夜色朦胧，凌晨四点的边境丛林是那样宁静又幽深。偶尔风吹过，发出沙沙的密集轻响，在这样的黑夜中，有种说不出的寂寥。这是个宁静的边境小寨子，白日里瞧不出什么，可是当进入深夜中，有人在寨子里走来走去，像是在巡逻。

任宋带着人，已经偷偷地摸了上来。

但是前面探路的人回来的时候，摇头说：“不行。”

“怎么就不行了？”眼看着已经摸到了对方的大本营，却不能突击上去，任宋立即着急地问道。

回来的人往回看了一眼，叹了一口气：“雷区。”

顿时，任宋倒吸了一口气。

他抬头望着已经在不远处的小寨子，难怪今天佛域跟秦陆焯打电话的时候，压根就不怕他们查到自己的位置所在。这个地方不仅易守难攻，而且前面还有一片雷区。里面的人知道怎么避开这片雷区，但是外面的人如果想强行闯进去，压根就不行。

秦陆焯走上来，他今晚也跟着过来了，当他看着夜幕中还隐隐闪着光亮的小寨子，低声问道：“雷区大概有多大，能摸得清楚吗？”

“我估计雷区还很密集，想要强行过去，根本不可能。”

任宋望着不远处，他是这次行动的指挥，他知道，大家都在等着他下达指令。于是他挥挥手，低声道：“雷区如果没办法避开，我们只能撤退。”

最终，他们还是选择撤退。

不过任宋还是派了两个人，在此处监视他们的动向。明天就是佛域所说的交换人质的日子，他们只要离开，这边监视的人就能看到。

一干人无功而返，自然心中格外憋屈。

任宋望着他们，安慰道：“虽然今晚没能提前把人救下来，但是我相信，明天的行动你们肯定能大获全胜。所以现在，所有人都去休息，咱们养足精神。”众队员点头。

第二天，当佛域的电话再次打过来的时候，秦陆焯接通电话。

佛域看着外面已经集结好的队伍，扯了扯嘴角，低声问：“秦陆焯，你准备好了吗？”

“阮明恒，你准备好了吗？”秦陆焯同样反问道。

明恒没想到他会这样直呼自己的名字，有些感慨地道：“我这一生，还是第一次听到别人这么叫我。”

明恒报了一个坐标，要求在那里换人。在挂断电话之前，他还轻笑着提醒：“别怪我没提醒你，不要耍花招。要不然，我不会对徐佳宁手下留情的。”

秦陆焯冷嘲道：“放心吧，我也不会把徐佳宁的安危寄托在你的良心发现上。”

明恒也不在意他的嘲讽，依旧轻笑着说道：“既然你这么说，那我就放心了。”

任宋立即让人搜索这个坐标，这才发现离这里五十公里的地方，原本有个矿山，但是因为过度开采，已经在几年前废弃，矿山当中的工厂设施也被遗弃了。而且距离矿山大约三公里的地方，有一条河。

明恒如果真的只是想要换人质，这条河很可能就是他的撤退路线。

秦陆焯道："那如果他并不想撤退呢？"那么今天就是一场血拼。

但是徐佳宁在他们的手中，虽然知道今天是一场硬仗，但是谁都没想过避开。不管是多小的机会，他们都不会放弃每一个中国公民。

哪怕只有百分之一的可能，也要尽到百分之百的努力。

于是在养精蓄锐之后，特种大队的所有人重新整理自己的装备，该带上的弹药他们必须都得带上。

因为这里就是中越边境，况且已经跟越南方面提前沟通过，这次不仅中国警方想要抓住佛域，就连越南警方也不想放过他，毕竟阮氏家族的犯罪集团已经在越南境内存在太久太久。

虽然交易的时间是在下午三点，但他们中午十二点就提前出发了。

留在小寨子里监视对方的两个队员，每隔十分钟就会发回来对方的动向，而对面一旦行动，他们也会提前给出警示。

此时，小寨子内，阮勇看着明恒，低声道："三爷，您最起码穿件防弹衣吧。待会儿要是真打起来，子弹不长眼，万一要是伤着您……"

"那就是时也，命也。"明恒丝毫不在意地说道。

阮勇望着明恒，满眼的不懂，因为在他看来，今天的明恒看起来似乎特别不一样，他眼中有种决绝。三爷，他究竟在想什么？

很快，明恒走了出去，他亲自跟雇佣兵的首领说了几句话。这帮人号称是世界上最厉害的雇佣军，所到之处无不掀起血雨腥风。

很快，所有人从寨子里出发，而一直监视着他们的两个留守队员，立即把他们的动向汇报给了任宋。

此时已经在路上的任宋冷静回复道："好，我知道了。你们等他们离开之后再撤退，千万要小心，别被发现。"

"对方来了。"等他放下通信器之后，立即对着车里的战友说道。

坐在后排的秦陆焯表情冷静，似乎一点儿没受到影响。反正这一仗迟早要来，既然已经在路上，再说什么都无益。

他们选择在矿山附近的一个地方做休整，任宋派了一小队的人先行去矿山那边探查情况，最起码要摸清楚对方大概的人数，以及矿山那边工厂基本的情况。

这一去，就是两个小时。等人都回来之后，又传来一个好消息。当年矿山里面建造的那个工厂的平面图被找到了，越南方面正在提供过来。

当任宋收到平面图之后，立即将所有人叫了过来，而去探查情况的徐钢说："我看见对面还有外国人，估计是他们请来的雇佣兵。"

因为是金发碧眼的外国人，他们一出现就特别惹眼，探查情况的小分队自然注意到了这群武器装备格外精良的人。

任宋一愣，不过也不算太意外，毕竟就算明恒手底下人再多，也只能算是乌合之众。他带来的这几个小分队完全可以将他们击溃。只是如今又多了一群雇佣兵，看起来要重新制订作战计划。

当明恒再次打来电话的时候，秦陆焯直接要求道："我会带几个人进去，确保徐佳宁的安全。"

"可以。"明恒轻笑。

十五分钟之后，秦陆焯带着一个小分队的人，出现在矿区的大门口。此时矿区的门口，都是荷枪实弹的人。在检查了他们的车辆之后，领头的人利用对讲机跟矿区里面的人进行了对话，这才将他们放进去。

车子一直开到废弃建筑物的前面才停下来。等他们下车之后，看了一眼附近，没看到之前徐钢所说的那队外国雇佣兵。不过秦陆焯他们也没在意，因为根据他们的计划，是先确保徐佳宁的安全。秦陆焯进去的时候，里面瞬间有枪口对准他。

明恒就站在当中，他双眼直勾勾地盯着门口进来的男人，扯了扯嘴角："没想到你真的来了。"

"我说过会来，自然不会失信。"

此时，徐佳宁就站在明恒的旁边，一看到秦陆焯还有跟他一起进来的人，顿时落下眼泪。虽然这一路上，明恒跟秦陆焯的联系都没避开她，可是她心底还是不敢奢望会有人拿自己的命来换她的命。但是如今，看着他们真的来了，徐佳宁又突然后悔了，觉得他们不应该来的。

就在里面的秦陆焯牵扯住明恒的注意力时，外面的任宋也开始指挥小分队进攻。因为大门口是防守重点，所以他们设定了东南方向为突破口，这还是得益于越南方面提供的矿区平面图。

东南方向有一个出口可以进出矿区，这是当时给矿区提供食品的通道，只是不知为何后来被封住了。当他们过去的时候，这里只有两个人在守着。那两人还在抽烟，操着越南话聊天。

任宋挥挥手，立即有个矮个子队员窜了出来，如同灵巧的猫一般，踩着墙壁爬了上去。他掏出匕首，从后面直接将其中一个人抹了脖子。而对面另外一个人露出惊讶的表情时，矮个子队员已经将匕首狠狠地插进他的胸口。两个人几乎是在瞬间，就被击杀。

随后，任宋带着人从这里进入废弃矿区。

外面依旧很安静，而明恒望着秦陆焯，又转头看向徐佳宁，低声道："我只要他的命，你让他们老老实实地带着你离开这里，我不会为难你们的。"

徐佳宁咬了咬牙，没说话。

秦陆焯倒是直接喊道："威胁一个姑娘算什么。"他径直走了过去，明恒身后的枪都举了起来，对准他。他望着徐佳宁，安慰道，"你慢慢走过来，别怕。"

这个时候，徐佳宁腿软得厉害，但是她知道，自己不能拖后腿，两人慢慢走到中间。随后，两人擦肩而过，秦陆焯走向明恒他们的方向。阮勇怕他身上有东西，直接让人上前，准备先搜他的身体。

但就在两个男人刚靠近时，突然，有人从建筑物上方的窗口扔下几个东西，也不知道谁喊了一句："炸弹！"

几乎是瞬间，所有人都往后退了，此时烟雾四起，不是炸弹，是烟幕弹。

明恒咬牙，正要喊开枪，身后却有个人喊道："别开枪，小心伤到三爷。"

此时，整个建筑物内都被烟雾笼罩着，根本看不清楚方向和身边的人。但是明恒在听到这声掷地有声的中国话时，咬牙道："后面有敌人，开枪！"

他这句话是用越南语喊的，他手下立即开枪。但是随着不时传来的惨叫声，他们才发现杀的都是自家人。

此时，秦陆焯他们并不恋战，救到人之后，立即开始撤退。只是他们刚离开建筑物，就碰上了正往这边赶来的雇佣兵军团，以及明恒的手下，双方一遭遇，顿时枪声四起。

任宋立即吼道："顺子，刘洋，你们两个护送人质突围，保护她的安全。"

随着枪声四起，还有不时扔过来的炸弹，爆炸声响彻整个天际，就连身后的房子似乎都在摇晃。只是此刻作战的中国军人，丝毫不显慌乱。

徐佳宁被两个队员带走，其他人呈战斗队形，毫不犹豫地往外面开始突围。

秦陆焯跟着他们同样往后撤退，大家都有意无意地将他围在中间。直到有个人像是察觉到什么似的，伸手推了身边的战友一把，吼道："小心！"

他话音刚起，还是被击中了，他手上拿着的枪一下子掉了下来。

任宋吼道："狙击手！"

他刚吼完，某处高地上一颗子弹应声而出，躲在远处建筑物内的雇佣兵狙击手在第一个照面中被击杀。他率先暴露了自己的方向，因此，躲在高处的中国狙击手，立即将他击杀。

战斗越发激烈。

此时明恒也拿着枪从建筑物内冲了出来，他对阮勇吼道：“不惜一切代价，都要给我抓住秦陆焯，杀了他！”

此时，雇佣兵军团也在搜索那个价值两百万美元的中国男人。

但是周围的敌人数量实在太多，不时有中国战斗队员被击伤，虽然尚且没有人失去行动力，但是如果他们真的陷入包围圈，只怕情势不妙。

于是，任宋也不再犹豫，直接拿出对讲机喊道：“行动。”

没一会儿，很多架无人机从一个方向飞了过来，就在无人机降低的时候，明恒的手下开始朝天上扫射。但是没想到，子弹打中无人机的时候，无人机竟是直接在空中爆炸，随着爆炸的冲击波，以及四处飞散的碎片，一下子击中了不少人。

因为是空旷的场地，而且对方又有不少人是聚集在一起的，顿时惨叫声四起。

没人敢再用枪去扫射无人机，但是他们没想到的是，即便他们不扫射无人机，无人机却像是长了眼睛一样，冲着他们飞了过来，在靠近这些人之后，纷纷爆炸。

一时间，原本已经快被包围的任宋他们，迅速地打开了突围的缺口。

奇袭的无人机军团，用超强的杀伤力让对面的人员减少了一半不止。倒是那帮雇佣兵军团，不顾无人机的威胁，跟着冲了过去，双方互相开始射击。

由于对面已经失去一名狙击手，于是任宋把狙击手召回来，利用狙击手的火力掩护，他们迅速撤退到己方交通工具所在的地方。

只是他们还没赶到，明恒也带着人追了上来。

当任宋听到人质已经被安全护送离开的消息时，对着所有人吼道：“兄弟们，咱们反击的时候到了。”

刚才他们之所以且战且退，就是为了掩护徐佳宁离开，如今她走了，他们便可以放开手脚大干一场。

随着任宋他们的反击，再加上天上无人机的优势，对面的雇佣兵竟是一下子减员过半。

当又一名雇佣兵被击杀时，雇佣兵的首领望着身边已经越来越少的队员，吼了一句：“撤退！”

他们这一撤退，顿时火力少了一大半。明恒的手下看见强悍的雇佣兵都打不过对方，不少人也心生退意，不仅不再往前冲，还不停地往四下冲散。

任宋见状，喊道：“别让他们跑了。”于是，他们再次追了上去。

半个小时之后，任宋在通信器里听到一个兴奋的声音喊道：“队长，我们抓住佛域了。”

这一喊，任宋都兴奋了起来。

随后，他们赶了过去。明恒他们准备从河边撤退，正好中了任宋之前的推测，在那里等候的中国军人轻松将他抓住。

秦陆焯见到明恒的时候，他依旧保持着镇定从容的模样，明恒一看见秦陆焯，便笑道：“来看看我成为阶下囚的模样？”

“没那么无聊。”秦陆焯冷笑。不过他倒是真的打量了明恒一番，说，“你不是说要把他们三个人的遗物交给我吗？现在也不晚。”

明恒望着他：“想要东西？”他突然大笑了起来，“你以为你抓住了我，就能得到你想要的东西？秦陆焯，你想要的东西，一辈子都不会找到了。”

他的眼睛里透着一股得意之色。

秦陆焯不知为何，突然想起了上一次阿太在他面前爆炸时的场景。

就在明恒脸上笑意消失，安静地望向他的时候，秦陆焯大吼：“都趴下。”

他往外跑了几步，所有人都下意识地往前扑倒，震耳的爆炸声在原地响了起来。

曾经神秘又不可一世的佛域，这一刻彻底消失在人世间。

营救任务圆满结束，其他人都兴奋不已，秦陆焯却有些失落，因为他想要找回三位烈士的遗骨，却依旧没能办到。或许就像明恒说的那样，他这一辈子都做不到。

但是他没想到，徐佳宁在临走之前提出要见他。秦陆焯自然没有拒绝，他一直对蔚蓝的这位朋友挺愧疚，毕竟她之所以被扯进这些事情，完全也是因为他。

徐佳宁一见到他，便说了句“谢谢”。

秦陆焯摇头叹道：“是我应该说对不起。”

徐佳宁笑了下，又立即问道：“你是不是在找什么东西？”

秦陆焯一愣。

随后，徐佳宁说：“我在被关押的时候，明恒曾经对我说过一个地方。当时我不太明白他的意思，但是我突然觉得，他跟我说的这个地方可能有你想找的东西。”

秦陆焯本来也不信，但当他真的找到自己想要的东西时，才发现原来竟是真的。

他一时觉得弄不懂明恒这个人。

明恒想杀他是真的，但是他没想到，明恒在最后还有一丝良知，竟真的将三个烈士的东西还了回来。直到后来再调查的时候，秦陆焯才知道，原来明恒竟已经是骨癌末期。他最后一次确实是想杀了他，只是最终目的未能达成。

于是，他选择了自我了断。

一年后。

一整条街都被堵住了，汽车鸣笛声此起彼伏，车内的蓝牙电话响起，开车的男人按下后接了起来，他说道：“我快到了，快了。”

车子终于在十分钟后在会所门口停下，车内的人冲了下来。他大步往前走，只是刚到门口，就被保安拦住了，保安恭敬地说：“不好意思，先生，请您出示请帖。”

男人哪里有请帖，就在他准备拿手机打电话的时候，突然指了指里面，说道："看见那张照片没？我是今天的新郎。"

原本定下旅行结婚，但双方还是决定先简单办个婚宴。

保安一愣，随后他跟身边的同事一同转头往后看，果然，大厅内摆放着新郎和新娘的婚纱照，再定睛一看，新郎可不就是这个人。保安赶紧道："抱歉，秦先生，我们失礼了。"

秦陆焯这时候自然不会计较这么多，冲着他们笑了下，便走了进去。

秦陆焯在结婚前三天接到了命令，原本秦克江想要亲自给方国辉打电话，可最后还是被阻止了。

至于蔚蓝这边，一听说他有事情，想都没想就让他赶紧去了。

他本来说好昨晚能回来的，结果还是没赶回来。

他换了一身西服，这才匆匆赶到蔚蓝的休息室内。此时盛装的新娘已经在镜子前坐好，原本挡在门口的伴娘是不许他进来的，只是秦陆焯让伴郎掏出一个又一个大红包，终于还是成功闯了进来。

一进来，当看见穿着洁白婚纱的姑娘时，他顿时心头一软。

他走近，弯腰，望着她，轻声喊道："蔚蓝。"

蔚蓝抬眸，伸手在他鼻尖刮了一下："你回来了。"

"怕不怕我赶不回来？"

蔚蓝轻轻摇头，伸手揽住他的脖颈，低声说："不怕。"

就像之前相信他一定能平安回来一样，她也相信他一定会赶回来娶她。

秦陆焯抬头，刚要亲吻她，谁知蔚蓝往后一躲，竟是调皮地道："现在还不可以亲吻新娘哦。"

秦陆焯大笑，乖乖点头。

婚礼按照原定时间进行。

宾客都安静地等待着，当音乐声响起时，盛装的新娘披着洁白唯美的头纱，挽着父亲的臂膀，一步步地走向新郎。

过去许久之后，蔚蓝依旧清楚地记得那天的每一个场景。

当他掀起她的头纱时，两人四目相对，他漆黑的眸子像是要将她吸入眼中。

她听不到别人的声音，只看得见他。

他深情地说："现在，我可以亲吻我的新娘了吧。"

他的新娘。

偕一人，至白首。

番外

不枉此生

北京的冬天一向寒冷，这几天又正好下雪，整座城市变得一片素白。不过因为农历新年眼看着要到来，大家对于放假的期盼也越发热情。

工作室里元旦节时候挂上去的装饰，这几天正好被撤下来。

前台杨佳又在忙活着准备农历新年的东西。

蔚蓝刚送走一位客户，站在工作室的大堂双手交握，举过头顶，整个人往后扯了扯。

不过等她做完这个放松的动作，回头就看见助理张萧和杨佳都在盯着她看。

蔚蓝眨了眨眼睛，轻笑道："怎么了？"

两人像是终于回过了神，杨佳叹了一口气，说："蔚老师，你身材怎么这么好。"

蔚蓝一怔。

张萧点了点头，举起手在空中划了一个"S"说："前凸后翘。"

今天蔚蓝穿了一件黑色羊毛高领毛衣，特别贴身的那种，确实会格外显身材。另外她还配了一条黑色阔腿裤，别人穿黑色会显得厚重，她不但没有，反而因为腰上没有一丝赘肉，显得整个人特别纤细又精神。

蔚蓝穿衣一向有品位，走优雅知性路线。

况且她的职业是心理咨询师，最重要的就是让客户在看见她的一瞬，有种信任的感觉。

所以她对自己衣服的选择格外精心。

蔚蓝被她们这一夸赞，失声笑了起来："就算不这么拍马屁，今年的年终奖也会很丰厚的。"

杨佳和张萧对视了一眼，两人"啊"的一声轻喊了出来。

因着工作室还有其他心理咨询师和咨询者，她们也不敢声音太大，但是脸上的喜悦溢于言表。

杨佳冲着蔚蓝竖起手指，拇指和食指摆出一个"心"。

张萧更夸张，双手举过头顶摆出"比心"的姿势。

蔚蓝望着她俩，摆了摆手，笑道：“我告诉你们，马屁精是没有未来的。”

张萧笑得开心，说：“我是真心实意地觉得我有个全世界最好的老板。”

这时蔚蓝裤兜里的手机响了起来。她伸手拿出来，对面的张萧已经捂嘴笑道：“让我来猜猜，是谁打来的电话。”

杨佳跟着说：“我也能猜到。”

两人对视一眼，哈哈大笑起来。

想当初蔚蓝结婚的时候，她们两人都去参加了婚礼。真的，那场婚礼完全就是所有女生梦想中的样子，现场有美轮美奂的香槟玫瑰，还有漂亮到极致的婚纱，以及那个穿着礼服的新郎。

秦陆焯虽然看起来一副铁血硬汉模样，却真的是个纯妻奴。

在跟蔚蓝结婚之前，他已经回了警局，重新成为一名刑侦人员。

至于他的公司，则直接被蔚然收购。不过蔚然真的是个纯粹商人，哪怕是亲妹夫的公司，她都要往下压价。

气得蔚蓝直接杀回去跟蔚然谈判。

蔚蓝说反正她不管，她老公这么辛苦创建的公司，必须要有一个合理优越的收购条件。

蔚然指着蔚蓝鼻尖骂她是胳膊肘外拐。

结果秦陆焯钱刚拿到手，就原封不动地全部上交，蔚蓝自然又不小心地把这个消息透露给了蔚然。

这恩爱，她得秀一下。

蔚然当时气得脸色都变了，更不幸的是，傅之衡正好在她身边。蔚然气得当场不顾形象，在傅之衡手臂上狠狠掐了一把。

三天之后，蔚然难得来了一趟蔚蓝的工作室。

蔚蓝本来以为她有什么要紧的事情，直到看到蔚然手上硕大无比又十分闪耀的钻戒。

于是蔚蓝特别有眼色地夸赞了一下对方的戒指。

蔚然倒也没拐弯抹角，淡淡道：“你姐夫送的，说是怎么都不能被妹夫比下去吧。”

男人之间的比较，在无形中要命地开始了。

蔚蓝快下班的时候，接到了秦陆焯的电话，他说要来接她下班。她放下手中的笔，轻笑了一声，温柔地问：“你今天怎么这么早下班？”

“突然发现很多天没跟我媳妇一起吃饭了。”对面男人的声音里透着那么一股悠然。

蔚蓝点头赞道：“不错，总算还记得你是有媳妇的人。”

秦陆焯没想到蔚蓝会这么说，此时正好遇到红灯，他将车子慢慢地停了下来，手掌还搭在方向盘上，望着前面的红绿灯，无奈道：“媳妇，最近局里的事情太忙了。”

因为年关快到了，不说上面要求的各种抽查、汇报，就连犯罪分子都像是要在年底的时候冲一波业绩，整个分局里连文职人员都忙得飞起。

“知道，知道，我家秦队呢，工作能力太强，领导太过信任，下属又太过敬仰，因此只能这么忙了。”

秦陆焯正漫不经心地有一下没一下地敲打着方向盘，暗忖这六十秒的红绿灯还真够久的。

谁知就听到这么一句话，当即手指顿住，有种被噎得不知该说什么好的感觉。

还是蔚蓝见他不说话，忍不住笑道：“这次是我逗你的呢。”

秦陆焯幽幽地笑了一声，随后挂断了电话。

半个小时之后，张萧刚收拾好自己的东西准备去敲蔚蓝的门，打算问下她什么时候下班，谁知她站在门口的时候，看到走廊上出现的身影，微微一怔。

秦陆焯做了个“噤声”的手势，蹑手蹑脚地走过来，低声说：“你先下班吧，我来接她回去。”

“你好。”张萧冲着他微微点头，说，“那我先走了，麻烦您了。”

张萧快走到走廊尽头的时候，又回头看了一眼，正好瞥见秦陆焯推门进了办公室。

杨佳正站在前台那边等着她，见她回头的动作忍不住笑道：“是秦队来了吧。”

“你没看见？”张萧奇怪地说。

杨佳摇头说：“我正好在更衣室里面换衣服呢。然后秦队就过去了，只来得及看见一个背影。”

随即她摇头赞叹道：“说真的，连背影都能如此帅的，现实生活中，我只见过秦队一人。”

“那你也不看看这是谁的男人，咱们蔚老师不也是大美人级别的？”张萧笑着说。

她们还在感慨这一对俊男美女的时候，殊不知蔚蓝此刻正被秦陆焯压在门板上，亲得连呼吸都快喘不上来。

秦陆焯在门口敲门，却不推门进去，惹得蔚蓝以为门被锁住，起身过来开门。

她打开门的一瞬间整个人被秦陆焯抱在怀中，转了一圈按在门板上。秦陆焯微低着头，在吻住她唇瓣的那一瞬，舌尖长驱直入，没有丝毫犹豫。

蔚蓝被迫仰着头承受着来自他的吻，两人鼻息相缠，直到越吻越深，她的呼吸像是被夺走，整个人晕乎乎的。要不是有背后的门板压着，只怕会摔倒。

不知过了许久，蔚蓝终于被松开。

几秒后，男人轻哼了一声：“现在还逗我玩吗？”

蔚蓝没想到他居然是因为这件事，伸手在他胸口捶了一下，低声又无奈道：“你多大了，还这么幼稚。”

都说再成熟的男人，都会有幼稚的一面。

蔚蓝自从跟秦陆焯在一起之后，对这点真的是深信不疑。明明平时看起来成熟又稳重的男人，私底下跟她在一起的时候，有时候幼稚到可怕。

他甚至还跟秦小酒吃醋，指责蔚蓝一回家先抱着秦小酒，而没先抱他。

这种事情要是说给他警局的那些同事听的话，只怕没人会相信。

可是这么幼稚的一面，只有她知道。

蔚蓝仰头看着他，笑着说："今天怎么会来接我下班？"

秦陆焯："来接自己老婆，需要理由吗？"

蔚蓝冲着他笑了下，算是暂且相信了他的话。

两人懒得这么早回家，干脆又去了一趟超市，买了点儿菜准备做饭。

秦陆焯主动买了蔚蓝喜欢吃的，回家之后更是亲自下厨。

蔚蓝想要帮忙的时候都被他赶到客厅，跟秦小酒一块儿玩去了。

两人自从结婚，搬到了婚房之后，秦小酒这家伙更是鸟枪换炮，跟着用上了豪华猫爬架。

蔚蓝走到猫爬架的旁边时，秦小酒正一脸慵懒地趴在最顶端。

不过在看到蔚蓝的时候，它总算给了点儿反应，雪白的尾巴轻轻摇了摇。

蔚蓝抬头望着它，悄悄地问："秦小酒，你爹今天很不正常呀，他怎么了？"

秦小酒趴在猫爬架上眼神倦懒，丝毫不为所动。

蔚蓝是觉得秦陆焯今天太过积极热情，这有点儿反常。以至于吃饭的时候，蔚蓝一直盯着他看。

秦陆焯夹了一块排骨放在她碗里，眉梢微挑了一下："这么看着我干什么？"

"你是不是有什么事情要跟我说？"蔚蓝反问。

秦陆焯看了她一眼，说道："就因为我今天去接你下班，又回来做饭，我就一定有事儿要跟你说？"

不得不说，确实是干刑侦的人，扫一眼就能瞧出来蔚蓝心底的想法。

蔚蓝跟他在一块儿，有种他是心理咨询师，而自己是咨询者的感觉。

于是蔚蓝很愉快地享受完这顿晚餐。

结果等到晚上快睡觉的时候，秦陆焯掀开被子躺到她身边，转头看着她说："今年过年，我应该要值班。"

蔚蓝眨了眨眼睛，有点儿愣住。

因为他们曾经说过趁着今年过年，把之前没度的蜜月旅行一起补上。毕竟刚结婚的时候，秦陆焯因为有任务，实在抽不出时间跟她一起出去玩。

好在蔚蓝并不是那种格外注重仪式感的人，蜜月旅行对她来说，可有可无。

只不过这次是秦陆焯主动提起，说是趁着过年的时候陪她出门玩玩，现在是要反悔的意思了。

看着蔚蓝不算明朗的脸色，秦陆焯语重心长道："咱们队里的老陈老家是山东的，已经有五六年没回过老家了。还有那个小汪，连着三年都是他大年三十值大夜班。"

毕竟这大过年的，犯罪分子又不会放假。特别是过年的时候，因为很多人不在家，小偷小摸又多了起来，连带着他们都特别忙。

这是秦陆焯回队里的第一个春节，他自然要以身作则。

蔚蓝靠在床头转头看着他，秦陆焯同样望着她，两人你瞧瞧我，我瞧瞧你。直到蔚蓝终于抿嘴笑道："就为了这事儿，你今天这么殷勤？"

秦陆焯正色道："我说了，接你下班跟做饭都是我应该做的。"

蔚蓝终于忍不住笑得更大声，因为秦陆焯这一本正经的模样，实在是太有趣了。

秦陆焯伸手抱住她，无奈道："笑什么？"

蔚蓝低声说："笑秦队长这么费尽心思，可是我一点儿都不介意。"

秦陆焯微怔，这才知道自己把媳妇想得太小气。

大年三十的下午，秦陆焯忙得脚不沾地，不是这里有警情，就是那里需要他们处理。一直到晚上六点的时候才有空回警局。

他开车到了院子里面，把车子停下之后，下车走到台阶上。

只是在他踏上台阶的一瞬，站在原地望着最上面那一层。他跟蔚蓝的第一次见面也是警局的门前，她就站在台阶上神色清冷，白炽灯照在她的身上，清冷如霜。

“老大，干吗呢。”身后的小警察跟着上来，发现他站在原地不动弹，开口问道。

秦陆焯笑了一声，缓缓踏上台阶。

等他走进去的时候，发现里面居然挺热闹的。别看这是大年三十，喝醉撒泼的比平时还要多。

这才几点啊，就喝到了耍酒疯的程度。

“我去，我这饺子刚吃一口……”有个声音抱怨道。

这声音的主人在看到秦陆焯的一瞬间，立即顿住，赶紧冲着他点头行礼：“秦队。”

“队长好。”

其他人看见他时，眼冒精光，似乎秦陆焯今天的形象格外高大。

他低声问旁边的新人：“我今天脸上贴了金子？”

小伙子朝他脸上看了一眼，随后摇头，叹道：“没有，就还是帅。”

秦陆焯被他逗得一乐，伸手在他肩膀上拍了下。

此时另外一个跟他们一起回来的人，猛地抬头，在秦陆焯离开之后才扑上来抱住小伙子，咬牙切齿道：“你小子也太机灵了吧。我告诉你，拍马屁会一无所有的。”

秦陆焯准备回自己的办公室，谁知走到半路的时候，却被沈放拉去了食堂。秦陆焯本来还有点儿无奈地说：“我还有点儿事情没做完，你……”

他走到食堂门口时，发现里面格外热闹，大家都有说有笑的。

他脑袋一伸往里面看了一眼，愣住了。

因为里面那个穿黑色毛衣配驼色羊毛长裙的人，显然就是他媳妇。

“蔚蓝。”秦陆焯喊了一声。

本来正在跟别人说话的人，微微转头，看见门口站着的男人，淡然温和的笑容立即蒙上一层灿烂，笑容明艳动人。

蔚蓝走过来，笑着问道：“回来了。”

秦陆焯一直忙，也没时间给她打电话，还以为她这会儿正在跟他妈一起包饺子呢，没想到她会出现在这里。

他垂眸望着她，低声问：“你怎么来了？”

“当然是来犒劳我们了。”一个站得离他们近的人，耳尖听到这句话，直接代替蔚蓝回答。

秦陆焯再看向食堂桌上的东西，终于懂了这帮人为什么激动不已。

他低声问蔚蓝：“你不会把什么鲍鱼龙虾的都搬过来了吧？”

蔚蓝微抬起下巴，悄悄地说：“我请示过局长了，个人掏腰包犒赏一下大家，不违规。”

秦陆焯被她逗得发笑，又问道：“怎么没在家看春晚包饺子？”

“想来陪你。”蔚蓝抬起头仰望着他，轻声笑了下。

秦陆焯干脆凑在她耳边，说：“是不是觉得越来越离不开我了？”

低沉性感的男人声线在耳边响起，蔚蓝听得心底酥麻，微微抿嘴一笑，说：“是啊，越来越离不开你了，太喜欢我的男人了。”

秦陆焯本来打算调笑她一番，谁知反被调戏。

很快，食堂的人越来越多，没在忙的人都过来吃饭。每年大年三十的时候，食堂确实会给大家加餐，但是谁都没想到今年居然连鲍鱼这玩意儿都会出现在他们食堂。

当然，没一会儿大家就都知道，这是蔚蓝特别为值班的人准备的大餐。

一个个跑过来谢谢嫂子，弄得秦陆焯这一顿饭被打扰了无数遍。

终于他忍不住对又一个过来的人说：“还有没有点儿眼色，没看见正跟你们嫂子说悄悄话呢。”

两个单身小伙子登时一愣，相互对视了一眼，决定再也不嫌弃对方了。

这狗粮他们不吃，不吃。

蔚蓝低头看着他们，冲着秦陆焯笑："你可是队长，哪有这么小气的。"

"待会儿还不知道有多少事情呢。我都没看够你，他们一个个来打扰。"秦陆焯不是没性子的人，相反平时他是隐忍克制。

蔚蓝被他逗笑了，低声说："你怎么回事？不是天天都能见到我？"

"今天不一样。"秦陆焯垂头闷声说了一句。

这是他们结婚的第一年，作为丈夫，却不能陪在她身边，他心底挺愧疚的。

蔚蓝明知道他什么意思，却故意娇俏一笑，双手托着下巴，眨巴了下眼睛，问道："是不是觉得我今天特别漂亮呢？"

她这句话刚说完，突然食堂门口冲进来一个人，喊道："秦队，有警情。"

秦陆焯顿时放下手中的筷子，从凳子上弹了起来。待要离开的时候，他突然顿住脚步，回头看了一眼蔚蓝。

就见蔚蓝上前伸手环住他的腰身，轻声说："我知道你肩膀上的责任和义务，所以别总是担心我。因为我会支持你的一切选择。"

"你去维护这个国家，我来维护我们的小家。"

秦陆焯轻轻地摩挲着蔚蓝的耳垂，许久都未说话。

他知道蔚蓝从来是最懂他的那个人，如果不是因为懂得，就不会相识，更不会相知相爱，相互认定对方要携手一辈子。

这一世有她，他是真的不枉此生。